표 절

나남
nanam

김주욱

1967년 서울 출생. 경기대학교에서 동양화를 전공하고 에스콰이아에서
제화 디자이너, 빌리지유통과 베네통에서 디스플레이 디자이너로 근무
했다. 그 후 디스플레이 기획사를 운영하며 패션매장 디스플레이 연출
작업을 했다. 지금은 작업실에 틀어박혀 소설을 쓰며 그림을 그리고 있
다. 단편소설 〈보드게임〉이 제 15회 〈동양일보〉 신인문학상을, 단편소
설 〈미노타우로스〉가 제 5회 천강문학상 소설 대상을 받았다.

나남창작선 115

표 절

2014년 3월 15일 발행
2014년 3월 15일 1쇄

지은이_ 김주욱
발행자_ 趙相浩
발행처_ (주) 나남
주소_ 413-120 경기도 파주시 회동길 193
전화_ (031) 955-4601 (代)
FAX_ (031) 955-4555
등록_ 제 1-71호 (1979. 5. 12)
홈페이지_ http://www.nanam.net
전자우편_ post@nanam.net

ISBN_ 978-89-300-0615-6
ISBN_ 978-89-300-0572-2 (세트)

표절

김주욱 장편소설

나남
nanam

주요 등장인물

우혜미 | 50대 초반 독신여성, 문창과 강사
후배의 표절 사건을 소재로 소설 작업을 하는 중견작가
등단 20년이 넘은 소설가로 한국 문단에 불만이 많은 인물. 중견
소설가 G가 후배 Q의 작품을 도용하여 문학상을 받았다는 사실
을 알고 그 내용을 바탕으로 소설을 쓰기 시작한다.

Q | 40대 초반 독신남성, 화가
할머니의 머리카락을 모아 만든 붓으로 그림을 그리는 화가
미대에 다닐 때 존경하던 교수의 표절 행위에 실망해 화가의 꿈
을 접는다. 다니던 패션회사를 나와 디스플레이 사업을 하는 동
안 계속 자신의 디자인이 도용당하는 불운을 겪는다. 결국 사업
에 실패하고, 그 상처를 달래려고 소설을 써서 신춘문예에 응모
하지만, 그 소설마저 심사위원에게 도용당한다.

G | 50대 중반 남자, 문창과 교수
소설가들이 존경하는 소설가, 한국보다 유럽에서 더 인정받는 작가
등단 30년이 넘은 한국 순문학계의 대표주자이다. 신춘문예 응모
작을 심사하는 과정에서 응모작을 자신의 장편소설에 일부 도용
했다는 내용의 표절 시비에 휘말린다. 꿋꿋하게 결백을 주장하지
만 표절에 대해 부인하면 할수록 구차해지고 함구하면 할수록 의
심을 받은 아이러니에 빠진다.

긴 생머리 여학생 | 20대 초반, 문창과 대학생
현장에서 몸으로 직접 겪은 내용을 소설의 재료로 삼는 창작자
백화점 개점 작업 야간 아르바이트 경험을 소재로 소설로 쓴다.
소설 세미나 시간에 그 소설에 대한 혹독한 비평을 듣고 나서 매
혹적으로 찰랑거리던 긴 생머리를 단숨에 잘라 버린다.

소설 속 소설 〈머리카락〉의 주요 등장인물

박혜지 | 불혹의 독신여성, 미용실 원장

아름다움에 대한 욕망이 끝없이 팽창하는 현실을 대변하는 인물. 비만한 사회가 강요하는 영양실조의 몸매로 다시 태어나기 위해 뱀처럼 허물을 벗는다.

차명규 | 30대 중반 독신남성, 미용사

자신을 좋아하는 여자를 숙주로 삼아 살아가는 기생충 같은 인물. 고객을 끌 수 있는 미용기술을 전수받기 위해 박혜지에게 접근한다.

최건호 | 30대 후반 독신 남성, 환각테라피 치료사

뱀에서 추출한 환각제로 고객을 욕망의 늪에 빠뜨리는 테라피 치료사. 뱀을 통해 자신의 욕망을 분출한다.

표절   차례

1부

미스터리한
이야기의 출발

시각장애인처럼 촉각을 세우고 책을 어루만지기 시작한다. 손끝은 책등에 머물다가 표지 제본을 보완하기 위해 실로 엮은 꽃천을 더듬어본다. 제책을 위해 인쇄하여 접은 종이 꾸러미를 고정한 꽃천에 달린 가름끈을 붙잡아 당겨본다. 손끝은 다시 책등에서 책장을 따라 배를 훑고 책꼬리와 밑면으로 이어진 다음 표지를 맴돈다. 표지의 중앙 부분은 손끝의 감촉이 다르다. 제목을 금박으로 처리하여 요철이 느껴진다. 눈을 뜨고 표지를 정면으로 바라본다. 베이지색 바탕에 소설의 제목 다섯 글자가 캘리그라피 형태로 그려져 있다. 캘리그라피는 다섯 글자에 잡초 같은 풀이 자라나는 형상이다. 글자를 뚫고 나온 잡풀이 순식간에 넝쿨처럼 자라날 것 같은 생동감이 느껴진다.

• 　　터키를 여행한 건 하늘을 날고 싶은 욕망 때문이었다. 열기구를 타고 카파도키아 협곡을 지날 때였다. 강렬한 태양에 대지가 바싹 말라가고 있었고 협곡에서 불어오는 뜨거운 바람이 열기구를 집어삼켰다.

순간 대지가 사막으로 변하고 공기를 열로 데워서 풍선을 움직이는 버너가 소리만 요란할 뿐 불을 뿜어대지 않았다. 열기구가 바람에 휘청거리며 추락하기 시작했다. 대지에 드리운 열기구의 그림자가 점점 커지면서 선명해졌다.

열기구가 그림자 속으로 곤두박질치는 순간 잠에서 깼다. 반사적으로 머리맡에 두었던 수첩과 연필을 집었다. 침대에 누운 채로 수첩을 손바닥에 받치고 연필을 바로 쥔 다음 눈을 떴다. 새벽녘 빛이 텁텁한 먹을 밀어내면서 뿌옇게 번져왔다. 잡힐 듯 말 듯 아른거리는 꿈의 장면을 연결하려 애를 썼다. 천장 벽지의 꽃무늬가 차츰 선명해질수록 꿈은 흐릿하게 사라졌다. 꿈속의 여행과정과 에피소드를 애써 떠올리려 해도 열기구가 휘청거리며 추락하는 장면만 떠올랐다. 전날 밤 꿈의 이미지는 한마디로 바람 빠진 풍선이었다. 요즘

내 일상이 바람 빠진 풍선처럼 맥이 없어서 악몽을 꾼 것 같았다. 터키 여행은 진작부터 계획하고 있었다. 이번 여름방학엔 이야기의 샘을 찾아 터키 여행을 가야겠다. 터키에서 보고 느낀 것을 바탕으로 여로형 소설을 쓰기로 마음먹었다. 결말은 아마 꿈을 찾아 터키로 간 인물이 열기구를 타다 추락하는 장면으로 끝나지 않을까.

추락 장면을 상상하는데 휴대전화 벨이 울렸다. 발끝부터 조금씩 움직여보려 했지만 꼼짝할 수가 없었다. 벨 소리가 점점 커졌다. 침대에서 겨우 손을 뻗어 전화를 받았다. 목소리가 나오지 않아서 마른기침을 계속했다.

"선배, 자고 있었어요?"

"응, 오랜만이네."

사내처럼 허스키한 내 목소리에 비로소 정신이 들었다. 전화를 건 사람은 소설을 공부하는 Q였다.

"선배, 오늘 시간 있으세요?

머릿속으로 오늘 일정을 점검하려 했지만 잘 떠오르지 않았다.

"없는 것 같은데, 아니 잘 모르겠어."

눈이 부셔서 휴대전화를 들고 창으로 갔다. 커튼을 치려는데 뜯어진 방충망을 통해 들어온 파리 한 마리가 날아올랐다. 갑자기 Q의 목소리가 크게 들렸다.

"집 앞으로 갈게요. 물어볼 게 있어요."

"나 좀더 자야 하는데 무슨 일이니?"

"잠깐이면 돼요. 집 앞으로 갈게요."

"잠깐만."

전화가 끊어지면서 잠이 확 달아났다. Q에게 전화를 걸었는데 Q는 전화를 받지 않았다. 일어나서 목욕물을 틀어 놓고 거울을 보면서 나를 관찰했다. 거울에 습기가 뿌옇게 달라붙으면서 묵은 때가 얼룩처럼 드러났다. 휴지로 거울에 묻은 얼룩을 문질러도 잘 지워지지 않았다. 손가락으로 원을 그리며 얼룩을 긁어내자 바람 빠진 풍선 3개가 드러났다. 주름진 얼굴풍선과 처진 가슴풍선 두 개가 몸뚱어리에 힘겹게 달려 있었다. 나는 유행가를 애써 읊조리며 욕조에 몸을 담갔다가 나와서 수건으로 머리카락의 물기를 빼고 트리트먼트를 발랐다. 머리카락을 손가락으로 빗겨주듯이 마사지하며 쓸어내리고 비닐 캡을 쓰고 욕조에 물을 뺐다.

피지와 노폐물이 섞인 거품이 배수구를 빠져나가자 역겨운 냄새가 확 풍겼다. 욕조에는 시커먼 물때가 잔뜩 끼어 있었고 때와 범벅이 된 머리카락이 거머리처럼 사방에 달라붙어 있었다. 얼마 동안 쌓인 것일까. 욕실 배수구 망에 해감처럼 걸린 긴 머리카락은 도저히 손으로 만질 수 없을 지경이었다. 주방에서 나무젓가락을 가져와 머리카락을 건져내고 바닥에 나뒹구는 목욕용품을 정리했다. 안 되겠다 싶어 세제와 락스를 풀어서 말끔하게 청소하고 샤워했다.

요즘 들어 머리카락이 가늘어지고 힘없이 축축 늘어지는 걸 보니 두피에 노폐물이 잔뜩 껴 모공이 막힌 모양이다. 윤기를 잃은 머리카락보다 심각한 건 요즘 깊숙한 곳의 샘이 말라버려 심각한 갈증에 시달린다는 사실이다. 배설도 원활하지 못해 이야기가 염소 똥처럼 따로 굴러다닌다.

　이야기를 하고 싶은데 소재가 고갈된 것이다. 등단한 지는 20년이 넘어가고 있고 지방대학의 문예창작과에 강사로 뛰어다닌 지도 10년이 넘었다. 요즘은 10년이면 타고난 유전자도 변한다고 한다. 내 소설은 후학을 지도하기 바쁘다는 핑계로, 아니 솔직히 말하면 보따리장수가 아니라 전임강사를 바라보며 뛰어다니느라 변화를 시도하지 못하고 있다. 거기다 학부생들의 신인상 당선 실적이 없다고 시간강사에게까지 노골적으로 실적타령을 하는 학과장을 보면 당장 때려치우고 작품에만 몰두하고 싶지만 아직은 때가 아니었다.

　비닐 캡을 벗고 세찬 물줄기를 맞았다. 수증기가 욕실에 가득 찰 때까지 꼼짝하지 않고 서 있었다. 머리카락에 트리트먼트의 영양이 스며든 느낌이라서 조심스럽게 거품이 나지 않을 때까지 머리카락을 헹궜다. 화장대에 앉아 수건으로 머리카락의 물기를 빼고 선풍기 바람으로 머리카락을 말렸다. 두피도 잘 마를 수 있도록 머리카락을 빗으로 들어 올려 선풍기 바람이 잘 통하도록 해주었다. 스트레스 때문인지 머리숱이 점점 줄어가고 있다.

　최근에 받은 스트레스는 평론가의 혹평이었다. 그 평론가는 문인들이 모인 술자리에서 내 소설을 두고 지적 유희에 기댄 말장난일 뿐이라는 둥, 상황에 대해 반복하고 부연하고 첨가하는 문장이 거슬린다는 둥 혹평을 했다고 한다. 내 귀에 들어가라고 일부러 술자리에서 떠벌리진 않았을 텐데 이상했다. 그 말을 전한 시인 친구 M까지 나에게 무슨 꿍꿍이가 있는 것이 아닌가 하는 의심이 들면서 한동안 우울증에 시달렸다. 나는 단정 짓는 듯한 짧은 문장은 폭력적인 것 같아서 싫어한다. 한동안 소설에서 인물의 행동 묘사를 동사로 끝내면 어딘가 부족하고 못마땅했다. 문장을 비틀면서 행동의 동기를 파헤치며 집요하게 깊숙이 들어가다 보면 문맥이 자연스럽게 이어지면서 사유가 피어났다.

그렇게 문장마다 빛나는 사유가 넘쳐나는 내 작품을 헐뜯다니. 내가 그 얼굴도 모르는 평론가의 표적이 된 것일까. 혹평이 나온 게 술자리라지만 내가 인식하지 못한 실수가 그의 촉수를 건드렸는지 모를 일이다. 쉰을 바라보는 시점에서 나를 돌아보며 최소한 부끄러움이 없는 삶이었는지 반성해 봤다. 내 작품에 생생한 경험이 부족한 건 사실이다. 경험을 기피한 삶을 살았고 육체적인 삶을 회피했기에 삶에 풍성한 이야기가 없다. 경험과 상상력보다 도서관 자료에만 의존하다 보니 이야기의 샘이 말라버린 듯하다.

선풍기를 끄고 머리카락을 빗었다. 나는 어려서부터 머리카락을 한 갈래로 묶는 것을 좋아했다. 수십 년간 너무 바짝 당겨 묶어서 머리숱이 줄어들었는지도 모르지만, 머리를 묶으면 검은 머리와 하얀 얼굴이 확연하게 드러나는 게 좋았다. 머리를 묶고 거울을 보면 운동화 끈을 고쳐 매고 출발선에 선 것처럼 마음가짐이 달라졌다. 화장을 하고 옷을 갈아입고 거울을 봤다. 젊었을 때는 아무것도 안 하고 대충 묶은 느낌이 세련되고 어려 보였지만, 언제부터인가 내 모습이 초라하고 병들어 보였다. 남자들이 좋아한다는 긴 생머리 스타일로 정말 오래 버텼다. 이제는 나도 어쩔 수 없이 머리를 짧게 자르고 파마를 해야 할 것 같다. 엄마가 할머니가 되기 전에 했던 뒷머리가 목덜미를 살짝 덮는 굵직한 웨이브의 파마머리 말이다. 하지만 아줌마처럼 앞머리는 짧게 하지 말아야겠다. 앞머리가 얼굴로 쏟아지게 해서 얼굴이 작아 보이게 해야겠다.

공원으로 산책하러 나가는데 간밤에 내린 비로 아파트 화단에 목련 꽃잎이 수북이 떨어져 있었다. 연두색 새순 사이로 어지러이 흩어진 목련 꽃잎은 누렇게 갈변해서 멍든 것처럼 보였다. 가벼운 꽃잎은 바람에 날리는 장관을 연출하기도 하는데 그럴 새도 없이 바로 화단으로 고꾸라진 목련 꽃잎이 가여웠다. 목련 꽃잎 하나를 집어 들었을 때 Q에게서 문자메시지가 왔다. 나를 만나려고 방금 이쪽으로 출발했다는 내용이었다.

Q의 어렸을 적 꿈은 화가였다. 미대를 졸업하고 계속 그림공부를 해야 했었는데 당장 먹고 사는 문제 때문에 취업했다고 한다. Q는 직장생활을 하면서 가슴속에 남아 있는 창작의 응어리를 소설로 풀어낸 모양이었다. Q를 처음 만난 건 몇 년 전 소설창작 동아리에 특강을 나갔을 때였다. Q의 습작은 독특한 이미지가 있었다. 그림을 그려서 그런지 문장은 어설프지만 장면을 묘사할 때 독특한 미학이 담겨 있었다. 특강이 끝난 뒤풀이에서 나는 그 독특함을 칭찬하고 격려했다. Q는 꾸준히 소설공부를 했고 가끔 나에게 습작을 보여주면서 우리는 자연스럽게 학교 선후배처럼 친해졌다.

집에 들어온 지 얼마 지나지 않아 Q가 바로 집으로 찾아왔다. 아파트 현관문을 반쯤 열고 아파트단지 상가에 있는 커피숍에서 기다리라고 했는데 그는 다짜고짜 현관문을 밀고 들어왔다. 나는 화장을 하고 있었기 때문에 Q에게 잠깐 기다리라고 하고 다시 안방으로 들어갔다. 화장대에 앉아 손가락 끝으로 눈썹을 매만지면서 거울을 볼 때 내 얼굴이 비틀리면서 주름이 도드라져 보였다. 볼터치를 다시 바르고 한 갈래로 묶었던 머리를 풀어서 손가락으로 쓸어내린 다음 다시 묶었다. 뭔가 마무리가 안 된 것 같아 괜히 목덜미와 손목에 향수를 뿌렸다.

거실 소파에 앉아 창밖을 멍하니 바라보는 Q에게 아무리 나를 편하게 생각한다 해도 여자 혼자 사는 집에 함부로 들어오면 어떡하느냐고 나무랐다. Q는 30대 후반이라기보다는 40대 후반처럼 보였다. 항상 멋을 부리던 Q의 깔끔한 성격답지 않게 누렇게 변색되고 목 주변엔 검은 때가 낀 하얀색 티셔츠를 입고 있었는데 그 느낌이 갈변한 목련 꽃잎처럼 처량했다. 티셔츠는 그렇다 치고 시커먼 피지가 들어찬 모공 때문에 번들거리는 얼굴에 머리카락이 눌어붙어 있었다. 끝단이 너덜너덜해서 바닥을 쓸고 다닐 법한 청바지에 자꾸만 신경이 쓰였다.

Q는 땀 냄새인지 안 씻어서 전 냄새인지 모를 체취를 풍기며 거실 소파에 주저앉더니 몸집에 비해 지나치게 작은 검정 배낭에서 서류뭉치를 힘겹게 뽑아냈다. 나는 Q에게 물 한 잔을 권했다. Q는 단숨에 차가운 물 한 잔을 비워냈다. 아침 햇살을 받은 유리잔에 손자국이 선명하게 찍혔는데 Q가 때 낀 손으로 내 몸을 만진 것 같은 기분이었다.

Q는 저작권을 침해당했다고 하면서 자신의 아픈 사연을 늘어놓았다. 중견 소설가 G가 Q의 신춘문예 응모작을 최종심에서 심사하고 심사평까지 썼는데, 나중에 알고 보니 Q의 작품을 표절하여 자신의 장편소설에 도용하여 발표했다는 주장이었다. 더구나 Q는 낙선한 작품을 개작하여 장편으로 만들어 놓았다고 했다. Q는 자신의 작품이 발표된다면 되레 자신이 중견 소설가 G의 작품을 표절한 꼴이 되었다며 망연자실해 했다. 나는 두 작품을 검토해 보겠다고 Q를 달래서 보냈다.

Q를 보내고 나서 점심을 먹으면서 Q가 놓고 간 자료를 노려보았다. 판도라의 상자가 아닐까. 뚜껑을 열고 들여다보면 귀찮은 일에 엮일 것 같아 불안했다. 점심을 다 먹었을 때는 궁금증이 불안감을 밀어냈다. 결국 자료를 열고 두 작품을 비교해 보았다. Q의 중편과 장편 그리고 문제가 되는 중견 작가 G의 장편을 다 읽고 나서 양측의 주장이 오고 간 이메일, Q가 중견 소설가 G의 장편소설을 출간한 출판사에 보낸 내용증명을 정확히 파악하고 뻐근한 허리를 폈다. 시계를 보니 새벽 3시였다.
　소설 속의 주인공을 상상하며 창밖을 바라봤다. 최근 이사한 신도시 고층아파트에서 바라본 텅 빈 도로에는 가로등만 외로이 불을 밝히고 있었다. 도로에 술에 취한 듯 비틀거리며 건널목을 건너는 사내가 있었다. 잠시 후 녹색 보행등이 숨이 넘어갈 것처럼 점멸했지만, 사내는 겨우 건널목의 절반을 지나가고 있었다. 그때 어디선가 자동차 경적이 울리면서 검은 승용차가 급정거하며 휘청거리더니 순식간에 사내를 치고 달아났다. 뺑소니치는 자동차의 뒷모습은 두려움에 미친 듯이 질주하는 괴물의 형상이었다. 충분히 사내를 피해 텅 빈 도로를 질주할 수 있었는데 속도를 조절하지 못하는 것을 보니 음주운전 같았다. 사내는 사이드미러에 팔이 부딪쳤는지 주저앉아 팔을 움켜쥐고 울부짖었다. 나는 사내를 관찰하다 말고 떨리는 손으로 Q에게 전화를 걸었다. 도로에 주저앉아 울부짖는 사내가 Q처럼 느껴졌다. 휴대전화의 신호음이 계속 울리는 동안 이번 표절 사건은 소설감이라는 상상력에 가슴이 뛰었다.

Q는 내 전화를 기다리고 있었던 것처럼 바로 전화를 받았다. 나는 Q에게 이 표절 사건을 소설로 만들자고 제안했다. 휴대전화 너머로 Q의 신음이 들렸다. Q는 나에게 양측의 작품을 비교해 봤으니 표절인지 아닌지 선배 소설가로서 견해를 밝혀달라고 억양을 높였다. 나는 Q를 진정시키려고 우리나라 문단의 치부를 들려줬다.

"우리 문단은 표절에 관대해. 권위를 앞세우는 어느 문학상은 표절 시비가 있었던 심사위원이 표절 논란이 된 작품을 심사해서 수상작으로 선정하는 ⋯ ."

Q가 내 말을 자르고 신음하면서 말했다.

"선배, 냄새가 너무 구려요."

휴대전화에서 변기 물 내리는 소리가 들리는 순간 내 쪽에서도 구린내가 나는 것 같았다.

"모티브의 차용이건, 유사한 문장이건 의심을 살 만하면 작가적

양심을 저버린 어설픈 도둑질이지."

"내가 어떻게 하면 좋겠어요?"

"문학에서 표절 시비는 결국 법적 공방으로 가도 명쾌하게 해결할 수 없으니 이 이야기 자체를 작품으로 승화시켜 독자의 평결을 받는 게 어때?"

또 다시 휴대전화 너머로 Q의 신음이 들리고 변기 물 내리는 소리가 들렸다. 나는 중요하고 심각한 이야기를 하는데 너는 어찌 화장실에서 볼일을 보며 전화를 받느냐고 Q를 나무랐다. Q는 표절당한 것만 떠올리면 아랫배가 아프고 설사가 터져 나온다고 했다. 따져보면 사람의 똥이란 단순한 배설물이 아니라 신진대사의 결과물이었다. 똥은 몸 상태를 알려주는 바로미터다. 굵직하고 미끈한 누런 빛깔의 똥을 누는 것은 얼마나 행복한 일인가. 그 창조물의 형상이 외부의 폭력으로 파괴되어 설사가 되었다니 정신적인 고통이 얼마나 심한지 짐작이 갔다.

한편으로는 저렇게 분노하고 아파하는 열정이 부러웠다. 나는 사고思考의 샘이 말라버려 갈증이 나고 창작 욕구를 시원하게 배설하고 싶어도 만성변비에 걸려 헛방귀만 뀌어대는 나의 위기를 어떻게 극복할까 고민하며 계속 화장실을 들락거리는 Q를 설득했으나 설사 때문에 이야기가 계속 겉돌고 말았다.

다음 날 Q에게 표절에 관련하여 나에게 아직 보여주지 않은 자료가 있으면 가지고 우리가 자주 갔던 광화문역 근처의 맥줏집으로 나오라고 했다. 교보문고에서 음식이 사람을 치유하고 위로한다는 내용의 책을 훑어보고 나서 옆에 진열된 요리책에 눈이 갔다. 그 요리책엔 엽기적인 재료로 고급요리를 만드는 비법이 소개되어 있었다.

나는 글을 쓰지 않았으면 요리사가 되었을 것이다. 요리에 대한 나의 견해는 주방의 열기 속에 온몸을 움직여 흐른 땀이 재료에 떨어질 정도의 고된 노동이며 오감을 동원하여 제각기 다른 재료의 특성을 조화롭게 이용하여 새로운 맛을 창조하는 행위다. 모든 창조 행위가 그렇듯 이질적인 요소가 기존의 것과 대비되거나 향신료처럼 투입될 때 신선함이 살아난다. 이야기를 창조할 때도 주제와 상관도 없고 흐름과도 맞지 않는 이질적인 설정이 턱 하니 들어가면 작품이 신선해 보이는 경우가 있다. 이번 G의 작품 일부에 도용된 Q의 이야기는 이질적인 요소가 향신료처럼 사용된 경우이고 어쩌면 고급 양식당 코스요리에 소 안심을 사용하지 않고 닭발이나 돼지의 귀를 사용한 경우라 할 수 있을 것이다. 왁자지껄한 선술집에 나온 안주가 푹 삶은 돼지의 귀였다면 기겁했겠지만, 고급 양식당에서 우아하게 포크와 나이프를 들었다면 그 오돌오돌한 연골을 한 점 정도는 맛볼 수 있을 것이다. 엽기적인 요리책에 소개된 먹음직스럽지 않은 재료를 보고 나니 속이 울렁거렸다. 속을 가라앉히려고 과일과 요구르트로 다양한 디저트를 만드는 책을 보고 나서도 약속 시간까지 여유가 있었다.

교보문고에서 나와 길 건너 스타벅스에 들어갔다. 1층에는 빈자리가 없어서 2층으로 바로 올라갔다. 커피를 마실까 하다가 말았다. 천장에 달린 CCTV가 나를 노려보는 것 같았다. 스타벅스 본부에서 커피를 사먹지 않는 공짜 고객을 파악하고 있는지도 모를 일이었다. 나는 화장실 쪽에 있는 소파에 앉아 휴대전화로 검색하다가 Q에게 내 의견을 어떻게 전달할 것인지 궁리했다. 블라인드 사이로 거리를 내려다봤다. 고층건물의 그림자가 광화문 거리에 일직선으로 뻗은 모습에 생각이 정리되었다. Q에게 직설적으로 말하고 구체적인 조건까지 제시하기로 마음먹었다.

단골 맥줏집은 그 자리에 그대로 있었다. 스피커를 피해 구석진 자리에 앉았는데 지하실 곰팡내가 났다. 10년이 넘었으니 본전을 뽑고도 남았을 텐데 기름때가 낀 의자, 테이블과 실내장식이 그대로인 걸 보면 주인이 어지간히 구두쇠인 것 같았다. 30분이나 늦게 나타난 Q는 몸살을 앓은 것처럼 상태가 더 심해졌는데 그 모습이 곰팡내 나는 맥줏집과 잘 어울렸다. 나는 건배를 하면서 끈질긴 설득에 들어갔다. Q가 화장실을 두 번 다녀왔을 때 나는 코를 찡그려 무테안경을 치켜 올리고 Q를 뚫어지게 쳐다봤다.

"소설이 소설을 욕보였으니 소설로 입은 상처는 소설로 치유하는 수밖에 없지 않니?"

Q는 고개를 숙이고 한동안 상념에 잠겼다가 가방에서 서류봉투를 꺼냈다.

"나는 아직 등단도 못했고 밥 벌어먹기도 바쁜데 언제 소설을 쓰겠어요."

"그건 핑계고 시간은 내기 나름이지."

"알았어요. 한번 시도는 해볼게요."

"감정조절 잘하고 객관적인 시각으로."

"사람들이 관심이나 둘까요?"

"재미나게 각색해서 작품을 만들어야지."

Q는 한참 머뭇거리더니 가방에서 '법무법인 한빛'이라고 인쇄된 서류봉투를 꺼냈다. 봉투 안에 있던 서류는 중견 소설가 G의 장편 소설을 출간한 출판사 법무대리인이 작성한 Q의 표절 주장에 대한 답변서였다. 대충 읽어보니 형식은 법무법인 한빛이 작성한 것이지만 반박 내용은 중견 소설가 G가 작성한 것 같았다. 나는 답변서를 서류봉투에 집어넣으면서 내 견해를 밝혔다.

"심사위원으로서 심사평을 썼다면, '참고·참조한 적 없다'라는 말은 전혀 성립되지 않아. 법적인 문제는 차후에 진행하더라도 도덕적, 윤리적 문제는 심각해. G는 자신이 가져온 것이 자기작품 전체에서 차지하는 부분이 적다고 여기거나 큰 주제는 다르다고 믿기 때문에 그것을 도용이나 표절로 인식하지 않는 것 같아."

나는 답변서가 법무법인 한빛의 이름을 앞세운 일종의 겁주기라는 느낌이 들었다. 지금까지 문학에서 터져 나온 표절 시비는 문단 기득권과 기득권을 움직이는 대형출판사의 자본력에 눌려 본격적으로 논의되지도 못했다.

우린 건배를 하고 남은 맥주를 말끔히 비우고 다시 맥주 두 잔을 주문했다. 이번에 가져온 맥주는 잔이 살짝 얼어 있어서 그런지 하얀 거품이 탐스럽게 부풀어 올랐다. 잔을 들어 부드러운 거품을 음미하면서 중견 소설가 G를 떠올렸다.

　한때 G는 소위 가르치려 드는 윤리적 경향의 작품을 연이어 발표해서 비평가들로부터 윤리적 관점이 창작의 궁극적 동기여서는 안 된다는 비평을 받기도 했다. 선비 같은 이미지의 G가 왜 이런 실수를 저질렀을까? G를 몇 번 문학행사에서 본 적이 있다. 그날이 문학상 시상식이었던가. G가 재미없는 농담 한마디를 던지자 그를 둘러싸고 있던 후배 소설가들이 까무러칠 듯 웃던 모습이 떠올랐다. G 옆에는 대형 출판사의 문예지 편집위원인 평론가가 앉아 있었다. G는 후배들이 자기를 보는 줄 착각하고 계속 재미없는 농담을 했다. 후배들의 반응이 시들해지자 맞은편 테이블에 앉아 있던 나를 바라보더니 억지웃음을 지으며 두툼한 손으로 자신의 턱을 쓰다듬었다. 자기 딴에는 멋쩍은 웃음이었겠지만 나를 바라보던 눈빛은 의뭉스러웠다. G는 문단에서 묘한 아우라를 풍기고 있다. 항상 예의 바른 행동에 억양도 나지막하고 차분한 선비인 양했다. 포장을 하느라고 했지만 움직일 때마다 벌어진 포장지 틈으로 구린내가 풍기는 게 거리를 두고 싶은 사람이었다.

　Q가 맥주잔을 내려놓으면서 G를 만난 적이 있느냐고 물었다. 내가 그동안 Q에게 너무 아는 척을 했던가. 나는 사실 문학행사에 초청을 받거나 출판사에서 계속 청탁이 들어오는 작가는 아니다. 어느 작가에 대해 단정 지으며 평가한 것은 그 작가의 작품과 떠도는 소문을 듣고 지어낸 경우가 많았다.

　G를 만나서 이야기해본 적은 없으나 우연히 다시 만난 적은 있었

다. 작년 겨울이었다. 문화체육관광부가 후원하고 예술경영지원센터가 주관했던 전통 콘텐츠 포럼에 한국 문학을 번역해서 외국에 소개하는 매니지먼트 대표가 나온다고 해서 일부러 시간을 내서 참석했다. 그날 함박눈이 많이 내렸다. 오랜만에 눈을 맞으며 경복궁 근처의 세미나 장소로 걸어가면서 괜히 설레고 들떴다. 어쩌면 이번에 내 작품이 선정되어 유럽 쪽 에이전트에 소개될지도 모른다는 기대감 때문이었다.

문학 관련자들만 모인 자리고 장소도 깔끔한 화랑 분위기여서 사실은 자존심을 던져버리고 출판사 편집위원들과 문학평론가들에게 얼굴을 알리고자 끝까지 있을 작정으로 커피를 들고 앞자리에 앉았다. 발제자로 나온 매니지먼트 대표가 성공적으로 외국에 진출한 작품 사례를 이야기할 때 G가 문을 열고 구부정한 자세로 들어오더니 맨 앞쪽에 마련된 발제자 좌석에 앉았다. G가 눈에 젖은 머리를 두툼한 손으로 쓸어 올릴 때 나와 눈이 마주쳤다. 발제자는 문학작품에 한국적인 요소가 들어 있어야 한다고 하면서도 이야기 자체는 외국 독자가 공감할 수 있어야 한다고 말했다. 강연을 들으면서 계속 G와 눈이 마주쳤다. 마치 이렇게 또 만나게 돼서 반갑다는 표정이었고 자신을 만나러 온 것이냐고 묻는 것 같았다. G의 의뭉스러운 눈빛을 계속 피하면서 자료집을 살펴봤다.

내가 유심히 보지 않았던 모양이었다. 발제자 명단에 G가 있었다. 잠시 휴식시간이 끝나고 사회자가 G를 소개했다. 사회자는 예전에 어느 문화재단의 후원으로 G의 작품이 유럽에 소개되어 문고

판이 나왔는데 당시로선 굉장한 일이었다고 G를 치켜세웠다. 그런 실적 때문에 주최 측에서 G를 특별히 모신 모양이었다. 나는 G가 일어나서 인사를 하고 이야기를 시작했을 때 자리에서 일어났다. 뒤돌아 나갈 때 G의 시선이 느껴졌다. 일부러 그런 건 아니지만, 마룻바닥을 걷는 부츠 소리가 요란했다.

세미나실의 문을 닫는데 힘이 잔뜩 들어간 목소리가 들렸다.

"해마다 때가 되면 노벨 문학상을 언급하는 사람들, 과연 그들은 일 년에 몇 권의 책을 사봅니까? 노벨상을 비롯한 문학상이 작가들의 인지도와 책 판매에 직접적으로 영향을 주는 것은 사실입니다. 하지만, 문학상은 독자들에게 잘못된 인식을 심어주고 판단력을 떨어뜨리는 결과를 가져오기도 합니다."

세미나실을 나오니 계속 함박눈이 내리고 있었다. 가로수에 소담스럽게 쌓인 눈과 대조적으로 도로에 쌓인 눈은 사람들의 발자국과 타이어 자국 때문에 점점 시커먼 진창으로 변해가고 있었다.

잠시 대화가 중단되어 침묵이 흐를 때 소시지 안주가 나왔다. Q는 소시지가 올려진 철판이 식기 전에 3가지 종류의 소시지를 먹기 좋게 잘라놓으려고 애를 썼다. 하지만, 크기가 제각각인 소시지의 단백질 껍질이 잘 끊어지지 않아 칼이 철판 그릇을 긁어대는 소리가 요란했다. 가만 보니 칼도 무뎌지고 소시지의 질도 떨어진 것 같았다. 안주만 그런 것이 아니라 술집도 그랬다. 처음에 신선했던 독일풍의 실내장식은 보면 볼수록 어설프게 흉내만 낸 것 같아서 격이 떨어져 보였다. 조명이 어두워서 잘 보이지 않았지만 마모된 테이블의 모서리에 기름때가 잔뜩 껴 있었다. 전통을 유지하면서 변화가 필요한 부분은 발 빠르게 수용해야 손님이 끊이지 않을 텐데, 이 맥줏집은 무슨 배짱일까. 아마도 상권은 아직 살아 있지만, 매출이 부진해서 손을 털고 싶어도 바닥 권리금 때문에 선뜻 나서는 임자가 없을 것 같았다. 곰팡내 나는 광화문의 대형 맥줏집이 우리 문단의 현실과 다르지 않게 보였다.

단골 술집에 안주가 맛이 없어졌다면 그 술집에 가지 않으면 그만이다. 그러나 달리 갈 곳이 없다면 술을 마시지 말거나 맛없는 안주를 묵묵히 먹어야 한다. 문학상의 심사는 심사위원들이 연임하지 않고 해마다 교체되어야 다양한 작품이 세상에 발표될 수 있다. 하지만 문단 활동이 없더라도 뛰어난 창작 활동의 성과가 있는 선배작가들이 심사위원으로 나오는 경우는 드물다. 맛없는 안주 같은 중견 소설가 G 또한 기성 소설가에게 주는 문학상과 신춘문예 본심에 단골 심사위원으로 나온다.

어느 집단이든 개선할 문제가 있고, 문단도 그러한 문제를 안고 있겠지만, 문학상 심사 시스템은 특히 심각하다. G는 어느 해엔가는 직업이 소설가인지 심사위원인지 모를 정도로 심사위원 명단에 자주 올랐다. 그런 기득권은 어느 분야에나 있는, 진입장벽은 높지만 통과의례만 잘 거쳐서 한패가 되면 집단이기주의로 똘똘 뭉치는 게 고질병이었다. 문학상 심사도 자꾸 하면 요령이 생겨서 좋은 작품을 족집게처럼 골라낼 수야 있겠지만 새로운 관점을 가진 훌륭한 선배 작가들의 의견이 반영되지 않은 것은 아쉬운 일이다.

　나는 문학상 심사를 3번밖에 해보지 않아서 심사위원 선정에 무슨 내막이 있는지 도통 모르겠다. 이 바닥에서 어느 정도 연륜과 작품발표 실적이 되면, 심사위원이 돼서, 동료이자 경쟁자를 선별해야 하는 시스템을 무시할 수 없다. 어느 문학상은 좋은 작품을 선정하려고 부단히 고심했고 최종적으로는 공정하게 투표까지 했다는 심사 경위를 작품집에 자세하게 실어놓았다. 그런 문학상일수록 내막을 살펴보면 공정하지 않을 때가 있다. 내가 예심위원으로 참여했던 문학상은 요절한 천재작가가 남긴 문화업적을 기리는 문학상이었다. 그 문학상도 최종심사 단계에서는 투표를 했다. 문제는 투표가 그저 요식행위에 그쳤다는 데 있다. 주최하는 출판사가 내정한 후보 작가가 있었다. 처음부터 본심 심사위원들에게 간접적으로 언급할 뿐 대놓고 그 작가를 뽑으라고는 하지 않았다. 그러나 최종 투표결과 내정한 후보 작가가 선정되지 않자 주최 측은 심사위원들을 계속 붙들어 두었다.

　나를 비롯한 예심위원들은 심사 경위와 본심위원들의 심사평을 정리해야 했기 때문에 결정이 날 때까지 지켜봐야 했다. 본심의원들은 끈질긴 출판사의 압력에 다시 의견을 모아 내정한 후보 작가를 선정했다. 심사위원에 이름을 올리고 출판사에서 내정한 후보 작가를 선정한 꼭두각시들도 한심하지만, 요절한 천재작가가 남긴 문화업적을 기리는 문학상이라는 취지가 무색해지는 순간이어서 더욱 안타까웠다. 좋은 게 좋은 거고 좋은 작품이 되려면 좋은 인맥과 알력이 작용해야 한다. 그러기에 어느 정도 자리 잡은 소설가들과 안면을 트고 나에 대해 좋은 인상을 심는 것도 필요할 것이다. 다만, 유독 G는 의뭉스러워서 대면하기 싫었다.

소시지가 맛이 없어서 아르바이트생에게 겨자소스를 달라고 했더니 주방에 가보지도 않고 없다고 했다. 작년에 왔을 때 겨자소스가 같이 나왔던 것 같은데 원가절감을 하는 모양이었다. 메뉴판을 달라고 해서 안주를 고르려다 말았다. 다른 안주를 시켜도 실망할 것 같았다. 잔을 비우고 맥주만 한 잔 더 시켰다. 안주가 맛없어도 술맛이 좋은 술자리가 있다. 특정인에 대한 신빙성 있는 소문을 들을 때 그 내용이 흥미로울수록 술이 술술 넘어간다. 그날 친구 시인 M이 참석했던 문인들이 모인 술자리에서 내 작품이 도마에 올랐을 때 옆에 있다가 한몫 거들었다는 소설가가 지금 유추해 보니 G였다. 그들은 같이 동석한 시인 M이 내 절친한 친구라는 사실을 몰랐을 것이다. 당시 G는 평론가 말에 동조하면서 오이디푸스 콤플렉스를 모티브로 쓴 내 단편소설을 언급하면서 작가가 작위적으로 주제와 의도를 미주알고주알 떠드는 바람에 의미심장한 서사가 가벼워졌다고 일장 훈수를 했다는데 일면 수긍이 가면서도 G의 두툼한 손이 내 엉덩이를 만진 것 같은 굴욕감이 들었다.

순간 끓어오른 굴욕감을 떨쳐내려고 맥주를 들이켰다. G가 계속 머릿속에서 떠나지 않더니 갑자기 베트남 작가가 쓴 영문 번역본 단편소설의 한 장면이 떠올랐다. 내가 최근 발표한 단편소설에 활용했던 장면이었다. 누군가 그 장면을 보고 기시감을 떠올리지 않을까. 아니다. 그럴 리 없을 것이다. 난 그 장면을 빌려오지 않았고 완벽하게 훔쳤다. 하지만 반추할수록 허점이 보이는 것 같다. G도 나 같은 의도로 일을 저지르지 않았을까. 나는 주인공의 성별을 바꾸고 시대 배경을 바꾸었으나 직업이 같고 계속 일터를 이동하면서 배우며 성장한다는 장면은 그대로였다. 제3세계의 문학은 아직 불모지이기에 크게 걱정할 일은 아니었다. 나는 맥주잔을 내려놓고 Q의 어깨를 건드렸다.

"얼굴 좀 펴라. 나도, 너도 다 베껴. 잘 베끼면 되지 뭐."

"나는 안 베껴요. 선배 작가의 영향을 받아 본받고 싶은 마음은 생겨도 남이 경험해서 우러나온 글을 훔치진 않는다고요."

"어떻게 베끼느냐가 중요해. 프로가 되면 요령이 생기는 거야."

취기가 돌면서 후배는 점점 격앙됐다. 잘 베껴야 한다는 의미를 놓고 논쟁을 벌일수록 G와 한통속이 되는 것 같아 화제를 슬쩍 다른 쪽으로 돌렸다.

"적절한 시기에 인터넷 커뮤니티에 토론방을 개설하는 건 어떠니?"

나는 최근 인터넷 공간에서 벌어진 마녀사냥이 떠올랐다. 만일 G를 향해 광기 어린 여론몰이가 시작되면 처절한 비판의 칼날을 받아 인간 이하의 취급을 당하게 될 것이다.

"연예인, 정치인 관련 사건도 아닌데 사람들이 관심이나 두겠어요?"

"요즘 대중가요는 6개월에 한 번씩은 표절 시비가 나오더라. 네티즌들이 비교해서 들어볼 수 있게 바로 올리니까 재미있던데."

"다음 아고라 같은 데 문학작품의 표절에 관한 주제로 한번 올려 볼게요."

"네가 직접 나서지 말고 가상의 인물로 문제제기를 해봐."

"당당하게 말하는 게 어때서요?"

"넌 왜 그리 말귀를 못 알아먹니. 네가 직접 설치면 그건 그냥 배설이지."

Q는 뭔가 알아들은 듯한 표정을 지었다. 나는 그 순간을 놓치지 않고 이번 사건을 모티브로 한 소설은 개인적 감정에 기대서 쓰면 안 된다고 다시 한 번 강조했다.

"담담하게 힘 빼고 써서 아무 이해타산이 없는 독자에게 물어보는 거야."

"어려워요. 못하겠어요."

"그럼 나 주라. 내가 멋지게 써 볼게."

"오늘 그래서 보자고 한 거예요?"

"아니 뭐 네가 시간도 없고 ⋯."

"인세는요?"

"그러게. 그럼 인세를 나눠야겠지?"

중요하고 민감한 부분이었다. 우리는 한동안 말없이 맥주만 마셨다. 맥줏집 전면 유리창 밖으로 길게 늘어선 노점과 많은 인파가 커다란 먹이를 발견한 개미떼처럼 우왕좌왕 쉴 새 없이 움직였다. 빠르게 스쳐가는 사람 중에 웃는 사람은 없었다. 또 어떤 사람은 초조해하며 어디론가 달려가는 모습이었다. 어느 상점 앞은 작은 먹이를 두고 개미떼가 달라붙어 꿈틀거리듯 길게 줄을 서 있었다. 그 꿈틀거림 속에 아르바이트 청년이 '모든 것이 천 냥'이라는 광고판을 들고 군중 속에 홀로 자리했다. 청년은 망망대해에 홀로 솟아난 무인도처럼 외롭게 선 채로 흐르는 물결에는 관심이 없어 보였다. 물결이 그저 청년을 스치며 유유히 흘러갈 뿐이었다. 청년은 사람들이 광고판을 쳐다보지 않아도 두 손으로 번쩍 들고 꼼짝하지 않았다.

"얼마나 나갈지 모르지만 6:4로 하자."

"누가 6인데요?"

"당연히 내가 6이지."

나는 Q에게 인세가 들어온다면 너에게는 창작기금이고 나는 연구비가 되어 문학의 표절을 주제로 책을 쓸 것이라고 했다. 큰 불만은 없어 보였다. 나는 구두계약을 끝내고 이번 장편소설의 집필 계획을 설명하고 집으로 돌아왔다. 책상에 앉아 달력을 넘기면서 학사일정을 점검하고 나서 소설의 제목을 〈머리카락〉으로 정했다.

나는 다음 날부터 자료 분석에 들어가면서 객관적 시각을 더 확보하려고 M에게 관련 자료를 보내 표절에 대해 검토해달라고 했다. M은 시인이지만 나보다 소설을 더 많이 읽은 문창과 동기다. M은 처음에 내 부탁을 바쁘다며 거부하다가 G의 소설이 관련되었다고 하니까 아주 자세히 검토해 보겠다고 했다. 객관적 시각이 필요한 건 혹시나 내가 놓칠 수 있는 부분이 있을까 하는 염려였고 G가 Q

에게 보낸 답변 메일에서 자신의 작품이 유사한 배경과 인물을 가지고 있지만 전혀 성격이 다른 소설이라고 주장하면서 객관적인 사람들의 의견을 들어보라고 충고했기 때문이기도 했다. 더구나 M은 시인이기 때문에 G와 이해관계가 얽히지 않아 표절에 대한 소신을 밝혀 주리라 믿었다.

먼저 Q의 주장을 검토하다가 아주 재미있는 사실을 발견했다. Q의 주장대로 중견 소설가 G가 심사했다는 2009년 D일보 신춘문예 최종심에 올랐던 응모작의 내용만으로는 법적으로 명백한 표절이라고 주장하기에 애매한 부분이 있었다. 재미있는 점은 Q가 표절이라고 주장하는 내용 중 일부는 Q가 2011년 D일보 신춘문예에 문제의 작품을 개작하여 응모했던 작품에서 발견되었는데, 2011년 당시 Q의 작품은 최종심에 올라가지 않았으므로 본심 심사위원이었던 G의 입장에선 이 작품은 읽은 적이 없다고 반박할 수 있었다.

실제로 Q가 표절이라고 주장하는 내용 중 일부는 Q가 장편으로 개작한 작품에서 발견되었다. Q는 개작한 장편을 2년 동안 세 곳의 문학상에 응모하였다고 했다. 혹시 그 세 곳의 문학상 공모 심사위원 중에 중견 소설가 G가 있었는지 조사해보았지만 G는 없었다. 그런데 왜 중견 소설가 G는 자신이 봤을 리 없는 Q의 장편 일부에 대해 읽어본 적이 없다고 반박하지 않았을까? 마치 그 작품마저도 본 적이 있는 것처럼 출판사의 법무 대리인을 통해 구체적으로 조목조목 반박하며 표절이 아니라고 주장하는 것일까?

나는 이 미스터리한 부분에 초점을 맞춰 소설로 형상화하기로 마음먹었다. 이 사건의 진실은 중견 소설가 G만이 알고 있을 것이기 때문에 허구의 소설적 장치를 이용하여 진실을 파헤치기로 한 것이다.

G는 어느 날 닥친 표절 시비에 당황했을 것이다. 단호하게 아니라고 잡아뗐지만 혹시 상대방이 뭔가 알고 있을지도 모른다는 불안감에 시달렸을 것이다. 섣불리 자기주장을 할 수 없는 상황을 잘 그려내는 것이 무엇보다 중요하다. 표절에 대해 부인하면 할수록 구차해지고 표절에 대해 함구하면 할수록 의심을 받는 아이러니를 서사의 기본 축으로 설정하기로 했다.

나도 언젠가 표절 시비에 휘말릴 수 있다는 불안감이 들었다. 무의식적 표절이 문제가 될 수도 있을 것이고 완전범죄라고 믿었던 곳에서 뜻밖의 실수가 드러나 곤욕을 치를 수도 있을 것이다.

이번 표절 시비의 경우는 조기 진화가 가능했다. Q가 G에게 전화를 걸어 만나자고 했을 때 G가 선배로서 에둘러 유감을 표명하면서 Q를 다독거렸더라면 오히려 자신의 문학적 지평을 넓히는 계기가 되었을 것이다. G는 Q의 성격을 잘못 판단하고 불씨를 키운 것이다. 그러고 보면 말보다 문자가 폭력적이다. 만나서 대화하면 오해를 풀고 이해할 수 있는 사안도 메일이나 공문으로 전달되면 감정이 격앙된다. G가 출판사의 법무대리인을 통해 구체적으로 조목조목 반박한 공문을 보내기 전에 만나서 그의 예의 바른 행동과 나지막한 목소리로 Q에게 설명했다면 일이 이렇게 커졌을까. 어떤 의미에선 안타까운 일이다.

한 주가 지나서 시인 M에게서 연락이 왔다. 같이 저녁을 먹자며 자기가 사는 여의도로 오라고 했다. 약속장소는 여의도에 새로 생긴 50층이 넘는 빌딩의 지하 아케이드였다. 빌딩의 사무실과 오피스텔이 텅텅 비어 있다는 소릴 들었는데 지하에는 극장이 있어서 그런지 사람들로 붐볐다. 전체 쇼핑공간을 베이지와 짙은 밤색으로만 구성한 지하 아케이드는 차분하고 고급스러운 분위기였다. 아케이드에 입점한 브랜드들의 고유 색상이 튀지 않게 기본 색채와 조화를 이룬 것이 인상적이었다. 오가는 사람들조차 때깔이 좋아 보여서 갑자기 내 삶도 풍요로워진 것 같았다. 퓨전 일식집에 자리를 잡고 메뉴판을 보고 있을 때 M이 나타났다. 내가 맛있는 거 먹으라며 메뉴판을 건네자 M이 일단 목을 축이겠다며 아사히 생맥주를 시켰다. 맥주를 좋아하는 M이 한번 발동 걸리면 큰일이었다. 계속 아사히 생맥주를 시킬까 봐 걱정되었다.

"요즘 좀 위험하지 않을까? 젊은 사람들은 일본 맥주 안 먹던데."

"괜찮아, 살면 얼마나 산다고. 얻어먹으려면 확실하게 얻어먹어야지."

나는 국산 맥주를 시켰고 M은 식사가 아닌 안주요리를 3개나 시켰다. 간단히 식사하고 커피나 마실 작정이었던 내 신경이 점점 날카로워졌다. 요즘 산문집을 탈고하느라 불면증이 생겼다는 M은 소녀처럼 머리띠로 이마를 드러냈는데 꾸준히 관리받는 것 같은 뽀얀 얼굴이었다. 얼굴 피부만큼 부러운 것은 M의 인상을 소녀처럼 발랄하게 바꿔주는 뿔테안경이었다. 안경다리에 가죽을 씌워 장식한 명품로고가 M의 인상을 확 바꿔주는 게 훌륭한 가면처럼 느껴졌다. M이 안경을 이마 위로 올리며 말했다.

"G는 이 시대의 진정한 포스트 모더니스트인 것 같아."

"무슨 뜻이야? 돌려서 말하지 말고."

"인터넷의 위키피디아처럼 소설 텍스트도 독점적 소유가 아닌 공유의 시스템으로 여기는 것. 독자이며 작가가 되는 문학의 포스트 모더니스트라고."

샐러드와 새우튀김 그리고 닭고기 바비큐 요리가 차례대로 나왔다. 내가 요리를 덜어주고 서로 잔을 부딪치는 동안 M의 이야기는 끊이지 않았다.

"중세 수도원의 필경사처럼 지식을 끌어오고 덧붙여서 새로운 콘텐츠를 만들어내는 이른바 상호 텍스트의 선두주자라고 보면 될 것 같아. 그 사람 작품에 보니 〈켈스의 책〉이 나오던데 지식을 소유가 아닌 공유의 대상으로 여긴 중세에는 책을 자유롭게 베끼고 번역했어. 중세에는 책의 필자는 있지만, 저자는 없었어. 하나의 책은 필사를 통해 여러 권으로 만들어졌지. 중세의 이런 작업은 움베르토 에코가 소설 〈장미의 이름〉에서 재현했어."

"지금 문학에서 이런 것이 정당화될 수 있다면 표절이라는 개념은 존재하지도 않아."

"바쁜 세상에 뭐 이런 걸 문제 삼고 그래. 해마다 등장하는 단골 메뉴라 재미도 없어. 표절 의혹이 나오면 십중팔구 표절한 거고, 표절한 사람은 무조건 잡아떼는 거지 뭐."

M이 아사히 생맥주를 시켰다. 생맥주의 누런 빛깔이 국산 맥주

보다 얇았는데 괜히 이상하고 찝찝했다. 나는 잔을 부딪치고 M에게 물었다.

"그렇다면, 어떤 작가나 나타나 네가 자기 작품을 표절했다고 주장하면 어떻게 할래?"

"그건 좀 경우가 다르네."

"거봐, 자기가 당해봐야 안다니까."

"그런데 네가 이렇게 흥분하는 이유는 뭐니?"

"내 후배가 관련된 일인데 내가 표절에 관심이 많아서 그래."

"하늘 아래 새로운 이야기가 어디 있니."

"프로가 왜 그런 실수를 했을까. 그는 지금 표절에 대해 입도 뻥긋하지 않고 달궈진 냄비가 식기를 기다리는 것 같아."

"프로 맞아. 저작권법을 피해 잘 윤색한 거야. 너도 저번에 소설 쓰면서 외국작가 에피소드를 감쪽같이 가져왔다고 자랑하지 않았니?"

"흔적 없이 잘 육화시켰어. 내 경우는 재창작이지."

"네가 부탁한 두 작품 비교분석에 대한 결론은 이거야. 상황이 반대의 경우였다면 바로 표절이라고 결론 내렸을 거야. 그러니까 〈허물〉이 중견 작가가 발표한 소설이고 〈천국의 비명〉이 신인의 당선작이었다면 신인이 아무리 표절이 아니라고 항변해도 바로 당선취소가 되었을 거야."

새우튀김에 곁들여 나온 단호박튀김을 먹으며 닭고기 바비큐에도 단호박이 들어 있는 것을 발견했다. 단호박튀김을 내려놓고 바비큐 양념이 밴 단호박을 집어먹었다. 맛이 당연하다는 듯이 달랐다. 똑

같은 소재를 사용해도 어떻게 요리하느냐에 따라 맛이 천지차이가 난다는 사실이 새삼스러웠다. 나는 머릿속으로 Q의 소설에 등장하는 '미용실'과 G의 소설에 등장하는 '미장원'을 비교했다. 나도 모르게 고개를 끄덕거리면서 심각한 표정으로 M을 쳐다보게 되었다.

"내 얼굴에 뭐 묻었니?"

"너 안경 예쁘다. 그거 샤넬 꺼니?"

"이거 가짜야."

M은 이마 위로 올려 썼던 안경을 다시 고쳐 썼다. 그러자 볼이 발그레해진 청순한 소녀처럼 변했다.

"진짜 같은데. 어디서 샀어?"

"내가 얼굴이 받쳐주잖니. 누가 쓰느냐에 따라 싸구려도 명품이 되는 거야."

"넌 역시 시인이다. 명쾌한 결론이네."

M이 안경을 벗어 냅킨으로 쓱쓱 문질러 닦고는 얼큰한 일본식 된장라면과 아사히 생맥주를 한 잔 더 시켰지만, 돈이 아깝지 않았다.

우리는 식당에서 나와 지하 아케이드에서 지하철역으로 이어지는 통로를 걸었다. 통로 한쪽은 상점들이 지하철역 입구까지 이어져 있었다. 밖에서 보면 흔하고 그저 그런 프랜차이즈 브랜드 간판도 이곳에선 고급스러워 보였다. 지하철역 개찰구에서 M이 갑자기 기억났다며 움베르토 에코를 언급했다.

"그의 태도는 아리스토텔레스의 《시학》 2권인 〈희극〉이 사람들에게 알려지는 것을 두려워한 나머지 책장에 독을 발라 다른 수도사들을 살해하는 호르헤 수사의 행위에 견줄 만한 것 같아. 결국, 자기가 자기 소설 6장에 독을 바른 꼴이지. 충성스런 독자들이 책장을 넘길 때마다 자신도 모르게 표절이라는 독이 몸으로 퍼져서 나중에 합병증을 유발할 수 있고, 아니면 그 정도 독쯤에는 내성이 있어 아무렇지도 않을 수 있을 거야."

집에 와서 책상을 치우고 G가 쓴 문제의 소설책을 올려놓고 책상에 스탠드 하나만 밝혔다. 막이 오르고 무대에 주연배우가 올라간 모습이었다. 나는 소설책에서 작가를 걷어내고 소설책 자체에 경의를 표하고자 잠시 묵념했다. 에코는 책을 이렇게 정의했다.

"책은 수저나 망치나 바퀴, 또는 가위 같은 것입니다. 일단 한번 발명되고 나면 더 나은 것을 발명할 수 없는 그런 물건들 말이에요. 수저보다 더 나은 수저는 발명할 수 없습니다."

책은 문자로만 이루어지지 않는다. 문자의 크기와 모양, 구성과 배치, 보거나 읽는 순간의 어떤 느낌들이 모여 책이란 매체를 형성한다. 내가 중요하게 생각하는 것 하나는 책을 잡는 느낌이다. 소설책은 한 손에 편안하게 들어와서 달라붙는 느낌이 있어야 좋다. 표지는 딱딱하지 않고 부드럽게 휘어지는 반양장제본을 좋아한다. 나는 눈을 감고 G의 소설책을 손바닥에 올려놓았다. 양장제본 한 365쪽에 달하는 종이의 무게는 예상보다 가볍다.

시각장애인처럼 촉각을 세우고 책을 어루만지기 시작한다. 손끝은 책등에 머물다가 표지 제본을 보완하기 위해 실로 엮은 꽃천을 더듬어본다. 제책을 위해 인쇄하여 접은 종이 꾸러미를 고정한 꽃천에 달린 가름끈을 붙잡아 당겨본다. 손끝은 다시 책등에서 책장을 따라 배를 훑고 책꼬리와 밑면으로 이어진 다음 표지를 맴돈다. 표지의 중앙 부분은 손끝의 감촉이 다르다. 제목을 금박으로 처리하여 요철이 느껴진다. 눈을 뜨고 표지를 정면으로 바라본다. 베이지색 바탕에 소설의 제목 다섯 글자가 캘리그래피 형태로 그려져 있다. 캘리그래피는 다섯 글자에 잡초 같은 풀이 자라나는 형상이다. 글자를 뚫고 나온 잡풀이 순식간에 넝쿨처럼 자라날 것 같은 생동감이 느껴진다.

겉장을 넘기자 G가 환하게 웃으며 나를 반긴다. G의 사진과 프로필 밑에 현재 문창과 대학교수로 재직 중인 그가 교내 연구비를 지원받아 이 소설을 집필했다고 자랑스럽게 명시되어 있다.

이제 다시 한 번 책을 정독하기 전에 눈을 감고 이야기의 수족관에 빠져들어 갈 준비를 한다. 머릿속에 씨줄과 날줄로 짜인 그물을 수족관에 던진다. 그물에 독이 발린 문자와 이미지가 걸릴 것이다. 묵직한 그물을 건져 올린 다음 문자와 이미지에서 독을 제거하고 바다에 풀어줄 것이다. 이야기의 바다를 자유롭게 헤엄치는 모습을 보고 싶다.

장편소설의 5장까지 읽고 책장을 덮었을 때 날이 훤하게 밝아 있었다. 이제 문제가 되는 6장으로 넘어가려 하니 묵직한 뇌가 먹물을 흠뻑 머금은 느낌이었다. 커튼을 치고 침대에 쓰러져 누운 다음 벽에 붙여놓은 카파도키아 사진을 보며 터키 여행을 상상하다 잠이 들었다. 꿈속에서 열기구를 타고 3백만 년 전 화산폭발이 만들어낸 온

갓 모양의 웅장한 암석들이 끝도 없이 펼쳐진 상공을 날아간다. 괴기한 암석에 천연동굴들이 보인다. 그리스도교 신자들이 로마 박해를 피해 천연동굴 속에 동굴을 파고 숨어 고단한 삶을 살았던 처절한 애환이 녹아 있는 곳을 지나자 절벽 아래 까마득한 골짜기가 펼쳐졌다. 우주의 다른 행성으로 빨려 들어가는 기분이었다.

2부

소설 속 소설의
탄생

      그녀가 활짝 웃는 사진이 실린 잡지에는 수상작품들의 스타일화와 샘플을 입은 모델들의 사진도 같이 실려 있었다. 모델은 그녀가 불가능하다고 했던 원피스를 입고 있었다. 가슴부터 허리로 이어지는 선이 유연하게 흘렀는데 그것은 그녀가 교묘하게 두 가닥으로 수정한 것이었다. Q는 그것이 옷을 많이 디자인해서 만들어 본 경험이 있어야만 가능한 비법이라는 것을 깨달았다. Q는 모델의 날씬한 허리를 따라 흘러내리는 두 가닥의 선에서 눈을 뗄 수가 없었다. 원피스의 원단에는 고흐의 작품 〈별이 빛나는 밤에〉의 붓 터치가 단순화되어 염색되어 있었다. 이번 당선자는 프레타포르테 파리 컬렉션에 다녀오고 나서 디자이너로 특채된다는 사실도 알았다.

모방은 창조의 어머니

•   Q는 서양화과 3학년에 복학하여 전공실기 시간에 자화상을 그렸다. 한 학기 동안 작품 두 점을 완성해서 비평과 채점을 받아야 했는데 한 점은 자화상이고 또 한 점은 인물화였다. 그때는 캔버스에 오브제를 붙이거나 다양한 질감을 내려고 흙이나 톱밥을 물감에 섞거나 물감을 덧칠한 다음 예리한 도구로 긁어서 자신이 의도한 형상을 표현하는 비구상 기법이 유행했었다. 그런 유행은 그해 미술대전 수상작의 기법에 영향을 받은 것도 있지만, 지도교수의 화풍이 그러했으므로 학생들은 은연중에 그런 기법을 많이 따라했다.

하지만, Q는 붓질 하나만으로 사실적 묘사를 하는 구상화의 영역을 벗어나지 않았다. 비구상 회화는 어디서 본 듯한 이미지가 보는 사람으로 하여금 무한한 상상력의 세계로 빠져들게 하는 매력이 있지만, Q는 사실적 기법으로 일상과 사물을 비틀어보는 예민하고 감성적인 그림을 더 좋아했다. 친구들이 고물상에서 녹슨 산업폐기물을 수집하면서 소재에 집착할 때 Q는 스케치북을 들고 변두리 골목길을 누비며 보도블록 사이에 핀 야생화를 스케치했다. 현장에 나가 몸으로 느낀 감정을 담아 와서 붓으로 캔버스에 몸의 반응을 구현할 때 느끼는 뿌듯함은 마약과도 같았다.

Q는 겨울방학이 끝나고 1학기가 시작되었을 때 실기실에 할당된 자기구역을 말끔히 청소하고 기둥에 전신거울을 부착했다. 다른 학생들의 자리는 캔버스에 붙이고 남은 오브제의 자투리와 접착제가 어지럽게 눌어붙어 있었지만, Q의 작업공간은 치과의 진료대처럼 붓과 물감이 가지런히 정리돼 있었고 바닥은 카펫타일을 가져다가 깔았는데 작업할 때는 슬리퍼로 갈아 신고 이젤 앞에 앉았다. 한 사람의 삶은 그의 공간과 그 공간을 차지한 사물을 보면 알 수 있는데, 후배들은 몸집과 비교하면 얼굴이 유난히 큰 복학생 Q의 깔끔한 성격과 그가 착용하는 슬리퍼를 보고 가까이하기 싫은 큰바위 아저씨로 낙인찍었다. 거기다 어울리지 않게 특이한 정장 스타일의 옷을 색상에 맞춰 입고 학교에 와서는 실기시간에 커다란 앞치마를 두르고 작업하는 Q의 모습도 꼴불견이었다.

Q는 1학기 첫 실기시간에 거울 속에 비친 자신을 관찰하면서 100호 크기의 캔버스에 구도를 잡아나갔다. Q는 실기실에 퍼지는 테레빈유의 송진 냄새를 맡으며 캔버스에 바탕색을 덧칠하다가 문득 거울에 비친 옆자리의 여학생을 훔쳐보게 되었다. 캔버스와 캔버스 사이에 숨어 있는 것처럼 보이는 그녀는 연한 밤색으로 염색한 머리카락을 연신 매만지고 있었다. 긴 생머리를 단발 길이로 잘라서 어색한지 옆 머리카락을 한 움큼 쥐고 귀 뒤로 넘기면서 계속 손거울을 보다가 Q와 눈이 마주쳤다.

"뭘 자꾸 쳐다봐? 그림이나 그려."

"보긴 뭘 봤다고."

Q는 거울에 비친 여학생의 입 모양을 보고 자신에게 욕을 했다는 걸 알 수 있었다. 그녀는 중요한 비밀이 발각된 것처럼 얼굴을 붉혔고 그 붉어진 얼굴에 놀란 Q는 마치 도둑질하다가 들킨 것처럼 고개를 숙였다. Q는 강의실에서 그녀를 관찰하다가 눈이 마주쳐 무안했던 적이 몇 번 있었다. 꼭 그녀에게 반해서 쳐다본 것은 아니었다. 복학을 하자 학교의 여학생이 모두 예뻐 보였는데 유독 그녀가 눈에 들어온 이유는 긴 생머리 때문이었다. 그녀는 탐스러운 생머리를 하고 있었다. Q에게 있어 탐스러운 머리카락은 검고 윤기가 흐르는 청순한 생머리가 아니라 굵은 강모, 곱슬거리지 않는 직모의 질긴 머리카락이었다.

Q의 어린 시절 할머니는 아침마다 경대 앞에서 거의 백발이 된 머리를 매만졌다. 정수리부터 시작해 척추를 따라 엉덩이까지 늘어진 백발에 남은 검은색이 새치처럼 느껴졌다. 할머니는 가르마를 한쪽으로 몰아가며 대나무로 만든 참빗으로 머리카락을 정성스레 빗었다. 머리를 빗고 나면 방바닥에 떨어진 머리카락이 어디론가 기어갈 듯한 자세를 취하고 있었다. 할머니는 방바닥에 떨어진 머리카락을 손으로 쓸어 모아 비단으로 만든 복주머니에 모았다.

Q는 할머니의 손바닥이 니스 칠이 벗겨져 윤기가 없는 장판지를 쓰다듬는 소리를 들으며 눈을 떴다. 훗날 Q는 장판지를 뜯어다가 그 위에 곱게 주름진 할머니의 손을 그렸다. 아침 햇살에 드리운 할

머니의 그림자와 빛이 만들어낸 오묘한 선들이 이어지고 방바닥에서 쓸어 모은 머리카락이 빛나는 그림. 때가 낀 장판지 위에 주름진 할머니의 손과 모서리가 까진 낡은 경대의 한쪽 다리가 구성된 유화였다.

엄마의 빈자리를 차지한 할머니는 약간 섬뜩한 귀신의 이미지로 남아 있다. 할머니는 빨간 비단주머니에 녹색 비단실로 똬리를 튼 뱀 두 마리를 수놓았는데, 비단주머니는 강렬한 보색과 뱀의 비늘까지 정교하게 표현되어 주술적인 힘을 부르는 제례용품 같았다. 할머니는 Q에게 가끔 어린 시절 보았던 뱀 이야기를 들려주었다. 깊은 산속 고목뿌리 사이에 난 구덩이에서 서로 온몸을 꼬아대며 꿈틀거리는 뱀들에 대한 이야기였다. Q는 뱀 이야기를 들을 때마다 뒤엉킨 뱀 무리에서 한 마리씩 빠져나오기 시작한 뱀이 가랑이 사이로 미끄러지듯 스쳐 지나가는 것만 같았다.

할머니는 아침마다 쓸어 모은 머리카락을 염색해서 장신구를 만들거나 작은 복주머니를 만들고 머리카락을 넣어 바늘꽂이로 사용했다. 머리카락에 꽂힌 바늘은 몇 년이 지나도 부식되거나 때가 끼지 않았다. 아름답게 찰랑거리다가 몸에서 떨어져 나갔어도 살아 숨 쉬는 것처럼 습기를 조절하는 머리카락은 기이한 존재였다. 사람의 머리를 뚫고 빠져나와 생을 마감한 다음에도 새로운 존재로 군림하는 머리카락은 영물이었다.

할머니는 Q가 미대 입시를 준비하던 고등학교 2학년 때 돌아가셨다. 할머니의 유품인 비단 복주머니엔 베갯속을 넣을 만큼의 머리카락이 겨울잠을 자는 뱀처럼 엉켜 있었다. 몇십 년 동안 아침마다 할머니의 몸에서 떨어져 나온 머리카락은 아름다움과 추함을 동시에 드러내는 얇지만 큰 힘을 가진 매체였다. Q는 할머니의 머리카락을 계속 보관할 것인지 태워버릴 것인지 고민되었다. 그러던 어느 날 머리카락이 자신의 온몸을 휘감는 꿈을 꾸었다. 할머니가 자신에게 어떤 계시를 내리는 것 같아 날이 밝기를 기다렸다가 비단 주머니에서 영원히 썩지 않을 것 같은 머리카락을 꺼냈다. 머리카락은 뒤숭숭한 마음처럼 보기 싫게 엉켜 있었다. Q는 빗으로 머리카락을 한 올 한 올 정성스럽게 가다듬어 하나로 묶었다.

다시 머리카락을 비단 주머니에 넣으려는 순간 붓이 떠올랐다. 머리카락으로 만든 붓으로 그림을 그리면 사람의 마음을 움직이는 불후의 명작을 만들 수 있을 것 같았다. 그날 온종일 머리카락을 씻고 그늘에서 말렸다. 다음 날 머리카락을 가지런히 모아 아교로 붙이고 알루미늄 파이프를 잘라서 머리카락과 나무 손잡이를 연결하는 부속으로 사용하였다. Q는 머리카락 붓으로 그림을 그렸다. 머리카락은 물을 머금는 시간이 족제비털 붓보다 길었다. 채색할 때 덧칠을 많이 하지 않아야 효과적인 경쾌한 투명 수채화에 알맞았다.

Q는 머리카락 붓으로 미대 입학 실기시험을 치르고 서양학과 수석입학 장학금을 받았다. 미대에 입학한 다음에 할머니의 머리카락으로 짧고 도톰한 유화용 붓을 만들었다. 머리카락은 유화나 아크릴 물감의 용제인 기름을 오래 견디지 못했고 탄력도 떨어져서 오래 쓰지는 못했지만 주로 사물의 세밀한 묘사에 요긴하게 쓰였다. Q는

할머니의 머리카락으로 만든 붓이 하나 둘씩 그 명을 다할 때마다 여자들의 긴 생머리에 집착하기 시작했다. 그럴 때면 가벼워진 비단 주머니에 손을 넣어 머리카락 뭉치를 손가락으로 문질러 꼬았다. Q는 할머니의 남은 머리카락을 모아 마지막 붓을 만든 다음 자신의 머리를 기르기로 마음먹었다.

전공실기실 Q의 자리에 걸린 전신 거울의 한쪽 귀퉁이에는 그림 도록에서 오려낸 벨라스케스의 〈시녀들〉이 붙어 있었다.

〈시녀들〉은 벨라스케스가 1656년 스페인 국왕 부부의 초상화를 그리던 도중 작업을 구경하러 온 공주와 시녀들을 그린 유화다. 벨라스케스는 〈시녀들〉을 그리면서 밑그림 없이 한 겹의 칠로 그리는 알라프리마 기법을 시도했다. 이 기법은 훗날 인상주의 화가들에게 큰 영향을 미쳤다. 〈시녀들〉은 인물화이자 풍경화이지만 거울을 오묘하게 활용한 자화상이라고 할 수 있다. 거기에는 3개의 시선이 존재한다. 화면 오른쪽에 서 있는 남자의 시선, 화면 왼쪽 큰 캔버스 뒤에서 그림을 그리는 벨라스케스 자신의 시선, 화면 중앙에 희미한 거울상처럼 보이는 국왕 부부의 시선이다. 국왕 부부의 시선은 화가 자신의 시선이자 관객의 시선을 반사하는 거울 역할을 한다. Q는 벨라스케스가 거울을 통해 미처 그릴 수 없는 공간도 작품 속으로 끌어들인 점에 감명을 받았다. 벨라스케스는 화면에 거울을 활용하여 여러 시점을 교차시켜 그림 속에 없는 광경까지 상상하게 하였다. 작품에 그림을 그리는 벨라스케스 자신이 등장한 것도 새롭고 특이한

데 궁정화가라는 자부심과 화가의 자신감을 엿볼 수 있다.

Q는 〈시녀들〉이 자신의 작품의 모티브가 되었기 때문에 벨라스케스의 오마주 *hommage*라는 것을 그림에다 밝히려고 고심했다. 그것은 넓은 의미의 표절에 대한 법적인 문제를 떠나서 영감을 받은 것에 대한 고마움의 표시를 하고자 한 것이다. Q는 방법을 고민하다가 자신의 그림에 배치한 거울의 한쪽 귀퉁이에 그림 도록에서 오려낸 벨라스케스의 〈시녀들〉을 그대로 축소해서 그려 넣었다. 그림에 우회적으로 시도한 오마주의 표시를 아무도 이해하지 못했지만, Q는 상관하지 않았다.

Q가 〈시녀들〉을 오마주한 것은 존경하는 거장 피카소 때문이었다. 피카소는 76세라는 나이에 벨라스케스의 〈시녀들〉을 오마주했던 일을 회상하며 이렇게 말했다.

"천재성은 나이 들어 없어진다. 그래서 다시 시작해야 했다."

노년의 피카소는 창작의 샘이 메말라 그 샘을 채우려고 다시 모방을 시작했던 것이다. 피카소는 〈시녀들〉을 오마주하면서 전체를 다시 그렸고 때로는 작품 속 일부만 그렸는데 그렇게 자신만의 방식으로 그린 〈시녀들〉이 58점에 이른다.

Q는 전공실기실에서 이젤 앞에 앉아 기둥에 걸린 거울을 보며 자화상을 그리는 순간을 그렸다. 그림 속에 3개의 시선을 오묘하게 배치했는데 첫 번째 시선은 거울을 보며 자화상을 그리는 자신의 시선이었다. 두 번째 시선은 이젤 위에 거의 완성돼가는 자화상에 나타

난 시선이었다. Q의 첫 번째 시선은 화면의 왼쪽에 자리 잡은 시선이다. 자화상을 그리려고 거울을 보는 자신의 표정을 오묘한 시선으로 표현했다. 두 번째 시선은 화면의 오른쪽에 자리 잡은 시선으로 넋이 나간 박제의 눈처럼 표현한 이젤 위에서 작업 중인 자화상의 시선이었다. 그리고 세 번째 시선은 거울 한쪽 귀퉁이에 등장한 여학생의 시선이었다. Q는 작업할 때 거울에 잡힌 옆자리의 여학생을 그렸는데 머리칼은 할머니의 형상이었고 얼굴은 여학생을 닮게 묘사했다. 특별한 의도는 없었다. 여학생을 그대로 묘사하면 짝사랑하고 있다고 오해받을 소지가 있기 때문에 그저 붓이 가는 대로 그리다 보니 자기도 모르게 할머니의 혼령이 들어간 것이었다. 가뜩이나 긴 생머리를 단발로 자르고 마음이 허전하던 여학생은 그림 속에 귀신처럼 등장한 자신을 발견하고 섬뜩한 공포를 느꼈다. 여학생은 Q를 변태로 몰고 남자 과대표와 상의해서 작업공간의 위치를 바꿨다.

Q에 대한 소문은 가공되고 증폭되어 변태성욕자가 되었는데 그럴 수 있었던 결정적 원인은 Q가 여자 머리카락으로 만든 붓을 쓴다는 사실이 밝혀졌기 때문이다. 한 폭의 자화상과 머리카락 붓이 몰고 온 파장은 엄청났다. Q는 어느새 여자의 머리카락을 수집하는 괴물이 되어 있었다. 당시 연쇄살인범이 젊은 여성을 폭행하고 살인해서 시신을 유기하는 사건의 공개수사가 사람들을 공포에 떨게 하던 시기였는데, Q는 은연중에 연쇄살인 용의자로 몰리기도 했다. 여학생들은 Q에게 가까이 가기를 꺼렸고 남학생들은 재미없는

Q에 무관심했다. 외톨이가 된 Q는 전공실기실에서 거울을 뚫어지게 쳐다보며 계속 자화상만 그렸다.

Q는 자화상을 통해 자신을 까발려 자신은 변태가 아니라고 고백하고 싶었다. 내면 깊숙한 곳으로부터 우러나오는 자신의 깨끗한 내면을 고백하고 싶어서 성화를 그리는 마음으로 작업에 임했다. 그런데 이상하게도 자기가 변태가 아니라는 사실을 의식하면 할수록 그림 속 Q의 형상은 자신의 의식적 무의식적 요소들이 은연중에 표출된 것처럼 음흉한 눈빛의 괴물이 되어갔다. Q는 거울을 의심했다. 거울이 자신을 골탕 먹이려고 자신의 모습을 변형시키는 짓궂은 장난을 하는 것 같았다. Q는 자신이 거울 밖의 허상이 변태성욕자일지라도 거울 속의 실상은 그저 열심히 그림을 그리면서 후배들과 친하게 지내고 싶은 복학생이라고 인식했다. 하지만 거울은 제 맘대로 실상을 왜곡하여 혼돈에 빠뜨리는 것 같았다.

Q는 거울을 들고 쓰레기장에 가서 던져버렸다. 거울은 콘크리트 바닥에 떨어지면서 두 갈래로 금이 갔다. Q는 깨진 거울에 비친 자신의 모습을 바라보며 헝클어진 머리를 가다듬었다. 얼굴이 거미줄에 걸린 것처럼 보였다. 계속 다른 표정을 지어보다가 끝내 얼굴을 찌푸리고 말았다.

Q는 자화상을 팽개치고 전공실기실 밖으로 뛰쳐나와 식당으로 가다가 건물에 부착된 현수막을 봤다. 학생회관 건물에 벽화를 그리는데 참여할 사람을 모집한다는 내용이었다. 학생회관 앞에선 환

경미술 동아리가 총학생회가 의뢰한 벽화제작 준비작업을 하고 있었다. Q는 캔버스 말고 다른 곳에 정신을 쏟고 싶었는데 마침 육체노동처럼 몸으로 부딪칠 수 있는 벽화작업이 반가웠다. 그 자리에서 환경미술 동아리에 가입한 다음 누구보다 열성적으로 작업했다. 수업까지 빼먹고 자료조사를 하고 시안을 잡았다. 건물 벽면을 실측하고 면을 분할해서 작성한 공정표를 만들었다.

작업은 1학기 종강과 함께 시작되었다. 먼저 건물 벽을 흰색 페인트로 칠한 다음 공사용 비계를 설치하고 목탄으로 벽에 스케치했다. 스케치에만 10명이 보름 동안 매달렸다. 채색에 들어갔을 때는 안료에 섞는 접착제 냄새 때문에 작업을 하다 보면 어지러웠다. 가만히 서 있어도 비계가 바람에 흔들리는 듯했다. 해가 지면 내려와서 안료를 정리하고 붓을 씻었다. 잠을 편하게 자기 위해 취할 때까지 막걸리를 마시고 여관에 가서 바로 쓰러졌다.

벽화의 바탕색이 칠해져서 전체적인 윤곽이 드러났던 날이었다. 아침부터 비가 조금씩 내리기 시작했다. Q는 비계를 원숭이처럼 타고 내려오면서 벽에 비닐을 덮었다. 비가 그치기를 기다리며 도서관 로비에서 자판기 커피를 마시고 있을 때 동양화과 교수가 우산을 쓰고 한 손엔 커다란 가방을 들고 겨드랑이에 종이파일을 끼고 힘겹게 걸어가고 있었다.

동양화과 교수는 통통한 체형에 항상 활기가 넘치는 사람으로 학생들에게 격의 없이 편안했다. Q는 동양화과 F교수의 개인전 마지막 날에 갔다가 붙잡혀서 전시회가 끝나고 그림을 옮기는 일을 도운

적이 있었다. 개인전의 작품은 수묵화보다는 주로 채색화였는데 한국 전통 민화의 기법을 사용해서 한국 채색화의 독특한 영역을 구축했다는 좋은 평을 받았다. Q가 보기에도 독특한 채색화였다. 한지를 두껍게 배접하고 바탕색을 수십 번 겹쳐 칠한 질감이 고대 벽화를 연상시켰고 어느 작품은 배경에 얇은 금박지를 붙이고 그 위에 채색하여 금색이 은은하게 배어 나왔다. 전시장의 국부 조명에 부분적으로 드러난 금박지가 반사됐는데 찬란했던 고대 문명을 화면에 집약시킨 것 같은 강렬한 이미지였다.

Q는 뛰어가서 F교수에게 인사했다.

"교수님, 안녕하세요."

Q는 평소 F교수의 그림이 마음에 들어 동양화과로 전과하고 싶을 정도였는데 개인전을 보고는 그를 더욱 존경하게 되었다. F교수는 우산을 잡은 손으로 콧잔등에 살짝 걸친 금속 테 안경을 추켜올리고 나서야 Q를 기억해냈다.

"아, 너 큰바위 얼굴이구나."

F교수는 전시회가 끝나고 그림을 옮기는 일을 도와준 학생들에게 술을 샀다. Q는 그날 회식자리에서 자신을 서양화과에 다니는 큰바위 얼굴이라고 소개했었다.

"네 교수님, 기억력 좋으시네요."

"넌 그동안 공부 열심히 한 모양이구나."

"공부요?"

"그때보다 머리가 더 커졌다."

Q는 머리를 숙이고 F교수의 커다란 가방을 교수연구실까지 들어다 주었다. F교수는 Q에게 교수연구실에 어지럽게 널려 있던 합판과 화구를 옮기고 정리하는 일을 거들어 달라고 했다. F교수 연구실은 다른 연구실과 달랐다. 둥글게 만 화선지가 선반마다 빼곡히 꽂혀 있었고 작업 중인 그림도 3점이나 돼서 빈 곳이 거의 없었다. 겉보기에는 한시도 쉬지 않고 작업을 하는 존경받을 만한 화가이자 교수지만, 실상은 그렇지 않았다.

학사업무는 조교에게 다 넘기고, 실기 지도시간은 최대한 줄여서 학교에 출근해 자기 작업에만 열중하는 교수였다. F교수는 예술은 가르칠 수도 없고 가르쳐서도 안 되며 교수는 열심히 창작하는 모습을 학생들에게 보여주는 것이 좋은 교육이라고 했다.

Q는 F교수의 합판을 정리하다 작업 중인 채색화에 눈길이 갔다. 아메바 같은 색의 덩어리가 수없이 겹치고 섞이면서 분열하는 비구상 작품이었다. 여러 겹 배접한 두툼한 한지에 초벌로 아교를 발라서 작업한 것 같았다. 안료가 물기를 머금고 색이 한지에 번지는 것이 생동감이 있었다.

합판을 F교수가 옮겨달라는 자리로 옮기려고 돌려세울 때 작업대에서 사진 3장이 떨어졌다. Q는 바닥에 뒤집힌 사진을 한 장씩 집어 올리다가 무심결에 훑어보았다. 도록에 실린 그림을 찍은 사진이었다. 일본어로 된 설명이 간간이 보이는 것으로 봐서 일본 작가인 것 같았다. 어디서 본 듯한 작품이었다. 순간 어디서 봤는지 선명하게 떠올랐다. 봐서는 안 되는 비밀을 염탐하다 들킨 것 같은 불안감이 밀려왔다. Q는 자신도 모르게 그 사진 한 장을 접어서 바지 주머니에 넣었다.

창작에만 열중하는 F교수를 존경하였고 그렇게 만들어진 작품을 좋아하였으므로 Q의 의구심은 증폭되었다. 벽화작업에 참여하지 않고 도서관에서 일본 작가 도록을 뒤졌다. F교수의 그림 같은, 혹은 사진에 찍힌 일본 채색화 같은 그림을 발견하지는 못했다. Q는 미술관련 서적을 전문으로 취급하는 서점으로 갔다. 그림 도록을 모조리 찾아보다가 서점 한쪽 구석에 꽂혀 있는 여러 권의 일본 미술 계간지에 눈길이 갔다. 먼지를 뒤집어쓰고 누렇게 변색한 미술 계간지는 오랜 시간 동안 그 자리에 꽂혀 있었던 것 같았다. 먼지를 털어내고 일본 미술 계간지를 훑어보았다.

사진의 작품을 발견한 건 10년 전에 발간된 여름호에서였다. 젊은 여자 작가였다. 작업실에서 반소매와 반바지를 입고 찍은 인물 사진과 함께 작품의 사진이 여러 컷 실려 있었고 작가가 작업하는 모습을 세세하게 찍은 사진 그리고 인터뷰 기사도 있었다. F교수의 오래된 일기장을 훔쳐보는 것 같았다. Q는 그 잡지를 사서 기사를 복사한 다음 일문과 친구에게 번역을 부탁하고 그 젊은 여자 작가가 사용한 금박지를 조사했다. F교수의 작품 중 배경에 얇은 금박지를 붙이고 그 위에 채색하여 금색이 은은하게 배어 나왔던 작품이 떠올랐기 때문이었다. 그날 F교수의 개인전 전시장의 국부 조명에 금박지가 반사되어서 아주 강렬한 이미지로 남아 있었다.

일본 미술사 자료를 찾아보니 금박지는 일본 전통회화에서 장식기법의 재료로 사용되었다. 화려한 건축물에 어울리는 매우 장식적인 표현기법으로 주로 금박지와 돌가루가 들어간 물감을 사용하였다. 인터뷰 기사에 의하면 그 일본 작가는 전통적인 장식기법을 발전시켜 자신만의 기법으로 개발했다고 하면서 전통적인 일본 채색화의 정신을 어떻게 해석했는지도 언급되어 있었다. 두껍게 배접한 화선지 위에 물감과 아교를 섞어 여러 번 바탕을 칠하고 금박지를 붙여 날카로운 송곳으로 긁어서 바탕색과 금박의 강한 대비로 이미지를 표현하는 기법도 소개되어 있었다. 어쩌면 F교수의 다음 작품에 날카로운 송곳 자국이 나타날지도 모를 일이었다.

Q는 F교수 개인전 도록과 일본 미술 계간지를 비교해보았다. 단순히 영향을 받은 것이 아니라 염치가 없을 정도로 유사했다. 색감은 조금 차이가 있었다. F교수가 한국 전통의 오방색을 바탕으로 색을 사용한 것은 그나마 다행이었다. 사진만 오려서 섞어 놓는다면 보통 사람들은 한 사람의 작품이라고 볼 수도 있을 것 같았다. Q는 F교수의 오래된 일기장 같은 일본 미술 계간지를 쓰레기통에 던져버렸다가 다시 주워왔다. 버려야 할 것은 일본 미술 계간지가 아니라 F교수의 그림 도록이었다.

F교수의 행위를 이해할 수 없었다. 단순히 기법만 모방한 것이 아니라 장식적인 요소, 강렬한 색상 대비의 효과는 물론이고 일본 작가의 정신까지 훔쳐 와서 한국적 색상으로 덧칠한 것 같았다. Q는 그 전에 F교수의 작품들을 보면서 독특하게 느껴졌던 요소가 가식적이고 흉물스러워졌다.

Q는 두 가지의 의문점이 생겼다. 10년 전 일본에서 촉망받던 젊은 여자 작가는 왜 사라졌을까? F교수는 일본 채색화를 어쩌면 그렇게 당돌하게 표절할 수 있었을까? Q의 조사는 계속되었다. 다시 미술전문 서점으로 가서 일본 미술 계간지를 더 구해서 기사를 검색하는 과정에서 그 일본 여자 작가는 현재 자신이 개발했던 금박지 기법이 너무 장식적 요소만 강조되는 것 같아 채색작업을 그만두고 수묵화 위주의 작업을 한다는 것을 알아냈다.

F교수는 교수가 되기 전까지 화단에서 두각을 나타내지 못하던 작가였다. 주로 산수화를 그렸는데 어려서부터 먹을 다뤄보지 않아서 섬세하고 깊은 농담濃淡의 맛을 내지 못했고 산수화의 기본 정신인 현실적 삶에서 벗어나 자연에서 삶의 진리를 깨닫고자 하는 결연한 의지를 조금도 형상화하지 못했다. 뭔가 돌파구를 찾아야 했던 F교수가 소재나 독특한 기법을 개발하기 좋은 채색화로 눈을 돌렸을 것이라 추정했다. 그때 일본 작가의 작품을 접하게 되었던 모양이었다.

찬란한 황금빛의 금박지가 그를 타락시켰을지도 모를 일이었다. 금박지에 의존해 그림을 단박에 화려하게 만들 수 있는 욕망이었다. 그 욕망 때문인지 F교수의 그림에서는 일본 작가의 작품에서 볼 수 있는 붓질이 겹겹이 쌓여서 나오는 은은한 색채와 장식적인 금박지가 어우러지는 화면은 찾아볼 수 없었다. F교수의 대부분 작품은 배접된 한지에 부착되어 덧칠한 물감의 압력을 견디지 못하고 터져 사방으로 갈라지는 금박지를 사용하였다. 바람에 날아갈 정도로 얇은 금박지는 마티에르 효과와 화려한 빛깔로 한동안 사람들을 현혹할 것이다.

F교수는 5년 전 일본 여자 작가의 채색화를 표절한 작품으로 한국 최고의 권위를 자랑하는 동인미술대전 한국화 비구상 부문에서 특선을 받았고 교수가 된 건 그다음 해였다. Q는 동인미술대전 심사위원이 누구였는지 알아보았다. 공교롭게도 그 원로화가도 몇 년 전 일본 화가의 작품을 표절했다는 의혹이 불거졌던 전력이 있었다. Q는 표절 심사위원이 표절 작품을 뽑는 표절로 얼룩진 미술 공모전이 실망스러웠다. 동양화과에는 수묵화를 담당하는 교수와 채색화를 담당하는 F교수가 있었다. Q는 F교수의 채색화가 한국 전통 민화의 기법을 활용해서 한국 채색화의 독특한 영역을 구축한 좋은 작품이라고 한다면 F교수 대신에 그 일본 여자 작가가 동양화과 채색화 담당교수로 오기를 바랐다.

Q는 일본미술 계간지를 복사해서 서류봉투에 넣었다. 다음 날 그 서류봉투를 들고 F교수의 연구실로 갔다. 서류봉투의 겉면엔 F교수의 연구실에서 가져온 그림 사진을 붙였다. Q는 잠시 망설이다 서류봉투를 연구실 문 밑으로 밀어 넣고 돌아섰다. 그때 F교수가 복도를 걸어오고 있었다. Q는 고개를 쳐들고 F교수를 노려보며 현관 출입문을 향해 걸었다. F교수 역시 Q를 쳐다보며 걷다가 가까워졌을 때 Q를 불렀다.

"큰바위야, 너 오늘 나 좀 도와줄래?"

Q는 대답하지 않고 계속 걸었다. 잠시 후 두 사람의 시선이 비껴

지나갔다. F교수는 자신의 연구실 앞에 서서 고개를 뻣뻣하게 쳐들고 주머니에 손을 찌른 채 멀어지는 Q의 뒷모습을 멍하니 바라봤다.

　Q는 F교수에 대한 실망을 떨쳐버리려고 다시 벽화에 매달렸다. 벽화의 주제는 남북통일이었고, 먼저 벽화에 '가자 북으로 오라 남으로'라는 구호가 그려졌다. 작업은 빨리 진행되어 무너진 휴전선이 그려지고 벽면에 통일을 기뻐하는 사람들이 차츰 선명해졌다. 벽화는 사실적 묘사보다는 사물을 단순화시키고 과장하는 표현방식이었다. 날카로운 조각도가 목판을 긁어낸 듯한 선으로 형태를 구분했다. 그래서인지 역동적으로 꿈틀거리는 에너지가 느껴졌다. Q는 주로 인물을 맡아서 채색했다. 비계에 올라 붓을 쥐고 흐르는 땀을 손등으로 닦으면서 많은 사람을 그렸다. 환경미술 동아리에서는 다채로운 문화행사를 벌였고 벽화 제작기금 마련을 위해 목판화를 찍고 티셔츠에 그림을 전사해서 판매했다. 벽화제작은 많은 학생이 즐겁게 참여하는 공동체 놀이의 개념이었다.

　여름방학이 끝나갈 무렵 벽화는 완성되었다. 위에서부터 비계를 철수하면서 빈틈을 메우고 덧칠을 하고 티끌을 제거했다. 벽화제작에 참여했던 학생들은 태양을 먹은 청동빛 얼굴로 5층 건물에 그려진 벽화를 뿌듯하게 바라봤다. 벽화를 완성하고 나서는 액자에 구속되어 전시장이나 실내공간에만 머무는 순수미술에 대해 차츰 흥미를 잃어갔다.

　벽화제작 이후로 Q는 졸업장만 받아야겠다는 일념으로 학교에

다녔다. 2학기부터는 구상화를 그리지 않았다. 캔버스에 쓰레기를 주워다 붙이고 종이컵에 물감을 담아 옥상에 올라가 캔버스를 향해 떨어뜨렸다. 3학년 2학기 때 그린 작품을 4학년 1학기 때 뒤집어서 색을 바꿔서 검사를 맡았고 졸업작품은 다시 그 작품을 뒤집어서 오브제를 더 붙인 다음 색을 바꿔서 해결했다.

아르바이트를 위해 수업이 끝나면 바로 일터로 가면서 학생회관을 바라봤다. 벽화의 바탕색은 빨강이었다. 빨간색을 오래 보고 있으면 신기하게도 힘이 솟아나는 듯했다. 그런데 벽화가 학업 분위기와 어울리지 않게 지나치게 정치적이고 선동적이라는 이유로 3학년 겨울방학 때 당국의 압력으로 지워졌다. 벽화는 백색 페인트에 덮였어도 한동안 붉은빛을 발산했다. 1년 동안 학생회관을 오가면서 학교 당국에 의해 깨끗하게 지워진 벽을 바라봤다.

4학년이 되었을 때 Q는 화가의 꿈을 접고 취업준비를 시작했다. 취업을 준비하는 과정은 스케치북 하나만 들고 무작정 여행을 떠난 기분이었다. 진로를 패션회사로 정하고 나서 실기시험 준비를 했다. 디자인 감각을 익히려고 패션아카데미를 다녔다. 사람의 감성을 자극하는 색채를 공부하면서 어렸을 때 그렸던 그림이 기억났다. 스케치북에 크레용으로 밑그림을 그리고 그 위에 검은색을 덮은 다음 칼로 긁어내는 그림이었다. 검은색을 긁어내는 칼은 마음속으로 벼린 칼이었다. 꿈을 찾아 떠나는 여정에서 자신을 방어하는 수단이자 목표를 향해 뚫고 나가는 신념의 상징이었다.

Q는 디자인을 공부하면서 자신을 빈틈이 보이지 않게 다양한 색

으로 계속 덧칠했다. 색이 섞이면서 나중엔 검은색으로 변했다. 덧칠한 자신을 보면 동전으로 즉석복권을 긁기 전 같은 기대감이 들었다. Q는 어느 날 꿈속에서 칼로 자신의 몸에 덧칠된 검정을 긁어내자 밑에 칠한 색이 뭉개지면서 파란색이 나왔다. 계속 칼로 긁어내자 하늘색 같은 파랑이 나오면서 무한한 세계가 펼쳐지는 것 같아서 기분이 좋았다.

Q는 패션회사에 면접을 보러 가기 전에 미용실에서 일하는 고등학교 후배 명규를 찾아갔다. 명규가 일하는 미용실에는 피그말리온의 아내가 된 석상 갈라데이아 같은 여자 미용사들이 많아서 일부러 자주 찾아가게 되었다. 그 미용실의 원장은 미용사를 뽑을 때 실력보다는 외모를 중시했다. Q의 후배 명규도 매력적인 외모를 가진 남자 미용사였는데 그는 매력적인 외모에 걸맞은 실력을 갖춘 미용사였다. 멋을 내지 않고 빗어서 질끈 묶은 풍성한 머리카락은 여성적인 아름다움이 느껴지다가도 머리를 풀어헤치면 말총처럼 흩날리는 야성미가 느껴졌다. 명규는 자신을 머리카락으로 드러냈다. 어느 때는 머리카락으로 자신을 아름답게 포장했고 어느 때는 자신의 속마음을 가리는 데 사용했다.

Q의 고민은 패션회사에서 의상모델을 겸할 수 있는 남자 디자이너를 뽑는 것은 아니었으나 얼굴이 몸집과 비교하면 유난히 크고 특별한 매력이 없어 면접에서 떨어지면 어쩌나 하는 걱정이었다. Q가 그림에 대해 회의를 느끼고 패션 디자이너가 되어야겠다고 결심한

건 나중에 독립해서 자신의 패션 브랜드를 만들어 예술과 실용성을 결합한 독특한 스타일을 창조해야겠다고 목표를 정했기 때문이었다. 그러려면 패션회사에 취직해 몇 년간 디자이너로 일하면서 일을 배워야 했기 때문에 면접에 철저히 대비했다.

명규는 미용실 거울 앞에 앉은 Q의 머리를 올백으로 세팅했다가 바로 빗어 내렸다.

"얼굴 참 크다."

"잘 만져봐."

"앞머리로 이마를 자연스럽게 가려야겠어."

명규는 성형외과 의사가 수술 전에 라인을 만들어내듯 빗으로 머리카락 한 올 한 올을 빗어 내리며 스타일을 창조했다. 명규는 처음에 볼 살과 턱 선을 따라 앞머리가 자연스럽게 흘러내리는 스타일로 정하고 조금씩 길이를 체크하면서 섬세한 커트를 했다. 그러나 샴푸를 하고 드라이를 해보니 만족스럽지 않았다. 자연스럽고 독특한 이미지가 아니라 일부러 멋을 부리려고 안간힘을 쓴 듯 어색했다. 명규는 원점으로 돌아가 다시 스타일을 변형했다. 막 자른 듯 거친 느낌의 커트로 야성을 강조하고 밝은 갈색으로 염색해서 거칠지만 세련된 느낌으로 다시 태어났다. 장인의 손으로 커트만 정성스럽게 했을 뿐인데 펌을 한 것처럼 볼륨이 살아났다.

Q는 헤어스타일의 변신을 계기로 포장을 보고 상품을 고르는 시대에 걸맞은 외모를 가꾸기 시작했다. 얼굴 성형을 위해 적금을 붓기 시작했고 몸에 달라붙는 셔츠를 멋지게 입고 출근하기 위해 살을

빼고 복근을 단련하며 면접을 보러 다녔다. 피부 관리에도 신경을 썼다. 3일에 한 번씩은 자기 전에 침대에 누워 마스크팩을 했다. 온몸에 힘을 빼고 마스크팩의 에센스가 피부 속으로 잘 스며들기를 기원하며 잠들었다.

이야기의 원천을 찾아서

•   매일 음과 양이 교차하는 시간에 일어나 기도하는 중년의 남자. G는 샤워기 꼭지에서 쏟아지는 따뜻한 물을 온몸으로 받으면서 다시 태어나는 아침 의식을 거행했다. 거룩한 몸을 오랜 시간을 들여 씻는 행위는 세상으로 향하는 통로를 깨끗이 갈고 닦는 의식이다. 세상과 나 자신의 통로가 되는 몸은 의식과 관념의 외부로 나가 있는 동시에 그 외부가 리듬으로 변형되어 울리는 매개체이다.

샤워기의 수압이 바로 전해지는 곳은 탈모가 진행되는 정수리다. 두피에 물이 충분히 젖어들 때까지 기다리며 모근을 자극했다. 샤워기 물줄기에 정수리가 얼얼해지면 G는 손에 기능성 샴푸를 조금 짜서 애벌빨래를 하듯이 거품을 내서 머리를 헹궈낸 다음 다시 샴푸를 묻혀 손가락으로 꼼꼼하게 두피 마사지를 했다.

G는 아침 의식을 끝내고 손가락으로 욕조 배수구 망을 훑어냈다. 손가락에 잡히는 머리카락의 양을 가늠해봤다. 어제보다 몇 가닥이 더 빠진 느낌이었다. G는 거울 앞에서 수건으로 머리에 물기를 제거하고 이마 주변의 머리카락을 살살 잡아당겨 보았다.

요즘 프랑스에 소개된 자신의 장편소설 때문에 여러 군데 잡지사에서 인터뷰 요청이 들어왔다. 기사에 실린 사진을 보고 나서야 탈모가 빠르게 진행되고 있는 사실을 알았다. 욕실 조명에 반짝이는 넓은 이마는 하얀 자갈을 연상시켰다. 그나마 머리카락이 정수리에 무인도처럼 남아 있는 것은 다행이었다. G는 탈모가 진행되는 자신의 모습에서 아버지가 떠올랐다. 아버지는 항상 자신을 따라다녔다. 아버지를 기억에서 지워버리려고 해도 거울을 보면 어김없이 아버지가 나타났다.

어렸을 적 아버지와 자주 갔던 무인도는 하얀 자갈밭이 섬 전체를 둘러싸고 있었다. 파도가 치면 물거품에 하얀 자갈이 반짝거렸다. 자갈밭을 지나 기암절벽이 시작되는 섬 한복판에는 맑은 물이 흐르고 있었다. G는 그 물가에서 고기 잡는 것을 좋아했다. 송사리를 한번 잡아보려고 두 손을 모아 쉬지 않고 물을 퍼 올렸지만 송사리는 어김없이 손가락 사이로 빠져나갔다. 허망하게 바위에 앉아 냇물을 바라보고 있으면 조그마한 송사리 한 마리가 까불며 바닥의 흙을 휘저어 놓았다. 하지만 송사리를 잡고 놀던 기억은 잠깐이었다.

땡볕을 걸어 다니며 쓰레기를 주워 마대에 담는 아버지를 못 본체했다간 코피가 나도록 얻어터지기 십상이었다. 아버지의 폭력은 할아버지가 물려준 유전병이었고 술이 원인이었다. 아버지가 술을 먹고 들어온 날이면 안방에서 나는 고함소리에 잠을 잘 수 없었다. 아버지는 술을 먹으면 꼬투리를 잡아서 화를 내면서 힘이 세졌다. 아버지는 어머니를 때리면서 힘을 빼든가 멀쩡한 가구가 부서져야만 쓰러져서 코를 골았다. 어머니는 아버지에게 두 손이 잡힌 채 온

집안을 끌려 다녔다.

그럴 때 어머니는 집에서 기르던 누렁이 같았다. G는 아버지처럼
누렁이에게 폭력을 행사했다. G는 누렁이가 캔버스 운동화 끈을 물
어뜯었을 때 누렁이의 앞다리를 잡고 빗자루로 몸통을 때렸다. 누
렁이는 발광하다가 G의 손을 물어뜯고 장독 사이로 들어가서 으르
렁거렸다. G는 장독 사이에서 누렁이를 끌어내리려고 빗자루로 쑤셨
다. 빗자루를 물어 뜯어버린 누렁이의 날카로운 이빨.

어머니는 아버지 앞에서 누렁이처럼 날카로운 이빨을 드러내지
못했다. G는 안방으로 달려가서 뭐라고 소리치고 싶었지만, 무엇
인가에 묶여 있는 것처럼 꼼짝할 수 없었다.

G는 종일 계속되는 쓰레기 수거에 지쳐 쓰러질 것 같으면 아주
큰 파도가 밀려와 무인도를 덮어버리기를 바랐다. 그러면 쓰레기도
파도와 함께 멀리 떠내려가 버릴 것 아닌가.

G의 아버지는 무인도 관리인이었다. 무인도를 관리하며 받는 돈
은 아버지의 술값이었고 생활은 어머니가 밭을 일구고 굴 양식장에
서 일하고 받은 임금으로 겨우 유지되었다. 아버지가 생활비를 벌
었다면 아마 폭력은 줄었을지도 모른다. 아버지가 유일하게 했던
일은 남해의 작은 어촌에 살면서 포구에서 뱃길로 한 시간가량 떨어
져 있는 무인도를 관리하는 것이었다. 무인도 주인들은 절반 이상
이 외지인이었다. 말이 주인이지 10년이 넘도록 섬을 둘러보러 오
지 않는 경우도 있었다. 무인도 주인이 직접 관리하거나 관리인을
두고 관리하는 섬은 극소수였다.

아버지와 G는 정기적으로 무인도에 가서 온종일 쓰레기를 거둬들이고 거둬들인 쓰레기를 한데 모아 태웠다. G는 무인도에서 쓰레기를 태우는 것을 좋아했다. 쓰레기들이 불타오르는 모습을 보고 있으면 아버지를 불구덩이로 밀어 넣고 싶은 적의를 느꼈다. 불은 바람과 함께 춤을 추는 귀신 같았다. 아버지가 관리하는 무인도는 방치되어 있었다. 무인도를 훼손하고 더럽히는 것은 낚시꾼과 어부, 그리고 방목하는 염소들이었다. 무인도에 놓아기르는 흑염소 무리는 바위를 타고 절벽까지 타고 올라가 풀을 뜯어 먹었다. 흑염소는 못 먹는 풀이 없었다. 쓸 만한 무인도는 부르는 게 값이라고 아버지는 말했다. G는 혼자 놀 수 있는 무인도가 갖고 싶어서 아버지에게 물어본 적이 있었다. 아버지는 어린놈이 별걸 다 묻는다고 뒤통수를 때리며 대지나 논밭은 평수로 따지지만, 무인도는 풍치와 경관이 빼어나면 부르는 게 값이라고 했다.

무인도에 투자하려는 사람이 나타날 때마다 얼굴 한 번 본 적 없는 주인은 아버지에게 전화를 걸어왔다. 전화를 받고 나면 아버지는 1톤짜리 고깃배를 타고 무인도에 가서 쓰레기를 치웠다. 무인도에서 경관이 가장 좋은 곳과 배를 대는 곳의 쓰레기만 치워도 마대가 1톤짜리 고깃배에 가득 찼다. 아버지는 배에 쓰레기를 싣고 육지로 오다가 섬이 손바닥만 해졌을 때 쓰레기를 바다에 투척했다. 그때도 G는 자신이 배를 운전할 줄만 안다면 아버지를 쓰레기처럼 바다로 밀어 넣고 싶은 충동을 느꼈다. 나중에 무인도에 다시 갔을 때 쓰레기의 일부는 바다를 떠돌다가 파도에 휩쓸려 다시 무인도에 올라와 있기도 했다. G는 쓰레기 마대에 꼬리표를 달았다. 바다에 버렸던 마대가 다시 돌아오면 꼬리표를 하나 더 달아주었다.

아버지는 무인도 옆에 붙은 작은 섬에 낚시꾼을 데리러 가다가 풍랑을 만나 실종되었다. 며칠 후 바다에 떠다니는 쓰레기와 함께 무인도 해안으로 쓸려온 아버지를 인근을 지나던 어부가 발견했다. G는 바닷물에 불어 상한 오징어처럼 변한 아버지의 시신을 봤을 때 머릿속에서 아버지의 존재를 도려내고 싶었다. 아버지의 관이 화장터에서 한 줌의 뼛가루로 변했을 때는 무인도에서 쓰레기를 모아다 태운 것처럼 후련했다.

G는 고등학교를 졸업할 때까지 목포에 사는 큰아버지 집에서 살았다. 다행히 고등학교를 졸업할 때까지 말썽을 피우지 않았는데, 대학에 입학하여 큰아버지에게서 벗어나려는 의지가 인내심을 키워준 것이다. 아버지의 자리를 차지한 큰아버지로서는 애정의 표현이었을지 모르지만, G에게는 큰아버지의 잔소리가 커다란 짐으로 여겨졌다. 친구를 사귀지도 않고 오로지 책을 벗 삼으며 큰아버지를 벗어나고자 부글부글 끓는 가슴을 진정시켰다. G는 어려서부터 독실한 크리스천이어서 신학대학을 염두에 두었으나 큰아버지 집에서 살게 되면서 차츰 생각이 바뀌었다. 그는 결국 장학금을 받을수 있고 기숙사가 있는 서울의 한 대학 국문과에 들어갔다. 대학을 졸업하고 등단을 하고 작품활동을 하는 동안 추위에 강하고 성질도 온순한 흑염소처럼 살았다. 친척집을 전전하며 눈칫밥을 먹었고 하숙과 자취를 하며 생활력을 길렀다.

G는 머리가 복잡하거나 힘든 일이 생기면 갈매기가 되어 무인도로 날아갔다. 멀리 하얀 자갈밭과 투명한 바다, 육지에서 그다지 멀지 않은 무인도가 보였다. 가까이 날아가니 우거진 숲과 맑은 샘이 보였고 아늑한 집을 짓기에 알맞은 넓고 평평한 터가 보였다. 야생화가 지천으로 피어 있었다. 다시 바람을 타고 날아오르니 산등성이에서 풀을 뜯는 흑염소가 보였다. 어린 시절 무인도에 놓아기른 흑염소가 부러웠다. 천적이 없는 무인도에서 절벽까지 올라가 풀을 뜯어 먹고사는 모습이 세상을 등지고 사는 선비 같았기 때문이었다.

G가 대학을 다닐 땐 독재 공화국에 아파트 공화국이 기생하고 있었다. G는 학우들이 길바닥에 주저앉아 스크럼을 짜고 최루가스를 마시며 민주주의를 외칠 때에도 도서관에 홀로 앉아 책을 볼 수 있을 만큼 집중력이 높았다. 시국선언 대자보가 하루가 다르게 바뀌었고 수업 거부사태가 이어질 때마다 망망대해에 홀로 존재하는 무인도처럼 도서관에서 책을 읽었다. 많은 문학작품을 접할수록 인간 내면의 죄의식과 신의 문제에 대한 갈증이 심해졌다.

그러나 마냥 무인도처럼 도서관에서 시간을 보낼 수는 없었다. 돌이 날아와 도서관 창문이 깨지는 일도 있었고 최루가스가 도서관 안까지 스며든 날도 있었다. 그런 날엔 학교 뒷문으로 빠져나가 교회로 가서 기도했다. G는 기도를 통해 인간과 종교에 대한 궁극적인 질문을 수없이 던졌다. 인간 존재에 대한 근원적인 질문은 아무리 책을 읽어도 실마리조차 찾을 수 없었다. 그것은 아무리 먹어도

포만감을 느끼지 못하는 에리직톤이 된 것처럼 괴로운 일이었다.

G는 독재 공화국의 암흑 같은 시절을 독서와 기도로 이겨내면서 인간에 대한 근원적인 질문을 소설로 풀어내기 시작했다. 방학 때는 건설회사와 계약한 용역회사 소속으로 모델하우스 경비와 주차장 관리 일을 했다. 강남 노른자위에 지어질 아파트의 모델하우스는 도심에 떠 있는 무인도 같았다. 모델하우스가 위치한 사거리를 지나 한 블록만 넘어가면 미로 같은 골목에 쓰레기 봉지가 넘쳐났다. 봉지가 터져서 지저분한 내용물이 누런 물과 함께 흩어져 있었다. 방치되어 찌그러진 종이상자들은 물에 잔뜩 불어 있었고 쓰레기의 압력에 못 이겨 터져버린 상자도 여러 개 있었다. 악취가 진동해서 코를 막았다.

모델하우스의 측면과 후면의 주차장은 자갈밭이었다. 모델하우스의 설계가 변경되자 공사기간이 촉박해졌다. 주차장은 계획대로 포장공사를 하지 못한 채 자갈을 깔았다. 임시방편으로 나무 울타리를 치고 꽃을 심고 나자 전원풍의 근사한 주차장으로 변신했다.

방문객이 모델하우스를 구경하다 뒤 베란다의 커튼을 살짝 들추면 잡초만 무성하게 자란 황량한 뒤뜰이 내다보였다. 뒤뜰에는 썩어가는 나무 골조와 페인트 찌꺼기가 묻어 있는 합판과 쓰레기가 어지럽게 널려 있었다. 화려한 무대장치를 꾸미고 난 건축쓰레기들은 모델하우스가 철거될 때까지 그대로 방치되었다. 모델하우스는 그 당시 거대화와 획일화로 대변되는 한국 사회의 면모를 그대로 반영한 상징물이었다.

G는 온종일 모델하우스 주차장 자갈밭을 뛰어다니며 주차정리를 하느라 와이셔츠 소매와 깃이 새까맣게 변했다. 육체를 혹사하는 일을 좋아하지 않는 G에겐 무척 힘든 일이었다. 육체도 정신의 한 부분으로 여기는 G에게 주차정리를 하면서 경비를 서는 일은 어린 시절 무인도에서 쓰레기를 치웠던 일만큼이나 고역이었다. G는 어느 잡지사와 인터뷰에서 전업작가가 되기 전까지 했던 일 중에서 가장 고된 육체노동을 모델하우스 경비 일이었다고 했다.

　어쩌다 방문객이 타고 온 승용차 행렬의 팽팽한 긴장이 느슨해지기라도 하면 G는 모자를 벗고 자갈밭을 물끄러미 바라보았다. 자갈밭을 보고 있으면 어릴 적 무인도에 갔던 추억이 파도처럼 밀려왔다 사라졌다. 모델하우스 주차장 한쪽에 놓인 파라솔에 앉아 다리를 주무르다가 구두를 벗고 자갈밭을 거닐었다. 자갈 사이로 개미들이 먹이를 찾아 분주하게 돌아다니다가 발가락을 타고 올라왔다. 발바닥이 아파 발을 들어 개미를 털어내는 것도 힘겨웠다. 태양이 자갈밭을 달구자 아지랑이가 일어났다. 아지랑이가 일어나는 자갈밭에 누런 필터만 남은 담배꽁초가 박혀 있고 그 옆에는 잡초가 홀로 서 있었다. 잡초는 자동차 바퀴에 짓이겨져도 어느새 다시 틈을 비집고 올라왔다. 잡초를 한손으로 잡아 뽑았다. 잡초는 뿌리째 뽑히지 않고 줄기에서 툭 끊어졌다. 주차장 안쪽에는 잡초가 무성했다. 잡초가 무슨 말을 하는지 알아들을 수 있을 것 같아서 한참 동안 잡초를 바라보았다.

　태양에 자갈밭이 서서히 달궈지면 꽉 막힌 듯한 답답함이 가슴을 짓눌렀다. 모델하우스 앞 사거리에는 사방의 골목에서 기어 나온 차량이 가득 차서 꼼짝을 못했다. 도로를 꽉 메운 차량은 링거를 통해 환자의 혈관으로 주입되는 진통제처럼 천천히 기어갔다. 도시는 그렇게 진통제를 맞으면서 시한부 인생을 사는 것 같았다.

G는 등단 이후에 무인도 관리인이었던 아버지의 부재에 대한 이야기를 장편소설로 엮어 첫 문학상을 받았다. 그 후로도 G의 문학적 주제는 언제나 아버지였다. 아들의 처지에서 아버지의 굴레를 벗어나기 위한 고뇌를 계속 이야기로 엮었다. 어렸을 적 폭력을 행사하는 추레한 아버지를 쓰레기처럼 태워버리고 싶은 욕구가 잠재되어 있었다. 그 욕구는 이야기를 쓸 때마다 조금씩 분출되었다. G를 억압했던 아버지는 그를 떠나지 않고 끝까지 남아 창작의 불을 지펴주는 땔감이 된 것이다. G는 든든한 땔감을 바탕으로 문단에서 빠르게 성장하여 작가 지망생은 물론이거니와 등단한 젊은 작가들에게 존경받는 선배가 되었고 그 이듬해 지방대학 문예창작과 교수가 되었다.

G는 아버지라는 땔감으로 계속 이야기에 불을 지피면서 한편으로는 인간 내면의 죄의식과 신의 문제를 고민했다. G는 대학을 졸업할 무렵 그동안 고뇌했던 인간의 죄의식에 대해 정리했다. 인간의 죄의식은 윤리의식의 기초라는 것을 깨닫고 죄의식에서 벗어나려면 먼저 타인을 배려해야 한다고 깨달았다. G는 어느 날 강연에서 윤리의식을 강조하며 자신의 행위가 타인에게 미칠 영향을 고려하여 민감해져야 하며 그러면 어떤 행동이나 의식이 달라지고 조심

스러워지는데 결국 타인에 대한 배려가 사람됨의 기초라고 말했다.

문창과 소설창작 시간이었다. 2학년 학부생들이 책상을 둥글게 배치하고 합평작에 대해 각자의 의견을 발표하는 동안 G는 교탁에서 학생들의 비평을 메모했다. G의 겉모습에서는 괴팍한 예술가의 카리스마는 찾아볼 수 없었다. 서 있을 때 등을 꼿꼿이 세운다면 근골이 늠름해 보이고 위엄 있어 보일 텐데, G는 항상 구부정한 자세였다. G의 약간 구부정한 등은 어딘가 안쓰러운 인상을 주는데 자꾸 보면 세상을 등진 고뇌와 연민에 가득 찬 인상이라 간혹 매력적으로 보일 때도 있다. 시대의 한편에 묻혀 평생 공무원이라는 이름으로 살아왔을 것 같은 이름 없는 영웅이자 집에서 큰 소리 한번 치지 않는 다정한 아버지의 이미지였다. 그런 다정한 이미지의 교수님이 학생들과의 소통은 원활하지 않았다.

G는 강의시간에 독서를 우선으로 강조하면서 책을 읽는 것이 유일한 목표가 되어야 한다고 강조하면서 미하일 바흐친의 '간접화법'을 언급했다.

"나의 말과 글이라는 것은 알고 보면 누군가 했던 말이지. 누군가 했던 말이 머릿속에 남아 있다가 정리되어 나오는 것이야. 글쓰기도 마찬가지지. 좋은 글쓰기는 독서를 통해 저장되었던 누군가의 말이 정리되어 나올 때 가능한 거야. 넓게 보면 세상의 모든 말과 글이 나의 것이지. 좋은 글이 머릿속에서 넘쳐나야 좋은 글을 쓸 수 있어. 그러려면 많이 읽고 많이 사색해야 해."

독서만으로 충분히 소설을 쓸 수 있다는 주장에 학생들은 일면 수

긍하면서도 한편으로는 의문을 품었다. 소설 쓰는 방법은 쓰는 사람마다 다른 것이지 어느 것은 중요하고 어느 것은 덜 중요하다고 말할 수 없다는 점에서였다. 일부 학생들은 독서를 최우선으로 강조하는 G의 가르침을 단순하게 받아들였다. 소설의 재료를 찾고자 취재하거나 자료를 수집하러 다니는 시간에 도서관에서 기존 소설을 참고하여 소설을 만들라는 뜻으로 이해했다. G의 초기작품이 대부분 관념적이고 상징적이며, 소재나 직업군을 집요하게 파고드는 작품을 찾아볼 수 없었기 때문이었다.

또 한 가지 G가 학생들과 미묘한 갈등을 빚는 지점은 다른 예술 장르로부터 받는 모티브를 받아들이는 문제에서였다. 그는 연극이나 음악에는 관대했으나 영화나 인터넷 세상에 등장한 개인 미디어를 소설의 모티브로 삼으면 난감해 했다. G는 진지하고 지적인 문학이 되려면 오로지 독서를 통해 자기 소설세계의 고유성을 구축해야 한다고 지적했다. 이미지가 메시지에 선행하는 시대에 감수성을 키운 학생들은 다양하고 새로운 형식의 문학을 하고 싶은 욕구가 강했기 때문에 G와 자주 부딪쳤다.

G에게 좋은 평가를 받은 소설작품은 주로 독서하다가 건져낸 이야기였다. 책을 읽다가 아직 이야기로 나오지는 않았지만, 곧 누군가에 의해 이야기가 되어 나올 만한 모티브를 잘 엮은 작품이었다. 그런 작품은 대개 책에서 발굴한 이야기의 원석을 문장으로 가공하여 비틀고 부연·첨가하며 깊숙하고 집요하게 들어가는 형태를 취했는데 그중에서도 칭찬받은 작품은 이야기의 원석을 문장으로 가

공하는 과정에서 사유를 듬뿍 집어넣은 작품이었다.

그러나 어린 학생들에게 다른 예술 장르로부터 모티브를 차용해 오는 것은 떨쳐버릴 수 없는 유혹이었다. 문창과 학부생 중에 순수 문학보다는 영화에 관심이 많아 시나리오를 쓰고 있던 남학생이 하나 있었다. 그는 같은 과 친구들에게 자신이 시나리오를 쓰고 있다고 말한 적이 없었다. G가 강의시간에 새로운 매체들이 책과 문학을 위협한다는 자조적인 발언을 자주 했기 때문이었다. 남학생은 어느 날 강의시간에 독서를 바탕으로 문장을 연마할 때만 예술적 사유가 깊어질 수 있다는 G의 말에 강한 의문을 품었다. 어문예술만이 사유를 누리고 표현할 수 있다는 특권의식처럼 느껴졌기 때문이었다. 그는 강의가 끝나기 직전 G에게 물었다.

"교수님, 영상이나 이미지로 전달하는 예술은 사유가 없습니까?"

"글쎄, 관객이 영화를 보면서 사유를 느낄 여유가 있을까?"

"기본적으로 시나리오는 사유를 직접적으로 드러내지 않고 등장인물의 행동으로 표현하지만, 영상 이미지라고 해서 사유가 없는 것은 아닙니다. 어문예술이 대놓고 문장으로 사유를 풀어쓰는 것과 달리 영화는 영상 이미지로 사유를 표현하는 것 아닐까요?"

"물론 영화의 장면도 우리 안에 있는 영감을 불러일으키지만, 그것들을 깊이 있게 사유하게 하지는 못하지. 철학자이자 평론가였던 훔볼트는 사유가 곧 성찰이라고 말하면서 사유는 언어라는 수단을 통해 수행된다고 했지. 아무래도 사유 활동은 언어와 함께 시작한다고 봐야겠지."

"전 그렇게 보지 않습니다. 극작가이자 소설가였던 클라이스트는 언어는 자연스럽고 필수적이지만 진정한 해악이라고 말하면서, 언어는 사유의 결과가 아니라 사유에 앞서 발생하는 사건이며 사유는 오히려 언어의 효과적인 활동에 걸림돌이 된다고 했습니다."

"그래, 난 솔직히 영화를 잘 모르고 이미지가 메시지에 선행한다는 트렌드에 공감할 수 없네. 중요한 건 이미지를 문자로 각색해 내는 능력이야. 자넨 그게 부족해. 그 작업은 까다롭고 고통스러운 과정이야. 꾸준한 독서를 통해 문장을 연마한 사람만이 좋은 작품을 쓸 수 있지."

한번은 소설창작 세미나 시간에 비평을 발표하는 도중 어느 학생의 생뚱맞은 발언에 강의실에 웃음꽃이 피었다. 덩달아 웃던 G가 커트머리의 여학생을 바라보다가 얼굴이 굳었다. 커트머리의 여학생은 한 주 전까지만 해도 앞으로 쓸어내리면 가슴을 덮는 길이의 생머리를 하고 있었다. 그런데 갑자기 목덜미가 드러날 정도로 머리를 짧게 잘랐다. 학생들은 모두 여학생이 어떤 충격을 받아 심경의 변화를 일으킨 것은 아닌지 궁금해 했다. 커트머리의 여학생은 애써 아무 일도 없었다며 머리 스타일이 지겨워서 변화를 시도한 것뿐이라고 말했다. 하지만 학생들의 궁금증은 더욱 증폭되었다. 친한 친구들은 추론 끝에 커트머리 여학생이 지난주에 있었던 소설창작 세미나 시간에 발표한 작품이 원인이라는 결론을 내렸다.

G는 지금껏 강의시간에 긴 생머리 여학생을 지긋이 바라보곤 했

다. 그럴 땐 G의 온화한 밤색 눈동자가 빛났고 긴 생머리 여학생의 얼굴은 G의 시선에 응답이라도 하듯 살짝 붉어졌다. 그런데 언제부터인가 긴 생머리 여학생은 강의시간에 자신을 힐끗거리는 G의 시선이 못마땅하고 자꾸만 신경이 쓰였는데 그것은 G가 어느 잡지 인터뷰에서 밝힌 내용 때문이었다. G는 인터뷰에서 여자의 긴 생머리를 어린 시절부터 동경했는데 찰랑거리는 긴 생머리가 맨몸처럼 보인 적이 있었다고 말했다. 여학생은 인터뷰 내용을 읽고 나서부터 G의 시선이 불편해졌다. 하지만 여학생이 머리를 짧게 자른 결정적인 이유는 작품 합평회 때 받은 상처 때문이었다.

여학생은 겨울방학 동안 백화점에서 아르바이트한 경험을 바탕으로 단편소설을 완성했다. 신학기 첫 합평 발표작은 여학생의 작품 하나여서 토론이 진지하게 이어졌다. 여학생의 소설 배경이 된 백화점은 재벌 2세가 실패한 백화점을 다른 재벌 3세가 인수하여 30대 싱글족을 위한 명품 백화점으로 리모델링하던 날 벌어진 사건이 모티브였다. 학생들이 순서대로 의견을 발표하기 전에 여학생이 작품을 쓰게 된 동기를 밝혔다.

"저는 직영점에서 판매 아르바이트를 하다가 백화점 개점 작업에 동원되어 밤새도록 일하고 개점과 동시에 퇴근했어요. 새벽까지만 해도 상품 정리와 공사 마무리 때문에 수해현장 같던 백화점이 개점한 시간을 남기고 말끔하게 정리되었어요. 매장은 손으로 정밀하게 구축되어서 어느 것 하나 빼낼 수 없는 디오라마 같았지요. 백화점 직원통로를 지나 밖으로 나오자 백화점 정문에서 인도까지 길게 이어진 줄이 보였어요. 개점시간 전부터 사람들이 몰린 이유는 500년 전통의 명품 토털브랜드 입점 기념으로 행사기간 동안 50% 세일 판매하는 이벤트 때문이었지요. 저는 줄 서 있는 사람들을 구경하다가 백화점 안으로 들어가서 구경했는데 1층에 입점한 명품매장은 바로크 양식의 장식적 요소를 단순화시킨 유연한 곡선의 이미지였어요. 집기는 원목을 사용하여 내추럴한 느낌이었고 벽면은 울과 같은 따뜻한 감촉의 직물로 도배되어 있었고 검정색 유니폼을 입고 머리를 만질만질하게 뒤로 묶어 올린 여직원들은 하얀 면장갑을 끼고 분주하게 움직이고 있었어요. 백화점 보안요원들이 사람들의 줄이 흩어지지 않게 양팔을 벌려 띠를 만들어 다섯 사람씩 끊어서 이벤트 매장으로 들여보내는 모습을 보면서 제가 백화점에서 24시간 동안 체험한 것으로 소설을 써야겠다고 마음먹었지요."

여학생은 소설의 첫 장면을 백화점 리뉴얼 공사의 외벽 묘사부터 시작했다. 누렇게 때가 끼고 낡은 건물 외벽에 철재 프레임을 설치하고 검정 압축성형 시멘트 패널을 부착하는 장면이었다. 탈피보다는 위장막을 치는 느낌이 들었지만, 백화점은 웅장한 바벨탑처럼 포장되고 있었다. 긴 생머리 여학생은 백화점 개점 전날 6층 욕실생활용품 매장에 투입되었다. 내부 공사와 집기 세팅이 한창이었고 공사가 끝난 매장은 상품을 진열하느라 정신이 없었다. 메인 고객 동선을 기준으로 한쪽은 상품 진열을 마치고 집기 위에 보호막을 설치한 곳도 있었고 반대편은 집기도 없이 빈 곳으로 있는 매장도 있었다.

화물 엘리베이터는 입을 벌리고 상품을 담은 상자들을 계속 토해 냈다. 빈 상자들과 상품을 포장했던 비닐봉지들이 매장 안에 쌓여 있다가 고객동선으로 쏟아져 나왔다. 쓰레기는 윤이 나는 대리석 바닥 위를 뒹굴었다. 청소 용역근로자들이 수레를 끌고 다니며 쓰레기를 치웠지만 쓰레기는 계속 쌓였다. 상품을 진열하는 많은 직원이 매대 사이를 오가며 쓰레기를 만드는 것 같았다. 매대의 선반에 상품이 진열되는 만큼 쓰레기는 배로 늘어났다. 아래층으로 내려갈수록 쓰레기의 양이 불어났다. 상품을 보호했던 쓰레기는 허물과 같았다. 상품은 허물을 벗고 매력을 발산했다. 일정기간 조명을 받다가 선택을 받으면 다시 포장되어 또 다른 세상으로 떠났다.

긴 생머리 여학생은 휴대전화를 꺼내서 산더미처럼 쌓인 포장 비닐을 클로즈업해서 촬영하고 나서 수첩을 꺼내서 순간적으로 떠오른 느낌을 적었다. 백화점 대리석 바닥을 뒹구는 포장 쓰레기더미를 본 순간 자신이 구상하던 소설에서 상징적인 장면 묘사로 활용해야겠다는 생각이 들었기 때문이었다.

매장에서 상품 정리를 끝낸 긴 생머리 여학생은 먼지 때문에 목이 아팠다. 바람을 쐬려고 1층으로 내려와서 백화점 건물 밖으로 나왔다. 새해를 3일 앞둔 강남 거리는 거대한 얼음덩이 속에 갇혀 있는 것 같았다. 백화점은 맑고 차가운 얼음덩이 속에서 강렬한 색조를 자아내는 보석과 같았다. 긴 생머리 여학생이 백화점 윈도 연출작업을 구경하며 얼마간을 걷고 나자 백화점 안의 열기로 데워졌던 몸이 부들부들 떨렸다. 숨을 끌어올리고 나서 조금씩 내뱉으며 외벽 치장공사를 끝내고 새롭게 태어난 백화점을 바라봤다. 백화점 외벽에 조명이 모두 꺼졌다가 다시 켜지자 핑크빛의 선이 굴절하여 가로질렀다. 백화점이 핑크빛 그물망에 잡힌 물고기 같았다.

백화점은 어둠이 싸인 밤에 조명의 힘으로 강력한 마법을 발휘하고 있었다. 검정 압축성형 시멘트 패널의 외벽 마감재의 선을 따라 첨단 LED 조명이 부착되어 있었다. 외벽에 설치한 조명은 백화점의 촉수였다. 입력된 컴퓨터 디지털 신호에 의해 24시간 연출되었다. 계절과 날씨 이벤트 행사를 위한 빛의 프로그램은 시시각각으로 변신하며 사람들의 감성을 자극했다. 수많은 촉수는 다양한 색을 발광하면서 건물 자체를 거대한 발광체로 변신시켰다. 잠시 후 건물에 하얀 눈이 내렸다. 조명 라인을 따라 촉수가 만들어낸 인공의 눈이었다. 사람들이 백화점 앞에서 걸음을 멈추고 발광체를 보면서 감탄했다.

긴 생머리 여학생이 다시 6층 매장으로 올라가는 도중에도 상품은 끊임없이 입고되었다. 새벽 5시에 둘러본 백화점은 아직 전쟁 중이었다. 이러다가 정해진 시간에 개점할 수 있을까 걱정되었다. 지나가는 보안요원의 무전기에서 청소부 아주머니가 쓰러졌다는 소리가 들렸다. 각층의 바이어들은 매장을 돌아다니며 상품입고 상황을 점검하면서 재촉했다. 백화점 내부 공사가 빨리 끝났다면 개점 작업은 여유를 가지고 진행되었을 것이다. 백화점은 거대한 무대장치였다. 상품이 연출되고 진열되는 무대는 대리석과 첨단 조명으로 반짝거렸지만, 무대의 뒤편인 창고나 직원동선이 이어지는 비상계단은 아직 마감 공사가 한창 진행 중이었다. 구조변경을 위한 보수공사는 칸막이를 설치하고 공사를 했지만, 돌을 갈아내는 그라인더의 소음이 끊이지 않았고 용접기의 불꽃이 칸막이의 틈으로 튀어나왔다. 긴 생머리 여학생이 창고 옆에 있는 직원용 화장실을 다녀오는데 비상계단에 파견직원들과 아르바이트생들이 종이상자를 깔고 앉아 휴식을 취하면서 음료수와 빵을 먹고 있었다.

칸막이를 통과해서 매장으로 나오자 에스컬레이터 앞쪽의 고객동선부터 청소가 시작되었다. 개미떼 같은 청소 용역직원들이 쓰레기를 넓빤지로 눈을 치우듯이 밀어냈고 걸레질을 했다. 걸레질이 계속되자 기둥과 벽의 금색 몰딩이 반짝거리기 시작했다.

긴 생머리 여학생의 단편소설은 백화점에서 일하는 사람들이 아침 해가 밝을 때까지 쉬지 않고 청소하는 장면이 집요하게 묘사되고 있었는데, 학생들은 그녀가 사람들이 개점 바로 전까지 청소하는 모습을 통해 무언가를 전달하고자 했다는 것은 알았는데 그것이 구체적으로 와 닿지는 않는다는 게 공통된 의견이었다. 긴 생머리 여학생은 자신의 작품에 대해 부연설명을 했다.

"그날 오전 8시경 백화점 천장을 바라보다 영감을 받았어요. 통제실에서 전기시설 점검을 시작한다는 안내방송이 나왔어요. 전체 조명과 부분조명의 소등과 점등이 이어지면서 백화점 천장 스피커에서 오케스트라의 웅장한 음악이 울려 퍼졌지요. 저는 백화점 천장을 바라봤어요. 일정한 간격과 크기로 배치된 스피커, 조명, 환풍기, 화재 감지기 그리고 고객을 감시하는 CCTV가 헬멧을 쓰고 있었어요. 천장에 달린 장치들이 새롭게 다가왔어요. 창문이 없는 쇼핑공간을 쾌적하게 유지하는 환풍기가 소리 없이 돌아가고 있었고 밝기가 일정한 조명과 어느 위치에서나 잘 들리는 스피커의 음량이 고객을 조종한다는 생각이 들었어요. 그러자 천장에 균일하게 배치되어 고객의 몸과 소통하는 장치들이 괴물의 소화기관처럼 느껴졌어요. 그 장치들은 천장에 균일하게 집중되어 고객의 신체 리듬과 감정을 조절하여 상품 구매로 연결하는 재벌기업의 유통 시스템이 아닐까 하는 섬뜩한 공포감으로 이어졌어요. 제가 소설에서 사람들이 청소하다가 음악 소리에 백화점 천장을 바라보는 장면을 길게 묘사한 이유예요."

긴 생머리 여학생의 명품 백화점을 소재로 한 단편소설의 비평은 좋지 않았다. 논란의 시작은 어느 여학생이 소설이 아니라 르포를 보는 것 같다고 한 발언에서 비롯되었다. 반대의견도 만만치 않았는데 어느 남학생은 취재를 열심히 해서 현장감이 살아 있는 작품이라고 옹호했다. 긴 생머리 여학생은 이번 야간 아르바이트를 통해 화려한 백화점의 치부를 낱낱이 살펴보는 좋은 경험을 했다고 말했다. 그러자 어느 학생이 소설에서는 얄팍한 경험으로 인해 작가의 시선이 편협하게 될 수 있으며 자기가 몸소 겪은 체험을 바탕으로 육화시킬 때 비로소 소설이 된다고 했다.

토론이 경험과 체험의 개념 차이로 확산될 무렵 G가 합평작 원고에 첨삭을 하다 말고 토론에 끼어들었다.

"경험과 체험이, 쓰이는 맥락이 확연히 구별되는 말은 아닌 것 같고, 우리가 소설을 쓸 때 주의해야 하는 것은 직접 경험한 것에 대한 작가적 시선을 갖는 거지. 경험한 것은 아까워서 버리기가 어렵거든. 그러다 보면 소설이 아니라 르포가 돼."

긴 생머리 여학생의 얼굴이 붉어졌고 학생들의 토론은 계속 이어졌다. 현장감이 살아 있는 작품이라고 말한 남학생이 말했다.

"저는 이 작품이 경험을 통한 현장감도 있고 독특한 작가의 시선도 있다고 봐요. 백화점 천장에서 재벌기업의 유통 시스템을 은유적으로 끌어낸 시선은 신선했어요."

발표자들의 비평을 열심히 메모하던 여학생이 입을 열었다.

"경험을 바탕으로 열심히 쓴 소설을 무조건 르포 같다고 하는 건 받아들일 수 없어요. 또 흔히들 부드럽게 잔잔하게 써오면 수필 같다고 하는데 그것도 그렇습니다. 고정관념을 버리고 작품 자체에서 장점을 찾아야지 구체적인 대안 제시도 안 해주면서 그런 식으로 말하면 작가에게 상처만 주는 꼴이죠."

처음에 르포를 보는 것 같다고 비평한 여학생이 긴 생머리 여학생의 원고에 빨간 줄을 치며 말했다.

"전 백화점이라는 소재 아니 배경이 낯설지 않아요. 작년에 여류소설가 J가 백화점에 대한 산문집을 냈어요. 거기에 보면 명품매장에 대한 스케치와 단상이 나와요. 우리를 둘러싼 물건이 우리를 말해준다는 모티브로 백화점을 집중 해부한 글인데 그것은 소설이 아니니까 그냥 재미나게 읽으면 되는데 이번 합평작은 백화점을 바라보는 새로운 시선이 부족해서 르포 같다는 느낌이 들었나 봐요."

현장감이 살아 있는 작품이라고 했던 남학생이 다시 입을 열었다.

"여류 소설가 J의 산문집은 저도 봤어요. 장편소설 표절 시비 때문에 한동안 작품 발표를 안 하다가 나온 산문집이라 반가웠지요. 외국 백화점을 두루 돌아다니며 취재해서 썼다는데 현장감이 살아 있고 발터 벤야민의 《아케이드 프로젝트》까지 의미가 연결되어서 좋았어요. 전 현장이 생생하게 살아 있는 소설이 좋아요. 아까 말한 백화점 천장에서 재벌기업의 유통 시스템을 은유적으로 끌어낸 시선을 잘 살린다면 좋은 소설이 될 것 같아요."

르포 같다고 비평한 여학생이 이번 합평작에 나온 백화점 명품매장 묘사가 여류 소설가 J의 백화점에 대한 산문의 일부와 많이 비슷하다고 하자 다시 토론에 불이 붙었다.

"비슷하다는 게 무슨 의미죠?"

"같은 소재를 묘사하다 보면 어느 정도 비슷할 수 있지 않나요?"

"그렇지 않아요. 같은 소재라 하더라도 작가에 따라 확연히 차이가 납니다."

"저도 같은 소재라 하더라도 표절하지 않았다면 분명히 다른 맥이 흐른다고 생각해요. 최근 일간지 문화부 기자가 중견 여류 소설가 S의 〈작별인사〉가 일본 소설가 M의 〈물의 가족〉을 표절했다고 주장해서 제가 두 작품을 비교해 봤는데요. 제 견해로는 표절이라는 느낌이 들었어요. 우선 여류 소설가 S의 문장이 아름다운 대가의 문장을 분해해서 조합한 다음 장식적으로 활용한 것 같았어요. 그리고 두 작품 다 죽은 자의 영혼인 화자가 살아 있는 사람들의 세계를 굽어보며 회고하는 구조였고, 이미지도 두 작품 다 죽은 자와 살아 있는 자 사이에서 생과 죽음을 가르거나 잇는 상징인 물의 이미지가 너무도 선명했어요. 이 모든 점이 그저 우연이라고 할 수 있을까요? 신문에 난 것 말고 내가 아는 더 심한 표절작품도 있는데 어떻게 중견 소설가가 독자가 표절이라고 단정할 정도로 빌미를 제공할 수 있는지 이해할 수가 없어요."

"기성 작가들은 주로 일본 작가들을 좋아하고 좋아하는 만큼 표절도 많이 하는 것 같아요. 더 재미있는 사건도 있었어요. 평론가 K는 《한국 근대 소설사 연구》를 쓰면서 일본 작가 G의 《일본 근대 문학의 기원》을 표절했는데 그걸 제자 L이 밝힌 사건이 있었어요. 그런데 평론가 K가 실수를 인정하고 자신을 비판한 제자 L의 패기를 높이 평가했어요."

열띤 토론으로 소설창작 세미나 시간이 끝난 줄도 몰랐다. 어느 여학생의 스마트폰이 진동했다. 여학생은 머리를 숙이고 스마트폰을 귓가에 갖다 대었다. G는 강의시간에 스마트폰을 만지작거리는 것을 싫어했다. 학생들이 사전 검색을 했다고 변명해도 가급적 자제하라고 당부했다. 시간이 지나자 학생들이 한둘씩 스마트폰을 만지작거리기 시작했다. 팔짱을 끼고 묵묵히 토론을 경청하던 G가 말을 자르고 교탁 앞에 섰다.

"시간이 다 되어서 오늘은 그만 끝내도록 하겠다. 먼저 경험에 대해서 말하자면 꾸준한 독서를 통해 소설의 본질을 터득한 사람만이 경험을 소설적 허구로 가공할 수 있다. 좋은 소설을 만드는 자양분은 자기가 읽은 소설이지 경험이나 체험이 아니라는 거지. 그다음 요즘 신문에서 떠드는 표절에 대해서 나는 어째서 표절이고 왜 표절이 아닌지 그 기준에 대한 지식이 없다. 그런 거 따질 시간에 책을 읽어라. 습작기에는 하늘 아래 새로운 이야기가 없다는 전제 아래 내가 했던 이야기, 내가 지금 하는 이야기, 내가 앞으로 할지도 모르는 이야기가 도서관에 다 있다고 생각해라. 그러니까 책을 열심히 읽는 길밖에 없다."

소설창작 세미나 시간이 끝나자 긴 생머리 여학생이 맨 먼저 강의실을 빠져나갔다. G는 빨간 펜으로 총평을 메모한 합평작의 원고를 손에 들고 큰 소리로 긴 생머리 여학생을 불렀다. 긴 생머리 여학생은 다시 강의실로 들어와 고개를 숙인 채 G에게 다가갔다. G는 맥없이 늘어진 머리카락 사이로 긴 생머리 여학생의 얼굴을 보려고 했지만 볼 수가 없었다.

긴 생머리 여학생은 원고를 받아 쥐고 머리카락을 쓸어 올리며 강의실을 나갔다. G는 큰 폭의 걸음걸이에 출렁이는 여학생의 치맛자락을 바라봤다. 현장감이 살아 있는 작품이라고 칭찬했던 남학생이 서둘러 가방을 챙겨 따라 나갔다. 앞서가는 긴 생머리 여학생이 자신의 원고를 반으로 접더니 휴지통에 던져버렸다.

강의실을 빠져나온 학생들이 스마트폰을 보면서 강의실에서 강의실로 이동했다. 그 학생 중에 스마트폰을 한쪽 귀와 어깨 사이에 끼운 채 책을 보면서 걸어가는 여학생이 있었다. G는 걸어가면서 책을 보며 통화하는 여학생을 유심히 바라봤다. 여학생은 팔꿈치가 몸으로 밀착되어 날씬한 몸이 휘어지면서 더 날씬해 보였다.

많은 학생 사이에 낀 G의 머리는 땀에 젖어 있었고 얼굴은 피곤함에 눌려 있었다. 피로 때문인지 더 구부정해진 몸이 뿌리가 드러난 고목 같았다. 소설창작 세미나가 있었던 목요일은 G가 4일간의 강의 일정을 끝내고 서울 집으로 올라가는 날이었다. G는 4시간 동안 운전할 생각에 차에 타기도 전에 허리가 뻐근했다.

모방하여 내 것으로 하기

•   Q는 포장이 좋으면 품질도 좋다고 믿는 사람들을 위해 외
모를 가꾸고 꾸준히 운동하면서 이력서를 냈다. 그 결과 패션유통
그룹 공채 서류전형에 합격해서 2차 상무 면접을 보러 갔다. 상무의
사무실은 본사 사옥에서 유일하게 햇볕이 잘 들어오는 8층이었다.
비서가 상무의 방문을 열었을 때 햇살을 받은 하얀 셔츠가 눈부시게
빛났다. 셔츠의 빳빳하게 세워진 깃이 굵은 목을 감싸고 있었다.

상무는 동대문 도매상가에서 옷장사로 돈을 벌어 강남에 빌딩을
세운 갑부였다. 시원하게 벗겨진 이마와 구릿빛 피부 그리고 수염
이 까칠하게 자라서 파르스름해 보이는 턱 때문에 강직한 이미지였
다. 상무의 이미지는 거품에서 태어난 미의 여신 아프로디테와 결
혼한 헤파이스토스 같았다.

상무는 책상에 앉아 Q의 이력서를 보면서 맞은편 회의 테이블에
앉으라고 했다. 잠시 후 상무는 테이블에 마주앉아 포트폴리오를
찬찬히 넘겨보면서 Q에게 질문했다.

"그림을 전공했으면서 왜 패션회사에 취직하려고 합니까?"

구릿빛 피부의 단단한 사내의 이미지와 달리 상무의 목소리는 연

약하고 부드러웠고 몸에서 자극적인 향수 냄새가 났다. Q는 호흡을 멈추고 잠시 생각한 다음 대답했다.

"예술과 패션을 결합한 아트 스타일을 창조하는 게 꿈입니다."

상무가 입가를 올리면서 미소 지었는데 Q를 비웃는 것 같았다. 상무가 Q에게 다시 물었다.

"아트 스타일? 좀더 구체적으로 설명해보십시오."

"제가 순수미술에 회의를 느끼고 패션 디자이너가 되어야겠다고 작심한 건 나중에 패션 브랜드를 만들어 예술과 실용성을 결합한 독특한 스타일을 창조해야겠다고 목표를 정했기 때문입니다."

상무는 포트폴리오를 내려놓고 Q를 뚫어지게 쳐다봤다. 상무의 안경렌즈가 거울처럼 느껴졌다. Q는 선명한 색채의 충돌을 즐기면서 격식을 무시하고 입는 편이었지만, 그날은 당차고 신선한 인상을 주고 싶어서 진한 청색 정장에 빨간 비단으로 직접 만든 넥타이를 맸다.

빨간 넥타이에는 녹색 비단실로 똬리를 튼 뱀 두 마리가 수놓아져 있었다. Q는 할머니의 유품인 빨간 비단 주머니를 활용해서 넥타이를 만든 것이었다. 면접날 착용한 빨간 넥타이는 주술적인 힘을 부르는 부적 같았다. 상무는 뱀의 비늘까지 정교하게 표현된 넥타이를 보면서 말했다.

"넥타이가 특이하군요. 패션이 뭐라고 보십니까?"

"패션은 이미지로 자신을 표현하는……."

상무가 Q의 말을 자르고 심각한 표정을 지으면서 말했다.

"패션은 그 시대의 독특함을 적절하게 표현해서 대중을 현혹하는
겁니다."

"유행이야 그렇겠지만…."

"내가 생각하는 패션은 세상을 향해 자극과 충격을 주는 겁니다.
우리 회사에서 일하려면 괴물도 아름답게 포장할 줄 알아야 합니다."

"괴물이요? 재미있겠는데요."

"우리 회사는 아름다운 괴물을 팔 겁니다."

면접이 끝나자 상무는 일어나서 방문을 열어주었다.

Q는 상무가 계속 넥타이를 훑어봐서 빠른 걸음으로 그를 지나쳤
다. 방문이 닫히고 나서 상무에게 인사하지 않은 사실이 떠올랐다.
8층 사무실에서 나와 엘리베이터를 타기 전에 비상계단을 통해 7층
으로 내려가서 새로 론칭하는 브랜드의 사무실이 들어올 공사현장
을 둘러보았다. 기존 사무실의 철거가 끝났지만, 아직 내부공사가
진행되고 있지는 않았다. 밖이 보이지 않는 7층은 암흑이었다. 암
흑 속에서 비상구 표시등만이 불을 밝혔다. Q는 7층에서 근무하게
될 것이라고 확신하고 일하는 모습을 그려보았다.

Q는 합격통보를 받고 입사해야 할지 말아야 할지 고민에 빠졌다.
Q가 일하게 될 부서는 옷을 만드는 디자인실이 아니라 매장을 연출
하는 디스플레이팀이었다. 출근 날까지 이력서를 낸 다른 회사에서
연락이 오길 기대했지만, 연락은 오지 않았다. Q는 디스플레이 일
을 하면서 기회를 엿보기로 마음먹었다.

Q가 입사해서 제일 먼저 한 일은 신규 브랜드의 캐릭터 조각상이

직영점 개점에 맞춰 완성될 수 있도록 조각가 P교수를 잘 구슬리면서 작업을 재촉하는 일이었다. '사라'는 신규 브랜드의 전속모델 대신 개발한 캐릭터였다. 경쟁사들은 주로 스타 연예인을 내세워 브랜드 광고와 홍보를 하지만 상무의 견해는 달랐다. 독특한 캐릭터로 소비자에게 브랜드의 이미지를 각인시키려고 했다. 사라는 헤브라이어로 '여주인', '왕비'라는 뜻이다.

'사라'를 창조한 조각가 P교수는 백화점 상무와 친구 사이였다. 둘은 미국 유학시절 만났다고 했다. 사내에서는 군살 없이 날씬한 P교수와 상무가 애인 사이라는 소문이 파다했다. P교수는 특이한 캐릭터를 만들어 달라는 기획실의 요구에 부조화의 미를 제안하더니 얼마 후 시안을 가지고 왔다. P교수는 아름답지 않은 아름다움이 현대 미학의 본질이라고 하면서 시안을 펼쳤다. 순진무구한 여자아이의 얼굴에 시커먼 털이 뻣뻣한 멧돼지의 몸통을 결합시킨 시안이었다.

기획실의 반응과 앙케트 결과는 부정적이었지만, 상무는 찬성했다. 소비자의 시선을 사로잡으려면 뭔가 획기적이라야 한다면서 사람의 얼굴을 한 멧돼지는 마력이 있을 것 같다고 했다. 옆에 있던 디스플레이 팀장이 상무의 의견에 동조하면서 괴물 같은 멧돼지는 스타 연예인보다 백화점을 더 아름답게 포장할 수 있을 거라고 말했다. 우여곡절 끝에 멧돼지에게 '사라'라는 이름을 지어줬고 사라의 멧돼지 같은 몸통을 귀엽고 친근하게, 그러니까 포동포동하게 살이 오른 핑크빛 돼지로 변형하기로 했다.

Q는 명동 직영점 개점이 한 주 앞으로 다가온 날 디스플레이팀장의 지시를 받고 P교수의 작업실로 갔다. 삐걱거리는 작업실 철문을 열고 들어가 나무로 된 현관문을 노크했다. 잠시 후 P교수가 현관문을 열고 얼굴을 뻐죽 내밀었을 때 작업실 안에서 돼지 울음소리가 났다. 한 마리의 돼지가 끄르륵거리며 선창을 하자 굵은 목소리의 돼지가 길게 울었다. Q는 돼지 냄새가 날까 봐 반사적으로 코를 막았다. P교수는 방문을 활짝 열고 들어오라고 했다.

천장유리를 통과한 햇살이 붉은 카펫에 사각형으로 그려졌다. Q가 천장을 바라보며 벌어진 입을 다물지 못하자 P교수는 돼지들에게 밤하늘을 보여주려고 천장을 뚫었다고 했다. 벽면 가구에는 돼지를 위한 용품들이 가지런히 정리되어 있었다. 천장유리를 통과한 햇살은 거실 소파에서 뒹구는 분홍빛 돼지의 엉덩이까지 미열을 전하는 것 같았다. 엉덩이의 살점에 희미한 먼지가 굼뜨게 일어났다. 돼지의 털이 햇살을 받아 탐스러운 복숭아의 솜털처럼 보였다.

P교수는 돼지를 쓰다듬더니 족집게로 몸집이 큰 돼지의 몸통에서 길게 삐져나온 뻣뻣한 털을 뽑았다. 엉덩이의 푸르스름한 점에 새로 돋아난 털이었다. P교수는 머리를 숙이고 안쪽 살의 깊은 곳을 쓰다듬다가 안 되겠는지 Q에게 커피를 타 주고 목욕물을 받았다. 욕조에 들어간 두 마리의 돼지는 짚더미에 누워 등을 긁어대듯이 첨벙거렸다. 잠시 후 돼지들은 눈을 스르르 감으면서 몸이 두둥실 물 위로 떠오르는 것처럼 가벼워진 것 같았다. 돼지의 모공에 꽉 찬 피지가 뜨거운 물에 불어서 하얗게 일어났다.

P교수는 몸집이 큰 돼지부터 욕조 밖으로 데리고 나와 면도날로 표피를 밀었다. 돼지들은 털을 말끔하게 밀고 나자 연한 분홍빛의 살갗으로 변했고 물이 빠진 욕조에는 비누거품과 피지가 섞인 물때가 이끼처럼 달라붙었다.

난간이 있는 대형 침대에는 건초가 가득 차 있었다. 미용목욕을 끝내고 건초에 파묻힌 돼지들은 다정하게 서로 코를 비비며 꾸르륵거렸다. 몸집이 큰 돼지가 Q를 향해 머리를 들고 코를 벌름거렸다. 돼지는 입가에 침이 흘러내리자 입을 삐딱하게 하고서 핑크빛 혀를 널름거렸다. P교수가 Q를 소파로 안내하며 말했다.

"낮잠 잘 시간인데 아이들은 브람스의 〈자장가〉를 좋아해."

P교수가 음악을 틀고 나무 브러시 모양의 안마기를 들고 돼지 곁으로 갔다. 돼지의 몸통을 두드리자 돼지는 끄르륵거리며 건초를 코로 헤집다가 벌러덩 드러누웠다. P교수는 안마를 끝내고 빨간색 체크무늬 모직담요를 돼지들에게 덮어주고 나서 살금살금 장식장으로 걸어가더니 음악 소리를 낮추고 Q를 옆방으로 안내했다.

옆방 작업실은 타일 벽으로 된 수술실 같았다. 작업실 한쪽 구석에 찰흙으로 빚고 있는 사라의 형상이 비닐에 감싸져 있었다.

P교수는 작업대를 조심스럽게 돌리면서 비닐을 벗겼다. 뼈대에 붙은 찰흙 덩어리가 포동포동한 새끼돼지처럼 다듬어지고 있었다.

"상무 말이야. 예술을 이해하는 척해도 사실은 그렇지 않아. 제작비용도 얼마나 깎던지 이거 거저 해주는 셈이야."

"아…. 그런가요."

"흙 조각을 마무리하고 다음 주에는 형틀 작업에 들어갈 거야."

"사라는 정말 특이하게 생겼어요."

P교수는 작업대에 검은 천을 씌우고 Q를 돼지가 있는 방으로 데리고 갔다. 기분 좋게 목욕을 끝낸 돼지들은 건초가 깔린 대형 침대에서 코를 골며 잠들어 있었다. 돼지의 핑크빛 콧구멍에서 뿜어대는 거친 콧김에 건초가 날렸다.

Q는 P교수와 책상에 마주앉아 커피를 마시면서 사라에 대해 이야기를 나누었다. P교수가 자신의 노트북을 켜면서 말했다.

"나는 돼지를 보고 있으면 영감이 떠올라. 사람보다 돼지가 더 사랑스러워."

"그래서 사라의 몸이 돼지가 된 거예요?"

"사라는 그 브랜드 콘셉트와 아주 잘 어울려."

노트북의 붉은색 바탕화면이 P교수의 안경에 비쳤다. 벽에 걸린 거울 속 그녀의 얼굴에서 붉은빛이 났다. 30대 중반으로 보이는 P교수는 소녀처럼 깜찍했다. 눈동자는 짙고 입술은 도톰했다. 하지만, P교수의 손은 사포처럼 거칠었다. P교수의 진짜 매력은 오랜 작업으로 시커멓게 갈라진 손톱이었다. Q는 P교수의 어깨에 두른 빨간색 체크무늬 모직담요를 바라보면서 말했다.

"교수님은 겉모습과 달라요. 겉모습은 아름답지만⋯."

"아름다움의 알맹이는 추하고 더럽지. 겉과 속이 다른 나처럼."

"그건 저도 마찬가지예요."

"이 그림 좀 봐봐. 내가 추구하는 추醜의 미학을 상징적으로 말해주는 작품이지."

"추의 미학이요?"

"추의 미학은 끊임없이 증식하는 욕망과 찰떡궁합이지."

P교수는 노트북을 돌려서 두 점의 명화사진을 보여줬다. 첫 번째 명화는 아이크Jan van Eyck가 그린 〈최후의 심판〉이었다. 화면 위로부터 천국, 현세, 지옥으로 구성되었고, 천국에서 축복받은 영혼과 지옥에 빠진 죄인들이 소름끼치는 악마에게 고통받는 모습이 대조적으로 표현되었다. 그러니까 마치 따로 그린 그림을 갖다 붙인 것처럼 경계가 분명했다.

P교수는 〈최후의 심판〉을 보여주며 이 그림이 '사라'의 모티브가 되었다고 했다. Q가 고개를 갸우뚱거리자 P교수가 말했다.

"천국을 아름답게 표현하기 위해 지옥에 사는 악마들의 조롱이 필요했던 거야."

P교수가 두 번째로 보여준 명화는 베로네제Paolo Veronese가 그린 〈카나에서의 결혼식〉이었다. P교수는 웃으면서 화려한 결혼식장에서 천연덕스럽게 오줌 누는 아이를 가리켰다. 결혼식장 뒤편에는 훌륭한 음식과 술이 과한 탓에 머리를 벽에 기대고 토를 하는 사내도 있었다. P교수가 노트북을 다시 돌리면서 말했다.

"사라를 통해 아름다움의 본질을 보여주려고 했는데 괴물돼지 한 마리로는 너무 약해. 사라의 가족들을 같이 개발해서 이야기가 있는 캐릭터를 만들자고 하니까 공짜로 해줄 거냐고 묻더라."

"상무님이요?"

"그 인간 공짜 좋아해서 큰일이야."

"그래도 발상은 파격적이어서 경영자가 아니라 예술가 같아요."

"모든 게 캐리커처와 같아. 역겨움을 과장된 우스꽝스러움으로 해체하는 거지."

"점점 더 어려운 말만 하시네요. 어쨌건 사라가 사람들에게 사랑받는 캐릭터가 되었으면 좋겠어요."

돼지 한 마리가 잠에서 깨어 건초가 깔린 대형침대의 난간에 등을 긁어댔다. 브람스의 〈자장가〉에 맞춰 등을 긁어대는 것 같았다. 대형 침대의 난간이 삐걱거리면서 소리가 났는데 음악 속에 일부러 집어넣은 묘한 불협화음 같았다.

Q는 불협화음을 듣는 순간 P교수가 좋아졌다. 처음엔 대놓고 반말을 해서 무시당하는 기분이 들었지만, 창작하는 과정과 태도가 마음에 들었다. 고전 작품에서 받은 영감을 자기만의 독특한 사유로 새로운 작품을 일궈내는 예술행위가 존경스러웠다.

Q가 P교수의 작업실을 나설 때 P교수가 말했다.

"들어가서 팀장님에게 사라 개발비 빨리 결재 올려달라고 전해줘."

"알겠습니다. 꼭 전해 드릴게요."

Q는 명동 직영점 개점 전날 윈도 디스플레이를 연출하고 있었다. 내일이 직영점 개점인데 일은 해도 해도 끝이 없었다. 매장 상품구성이 계속 변경되면서 기껏 정리한 상품을 꺼내서 다른 집기에 다시 정리해야 했다. Q는 갑자기 피로가 몰려왔지만, 윈도 디스플레이

가 마무리되지 않아서 쉴 수가 없었다.

직영점 개점 디스플레이 테마는 오두막 파티였다. 통나무로 만든 오두막이 윈도 스테이지에 설치되었고 오두막에서 마네킹들이 파티를 벌이는 장면에 상품을 적절하게 연출해야 했다. 오두막 속 벽난로에는 모형 장작불이 피어오르고 마네킹들이 파티를 하다가 눈이 내리는 숲 속을 바라보는 시안은 그해 패션 트렌드의 테마 '에콜로지'*ecology*를 바탕으로 기획되었다. 그 해는 천연 소재의 자연스러운 멋이라는 패션 트렌드 분위기와는 전혀 연결시킬 수 없는 사람들의 욕망에 더럽혀진 시간이 흘러가고 있었다. 전직 대통령의 눈물과 보통 사람들의 분노에 과거 청산의 악취가 들끓었고 삼풍백화점의 비명과 기름 덮인 바다의 신음이 나던 해였다.

Q는 당시 트렌드를 반영하여 시안을 잡았지만, 윈도 연출 소품 제작 견적이 많이 나와서 Q가 기획한 통나무 오두막 파티 시안은 보류되었다가 통나무 오두막을 축소하여 미니어처로 제작하기로 수정했다. Q는 계속 시안을 고민하다가 색다른 발상을 했다. 마네킹이 들어가지 못할 통나무 오두막에는 애완돼지가 어울릴 것 같았다. 브랜드의 캐릭터 사라의 원형도 돼지였으므로 살아 있는 애완돼지는 매장에 재미 요소와 생동감을 줄 수 있을 것으로 판단했다.

Q는 P교수의 작업실이 떠오르면서 애완돼지들이 오두막에서 부드럽고 폭신한 건초를 깔고 누워 휴가를 즐기는 모습이 연상되었다. 한 시즌 동안 애완돼지들을 오두막에서 키우면 소비자의 시선을 끌 것 같아서 다시 시안을 잡아서 품위를 올렸다. 견적서에는 애

완돼지들의 구입비, 애완돼지들의 의상 제작비 그리고 전시장을 관리할 아르바이트 비용이 들어가 있었다.

디스플레이팀장은 직영점 개점 디스플레이 시안을 결재하면서 재미있어 했다. 시안은 통과되었고 애완돼지들의 통나무 오두막 휴가를 동화의 한 장면처럼 연출하기로 했다.

Q는 윈도 스테이지에 올라가서 상품 연출을 마무리했다. 통나무로 만든 오두막의 지붕과 앞마당에 건초를 깔고 원목으로 만든 하얀 울타리를 바닥에 고정하고 일어나자 상무와 디스플레이팀장이 뒤에 서 있었다. 상무가 턱을 살짝 치켜들고 고개를 저으면서 말했다.

"상품을 강조해야지. 사고 싶어서 견딜 수 없을 정도로 말이야."

Q가 마네킹에 입힌 상품을 바라보며 말했다.

"상품을 자연스럽게 연출해야…."

"아니야, 상품을 통나무집에도 많이 진열해."

Q는 3장의 스웨터를 캐릭터 로고가 보이게 둥글게 말아서 리본으로 묶었다. 스웨터 묶음을 오두막 안에 있는 흔들의자에 진열했다. 상무가 스웨터 묶음을 보더니 벽면에 걸린 털모자를 가리켰다. Q는 털모자도 캐릭터 로고가 잘 보이게끔 스웨터 위에 올려놓고 스포트라이트를 조정했다. 빨간 스웨터 위에 놓인 하얀 털모자가 선명한 대비를 이뤘다.

상무가 만족스러운 듯 갤러리에서 나가자 디스플레이팀장이 Q에게 말했다.

"아르바이트는 안 쓰기로 했어. 돼지들 똥오줌은 네가 다 치워."

"네? 언제까지요?"

"봄 상품 나올 때까지 매장 근무해."

자정이 넘어서 애완돼지들이 도착했다. 애완돼지들을 오두막에 풀어놓자 코를 쿵쿵거리면서 건초를 헤집고 돌아다녔다. 5마리의 애완돼지 중 두 마리가 묽은 똥을 쌌다. 똥이 묻은 건초를 걷어내고 돼지들에게 간식과 물을 줬다. 일반 돼지보다 코가 짧고 꼬리가 직선형인 애완돼지들은 멀미를 했는지 구석에 누워서 꼼짝하지 않았다.

새벽 2시가 넘어서야 사라의 조각상이 도착했다. 포동포동하게 살이 오른 돼지의 몸통에 순진무구한 여자아이의 얼굴을 결합한 조각상은 폴리코트를 형틀에 부어서 만들었는데 표면을 특수가공해서 크리스털처럼 반짝거렸다. 사라는 매장의 중앙에 설치된 대리석 받침대에 고정되었다. 조명을 받은 사라는 붉은색으로 빛났다. 붉은 빛이 나는 사라는 새끼돼지를 통째로 구워낸 바비큐 요리 같았다. 몸통을 자세히 보니 발톱과 다리 관절 부위의 주름이 지나치게 사실적이어서 섬뜩해 보였다. 또한, 사라의 조각상은 사람의 머리를 하고 있어서 벌거벗은 느낌이었다.

Q가 사라의 목에 캐릭터 로고가 새겨진 빨간 리본을 묶자 사라는 변태스러운 괴물로 변신한 것 같았다.

사라를 모델로 제작한 봉제인형도 도착했다. 크기가 다른 봉제인형을 통나무로 만든 오두막과 울타리 안쪽에 연출했다. 윈도 스테이지는 사라의 괴물가족이 사는 동화 속의 한 장면으로 변했다.

Q는 윈도 연출을 마무리하고 2층부터 크리스마스트리를 연출했

다. 디스플레이 시공전문업체에서 나온 사람들이 크리스마스트리를 조립했다. Q는 고객동선과 상품동선을 오가면서 시공업체에 크리스마스트리와 천장에 부착할 배너의 위치를 잡아주었다. 나비 모양의 와인레드색 배너가 한둘씩 직영점 천장에 일정한 간격으로 부착되었다. 직영점의 크리스마스 메인 색채는 짙고 검붉은 와인색이었다. 배너 부착을 끝내자 와인레드색 꽃이 만발했다. 1층 매장 중앙에 서 있는 사라의 발밑에도 와인레드색 포인세티아를 연출했다. 멀리서 보니 꽃이 불꽃 같았다. 발밑에서 장작더미가 활활 타오르면서 불꽃이 사라의 온몸을 핥는 것 같았다.

직영점 개점준비가 끝난 새벽 본사와 경영자문 계약을 맺은 일본 컨설팅회사의 대표 다나베 상이 매장을 점검하며 간부들에게 지시를 내리고 있었다. 어디선가 향기가 퍼졌다. 은은한 꽃향기는 기존 상품이 아닌 기획한 향수였다. 향수 마케팅은 브랜드를 기억시키는 은밀한 속삭임이었다.

Q는 한 달간의 명동 직영점 매장 근무를 끝내고 본사로 출근했다. 직영점에서 애완돼지 관리가 힘들다고 문제제기를 하지 않았다면 Q의 매장 근무기간은 더 길어졌을 것이다. 부서를 떠나 모든 직원이 일정기간 매장 근무를 해야 하는 것은 상무가 정한 원칙이었다. 누구나 입사하면 유니폼을 입고 온종일 서서 인사하고 상품을 정리하면서 고객의 요구를 파악하는 과정을 겪어야 했다.

Q는 매장 입구에 서서 고객에게 머리 숙여 인사하면서 사람들의

입성을 파악했다. 그것은 직영점을 방문하는 고객의 성향을 파악하는 차원을 넘어 유행의 흐름을 공부하는 과정이었다. 머리를 숙이면서 먼저 고객의 신발을 보고 그다음 옷을 보고 핸드백 액세서리를 파악하면서 고객의 브랜드 선호도를 분석했다. 멋을 부리고 명동거리를 활보하는 사람들을 관찰하고 매장에 들어오는 고객의 패션 디테일을 분석하는 것은 힘든 매장 근무시간을 견디기 위한 혼자만의 놀이였지만 나름대로 아이디어를 창출하는 자극이 되었다. 그 자극은 자신이 구상하는 예술과 실용성을 결합한 아트 스타일이 구체적인 아이템으로 형상화되는 결과를 낳았다.

Q가 일했던 브랜드는 편집매장의 형태로 상품을 전개했다. 매장의 콘셉트를 정하고 시장에 나와 있는 상품을 가져와서 연출하는 시스템이었다. 매장 연출은 소비자의 눈을 현혹할 정도로 창조적이지만 매대에 연출할 상품은 창조적이지 않고 효율적인 시스템으로 채워졌다. 회사의 상품 기획자들은 독자적인 기획상품을 만들지 않고 주로 일본의 패션가를 뒤져 검증된 유행 아이템을 사온 다음 그대로 카피해서 판매했다. 그때만 해도 일본과 우리의 격차가 5년 이상 벌어지던 시기였다.

디스플레이팀에서 하는 중요한 임무 중의 하나는 상품기획실에서 카피한 상품을 조합하여 이야기를 만드는 일이었다. 상품을 조합하면서 소비자의 감성을 자극하는 방법은 주로 소품을 활용하여 영화의 한 장면처럼 연출하는 것이었다. 매장을 둘러보던 고객은 새로운 스타일에 시선을 멈추고 어디서 본 듯한 장면을 떠올렸고 마네킹이 입은 옷을 사 입으면 영화의 주인공이 될 것 같은 착각에 빠졌다. 크게 유행을 타지 않는 생활 잡화상품군은 동대문 도매시장에서 구매해 자사 라벨을 붙여 높은 마진을 붙여서 팔았다. 회사의 높은 매출은 잘 꾸며진 매장 연출과 타깃별로 구분한 상품 연출 때문에 가능했다.

이런 효율적인 시스템은 상무와 일본 컨설팅회사가 개발한 것이다. 초기에는 광고효과로 소비자를 자극할 수 있었지만, 인터넷의 발달과 패션상품에 대한 저작권 보호가 강화되면서 문제가 되기 시작했다. 상품기획실에 입사한 디자이너들의 불만이 생기기 시작한 것은 브랜드를 론칭하고 2년이 지났을 때쯤이었다.

상무는 면접을 보면서 상품을 기획 생산해서 브랜드를 전개할 것이라고 했기 때문에 의상학과를 졸업한 디자이너들이 입사했던 것이다. 그들은 일본에 출장을 가서 팔릴 만한 상품을 사 와서 그대로 따라 만드는 일을 회사 밖에서는 이야기하지 않았다. 디자이너가 아니라 일본 상품을 카피하는 기술자로 낙인찍히는 게 싫었기 때문이었다. 디자이너 중 일부는 이직하려고 다른 회사를 수소문했고 또 일부는 상품을 기획 생산하겠다는 상무의 계획을 믿고 있었다.

Q는 지방매장 출장과 매장 디스플레이 특성상 영업시간이 끝나고 일하는 근무환경에 점점 지쳐갈 무렵 1년에 걸쳐 상품 디자인 공모전을 준비했다. 공모전은 5개의 브랜드를 거느린 재벌기업에서 주최했다. 응모자가 좋아하는 브랜드를 정하고 그 브랜드 콘셉트에 맞는 의상 두 벌을 출품하는 방식이었다. Q가 처음 기획한 작품의

이미지는 프랑스 남부의 로맨틱 컨트리 스타일이었다. 거기에 60년대의 팝 문화 이미지를 가미시키고 원단에는 핸드페인팅의 질감이 살아나도록 구상했다. 이미지가 신선해서 그 자체만으로도 높은 점수를 받을 것 같았다.

Q는 퇴근하면 곧바로 집으로 와서 작품에 매달렸다. 어느덧 당선을 꿈꾸며 작품에 대한 스타일화와 도식화는 완성했으나 실제 샘플 제작이 문제였다. 샘플 제작을 맡길 수 있는 곳을 계속 알아보면서 스타일을 계속 수정했다. Q가 설정한 타깃은 구체적이지 못하고 관념적이었다. 개성을 항상 주장하면서 트렌드를 충분히 소화하는 감성적인 25세에서 35세 여성이라는 타깃을 심사위원에게 구체적으로 보여주기 위해 여자 후배에게 모델이 되어달라고 부탁했다.

Q는 기획한 작품의 콘셉트를 연상시킬 수 있는 옷과 액세서리를 준비해서 모델이 된 여자 후배에게 연출한 다음 장면을 촬영했다. 직장에서 일하는 장면으로 타깃의 직업군을, 식당에서 밥을 먹는 장면으로 음식문화를, 친구를 만나 술을 마시는 장면으로 놀이문화를, 자연에서 휴가를 즐기는 장면을 통해 삶의 질을 보여주었다. Q가 자신이 겨냥하는 타깃을 구체적으로 제시하려고 화보 촬영의 기법을 빌려온 것은 소비자를 분석하기 위한 치밀한 노력이었다.

작품의 스타일이 마무리되자 원단의 컬러와 페인팅도 구체적으로 결정되었다. 제작에 필요한 원단을 구입해서 직접 프린트할 때 고흐의 작품을 도입해서 붓 터치와 다채로운 색감을 구현했다.

Q는 패션과 회화작품의 만남이라는 발상으로 완성한 시안과 이

미지맵 그리고 작업지시서를 들고 평소 알고 지내던 디자이너를 찾아가서 공모전 출품용 샘플 제작을 해줄 수 있느냐고 물었다. 그것은 작가가 퇴고가 끝난 초고를 최초의 독자에게 보여주고 비평을 부탁하는 것과 같은 것이었다. Q는 디자이너가 자신의 작품을 검토하는 동안 설레고 긴장되었으나 한편으로는 작품을 완성한 자신이 무척 자랑스러웠다.

Q는 본사 근무를 시작한 날 담배를 피우러 회사의 비상계단으로 갔다가 디자이너를 만났다. 그 후로도 계속 얼굴을 마주치자 격의 없이 친해졌고 퇴근 후에 같이 식사하고 술을 마신 적도 있었다. 둘은 비상계단에서 만나면 담배 연기로 스트레스를 날려버리며 상사의 흉을 봤다. 그녀는 머리를 짧게 잘라 개구쟁이 같은 인상이었다. Q는 그녀가 웃을 때 보이는 약간 삐뚤어진 아랫니가 매력이라고 느꼈다. Q는 붉은빛이 도는 갈색으로 염색한 그녀의 머리에 담배 연기가 스며들지 않게 손부채질을 하며 디스플레이팀장 흉내를 냈고 그녀는 화답하듯이 디자인실장의 비리를 과장해서 이야기했다.

Q는 그녀에게 공모전 출품 디자인을 보여줬을 때 그녀가 놀라워하던 표정을 잊을 수가 없었다. 그 순간 Q는 그녀의 놀라움과 부러움이 섞인 표정을 읽으면서 공모전에 당선된 것처럼 기뻤다. 다음날 그녀는 Q에게 시안과 작업지시서를 돌려주면서 샘플 제작이 어렵다고 했다.

"우리 패턴실이 너무 바빠서 짬을 낼 수가 없어. 패턴사에게 업무 끝나고 아르바이트 하라고 했더니 디자인이 어려워서 못하겠대."

"그럼 잘 만들어줄 수 있는 거래처라도 소개해줘."

"안 해줄걸."

"왜?"

"그게 그림으론 그럴 듯한데 라인 잡기가 어려워."

"무슨 말인지 이해가 안 가."

"옷 자체가 예술작품을 떠올리게 하지만 그 공모전은 바로 상품화할 수 있는 디자인을 원해."

"그럴 리가."

"네가 옷을 잘 몰라서 그래. 이런 라인은 패턴을 잡을 수가 없어."

그녀는 자신의 가슴부터 허리로 이어지는 선을 손가락으로 그어가며 패턴에 대해 설명했다. Q는 그 순간 원피스 디자인에 문제가 있다는 지적보다 그녀가 실망했다는 사실이 더 안타까웠다. 많은 시간을 공들여 자료준비를 하고 수없이 스케치해서 탄생한 디자인이 전문가의 입장에선 입을 수 없는 멋있는 그림에 불과하다는 지적을 받고 나자 그동안 꿈꿨던 공모전의 상금과 프레타포르테 파리 컬렉션 참관이라는 부상이 자신과는 인연이 없는 딴 세상의 이야기처럼 느껴졌다.

Q는 그녀의 말을 믿을 수가 없었다. 한 사람의 말만 듣고 중요한 디자인 요소를 포기하고 무작정 수정할 수는 없는 노릇이었다. Q는 샘플 제작공장을 수소문하여 주로 의상과 졸업작품을 제작한다는 신사동의 한 공장을 찾아갔다. 그곳의 패턴실장은 Q의 스타일화와 작업지시서를 보더니 고개를 저었다.

"이렇게 하면 허리선이 이어지지 않아요."

"무슨 방법이 없을까요?"

"억지로 조각을 이어붙이는 방법이 있는데 그럼 누더기가 될 테고."

"이쪽 트임선을 뒤로 옮기면요?"

"디자인을 수정하세요."

Q가 다른 샘플 제작공장을 찾아다니는 동안 공모전 접수 마감이 다가왔다. Q는 접수 마감일에 맞춰 샘플을 제작할 수 없는 상황이 벌어지고 나서야 그녀의 조언을 무시하고 고집을 부린 자신을 원망했다.

두 달 후 Q는 책장 서랍에서 구겨진 공모전 관련자료를 발견했다. 샘플 제작을 포기한 날 홧김에 구겨서 서랍에 밀어 넣었던 시안을 펼치자 그때의 아쉬움이 그대로 살아났다. Q는 자료를 전부 휴지통에 버렸다가 이미지맵과 스타일화만 꺼내서 다시 서랍에 넣었다. Q는 마음을 정리하고 진로에 대한 고민을 계속했다.

회사에 입사한 지 2년이 지났다. 디스플레이를 계속 해야 하는지 아니면 회사를 그만두고 원래 작정했던 의류 디자인을 새로 시작해야 하는지에 대한 답을 찾을 수 없었다.

그녀가 상품 디자인 공모전에서 대상을 받았다는 소식을 접한 건 Q가 부산 직영점 개점작업을 할 때였다. 점심을 먹고 서면 패션가 시장조사를 하다가 공모전을 주최했던 브랜드의 매장에서 공모전 수상작품 사진이 실린 행사 포스터를 발견했다. Q는 포스터에 나온 수상작품을 본 순간 온몸에 소름이 돋았다. 서점으로 달려가 공모전 기사가 실린 패션잡지를 사서 그날 밤 숙소에서 읽었다.

그녀가 활짝 웃는 사진이 실린 잡지에는 수상작품들의 스타일화와 샘플을 입은 모델들의 사진도 같이 실려 있었다. 모델은 그녀가 불가능하다고 했던 원피스를 입고 있었다. 가슴부터 허리로 이어지는 선이 유연하게 흘렀는데 그것은 그녀가 교묘하게 두 가닥으로 수정한 것이었다. Q는 그것이 옷을 많이 디자인해서 만들어 본 경험이 있어야만 가능한 비법이라는 것을 깨달았다. Q는 모델의 날씬한 허리를 따라 흘러내리는 두 가닥의 선에서 눈을 뗄 수가 없었다. 원피스의 원단에는 고흐의 작품 〈별이 빛나는 밤에〉의 붓 터치가 단순화되어 염색되어 있었다. 이번 당선자는 프레타포르테 파리 컬렉션에 다녀오고 나서 디자이너로 특채된다는 사실도 알았다.

Q는 모든 게 미끄러지는 기분이었다. 매장에서 마네킹의 옷을 갈아입힐 때 분리된 다리와 팔이 관절에 들어맞지 않고 손에서 자꾸만 미끄러져 떨어졌는데 마치 자신의 팔과 다리가 잘려서 매장에 뒹구는 듯했다. Q가 부산 직영점 개점작업을 끝내고 본사에 출근했을 때 그녀는 퇴사하고 없었다.

Q는 연락을 기다렸다. 최소한 그녀가 전화를 걸어와 미안하다는 말을 할 줄 알았다. '그냥 시험 삼아 출품했는데 당선이 될 줄 몰랐어.' Q는 그런 전화를 기다리며 공모전 당선을 계기로 그녀와 친해지는 상상을 했다. 그녀와 다음 공모전을 준비하면서 같이 시간을 보내는 상상을 하면 기분이 좋아져서 그녀의 연락을 더 애타게 기다

리게 됐다.

한 달이 지났을 즈음 Q는 바에 혼자 앉아 위스키를 스트레이트로 마시며 그녀가 겁이 나서 전화를 못하고 있을지도 모른다고 추측했다. '네가 내 디자인을 훔쳤다고 여기지 않아. 네가 가져가서 더 멋있게 만들어주어서 고마워. 나는 그림만 멋지게 그릴 줄 알았지 직접 옷을 만들 줄도 모르잖아. 내 디자인이 갖고 싶다고 말했으면 줬을 텐데. 고흐 작품 더 멋있게 염색해줄 수도 있었는데' 라고 되뇌며 술잔을 내려놓는 순간 목구멍에서 타오른 불이 온몸으로 번졌다.

Q는 회사에다 시장조사를 나갔다가 바로 퇴근한다고 말하고 그녀의 회사를 찾아갔다. Q는 그녀의 회사건물 앞에서 전화를 걸었다. 그녀의 동료가 그녀가 잠깐 자리를 비웠다고 했다. 그녀가 근무하는 사무실이 있는 층을 바라보고 나서 건물 현관의 정문을 잡아당길 때 잡상인 출입금지라는 푯말을 보았다. Q는 처음 영업을 시작한 잡상인이 된 것처럼 위축되었다. 로비에 서 있던 경비가 Q를 노려보았다.

Q는 엘리베이터를 향해 똑바로 걸었다. 그때 샘플 제작한 옷이 잔뜩 걸린 이동식 행거가 Q의 옆구리에 부딪혔다. Q는 옆구리에서 시작된 미미한 통증이 점점 심해질 때 옷걸이에서 미끄러져 떨어진 재킷을 보았다. 샘플로 보이는 재킷에 고흐의 그림이 프린트되어 있었다. 행거를 밀던 여자가 Q에게 죄송하다고 말하고 재킷을 주워 올렸다. Q는 통증이 옆구리에서 복부를 지나 온몸으로 퍼졌다. 열은 몸속 더 깊은 곳으로 번져 분노의 불길로 피어올랐다. Q는 그녀

가 근무하는 사무실의 문을 열기 전에 화장실로 가서 거울을 보았다. 거울은 Q를 있는 그대로 재현해 냈지만, 거울 밖의 실상은 분노의 불길이 번진 Q였고 거울 속의 허상은 그녀와 그녀의 동료에게 멋있게 보이고 싶은 Q였다. Q는 이중적인 상황에 빠진 자신을 진정시키면서 손에 물을 묻혀 머리를 쓰다듬고 가르마를 정리했다.

Q는 사무실 문을 열었을 때 아무도 자신을 쳐다보지 않는 상황에 안도했다. 제일 가까운 책상에 앉아 전화를 받는 여직원 앞에 서서 통화가 끝나길 기다리며 둘러본 디자인실은 시장처럼 분주하고 소란스러웠다. 피팅모델 주위로 모여 앉은 직원들이 회의하면서 모델이 입은 샘플을 체크하고 있었는데 그녀는 보이지 않았다. Q는 통화를 끝낸 여직원에게 그녀를 찾아왔다고 말했고 그 순간 회의하던 직원들의 시선이 Q에게 쏠렸다. Q는 그녀가 자리를 비웠다는 말을 듣고 직원들의 시선이 부담스러워 명함을 건네고 디자인실 밖으로 나왔다.

Q는 비상계단에 앉아 담배를 피우다가 발걸음 소리를 듣고 엉거주춤 일어나 뒤를 돌아봤다. 담배를 입에 물고 계단을 사뿐히 내려오는 여자의 다리가 아름다웠다. 치맛자락이 발걸음에 담배 연기처럼 흐트러지고 여자가 가까이 다가왔을 때 Q는 여자를 알아봤다. 머리를 짧게 잘라 개구쟁이 같은 인상이었던 그녀는 웨이브가 굵직하게 들어간 단발 길이의 머리로 바뀌었고 웃을 때 보이던 약간 삐뚤어진 아랫니에는 치아 교정기가 고정되어 있었다. 그녀는 담배 연기를 길게 내뿜으면서 말했다.

"웬일이야?"

Q는 그녀의 폐부를 돌고 나온 담배연기에 적대감이 실려 있다는 것을 느낄 수 있었다.

"갑자기 찾아와서 놀랐지?"

"내 책상에 놓인 명함을 보고 한참 생각했어. 일부러 찾아올 일은 없을 테고 우리 회사에 무슨 볼일이 있었을까?"

Q는 싸늘한 그녀의 반응에 가슴속에서 분노의 불길이 다시 타오르는 걸 느꼈다. 바닥에 던진 담배꽁초를 발로 비벼 끄며 말했다.

"널 보고 싶었지. 널 보고 꼭 하고 싶은 말이 있어서 왔어."

"무슨 말인지 빨리 해. 난 들어가야 하니까."

Q는 그녀의 딱딱한 목소리에 손이 떨렸다. 손이 자신도 모르게 뻗어나가 그녀의 머리를 잡아당길 것 같아서 담배를 피워 물었다.

"네 연락을 기다렸어."

"무슨 뜻이지?"

"공모전."

"나를 축하해주러 온 거야?"

Q는 가슴속 불길이 입 밖으로 나올 것 같아 이를 악물었다.

"내가 무슨 말을 하는지 정말 몰라서 그래?"

"모르겠어. 말해봐."

Q는 필터까지 타버린 담배꽁초를 바닥에 던졌고 담배꽁초를 향해 침을 뱉었고 그녀는 새 담배를 피워 물었다.

"내 작품을 훔쳐서 상을 받았잖아!"

그녀는 몇 초 동안 눈을 질끈 감았다가 떴다. 이제부터 자신이 내뱉는 말에 신중을 기해야 한다고 다짐하듯이 담배연기를 아래로 천천히 내뿜으면서 말했다.

"지금 내가 네 작품을 베꼈다고 말하는 거야?"

Q는 그녀가 내뿜는 담배연기를 손으로 휘저으며 말했다.

"똑같이 베꼈지. 허리선만 기술적으로 수정해서 멋지게 만들었지."

"네 눈엔 그게 똑같이 보이나 본데 그때 네가 가져왔던 시안과는 천지 차이야. 같은 공모전 같은 부문에 출품해서 콘셉트가 비슷할 뿐이지."

"넌 내 시안을 받아서 하루 동안 검토를 했고 만약 너도 공모전을 준비하고 있었다면 내 시안을 봤을 때 분명 무슨 말을 했었을 거야."

"난 황당하고 안타깝고 솔직히 불쾌해. 내가 아무리 얘기해도 넌 믿지 않을 거야. 그러지 말고 다른 디자이너에게 네 시안과 내 작품을 비교해봐."

Q는 말문이 막혔다. 책상 서랍에 처박혀 있다가 휴지통에 구겨버린 공모전 자료 중 작업지시서가 기억났다. 그나마 보관한 이미지맵과 스타일화가 있지만, 구체적이지 못해 증거로 불충분한 것으로 보였다.

"난 들어갈게. 황당한 네 오해를 어떻게 풀어줘야 할지 모르겠네. 난 공모전에 출품한 작품을 수년 전부터 구상하고 있었어."

"수년 전부터 구상한 디자인이 우연한 일치로 그렇게 똑같이 나왔다는 거야?"

"그만, 다음에 네 시안을 놓고 얘기해. 그리고 이렇게 불쑥 찾아오는 행동은 하지 마."

Q는 돌아서는 그녀를 바라보는 순간 자신의 분노가 허망한 좌절감으로 내려앉았다. 그녀가 문을 열고 나가려다 말고 Q에게 말했다.

"혹시나 해서 참고로 말해주는데 아이디어 자체는 저작권이 없어. 표현한 결과물이 얼마만큼 일치하는가 그게 문제야."

Q는 닫힌 문 너머로 그녀가 뭐라고 중얼거리는 소리를 들었다. Q는 가슴속에서 무엇인가가 빠져나가는 느낌에 현기증이 났다. Q는 계단에 앉아 담배를 피우면서 어떻게 행동해야 하는가를 고민했지만 아무런 대안이 떠오르지 않았다. 대걸레를 든 청소 아줌마가 비상계단에 나타나서 바닥에 떨어진 담배꽁초를 보고 푸념했다.

"재떨이가 있는데 왜 바닥에 비벼 끄는지 몰라."

청소 아줌마는 대걸레를 바닥에 대고 Q를 계단 아래로 밀어버릴 듯이 노려봤다. Q는 살며시 일어나 아래층으로 내려가서 비상계단을 빠져나갔다. 퇴근시간이었다.

Q는 퇴근하는 직원들 틈에 끼어 그녀의 회사를 빠져나오면서 휴지통에 구겨 버린 공모전 시안을 떠올리려고 애썼다. 시안을 떠올리려고 하면 할수록 시안이 희미해지면서 그녀가 말했던 '똑같이 베낀 디자인이 아니라 다른 디자인'이라는 말이 머릿속을 맴돌았다. 도대체 그녀가 무엇이 다르다고 변명하는 것인지 의문이 들다가 또다시 그녀의 당돌한 시치미에 분노가 끓어올랐다. 한편으로는 그녀가 못 알아볼 정도로 예뻐지고 좋은 직장에서 일하고 있다는 사실이

싫지 않았다. 더구나 자신이 그녀가 나아가는 데 발판이 되었다는 사실에 분노가 조금 누그러졌다.

Q는 그녀의 회사를 찾아가 작품 표절에 대해 말싸움을 한 다음부터 일이 손에 잡히지 않았다. 팀장의 잔소리에 발끈하게 되었고 지방 직영점 때문에 가야 하는 출장에 스트레스가 점점 쌓여갔다. Q는 지방 매장을 순회하면서 본사의 지침이 제대로 지켜지지 않는 상황이 자꾸만 눈에 들어왔다. 자신도 모르게 회사를 그만두기 위한 명분을 찾고 있는지도 몰랐다. 정기적으로 갈아입히지 않은 마네킹의 옷에 먼지가 가득 앉아 있었고 선반의 상품은 제각각으로 뒤섞여 세트판매가 이루어질 수 없을 만큼 정신이 없었다. 매장에서는 건의사항을 하나도 들어주지 않는다는 불만을 토로했고 본사에서는 상무가 약속했던 기획상품 생산을 진행하지 않는다는 불만이 불거졌다. Q는 사람들의 불만에 동조하면서 의욕상실과 권태에 빠졌다.

Q는 집에서 책상서랍 정리를 하던 날 공모전 출품작품을 위해 구상했던 스케치를 발견하고 지난 시간을 되돌아봤다. 작품을 구상하기 위해 콘셉트가 유사한 브랜드의 제품을 조사하고 비싼 패션 트렌드 정보지를 구매해서 밤새워 분석한 결과를 바탕으로 디자인의 방향을 잡았던 창작의 시간이 아련하게 스쳐 지나갔다. 그녀가 떠올랐지만, 예전처럼 분노도 아쉬움도 그리움도 느낄 수 없었다. 그것은 자신이 꿈꿨던 의류 디자인에 회의가 생겨 나타난 현상이었다. Q는 뭔가 변화가 필요함을 절감했다. 입사한 지 4년이 지날 즈음의 Q는 조직문화의 권태를 딛고 혼자서 일을 벌이면 잘할 수 있겠다는

자신감이 싹트기 시작했다.

　당시 패션매장의 디스플레이는 전체적인 마케팅의 개념인데 우리나라에 도입되면서 윈도에만 집중되어 있었다. 그 결과 장식에만 치중하는 기형적인 발전을 가져왔고 패션매장의 디스플레이는 꾸준히 발전하지 못하고 쇠퇴하였다. 패션매장 윈도에 디스플레이를 하면서 상품만 연출하는 것이 아니라 소품을 활용하여 볼거리를 제공하는 방식은 유럽에서 시작하여 일본을 거처 한국으로 넘어온 흐름이었다. 유학을 다녀왔거나 외국으로 시장조사를 갔던 사람들은 매장윈도를 예술작품으로 꾸미며 소비자의 시선을 집중시키는 디스플레이가 매력적이라고 판단했기 때문에 그대로 모방하였다.

　인터넷 통신판매가 발달하지 않았던 80년대 중반부터 90년대 중반까지의 기간이 매장 윈도 연출의 전성기였다. 90년대 말에는 매장 윈도에 소품이나 오브제를 설치하여 소비자의 시선을 사로잡는 매장은 점차 사라졌다. 소비자는 매장 분위기에 현혹되지 않고 상품 자체의 질에 관심을 갖게 되었고 공급자도 볼거리를 제공하여 상품 구매의욕을 자극하기보단 매장 인테리어를 고급스럽게 꾸미기 시작했다.

　Q가 구상한 사업은 디스플레이 기획사였다. 당시 패션 디스플레이는 소비자의 시선을 잡으려고 윈도를 꾸미고 오브제를 활용하는 풍성한 개념에서 벗어나 인테리어와 집기로 군더더기 없이 브랜드의 독자성을 연출하는 방식으로 발전하기 시작했다. 매장 레이아웃에서 윈도라는 제안공간이 사라지고 그 공간엔 고객을 위한 소파가

놓이게 되었다. 오로지 제품 자체의 경쟁력으로 승부를 걸어 성공하는 브랜드가 늘어나면서 패션회사에서 디스플레이어는 그 역할이 축소되고 상품만의 조합으로 구매 욕구를 이끌어내는 스타일리스트가 주목받기 시작했다.

Q는 도약을 위한 고민을 했다. 옷 디자인을 시작할 것인가. 그건 아니었다. 아직 작품을 도용당하고 받은 상처의 흉터는 사라지지 않았기 때문에 옷 디자인을 시작하기는 싫었다. 그러면 상품을 코디네이트하는 스타일리스트가 될 것인가. 고민의 결과는 창업이라는 새로운 방향으로 귀결되었다.

Q가 디스플레이 기획사 창업을 구상하며 타깃으로 잡은 곳은 디스플레이어를 채용하기에는 부담스러운 패션회사 그리고 디스플레이어가 있지만 기획과 관리만 하고 매장에서 몸으로 부딪치는 일은 하청을 주는 대기업 계열의 회사였다. Q는 디스플레이 기획사를 구상하고 사업의 목표를 설정했다. 처음에는 패션회사들과 거래하면서 회사 규모와 오브제 제작능력을 키워 박람회 같은 큰 시장으로 진출하겠다는 목표를 잡고 다니던 회사를 그만두었다.

Q가 명함과 회사소개서를 준비하고 첫 영업을 나간 날이었다. 아침에 일어나 거울 앞에 서서 웃음을 지었다.

'안녕하십니까.'

팔자주름이 살짝 나타났다. 거울 속 자신이 어설픈 연기를 하는 것 같았다. 인상이 무겁고 딱딱하다는 말을 자주 들어서 웃는 연습을 수시로 했지만, 얼굴 근육이 잘 펴지지 않았다. 30대 중반을 훌쩍 넘기면서 얼굴 피부가 오렌지 껍질처럼 변했다.

다시 거울을 보며 웃는 연습을 했다. 햇살 때문인지 상한 얼굴 피부가 확대경을 들이댄 것처럼 적나라하게 드러났다. 옷장에서 수년간 잠을 자던 양복을 꺼내 입었다. 허리선이 들어간 상의가 몸에 꽉 꼈다. 앞 단추를 채우고 팔을 움직여봤다. 양복 상의가 팽팽했다. 잘못 힘을 줬다간 등판 재봉선이 뜯어질 것 같았다. 스트레스를 받을 때마다 폭식한 결과였다.

양복이 맘에 들지 않았지만 아쉬운 대로 입기로 하고 민들레색 넥타이로 마무리했다. Q에게 노란색은 희망을 품고 새로운 일을 시작할 때 의욕이 나는 색이었다. 9월의 투명한 파란 하늘에 기분이 한결 좋아졌다. 첫 영업대상을 찾아가려고 주황색 라인 전철을 탔다. 빈자리가 있어도 양복이 뜯어질까 봐 앉지 않았다. 회사에 다닐 때는 마음속에 유채색과 무채색의 감정이 교차했는데, 막상 창업을 하고 나니 무채색의 감정만 무겁게 가라앉았다. 첫 영업을 시작으로 자신 앞에 어떤 색이 펼쳐질지 궁금했다.

동호대교를 지나 압구정역에서 내렸다. 성형외과 병원이 즐비한 골목을 지나 영업대상 브랜드가 입주한 빌딩을 찾았다. 경비가 무표정한 얼굴로 Q를 훑어봤다. 엘리베이터를 타고 5층에서 내리자 통유리로 된 보안문이 나왔다. 인터폰을 하고 면접 때문에 왔다고 말했다. 출입증 카드를 목에 건 직원이 Q를 회의실로 안내했다.

사무실에 직원은 약 20명 정도였다. 모두 외국 라이선스 브랜드 론칭을 준비하는 어수선한 분위기였다. 행거에 가득 걸려 있는 샘플 옷 뒤로 대형 포스터들이 사무실에 빈틈없이 걸려 있었다. 사진 작가들의 작품으로 만든 홍보용 포스터들은 상품과 직접적으로 연결이 되는 이미지는 아니었다. 총구를 겨눈 아프리카 반군의 모습, 다양한 인종이 어울려 활짝 웃는 모습, 유조선에서 유출된 원유에 뒤덮여 죽어가는 새의 모습과 강렬한 컬러의 상품은 묘한 분위기를 자아냈다.

매장 디스플레이를 담당하는 팀장은 30대 여자였다. 화장기 없는 얼굴, 원피스에 카디건, 결혼예물로 많이 장만하는 브랜드의 손목 시계를 차고 있었다. 팀장은 이태리로 유학 가서 패션스쿨을 졸업하고 취업했다가 이번 브랜드 론칭을 계기로 한국에 들어왔다고 했다. Q의 회사소개서를 보던 그녀가 Q에게 물었다.

"우리는 윈도에 잡다하게 소품을 활용하지 않고 상품만 코디해서 제안할 거예요."

"이태리 본사에서 그렇게 연출하지만, 한국에선 상품만 보여주면 매장이 썰렁해 보입니다."

"컬러가 워낙 강해서 상품 자체만으로도 충분히 호소력이 있어요."

"상품집기처럼 기능이 있는 소품을 개발해서 재미 요소를 주는 것도 좋을 것 같습니다.

Q는 가방에서 자신이 구상한 상품을 연출하는 집기 시안을 꺼냈다. 팀장은 Q의 시안을 보더니 사무실에서 카탈로그를 들고 왔다. 카탈로그에는 이태리 본사 매장에서 활용하는 다양한 집기가 수록

되어 있었다. 팀장이 표시한 집기들을 가리키며 말했다.

"필요한 집기들은 다 있어요. 힘들여 제작하는 것보다 본사에 주문하는 게 단가도 낮고 편해서요."

"판촉물 계획은 없으신가요? 기존의 흔한 판촉물 말고…."

다이어리 위에 있던 팀장의 휴대전화가 부르르 떨렸다. 전화번호를 확인한 그녀는 '잠시만요' 하고 전화를 받았다. Q의 발언은 잠시 중단되었다. 팀장은 목소리를 죽이고 전화를 하며 히죽 웃었다. 팀장은 이보다 잇몸이 많이 보이는 구강구조로 되어 있었다. Q는 살짝 경계가 무너진 그녀의 모습을 보자 긴장이 풀어졌다. 팀장은 지금 상담 중이니까 다시 통화하자며 전화를 끊었다.

"판촉물도 이태리 본사에서 넘어와요."

똑똑, 직원이 문을 반쯤 열고 팀장을 불렀다. 사장님이 급하게 찾는다는 것이었다. 팀장이 일어나며 말했다.

"이벤트 행사가 있으면 연락드릴게요."

Q는 팀장이 나가고 없는 자리에 잠시 앉아 있다가 회사소개서를 챙기고 테이블 위에 펼쳐진 카탈로그도 챙겼다. 카탈로그에 나온 집기들의 디자인은 자신이 구상한 디자인보다 훨씬 멋있고 고급스러웠다. 디자인을 개발할 때 참조하여 콘셉트가 비슷한 다른 브랜드에 제안하면 좋을 것 같았고 옷걸이와 이동행거는 공간 활용과 기능성이 좋아서 욕심이 났다. Q는 회의실을 서성거리며 더 챙길 만한 자료가 있는지 살펴보다가 유리벽 밖의 사무실에 앉아 있던 직원과 눈이 마주쳤다. 서둘러 사무실을 빠져나오자 세상이 온통 회색

으로 보였다.

Q는 영업을 하면서 자신이 디스플레이어 출신이라는 점을 강조했다. 자신의 회사를 소개하면서 매장집기, 소도구, 장식소품을 주문제작해 주는 업자가 아니라 매장관리를 맡아서 해주는 프로모션이라고 소개했다. 하지만 브랜드 담당자들은 패기만 있어 보이는 젊은 남자 사장의 구애를 외면했다. 한 시즌이 지나도록 계약이 한 건도 성사되지 않았다.

실적이 없는 Q는 영업전략을 수정했다. 브랜드의 콘셉트에 맞게 매장 연출시안을 치밀하게 작성해서 제안했다. 시즌별로 윈도 디스플레이부터 상품진열 구성과 행사 현수막까지 제안된 시안을 보고 관리자와 담당자들 간에 엇갈린 반응이 나왔다. 관리자는 신선한 기획력에 호감을 표시하면서 Q의 회사와 계약하는 게 효율적이라고 판단했으나 담당자들은 조직 내에서 자신들의 역할이 축소되거나 다른 부수적인 일을 떠맡게 될까 봐 Q의 시안에 꼬투리를 잡았다. 몇 군데 시안을 만들고 나자 아이디어가 잘 떠오르지 않았다.

Q는 윈도 디스플레이의 연출 아이디어를 짜내려고 자료를 찾다가 재미있는 현상을 발견했다. 명동과 압구정에 위치한 패션매장 중에서 브랜드의 콘셉트를 살린 독특한 디자인이 없다는 사실이었다. 패션 디스플레이 관련자료는 일본과 유럽에서 발행되는 잡지밖에 없었다. 한정된 관련자료에서 출발한 아이디어는 독창적인 발상으로 가공되어도 결과는 비슷하게 나왔다. 어느 패션매장의 윈도가 화제에 오르면 경쟁사에서 연출된 장면을 그대로 베껴 장면을 연출

했다.

어느 브랜드에서는 Q가 제안한 시안을 다른 제작업체에 넘겨 그대로 연출하기도 했다. 저작권 침해를 당해봤던 Q는 시안을 도용당한 것에 대해 강력하게 따지지 않고 자신의 디자인이 인정받았다고 생각했다. 서로 아무렇지도 않게 모방하는 분위기에서 살아남으려면 제작비가 많이 들어가는 디자인을 구상하거나 너무 독특해서 자사의 브랜드 콘셉트와 맞지 않을 때는 디자인을 도용당하지 않았다.

Q도 좋은 디자인을 모방하는 차원을 벗어나 그대로 베끼는 분위기에 점점 익숙해질 법도 했지만 끝까지 자존심을 지켰다. 어렵게 아이디어를 짜내고 디자인하는 것보다 외국의 것을 그대로 베끼면 실패할 확률이 낮았고 거래처도 Q에게 대놓고 똑같이 해달라고 주문하는 경우가 많았지만, Q는 매번 자신만의 아이디어로 경쟁하겠다는 의지를 다졌다.

Q의 독창적인 디자인이 더 빛날 수 있었던 것은 독특한 재료였다. 똑같은 디자인이라고 할지라도 재료가 다르면 다른 디자인처럼 느껴지는 경우가 있는데 경쟁업체에서는 Q가 발굴해서 제안한 독특한 소재를 따라 하는 경우가 많았다.

Q는 청바지를 전문으로 생산하는 브랜드를 상대로 시안을 제안했다. 설치미술 작품을 모방하여 당시 유행하던 스톤워싱 진을 소개하는 오브제를 디자인했다. 청바지 회사는 Q의 시안을 채택했다. 마네킹이 들어갈 만한 크기의 수족관에 청바지 워싱용 돌을 바닥에 깔고 염료를 탄 물을 집어넣었다. 수족관에 청바지를 걸고 반

쯤 염료에 잠기게 연출했는데 수족관 산소 공급기에서 나오는 물방울 때문에 소비자들은 색상과 질감이 다른 청바지라는 것을 인지할 수 있었다.

전국에 직영점과 대리점을 합하여 2백 개가 넘는 매장을 거느린 청바지 브랜드에 대한 납품은 Q와 같은 소규모 회사로서는 벅차고 부담스러운 계약이었다. 납품일을 맞추려고 세 군데 제작업체에 지방 대리점에 대한 물량을 하도급을 주고 Q와 그의 직원들은 대도시 직영점과 백화점의 설치를 맡아서 했다.

Q는 납품과 설치를 끝내고 청바지 브랜드로부터 3개월 약속어음을 받았지만, 제작업체에는 바로 결제해 주어야 했다. 창업하면서 활용했던 마이너스통장은 이미 바닥이 났고 추가 대출이 어려워 제작업체에 3개월만 참아 달라고 했지만, 그들도 재료상에 결제해줘야 했기에 여유가 없었다. Q는 자신의 오피스텔을 담보로 대출을 받아 제작업체에 결제해주었다.

Q는 계속 시안을 제안하면서 계약을 성사시키려고 노력했으나 브랜드 담당자들의 반응은 냉담했다. 그들은 굳이 참신한 디자인을 원하지 않았다. 디자인은 외국 출장에 가서 촬영한 윈도 사진을 가지고 똑같이 제작하면 그만이었다. 청바지 브랜드의 경우처럼 참신한 디자인으로 계약을 성사시킨 일이 행운처럼 느껴졌다.

Q는 자신의 회사 운영을 위해 재하도급 일도 마다하지 않았다. 그해 11월 Q의 회사는 어느 제화 브랜드의 크리스마스 시즌 윈도 오브제를 제작했다. 하도급을 준 제작업체로부터 받은 제작도면에

는 사진이 첨부되어 있었다. 뉴욕의 어느 백화점의 윈도를 촬영한 사진이었다.

원도 안에 설치된 마네킹과 소도구들이 전부 하얀 눈에 뒤덮여 있었다. 하얀 눈을 표현한 재료는 따뜻한 느낌의 인조털이었다. Q의 직원들은 작업장에서 며칠째 마스크를 쓰고 인조 토끼털을 재단하여 소품에 부착하는 작업을 했다. 그날따라 인조 토끼털을 부착하는 데 사용한 접착제 냄새가 강했다. 새로 산 접착제는 강한 접착력만큼 냄새도 유난히 독했다. 작업하다 소품에 잘못 붙은 인조 토끼털은 손으로 당겨도 떨어지지 않았다. 칼로 동물의 가죽을 벗겨내듯이 조금씩 긁어내야 했다. 작업장은 동물의 가죽을 벗겨 가공하는 섬뜩한 공장 같았다. 그나마 어느 직원이 틀어놓은 크리스마스 캐럴에 섬뜩한 분위기가 조금 희석되었다. 크리스마스를 장식하는 오브제를 만드는 작업을 하면서 크리스마스 캐럴을 들으니 작업능률이 오르는 것 같았다. 가위로 인조 토끼털 원단을 자를 때마다 털이 민들레 씨앗처럼 날렸다.

그때 울린 전화벨 소리는 작업장에 틀어놓은 크리스마스 캐럴 때문에 잘 들리지 않았다. 휴식시간이 돼서 시디플레이어를 끄고 모두 작업장을 빠져나가고 난 뒤 걸려온 전화벨 소리는 정적을 깰 만큼 요란했다. Q는 입에 달라붙는 인조 토끼털을 떼면서 전화를 받았다. 전화를 건 사람은 경쟁업체 최 사장이었다.

"이봐, 지금 일하고 있을 때가 아니야."

"남지도 않는 거 제작하느라 죽을 맛이야."

"플레이스 진 사장 놈이 부도를 냈어."

청바지 브랜드 사장이 고의 부도를 냈다는 소식을 접했을 때 Q는 접착제 냄새에 취해 있었다. 사장이 일부러 자기 사업체를 부도냈다는 사실을 되짚어 생각할수록 어지러웠다. 접착제가 머릿속으로 흘러들어 뇌가 딱딱하게 굳는 것 같았다. Q는 자신에게 닥칠 일을 우려하며 그렇게 되지 않기를 바라면서 아는 모든 신에게 빌었다.

Q는 인조 토끼털로 장식한 오브제 제작 때문에 채권자 집회에 제대로 참석할 수가 없었다. 발 빠른 하도급업체들은 어떻게 해야 결제대금을 한 푼이라도 더 건질 수 있는지 알아보고 서로 힘을 모아 미수금 일부를 뜯어냈다. 크리스마스 시즌 매장을 돌아다니며 인조 토끼털 오브제를 납품해야 했던 Q는 기회를 놓쳤다.

나중에야 텅 빈 사무실에 찾아가 그곳을 서성대는 채권자들의 이야기를 들었다. 청바지 브랜드 사장이 명동에 있는 기존 패션몰을 증·개축해 임대분양으로 한몫 챙기려다 실패한 것이 부도의 원인이었다는 것만 알 수 있었다. 당시 갑자기 몰아친 외환위기로 나라 경제가 말이 아니었다. 부동산 가격은 하염없이 추락했고, 자고 일어나면 부도나는 기업들이 손을 헤아릴 수 없을 지경으로 늘어났다. 회사 부도로 하루아침에 일자리를 잃은 수많은 사람이 길거리로 내몰렸다.

Q가 당한 연쇄부도에 대해 위로해줄 사람은 아무도 없었다. Q의 입장에서는 죽고 싶은 만큼 큰 시련이었지만 주위 사람들 모두 더 큰 시련을 겪는 사람들뿐이었다. Q는 돈이 될 만한 것은 모두 처분

하고 짐을 쌌다. 갈 곳이 있어서 짐을 싼 것이 아니었기 때문에 짐을
싸면서 어디로 가야 할지 수소문했다.

꼭 먹어봐야 맛을 아니

●   드럼통으로 만든 둥근 테이블에 올려진 밑반찬은 단출했
다. 간장에 절인 양파와 부추 양념무침이 전부였다. 양곱창구이 한
가지 메뉴와 두 가지의 밑반찬만으로 강남에 빌딩을 올린 여사장은
초저녁부터 밀려든 손님들의 주문을 받느라 정신이 없었다. 양곱창
구이를 시키면 나오는 부위는 양, 소창, 대창에다 처녑 정도였다.

G가 후배 V를 만나러 간 곳은 독특한 양념의 양곱창을 취급하기
로 유명한 집이었다. 양념의 재료인 신선한 마늘이나 고추 등의 재
료를 즉석에서 양곱창에 버무려 내놓았다. 소금구이 양곱창에도 더
깊은 맛을 내는 양념장이 나왔는데 바나나 파인애플과 일곱 시간 동
안 채소를 끓여 체에 걸러 만든 소스가 재료였다.

G는 부추무침을 맛보다가 철판 위에서 요란한 소리를 내며 오그
라드는 소 곱창을 젓가락으로 살짝 건드렸다.

"형님, 먹어봐요. 이 집이 이 자리에서 30년째야. 이 골목 원조는
따로 있는데 이 집 사장이 원조를 잘 모방해서 더 맛있게 만들었어."

"냄새 나는 것 같은데, 무슨 맛이냐?"

"조갯살을 씹는 느낌? 꼬들꼬들하게 씹히는 맛이 죽여요."

G는 테이블에 튄 기름을 물수건으로 닦으며 기우뚱한 드럼통을 바로잡으려 애썼다. 돌려보고 살짝 밀어보았지만 고르지 않은 시멘트 바닥 때문에 어쩔 수 없었다. 보다 못한 주인 여자가 신문을 접어서 바닥에 괴어주자 G는 그제야 만족스러운 듯 의자를 당겨 앉았다.

　　"너나 많이 먹어라. 난 이런 거 안 좋아해."

　　"내가 오늘 형님 특별히 모신 건데. 형님 올해 등단한 지 30년, 이 집도 올해 30년. 자, 건배."

　　G는 맥주잔을 내려놓고 의자에 올려놓은 점퍼를 다시 뒤집어 접어놓았다.

　　"난 형님 본받기로 했어. 형님 비결 좀 가르쳐줘요."

　　"무슨 얘기야?"

　　"형님은 문학상과 창작기금 잘 챙겨 먹잖아요."

　　"부러우면 너도 열심히 써. 이상한 얘기 하지 말고 먹물들이 좋아할 만한 거 쓰란 말야."

　　"내 천성이 더럽고 저질인데 어떡하겠어요."

　　"많이 먹고 열심히 써라. 그게 정답이다."

　　"곱창은 많이 먹을 음식은 아니고 적당히 먹어야죠. 나는 이 창자에서 나오는 곱에 반했어요. 기름지고 쫄깃쫄깃한 껍질 안에 들어 있는 고소한 소스, 이게 별미란 말이지."

　　소설가 V가 곱창을 집게로 하나씩 뒤집어보며 잘 익은 곱창을 골랐다. 집게로 곱창을 누르자 젓갈 같은 곱이 삐져나왔다.

　　"똥이 가득 찬 소 내장이 이렇게 비싼 줄 몰랐네."

"내가 말했었나? 우리 어머니가 곱창집을 했어요. 어머니 가까이 가면 소똥 냄새가 나는 것 같아서 싫었지요. 매일 저녁 식당 주방에 쭈그리고 앉아 맨손으로 곱창을 손질하던 어머니 뒷모습이 그렇게 싫더라고. 그래서 내가 군대 갈 때까지 곱창은 입에 대지도 않았어요. 그런데 군대 가서 어머니가 보고 싶어지니까 갑자기 곱창이 막 당기는 거야. 휴가 나와서 어머니 식당에서 곱창구이를 먹었는데 목이 메어서 몇 점 집어먹지도 못했어요. 곱창, 비싼 거 아닙니다. 들어가는 인건비가 얼만데. 우리 어머니는 먹고살려고 가게 문 닫고 나면 그때부터 내일 장사를 위해 쓸 곱창을 손질했어요. 곱창에 달라붙어 있는 기름 덩어리를 떼어내고 소금과 밀가루로 곱창을 비벼대고, 어떤 부위는 뜨거운 물을 끼얹어 가며 오돌오돌한 표면을 칼로 벗겨 낸 다음 숙성시키는데, 그 과정이 엄청나요."

"너에게는 곱창이 소울푸드로구나."

"형님, 내가 굳이 곱창집에서 한잔 하자고 한 건 소 내장을 소재로 소설을 쓰고 있기 때문이에요."

G는 곱창을 씹다가 V가 소주를 주문하러 고개를 돌린 사이 곱창을 뱉어서 바닥에 버렸다. 시커멓게 기름때가 묻은 바닥엔 담배꽁초가 어지럽게 널려 있었다. G가 맥주로 입가심하는데 V는 게걸스럽게 뜨거운 곱창을 씹으면서 한쪽 눈을 찡그리며 입맛을 다셨다.

"네가 쓰는 작품은 곱창의 곱에 대한 이야기냐?"

"나는 말이에요. 곱창, 대창, 막창을 소재로 계층 간의 욕망을 이야기하고 싶어요."

"또 그 어쭙잖은 계급투쟁이냐?"

"형님, 이제 음식은 취향을 넘어서 인권의 문제요."

"이제 음식을 이데올로기로 포장하는구나."

"난 관념적인 거 딱 질색이오. 형님, 내가 쓰려고 하는 이야기는 말이오. 뭐든지 사랑하는 사람과 함께 먹으면 그게 훌륭한 음식이라는 이야기요."

"음식은 관습과 관념의 상징이다."

"정확하게는 고정관념 아니겠소. 예를 들어 돼지의 허파와 간은 순대를 살 때 부속으로 얹어 먹어야지 레스토랑에 가서 비싼 요리에 같이 나오면 되겠소. 접시에 깔끔하게 요리돼서 나온 요리의 재료가 돼지의 허파와 간이라면 맛이 떨어지겠지요."

V가 바싹 구운 곱창을 G의 앞접시에 놓고 모둠구이를 추가로 주문했다. 싱싱한 소 내장이 철판에서 요란한 소리를 내며 허옇게 변해갔다. 기름에 익은 부위와 익지 않은 부위가 순식간에 구분되었다. G는 V가 내장을 들어 가위로 자르는 소리가 거슬렸다. G가 철판 한쪽에 마늘을 올려놓으면서 말했다.

"며칠 전에 무슨 잡지를 보니까 음식의 과거가 곧 나의 현재이고 음식의 현재가 곧 나의 미래라며 세상 만물을 음식과 연관시키고 입으로 세상을 보는 기사를 읽었어."

"하긴 다 먹고 살자고 하는 짓인데 형님 좀 먹어봐요. 나 혼자 다 먹네."

"네가 살 거니까 신경 쓰지 말고 너나 많이 먹어라."

"형님, 내가 취재하러 독산동과 마장동 뒷골목을 이 잡듯이 돌아다녔소. 골목 입구부터 비린내와 썩은 내가 얼마나 진동하던지 첫날에는 머리가 지끈거리고 생목이 잡혀서 죽는 줄 알았어요. 좁은 골목 바닥이 온통 핏빛 진창인데 어두컴컴한 것이 꼭 짐승의 내장 속을 돌아다니는 것 같았어요."

"고기 파는 데가 그렇게 더럽나? 깨끗하게 위생설비를 해야지."

"창자에 똥이 가득 차 있는데 그걸 다 어떡하겠어요. 손질하다 보면 질질 흘릴 수밖에요."

"나는 여간해서는 취재 안 한다. 취재해 놓은 거 보고 잘 고쳐 쓰면 취재한 것보다 더 격이 더해져. 취재를 우선하면 취재가 이야기를 끌고 가는 수단이 아니라 그 자체가 목적이 돼버리는 경우가 많아."

"형님은 도서관에서 수집한 간접경험으로 그럴 듯하게 만들어내는 재주가 뛰어나지만, 난 몸으로 부딪혀봐야 직성이 풀려서 어쩔 수가 없어요."

"그건 재주가 아니야. 너랑 나랑 이야기를 풀어내는 방식이 다른 거지."

"형님, 하나도 안 드시네, 배고파서 어째요. 쫌만 기다려요. 요것만 먹고 2차 갑시다."

V는 곱창을 집어 타들어간 부위를 가위로 조심스럽게 잘라내고 호호 불어가며 달래듯 어르며 입에 넣었다.

"형님, 음식이란 게 지독한 노동의 산물이에요. 만드는 과정부터 침을 섞어가며 씹는 행위까지, 그러고 나서 똥으로 배설하는 것도

힘든 노동이고. 내가 노동에 대한 이야기를 쓰는데 어떻게 도서관
에 앉아 쓰겠어요."

"내가 뭐라고 했냐. 넌 오늘도 슬슬 시비를 거는구나."

V는 집게로 노릇노릇하게 익은 곱창을 집어 G의 입에 갖다 댔다.

"형님, 그러니까 씹는 노동 좀 하시라니까요."

"술만 마시면 나불거리는 네 세 치 혀를 잘라서 씹어 먹기 전에 그
만 해라."

"형님, 사실은 혀를 소재로 소설을 쓰려다가 곱창으로 바꿨어요.
이번에 조사하다가 알았는데 혀에 대한 표절 시비가 있었더군요."

"넌 엽기적인 소재만 찾아다니는구나."

"상하이에 가면 혀 모둠 요릿집이 유명해요. 삶은 닭 혀, 오리 혀
를 술이 들어간 소스에 찍어 먹는데 씹히는 맛이 죽여요. 부드럽고
구수한 맛은 뭐니 뭐니 해도 소 혀죠."

"이 세상에서 네 혀가 제일 맛있을 것 같은데."

"혀는 잘 손질해야 해요. 안 그러면 침 냄새 난대요. 여류 소설가
J의 〈혀〉를 읽어보니까 냄새가 나더라고요."

"침이 질질 흐르도록 잘 썼단 말이냐?"

"음식 냄새가 안 나고 탐욕의 침 냄새만 나더라고."

"음식을 소재로 한 작품에서 탐욕의 냄새가 났다면 은유가 잘된
성공적인 작품 아니냐?"

"그런 뜻이 아니라요. 표절 시비가 붙었던 두 작품을 비교해서 읽
어 보니까 냄새가 나더란 말이지. 신인 작가의 작품은 혀를 3가지

상징으로 잘 버무렸어요. 먹어치우는 혀, 사랑하는 혀, 거짓말하는 혀가 등장하는데, 지독한 혀 놀림에 정말 혀를 내두를 정도로 잘 썼어요. 그에 반해 표절의혹을 받은 여류 작가의 혀는 요리사가 등장하고 음식 이야기가 주를 이루지만 음식 냄새가 전혀 안 나고 작가의 탐욕만 고스란히 느껴지더라고요."

"작가의 탐욕이라니?"

"표절의 흔적이 느껴졌다는 말이지."

"난 읽어보지 않아서 표절 문제는 모르겠고 음식에 대해 썼다고 꼭 음식 냄새가 나야 하는 거냐?"

"당연하죠, 리얼리즘 소설인데 냄새가 나야지. 현직 요리사를 찾아가서 인터뷰도 했다는데 왜 그럴까. 곰곰이 생각해 봤더니 17권의 요리와 음식에 대한 참고도서가 나와 있는데 그 책들에서 추출한 내용이 본문 구석구석에 잘 배치돼 있더라고요. 한번 읽었을 땐 그게 도서관형 작가의 한계인 줄 알았는데 ….”

G가 맥주를 단숨에 비우고 잔을 내려놓았다. V가 G의 잔에 맥주를 따르려 하자 G가 손으로 막으면서 말했다.

"너 또 그 소리냐, 오늘 작정하고 나온 모양인데 너 같은 하수가 모르는 게 있다. 고수는 꼭 먹어보지 않아도 맛을 알 수가 있어. 아는 만큼 보이는 거야. 넌 말해도 모를 거야."

"형님, 왜 흥분을 하고 그래요. 나는 그 신인 작가가 영혼을 도둑맞았다고 해서 두 작품을 꼼꼼하게 읽어보니 그렇게 느껴졌다는 거예요."

"뭐 말이 통해야 대화가 되지. 나 먼저 일어난다. 너 혼자 실컷 먹어라."

"형님, 열 내지 말고 2차 갑시다. 2차."

G는 V의 손을 뿌리치고 점퍼를 집어 들고 가게를 나갔다. V가 G를 따라 나오면서 말했다.

"형님 삐졌어요?"

점퍼를 여러 번 털어서 입은 G는 뒤도 돌아보지 않고 골목을 빠져나갔다. 곱창구이 골목은 아직 초저녁인데도 고기 타는 연기가 자욱했고 가로등 불빛에 뭉개지는 하늘이 날이 새려고 빛이 희미하게 퍼지는 새벽 같았다. G는 걸어가며 간판들을 유심히 바라봤다. 길게 이어지는 좁은 골목 양측에 어지럽게 걸린 간판들은 모두 원조 곱창구이라고 강조하고 있었다. 그 가운데 30년 넘은 원조 곱창구이 집은 딱 한 군데였다. V는 도로 자리에 앉아 소주를 한 병 더 시켰다. 주인 여자가 V에게 소주를 건네며 말했다.

"혼자 4인분을 드셨어. 곱창 엄청나게 좋아하시네."

"사장님, 나 곱창 안 좋아해요. 일 때문에 일부러 먹는 거예요. 내가 먹고 싶은 건요. 김치찌개, 돼지고기볶음, 콩나물무침 이런 집밥이에요."

"왜 마누라가 밥을 안 해줘?"

"나 총각이에요."

"여태 뭐했어?"

"사장님, 나 맥주 한 병만 서비스로 줘요."

V는 서비스로 받은 맥주를 잔에 따르고 소주 한 잔을 부었다. 수저통에서 젓가락을 꺼내려 했지만 손이 마음먹은 대로 움직여지지 않았다. 곱창을 집어먹던 젓가락을 겨드랑이에 끼워서 닦은 다음 잔에 담그고 휘휘 저었다. 딱딱하게 굳은 시커먼 곱창을 입에 넣고 씹다가 맥주잔을 들었다. V는 맥주와 소주 그리고 곱창 기름으로 만든 칵테일을 천천히 들이켰다.

예술혼의 불씨가 타오르다

•   Q는 돈이 될 만한 것은 모두 처분하고 짐을 싸면서 책 중에서 한 권의 소설책만을 챙겼다. 밀란 쿤데라의 〈참을 수 없는 존재의 가벼움〉이다. 주인공 토마스의 애정행각이 나오는 장면은 재미있었지만, 골치 아픈 철학적 사유가 깔린 부분을 읽으면서는 무슨 뜻인지 몰라도 작가가 인간 존재에 대해 색다른 해석을 내린 것 같아서 밑줄을 치면서 곰곰이 따져보기도 했다. Q는 잡지에서 스크랩해서 소설책 뒤에 끼워 놓았던 기사에도 밑줄을 쳐놓았는데 밀란 쿤데라가 어느 대담에서 언급한 내용이었다.

"인간이 세계의 주인이고 소유자라는 데카르트의 유명한 명제의 운명에 대해 생각해 보았죠. 과학과 기술이 많은 기적을 이루는 데 성공한 이후로 이 '주인 겸 소유자'는 문득 그가 지닌 것이라곤 아무것도 없으며 자신은 자연의 주인도 아니고 역사의 주인도 아니며 자기 자신의 주인도 아니라는 것을 깨닫게 되었죠. 신도 사라져 버렸고 인간도 더 이상 주인이 아니라면 도대체 주인은 누굽니까? 지구는 주인 없이 공허 속을 전진하고 있는 것이죠. 바로 이것이 참을 수 없는 존재의 가벼움이죠."

Q는 밑줄 친 부분을 읽는 순간 빈털터리가 된 자신이 존재의 중력을 상실한 세계에서 참을 수 없이 가볍게 부유하는 것 같았다.

Q는 며칠 동안 갈 곳을 찾아 부유하면서 빈털터리가 된 자신의 몸을 지탱하기가 왜 이리 무겁고 힘든지 고민하다가 그 이치를 깨달았다. 빈털터리의 무게는 참을 수 없을 정도의 무게이고 또한 빈털터리가 되기 전의 상태로 돌아가고 싶은 그리움의 무게라는 것을 깨달았다.

Q는 한 달 동안 고시원에서 지내다가 돈이 거의 떨어지자 찜질방으로 갔다. 찜질방에서 지내면서 일자리를 찾아보던 어느 날이었다. 거울에 비친 자신을 보면서 명규를 떠올렸다. 거울 속의 Q는 푸석해진 얼굴 피부와 퀭한 눈 때문에 10년은 더 나이 들어 보였고 쥐어뜯어 놓은 듯이 제멋대로 엉킨 머리카락은 절망에 빠진 자신의 상태를 그대로 보여주고 있었다.

Q는 명규가 일하는 미용실에 가서 머리를 단정하게 정리해야겠다고 작정했다. 지난날 명규가 다듬어준 헤어스타일로 면접을 잘 보고 취업했던 것처럼 이번에도 명규가 도움을 줄 것이라는 막연한 기대 때문이었다. Q는 짐을 챙기고 지갑에 남은 돈을 세어보았다. 한 끼의 밥값과 커트 비를 겨우 낼 수 있을 정도의 금액이 남아 있었다. 명규가 일하는 미용실에 커트 예약을 하고 지하철역으로 걸어가며 식당을 바라봤다. 밥을 먹으려다 혹시 명규와 같이 점심을 먹게 될지도 모른다는 기대감 때문에 참았다. 미용실에 트렁크를 끌고 나타난 Q를 보고 명규가 말했다.

"오랜만에 왔네. 어디 외국여행 가?"

"여행은, 굶어 죽게 생겼다."

"사장들은 항상 엄살을 떨더라."

Q의 텅 빈 창자가 꾸르륵거리는 소리를 냈다.

"점심 먹었냐? 난 어제 저녁부터 아무것도 못 먹었어."

"좀 전에 먹었는데 일찍 오지 그랬어. 같이 먹게."

명규는 빗으로 미용실 거울 앞에 앉은 Q의 잡초 같은 머리를 빗어 내리면서 상태를 파악했다.

"안 좋은 일이 있었나 봐. 얼굴이 말이 아닌데."

"굶어 죽게 생겼다니까."

"어떻게 잘라줄까?"

"아주 짧게."

Q는 눈을 감았다. 머리카락이 조금씩 코를 타고 떨어졌다. 차츰 명규의 현란한 가위질에 머리칼이 날리며 어깨에 떨어졌다.

Q는 머리가 가벼워지자 마음이 편해졌다. 눈을 감고 자신이 하루아침에 신용불량자가 되어버린 사연을 이야기했다. 명규는 아무 말 없이 듣기만 했다. 명규가 가위질을 멈추고 빗으로 Q의 머리를 털어냈다. 잘린 머리카락이 어깨에 떨어지면서 어깨에 아슬아슬하게 걸쳐 있던 머리카락과 함께 바닥으로 떨어졌다. Q는 이야기를 끝내고 고개를 숙였다.

명규가 두 손으로 Q의 머리를 바로 세우면서 말했다.

"정신없이 자르다 보니 예상보다 더 짧아졌는데."

Q는 계속 눈을 감고 있었다. 머리 길이는 중요하지 않았다. 이제 중요한 용건을 말해야 할 시점이었다.

"괜찮아, 짧은 게 좋아."

"진즉에 연락하지 그랬어."

"정신이 없었어. 한 달 동안 고시원에 살면서 이력서를 냈는데 아직 연락이 없네."

"걱정하지 마, 취직할 때까지 재워줄게."

"고마워."

Q는 눈을 떴다. 거울 속의 흉물스러운 사내가 세상을 향해 구걸하고 있었다. 거울을 통해 자신이 세상에 어떻게 보이기를 원했는지 떠올랐다. 그동안 목표를 향해 맹목적으로 달려왔던 자신이 싫어졌다. Q는 스타일을 내려고 앞머리 길이를 가늠하는 명규에게 말했다.

"나 그냥 빡빡 밀어버릴래."

"짧은 머리가 참 안 어울리긴 하다. 좋아, 시원하게 밀어버리자."

명규는 바리캉으로 Q의 머리를 밀었다. 바리캉이 지나가자 큰 얼굴에서 잘린 머리카락이 가볍게 어깨를 타고 바닥으로 미끄러졌다.

"두상이 예뻐서 훨씬 낫다."

Q는 머리를 쓰다듬으면서 머리가 참 크다고 생각했다. 그동안 큰 얼굴을 가렸던 머리카락을 밀고 나자 스스로를 가꾸고 싶은 욕망에서 벗어난 수도자가 된 기분이었다. 그는 머리칼이 머리에서 떨어지는 순간 자신을 가려주었던 욕망의 대상이 아니라 그냥 쓰레기

일 뿐이라는 상념이 들었다.

Q는 명규의 퇴근을 기다렸다가 함께 집으로 갔다. 명규는 혼자 사는 게 아니라 세 식구가 같이 살았다.

녀석들은 칙칙한 어둠이 음산하게 깔린 구석방에 살고 있었다. 명규는 구석방에 인조잔디를 깔고 산에서 베어온 나무를 촘촘하게 세우고 화분과 조화로 밀림처럼 꾸며놓았다. 녀석들을 가둬놓은 두 개의 사육상자는 방 가운데 놓여 있었다. 녀석들이 인기척에 꿈틀 거렸다. 명규가 사육상자에서 한 녀석을 들어 올려 머리와 꼬리를 잡고 팔을 벌리면서 말했다.

"이놈은 눈빛이 자주색이야. 내가 좋아하는 색이지."

핑크빛 뱀이 머리를 들었다. 명규가 뱀의 꼬리를 잡고 있던 왼손을 놓자, 핑크빛 뱀은 명규의 오른손 팔뚝을 휘감았다. 핑크빛 뱀이 머리를 쳐들었다.

"한번 만져봐."

Q는 핑크빛 뱀의 비늘을 살짝 쓰다듬고 물러섰다.

"뱀을 두려워하지 마. 두려움에 떨면 뱀은 인간을 삼키지만 친해지면 형을 새로운 세계로 인도할 거야."

"징그러워 죽겠네. 뱀 냄새가 연못가에서 나는 물비린내 같아."

명규가 핑크빛 뱀을 사육상자에 내려놓자 녀석은 귀찮은 듯 항아리로 만든 은신처로 천천히 이동했다.

"가끔 만져줘야 해."

"그러다 물리면?"

"조심해야지."

"주인도 물어?"

"그래도 가끔 만져주면서 경계를 늦추게 해야 해. 안 그러면 주인을 먹이나 포식자로 여기니까."

명규가 옆에 있는 사육상자를 열었다. 은신처 항아리 안으로 손을 집어넣어 핑크빛 뱀의 꼬리를 잡아당겼다. 핑크빛 뱀은 항아리 밖으로 머리를 세우고 입을 벌렸다. 분홍빛 속살이 점액질 때문에 반짝거렸다. 명규가 기르는 뱀은 암수 한 마리씩이었다. 겉으로 봐서는 암수 구별이 어려웠다. 수놈은 몸집이 작았다. 하얀 바탕에 핑크빛 얼룩무늬 비늘이 불빛에 빛나면서 바르르 떨렸다.

명규가 사육상자를 번갈아 가리키며 말했다.

"수놈은 제우스, 암놈은 마이아. 이름 멋있지?"

"제우스와 마이아라⋯."

Q는 계속 사육상자 앞에 앉아 뱀을 관찰했다.

"내가 집에 없을 땐 형이 보살펴."

"내가? 보기만 해도 섬뜩한데."

Q는 다음 날부터 녀석들에게 먹이 주는 방법을 배웠다. 명규가 흰 쥐새끼인 냉동 핑키를 해동해서 냄새를 피우자 암놈인 마이아가 먼저 꼬리를 들어 올리며 쉿, 소리를 냈다.

"마이아, 이리 와봐."

명규는 핑키를 주기 전에 마이아를 손에 감았다. 차갑고 부드러운 가죽이 명규의 팔뚝을 휘어 감았다. 배가 고픈 마이아가 미끄러지며 핑키 냄새를 맡고 명규의 손을 덥석 물었다.

"스노우콘 스네이크는 독이 없어."

Q는 자신이 물린 것처럼 깜짝 놀라 가슴이 쿵쿵거렸다. 명규는 마이아의 아가리를 눌러 잡고 손에서 떼어서 유리로 된 사육상자에 집어넣었다. 그다음 핑키를 사육상자 안에 넣고 뚜껑을 닫았다. 마이아가 핑키를 입에 물고 명규를 물끄러미 쳐다봤다.

"뱀은 사랑을 받으면서도 상대를 의식하지 못하는 것 같아."

명규는 Q에게 녀석들을 관리하는 방법을 하나씩 가르쳐주었다. Q는 녀석들에게 밥을 주는 게 제일 어려웠다. Q가 어느 정도 녀석들에게 익숙해지자 명규는 시간을 정해놓고 제우스와 마이아에게 아침에만 밥을 챙겨주라고 일렀다.

제우스가 밥을 먹고 나서 머리를 들고 혀를 널름거리며 Q를 노려봤다. 마이아도 핑키를 삼키다 말고 머리를 들고 Q를 노려봤다. 태어난 지 1주일밖에 지나지 않은 핑키는 털이 없고 진한 핑크빛이었다. 핑키의 꼬리가 마이아의 입 밖으로 나와 축 늘어졌다. 핑키를 다 삼킨 마이아는 배가 부른지 사육상자 구석에 자리를 잡고 소화하기 시작했다. 마이아와 제우스는 순전히 본능적인 행동을 취하면서 유리로 된 사육상자에서 편하게 사는 것 같았다.

Q는 명규가 출근하면 설거지하고 청소하고 녀석들을 돌봤다. 녀석들에게 먹이를 주고 녀석들의 똥을 치우고 사육상자를 닦았다. 집안일을 끝내고 나면 온몸이 나른해졌다. 당분간이지만 먹고 잘

곳이 해결되었다는 안도감에 긴장이 풀어졌다.

Q는 어느 날 자신의 트렁크를 정리하다가 겨울 옷가지에 싸여 있던 책을 발견했다. 헌책방에서 제목이 특이해서 산 책이었다. Q는 소설을 다시 읽고 인간 존재에 대한 묵직한 메시지를 자유분방함이 넘쳐흐르는 독특한 기법으로 버무려낸 소설에 감동했다. 소설에 대한 감동은 대학을 졸업하면서 잠시 접었던 예술에 대한 창작의 욕구로 발화되었다. 스케치북을 사다가 온종일 뱀을 관찰하며 묘사하다가 제대로 된 그림을 그리고 싶은 욕구가 생겼다. 그러나 그림을 다시 시작하려면 준비해야 할 것들이 많았다. 명규에게 얹혀살면서 짐을 늘릴 수는 없는 일이었다.

그때 소설을 써보고 싶었다. 처음에 구상했던 것은 두꺼운 장편소설이 아니라 삽화가 많이 들어간 그림책이었다. Q는 일단 짧은 이야기를 만들어보기로 했다. 명규가 준 용돈으로 서점에 가서 소설 창작에 관한 책을 몇 권 고르고 제우스와 마이아가 생각나서 뱀에 관한 책과 그리스 신화 관련 책을 한 권씩 골랐다.

Q는 《소설 당장 시작하기》라는 책을 읽고 소설에 대해 어렴풋이 개념을 잡았다. 그 책에는 소설은 한마디로 패배자의 넋두리고 소설은 쩨쩨하고 꼬질꼬질한 사람이 쓸 수 있다고 쓰여 있었다. Q는 자신이 소설 쓸 수 있는 자질을 갖추었다는 자신감이 들었다. 소설은 그저 맨땅을 파는 것. 구덩이를 파다 보면 사금파리도 나오고 잠자던 굼벵이도 나오고 출처를 알 수 없는 비자금도 나온다는 것. 하잘 것 없는 소설을 쓰면 자신의 가슴에 응어리진 예술에 대한 욕구

를 어느 정도 해결해줄 수 있을 것 같았다.

Q는 첫 작품으로 명규의 애완동물 제우스와 마이아를 모티브로 잡았다. 밀림에서 잡혀 서울의 한 아파트 구석방 사육상자에 갇힌 뱀이 주인공으로 나오는 이야기를 구상했다. 뱀은 시간과 공간을 초월한 동물이다. 뱀은 다리도 날개도 없이 맨몸뚱이로 기어 다니면서 열악한 신체구조를 가지고도 나무도 잘 타고 수영도 잘하고 못 가는 데가 없다. 뱀은 어떤 악조건에서도 살아갈 수 있는 영리한 동물이다. 뱀은 수풀에서도 살고, 땅속에서도 살고, 사막에서도 산다. 실은 뱀은 복잡하고 장애물이 많은 환경 속에서 오히려 더 강해지는 동물이다.

Q는 명규에게 얹혀살기 시작한 지 한 달이 지났을 즈음 책을 보며 틈틈이 소설 습작을 하면서 안정된 직장을 알아보기 시작했다. 어느 패션 브랜드에서 디스플레이 경력사원을 뽑는다고 해서 이력서를 넣었지만, 연락이 오질 않았다. 나중에 뽑은 사람을 보니 대학을 갓 졸업한 여자였다. Q는 계속 취업이 안 되자 불안한 마음을 달래려고 일부러 소설 공부를 열심히 했다. 애완동물 제우스와 마이아가 등장하는 뱀 이야기의 배경을 구체적으로 만들려고 녀석들을 관찰하면서 뱀 관련 서적을 쌓아놓고 공부해서 뱀과 관련된 역사를 정리했다.

처음에 위대한 어머니 신과 결부되어 숭배받았던 뱀은 차차 그 역할이 줄어들더니 괴물로서 그 인식이 끝나 있었다. 그래서 동서를 막론하고 뱀은 인간에게 징그럽고 두려운 존재로 인식하게 된 것으로 생각했다. Q는 그것이 아마 아담과 이브의 이야기에서 나오는 뱀의 역할이 컸기 때문이라고 추정했다. Q는 뱀에 대해서 공부할수록 녀석들이 애완동물이 아니라 영험한 힘이 있는 존재로 여겨졌다. 뱀에게 정성을 다하면 자신이 구상하는 소설에 계속 영감을 불어넣어 줄지도 모른다는 기대감이 들었다.

Q의 뱀 이야기는 주인공 뱀이 구불구불 기면서 산을 넘고 강을 헤엄치고 나왔을 때 빗방울이 튀어 오르는 장면으로 시작되었다. 대지는 흙탕물로 범벅이 되었다. 작은 물줄기가 모여서 점차 강이 되었다. 뱀들은 강물이 불어나기 전에 나무에 올라갔다. 핑크빛 뱀이 둥지를 튼 나무는 하늘을 향해 우뚝 서 있었다. 주변 나무들보다 3배는 높아서 대지에 홀로 서 있는 것 같았다. 나무 주위로 한둘씩 모여든 뱀들은 넝쿨을 타고 나무 위로 계속 올라갔다. 나뭇잎을 타고 떨어지는 빗방울이 머리를 때리자 뱀들은 나뭇가지에 몸을 감고 머리를 숙였다. 밀림에서는 뱀도 나무를 의지하며 살아가는 넝쿨과 같은 존재였다.

한나절 동안 내리던 비가 그치고 태양이 떴다. 뱀의 몸에 물이 흐르면서 핑크빛 비늘이 빛났다. 뱀은 웅크렸던 몸을 쭉 펴 태양을 맞았다. 태양은 서서히 뱀의 머리, 몸통과 꼬리를 타고 내려갔다. 서서히 달아오른 태양은 고난의 물기를 말려버리고 대지에 감도는 나쁜 기운을 몰아냈다.

대지가 마르기도 전에 밤이 찾아왔다. 뱀은 머리를 들고 입을 벌렸다. 홍건하게 젖은 대지의 냄새를 맡으며 혀를 떨었다. 태양은 짧게 지나갔지만 뱀의 몸을 유연하게 풀어주기에 충분했다. 핑크빛 뱀이 나무에서 내려와 먹이를 찾기 시작하자 나무 꼭대기부터 똬리를 틀고 있던 뱀들이 서서히 내려왔다. 뱀들은 서두르지 않고 나뭇가지를 타고 넝쿨 사이로 쉴 새 없이 미끄러져 내려왔다. 나뭇가지를 타는 뱀들의 비늘소리가 메마른 땅에 흙먼지가 날리는 소리 같았다. 뱀들이 나무 아래로 내려오자 가벼워진 나뭇가지들이 물방울을 털었다.

핑크빛 뱀은 나뭇잎에서 떨어지는 물방울에 놀라 펄쩍 뛰어오른 개구리를 물었다. 하지만 뱀이 문 것은 잎사귀였다. 개구리는 이미 숲 속으로 사라졌다. 핑크빛 뱀은 하얀 암석 사이를 가로지르며 먹이를 계속 찾았다. 사냥은 계속 허탕을 쳤고 밤이 깊어지자 움직일 힘조차 없었다. 지친 뱀은 암석 틈에서 몸을 웅크린 채 잠이 들었다.

다음 날 해가 뜨자 땅은 안개를 빨아들였다. 뱀들은 새벽이슬에 언 몸을 조금씩 움직이면서 몸을 풀었다. 잎사귀들이 파르르 떨렸다. 거미줄에 맺힌 이슬방울이 바람에 날렸다. 지면을 타고 전해지는 미세한 진동이 핑크빛 뱀의 몸에 퍼졌다. 핑크빛 뱀은 배가 고파서 아침 사냥을 시작하려다가 불안한 진동이 사라질 때까지 기다렸다. 공기를 통한 소리보다 지면을 통해 느껴지는 진동이 점점 크게 느껴졌다. 비늘까지 바르르 떨렸다. 역겨운 냄새가 났다. 핑크빛 뱀은 암석 틈으로 머리를 내밀고 혀를 움직여봤다. 처음 느껴보는 역한 동물냄새가 본능적으로 천적이라는 것을 알 수 있었다.

핑크빛 뱀이 암석 밑 틈으로 기어들어갈 때 포획자는 암석을 들었다. 암석 밑에 숨어 있던 핑크빛 뱀은 젖은 나무껍질 속으로 재빨리 들어갔다. 강렬한 불빛이 핑크빛 뱀의 꼬리를 비췄다. 핑크빛 뱀은 포획자에게 꼬리를 잡혀 끌어올려진 다음 머리를 잡혔다. 포획자가 핑크빛 뱀의 머리를 잡고 죄는 힘이 세서 핑크빛 뱀은 입을 움직일 수 없었다. 핑크빛 뱀은 몸을 꼬아서 포획자의 손을 죄어봤지만, 포획자의 손은 단단한 고목같이 반응이 없었다. 암석 틈에 숨었던 다른 뱀은 발버둥 치다가 포획자의 날카로운 칼에 몸통이 잘리고 말았다.

포획자는 핑크빛 뱀을 검은 천 주머니 속에 집어넣었다. 시간이 얼마 지나지 않아서 검은 천 주머니 속은 뱀으로 가득 찼다. 뱀들이 빠져나가려고 몸부림칠수록 컴컴한 자루 속에서 몸이 서로 꼬여 움직이기 어려웠다. 뱀들은 더는 움직일 수 없을 정도로 꼬일 때까지 몸부림쳤다. 둥글게 뭉쳐진 뱀들은 서로 밀치고 물어뜯으며 사흘을 견뎠다. 컴컴한 자루 속에서 눈에 보이지도 않고 저항할 수도 없는 공포에 짓눌렸지만, 뱀들은 계속 꿈틀거렸다.

사흘 후 뱀들은 주머니에서 꺼내져 큰 나무상자에 던져졌다. 뱀들은 거기서 분류되었다. 핑크빛 뱀 한 마리와 노란 빛깔의 뱀 5마리가 다시 작은 나무상자로 옮겨졌다. 작은 상자에는 잘게 부서진 마른 나무껍질이 깔렸다. 포획자는 뱀들의 입을 벌려서 약을 주입했다. 뱀들은 오랜 시간 동안 죽음 같은 잠을 잤다. 핑크빛 뱀은 나무상자에 담겨 인간 세상으로 왔다. 핑크빛 뱀은 다시 유리 진열장에 갇혀서 인간이 넣어주는 죽은 고기를 먹으며 온종일 잠을 잤다.

Q는 사육상자에 갇혀 사람이 던져주는 먹이를 먹고 사는 무력한 녀석들과 자신을 동일시하면서 뱀의 눈으로 세상을 보는 상상을 했다. 뱀의 시점으로 소설을 쓴 작품은 없는 것 같아서 자신감을 느끼고 이야기를 만들었지만, 주인공인 뱀이 밀림에서 인간세상으로 밀반출된 다음부터는 이야기가 꽉 막혀버렸다. 작가 지망생이 첫 작품으로 뱀의 시선을 다루기에는 실력이 부족했기 때문이었다.

Q는 이야기가 제자리를 맴돌자 기성 작가의 소설을 읽다가 재미있는 착상이 떠올랐다. 명규가 퇴근해서 들려주는 미용실 이야기와 비만인 원장의 이야기는 재미있는 소설을 만들 수 있는 훌륭한 소재였다. Q는 비만인 미용실 원장이 뱀을 애완동물로 기른다는 설정으로 소설을 구상했다.

Q는 명규에게 얹혀살면서 낮 동안 편의점 아르바이트를 했다. 저녁에는 명규가 퇴근하기를 기다리며 명규를 위해 저녁을 짓고 명규가 밥을 먹으며 해주는 미용실 이야기를 들었다. 명규가 밥을 먹고 나면 써놓은 이야기를 보여주며 조언을 구했다. 그렇게 1년 동안 명규를 통해 미용실 소재로 중편소설 〈허물〉을 완성했다.

초고 상태의 〈허물〉은 뱀들의 탈피과정과 비만인 미용실 원장의 이야기를 병치하면서 정신과 영혼에 가해지는 폭력을 다룬 소설이었다. 〈허물〉의 구성은 뱀의 혐오스럽고 매력적인 관능성에 대한 이야기와 명규가 근무하는 미용실이라는 공간의 천박하지만 화려한 관능성에 대한 이야기를 폭력과 집착으로 연결해 하나로 모으는 구성이었다. Q는 미용실에 대한 묘사가 어딘가 어색한 것 같아서 명규를 졸라 미용실 아르바이트를 했다. 바닥을 쓸고 허드렛일을 하며 취재를 열심히 해서 미용실 묘사를 다듬었다. 〈허물〉은 다시 개작되면서 외로운 중년 여성이 가진 질투와 정신적인 착란이라는 이야기에 애완 뱀을 등장시켜 서사를 다채롭게 전개했다.

소설이 완성된 날에 첫눈이 내렸다. 매년 첫눈이 내리는 시기는 신춘문예의 응모기간이었다. Q는 출력한 따끈따끈한 응모작 원고를 가슴에 안고 광화문에 있는 D일보에 접수하러 가는 동안 돌아가신 할머니를 떠올렸다. 그해 윤달이 낀 어느 날 토지정리 때문에 숙부와 20년이 지난 할머니의 묘를 정리하고 유골을 화장했을 때 한 줌 재가 되어 한지에 싸인 뼛가루는 따뜻했다. 뼛가루를 안고 화장터 옆에 있는 하늘공원으로 가는 동안 Q는 할머니의 영혼이 자신의 몸속으로 들어와 신비한 능력을 발휘할 것 같은 느낌이 들었다.

처녀작의 도전은 아쉽게도 낙방이었다. 하지만 Q는 최종심에 올라 존경하는 중견 소설가 G가 심사평을 썼다는 사실에 용기를 얻었다. 최종심 심사의원이었던 G는 심사평에 이렇게 언급했다.

"〈허물〉은 미용사를 주인공으로 아름다움과 욕망, 혹은 아름다움에 대한 욕망이라는 문제를 꽤 집요하게 다뤘다. 낯선 소재에 대한 취재도 성실하다는 인상을 받았다. 그러나 주요 인물이 만들어내는 갈등이 평면적이고 진부한 데다 같은 자리를 맴도는 듯한 서술의 지루함도 아쉬움을 주었다."

진부함에 대한 질책이었다. Q는 새해 첫날부터 진부하고 지루하게 보이는 부분에 빨간 줄을 치며 고뇌하기 시작했다.

경장편소설 〈머리카락〉

● Q는 D일보 신춘문예 최종심에 올랐다가 떨어진 중편소설 〈허물〉을 이야기가 복합적으로 전개되는 다층구조의 장편소설로 개작하기로 마음먹었다. 제목은 〈머리카락〉으로 정했다. Q는 한 달 동안 줄거리를 잡으면서 인물을 추가하고 기존의 차명규와 박 원장의 캐릭터와 관계 설정을 원점에서 다시 잡았다.

장편소설은 돌아가신 할머니의 머리카락이 모티브였다. 작고 얇지만 큰 힘을 가진 매체. 놀랍게도 머리카락은 삶과 죽음의 의미를 지니고 있었다. Q는 인간의 욕망에 의한 파멸이 아름다움과 추함을 동시에 드러내는 머리카락에 투사된 이야기를 그리고 싶었다.

Q는 소설에 명규를 등장시키고 등장인물 명규에게 자신을 투사했다. Q의 경장편소설 〈머리카락〉의 첫 장면을 명규의 인물묘사로 시작했다.

●　　　차명규는 거울을 보며 억지로 웃음을 지었다. 거울 앞에서 웃음을 지어보는 것은 녹음된 자신의 목소리를 듣는 것만큼이나 어색했다. 거울 속에 미소 띤 자신의 얼굴이 초췌해 보였다. 언제부턴가 얼굴 피부가 푸석해졌다. 술과 담배 때문일 것이다. 얼굴 피부에 벌어진 땀구멍 사이로 잡초처럼 자란 솜털이 어지럽게 짓눌려 있었다.

그는 거울을 보다 말고 예약 손님도 없는데 2층에 올라가서 마사지나 받을까 하다가 무심결에 머리를 풀었다. 머리칼이 어느덧 어깨를 살짝 덮을 정도로 자라 있었다. 그동안 자신의 머리를 누구에게 맡기는 게 싫어서 계속 길러왔던 것이다. 그의 짙은 밤색 머리칼은 염색이나 모양을 내서 커트하지 않은 자연 그대로의 상태였다.

그는 미용실 중앙에 있는 자신의 경대에서 가위를 꺼냈다. 손 안에 들어오는 느낌이 묵직한 5인치 쌍가위는 두 개의 가위가 하나로 결합된 가위였다. 그리 실용적이지는 않지만 가끔 고객에게 볼거리를 제공할 때 제 몫을 해냈다. 그는 어쩌다 긴 생머리 고객을 만나면 5인치 쌍가위를 꺼내서 현란한 손동작으로 커트쇼를 해보였다. 긴 생머리 고객은 5인치 쌍가위를 신기하게 바라보면서 혹시 제 머리가 원하는 길이보다 더 잘려나가지 않을까 걱정했지만, 그런 실수는 일어나지 않았다. 5인치 쌍가위는 평평한 절단 날을 가진 상단가위와 톱니 형상의 날로 된 하단가위가 한 몸으로 이루어진 가위였다. 한 번에 상하단 가위를 연동시켜 커트할 때 머리카락을 자르고 숱을 쳐내서 다듬는 과정을 동시에 해낼 수 있는 가위였다.

그는 거울 앞에 서서 고개를 앞으로 숙이고 머리칼을 빗어 내린 다음 머리카락의 끝을 잡았다. 가위를 살짝 벌리고 슬라이스 커트를 하듯이 머리카락 끝을 날려버렸다. 가위가 머리카락을 몇 번 훑어 내리자 커트된 머리카락이 바닥에 먼지처럼 쌓였다. 그는 머리를 흔들어 끝이 가벼워진 머리카락을 털어내고 허리를 폈다.

머리카락이 그의 이마 위로 흘러내려 입가에 달라붙었다. 머리카락을 걷어내고 얼굴에 쏠렸던 피가 순환할 동안 어지러워서 의자에 앉아 있었다. 손가락 사이로 머리카락을 계속 미끄러뜨리자 기분이 차츰 상쾌해졌다.

차명규는 명희에게 샴푸를 부탁했다. 그는 샴푸대에 누워 눈을 감았다. 명희의 어설픈 손길이 답답했지만, 잔소리하지 않았다. 샴푸가 끝나자 젖은 머리를 수건으로 감싸고 손님처럼 거울 앞에 앉아 명희에게 자신의 머리를 드라이하라고 했다. 명희는 청소와 정리를 끝내고 첫 고객이 들어오기 전까지의 어색한 시간을 그의 머리를 만지면서 드라이 연습을 할 수 있어서 좋았다. 그는 명희가 수건으로 물기를 닦아내고 헤어드라이기로 머리를 말릴 때 거울을 통해 미용실을 둘러봤다. 입구 쪽 벽에 걸린 디플로마가 제일 먼저 눈에 들어왔다. 박 원장이 영국 토니앤가이에서 받은 것이었다.

디플로마가 걸린 맞은편 벽면은 원목으로 된 진열장이 차지하고 있었다. 밤색 유리병에 약품이 가득 진열되어 있어 마치 연구실 같았다. 천연재료를 배합하여 자체 제작한 약품이었다. 고객이 회원에 가입하면 머릿결을 분석해서 회원의 특성에 맞게 개별 약품을 제조해서 서비스했다. 회원이 시술받으려고 자리에 앉으면 나무상자에 회원의 이름이 붙은 약품을 가지런히 담아왔다. 나무상자에 담긴 약품은 식물성 기름과 해조류와 한방재료를 주원료로 했다.

항상 회원이 보는 앞에서 약품을 덜어서 배합했다. 약품에서 나는 향기가 회원의 심신을 편안하게 해주었다. 이곳은 모든 요소가 감각적이고 고급스럽게 연출되었다. 영업전략의 기본은 건강한 머릿결을 유지하는 것에 맞춰져 있었다. 윤기 나는 머릿결은 화려한 스타일보다 고객을 더 고급스럽게 만들어 주었다.

명희가 차명규의 머리카락을 빗으로 들어 올리고 모근의 역방향으로 헤어드라이어의 뜨거운 바람을 쐬어 볼륨을 살릴 때 첫 고객이 들어왔다. 그는 명희에게 드라이를 중단시키고 머리카락에 열기가 남아 있는 상태에서 빗으로 머리카락을 정리했다. 명희가 고객을 자리로 안내하는 동안 그는 자리에서 일어나 익숙한 솜씨로 헤어라인 쪽 머리를 남겨두고 뒷머리를 먼저 묶고 나서 남겨둔 헤어라인 쪽 머리를 덮어서 다시 단단하게 묶었다. 자연스럽게 볼륨이 생긴 그의 올백 머리는 가지런하고 지저분하지 않았다.

차명규가 첫 고객의 커트를 시작한 지 얼마 지나지 않아 박 원장은 피로가 덜 풀린 모습으로 나타났다. 명품 로고가 크게 찍힌 니트에 카디건을 걸치고 레깅스를 신었는데 뚱뚱한 몸을 가리고 편안한 옷차림처럼 보이려고 고심한 코디네이션이었다. 그녀는 일찍 출근해서 미용실 2층에 따로 운영하는 피부 마사지 숍에 들렀다가 내려온 모양이었다. 화장하지 않은 유백색의 얼굴은 바셀린 거즈에 덮여 있다가 방금 벗겨낸 듯했다. 매일 같이 관리를 열심히 받았지만 싱싱한 과일 같은 생동감은 느껴지지 않았다.

차명규가 처음 박 원장에게 배우고 싶었던 기술은 고객이 지닌 매력을 부분적으로 살려서 유행하는 스타일과 조화를 이루게 하는 기법이었다. 그것은 스타일을 전체적으로 수정해서 새롭게 변신시키는 것보다 어려웠다. 그 기술은 세심하고 정성스러운 커트에서 나왔다. 박 원장은 한 가닥의 머리칼도 소중하게 여기면서 커트했다.

그녀에게 고객의 머리카락만큼이나 소중한 것은 손 안에 들어오는 느낌이 앙증맞은 가위였다. 퇴근하기 전에 항상 말끔히 닦고 기름을 쳐서 핸드백 안에 넣어 가지고 가는 가위였다. 그 가위는 세상에서 하나밖에 없는 일본의 유명한 장인이 만든 수공품이었다. 무쇠를 달구고 두드려 만든 일체형 가위는 그녀에게 숟가락 같은 존재였다. 그녀는 커트하기 전에 항상 가위를 벌려 기름이 살짝 흐르는 둥근 날에 손가락 끝을 밀어봤다. 날이 살을 파고들어 올 것 같이 살아 있어야 만족스러운 스타일을 낼 수 있기 때문이었다. 그녀의 커트 시간은 남들보다 배는 걸리고 가격도 비쌌지만, 고객 대부분은 볼륨감과 섬세한 질감에 만족했다. 박 원장이 커트한 고객의 머리는 어느 부분을 잡아보아도 끝이 날렵하고 아름다웠다. 사람의 머리칼은 손을 대면 댈수록 매끄러워지지만, 어느 순간 손을 놓지 않으면 자연스러움이 사라지고 장식적으로 변하기 마련인데 박 원장은 어느 시점에서 손을 놓아야 하는지 그 포인트를 아는 예술가였다. 박 원장은 머리카락에 혼을 불어넣어 아름다움을 창조하는 일을 했지만, 자신은 아름답게 가꿀 줄 몰랐고 아름다운 구석도 없었다. 단지 머리를 만지는 무아일체의 상태에서 그녀가 모르는 아름다움이 자신에게 깃들었다고 할까. 그것이 마술을 일으켜 때로 아름다워 보일 때가 있었다.

박 원장의 라인헤어숍은 낙성대에서 이곳 서교동으로 확장 이전했다. 극동방송 뒷골목에 있는 2층 구조의 일반주택을 미용실로 꾸몄다. 그녀는 아침에 출근해서 정원에 핀 꽃에 물을 주며 영업 준비를 하고 청소를 끝낸 직원들은 정원에 있는 하얀 테이블에 모여 커피를 마셨다.

서교동 미용실의 주 고객층은 30대 초반 여성들이었다. 가격옵션제를 시행해 기본가격을 낮추고 고급 서비스를 했다. 박 원장은 새로운 아이디어로 고객관리를 차별화했다. 3개월마다 새로운 헤어스타일을 발표하면서 그 스타일이 어울릴 만한 고객에게 무료시술을 했다. 새로운 스타일을 무료로 시술받은 고객은 3개월 동안 미용실의 한쪽 벽면을 장식하는 사진모델이 되었다. 사진은 광고 사진을 찍는 전문가가 촬영했기 때문에 고객들은 미용실 모델이 되고 싶어 했다. 3개월이 지나면 사진작품을 고객에게 증정했다.

20대 남자 고객이 카운터에서 차명규를 찾았다. 명희가 남자 고객의 옷을 받아 걸고 커트 준비를 했다. 차명규가 남자 고객의 커트를 시작하자 박 원장이 직원 휴게실에서 블라인드를 올리고 그를 바라봤다. 그는 자신을 바라보는 박 원장의 모습을 거울을 통해 볼 수 있었다. 차명규 옆에 얼굴이 뽀얗고 여린 명희가 두 손을 모으고 서 있었다. 명희는 그의 눈짓에 스펀지로 손님의 얼굴을 털어내며 밝게 웃었다.

오후 4시가 가까워지자 요란하던 헤어드라이어 소리가 멈추고 미용실이 한가해졌다. 직원들이 뻐근한 몸을 두드리며 청소와 주변 정리를 할 때 50대 남자 고객이 새치 염색을 하러 왔다. 박 원장이 명희를 나지막한 소리로 부르자 바닥을 쓸던 명희가 짙은 초콜릿색 머리를 찰랑거리며 달려왔다. 머리 길이가 어깨 밑으로 한 뼘 정도였다. 명희는 고등학교를 졸업하고 자격증을 따자마자 박 원장의 미용실에 취업했다. 박 원장은 명희에게 50대 남자 고객의 새치 염색을 맡겼다. 명희가 염색약을 도포할 때 염색 붓이 자꾸 미끄러졌다. 남자 고객의 짧은 머리는 두꺼운 강모라 탄력이 좋아서 머리 위로 염색 붓이 지나갈 때마다 남자 고객의 얼굴에 염색약이 미세하게 튀었다. 명희의 하얀 팔목에도 시커먼 염색약이 점점 번졌다. 명희가 남자 고객의 이마 경계 부분을 칠할 때 염색 붓이 미끄러지면서 남자 고객의 눈가에 염색약이 크게 번졌다.

"이런, 얼굴에 염색하는 거야."

당황한 명희가 수건으로 이마를 문지르자 염색약은 더 넓게 번졌다.

"이거, 피부에 묻으면 잘 안 지워지는데."

"가만히 계세요."

명희가 당황할 때 박 원장이 달려와서 남자 고객을 진정시켰다.

"죄송합니다. 일이 아직 서툴러서 그래요."

박 원장은 얼굴에 번진 얼룩을 염색약 세척액으로 닦아내면서 염색약이 도포된 상태를 확인하고 명희에게 염색약 도포의 마무리 작업인 페이스 선을 따라 파지를 가지런히 붙이는 시범을 보여줬다.

50대 남자고객이 가고 나자 명희는 고개를 푹 숙이고 한쪽 구석에서 파마도구를 정리했다. 박 원장은 명희와 눈이 마주치길 기다렸다가 명희를 손짓으로 불렀다. 명희가 겁먹은 표정으로 박 원장에게 달려갔다.

"넌 여기 온 지 석 달이나 지났는데 아직도 모든 게 어색하고 불안하니."

고개 숙인 명희의 모습은 온실에서 자란 화초를 허허벌판에 옮겨 심은 것 같았다. 박 원장이 턱으로 바닥을 가리키며 말했다.

"바닥 지저분한 거 안 보이니?"

바닥 청소를 한 번 한 상태라서 그리 지저분하지는 않았다. 염색했던 자리에 머리칼이 조금 몰려 있었다. 명희가 빗자루로 바닥을 쓸자 의자 밑에 묻어 있던 염색약과 머리카락이 범벅되어 하얀 타일 바닥에 그림처럼 붓질이 생겼다. 명희는 바닥을 걸레로 닦고 나서 다시 쓸었다. 빗자루에 묻은 염색약이 다시 하얀 타일 바닥에 획을 그었다. 명희는 또다시 바닥을 걸레로 닦아야 했다.

명희는 바닥 청소를 끝내고 파지 정리를 마저 했다. 파마를 할 때 머리칼과 로트 사이에 끼우는 파지는 물에 헹궈서 다시 사용하려면 손이 많이 갔다. 한 번 쓰고 버리기에는 아깝고 다시 쓰려면 일거리가 되는 도구였다. 파지 정리는 언제나 명희 차지였다.

차명규는 명희가 손바닥만 한 하얀 부직포 종이를 펴서 가지런히 모아서 정리할 때 다가가서 명희의 머리칼을 만져보았다.

"명희야 네 머리, 너무 싱싱해 보인다."

명희가 그를 보고 웃었다.

"너랑 잘 어울려."

"정말이에요?"

명희가 거울을 보며 머리를 흔들자 초콜릿색 머리칼에서 물결이 일었다.

"이제 스타일을 좀 바꿔라. 미용실에서 일하는 사람이 개성이 있어야지. 프로의 감각 말이야. 수도자들은 머리를 삭발하잖아. 머리카락에 담긴 욕망을 벗어던지고 기도에 집중하기 위해서지. 미용하는 사람들은 그 반대로 머리카락을 욕망 덩어리로 만들어야 해."

"조금 자르고 파마를 할까 봐요."

"염색도 하지 그러니."

"어떤 색이 어울릴까요?"

"그야 파마 스타일에 따라 다르지."

"아주 새까만 머리에 푸른빛이 살짝 돌았으면 좋겠어요."

"그러면 이지적이고 조금 차가워 보이겠지."

미용실에 드라이어 소리가 점점 커졌다. 손님이 많은 날이면 윙윙거리는 소음이 밑으로 가라앉아서 몽롱한 느낌이었다. 그런 날은 4명의 미용사가 온종일 고객 30명 이상을 시술했다. 몸은 녹초가되지만 미용실에 돈이 들어오는 소리는 누가 들어도 경쾌했다.

"감사합니다. 안녕히 가세요."

명희가 고객에게 꾸벅 절을 했지만, 목소리가 크게 나오지 않았다. 고객에게 인사하는 직원은 명희밖에 없었다.

"차 선생, 저 손님 드라이 좀 부탁해."

박 원장이 커트를 끝내고 한숨 돌리면서 그를 불렀다. 그녀는 드라이를 하러 온 고객을 그에게 맡기고, 자신은 파마를 기다렸던 손님의 시술을 시작했다. 30대 후반의 여자 손님은 목선이 드러나는 짧은 머리 스타일이었다. 차명규가 거울을 보며 드라이할 때 손님이 그에게 물었다.

"뚱뚱한 사람한테 잘 어울리는 머리 스타일은 어떤 게 있나요?"

"짧게 하세요. 긴 머리보다는 어깨 정도 내려오는 단발이 시원해 보여요. 짧게 하시고 끝에만 컬이 살짝 들어가게 파마해 보세요. 잘 어울릴 것 같아요."

차명규는 바깥말음의 드라이 컬을 만들었다. 안말음을 만들고 머리칼이 식기 전에 롤러로 머리 컬을 뒤집어서 드라이 바람을 쐬었다. 거울을 보면서 손님에게 말했다.

"드라이 중에서 바깥말음 컬이 제일 힘들어요."

고개를 숙여 머리칼이 말린 롤러에 입으로 바람을 불었다.

"컬이 바깥으로 뻗치게 하려면 빨리 식혀야 하거든요."

계속 입으로 바람을 불며 스타일을 만들었다. 뒤에서 그를 지켜보던 명희가 물었다.

"차 선생님, 드라이어로 찬바람을 내도되는데 왜 입으로 그러세요?"

그는 거울을 보며 명희에게 속삭이듯 말했다.

"넌 왜 그렇게 재미가 없니."

"제가요?"

"원래 그렇게 꽉 막혔니?"

"아닌데요."

"사람은 매사에 너무 진지하면 답답해."

박 원장이 명희를 불렀다. 그는 다시 드라이에 집중했다. 롤러로 고객의 앞머리를 올려서 이마를 드러냈다.

"어떠세요? 시원스럽고 좋은데요."

"이마가 넓어 보여서 이상해요."

"인상이 밝아 보여서 좋아요. 오늘 하루만이라도 이렇게 해보세요."

손님의 귓불이 빨개졌다. 수줍음을 많이 타는 성격 같았다. 그는 드라이를 끝내고 손님의 앞머리에 고정 스프레이를 살짝 뿌렸다.

"그런데 사람 심리가 참 이상해요. 머리 할 때는 아무 말 않고 있다가 미용실을 나가면서 후회하는 경우가 많아요."

"아니에요. 마음에 들어요."

차명규는 드라이 고객을 보내고 박 원장을 도와주러 갔다. 그녀
는 파마 로트 와인딩을 막 끝낸 참이었다. 그는 40대 여자 고객에게
비닐모자를 씌우고 이동식 열기구를 끌고 와 손님의 머리에 씌웠
다. 박 원장이 열기구의 작동시간을 설정할 때 고객이 그녀의 아랫
배를 보고 말했다.
"원장님, 살 더 찐 것 같네."
박 원장은 못 들은 척하고 대기 중인 30대 커트 고객에게 갔다.
40대 여자 고객은 열기구에 머리를 집어넣은 채 같이 온 친구와 수
다를 떨었다.
"아랫배 지방흡입 말이야, 간신히 남편 허락을 받았는데, 막상
어디로 가야 할지 모르겠어."
"우리 언니가 했잖아. 예상보다 큰 수술이더라. 정말 잘한다고
소문난 곳에서 했는데 벌써 두 번 재수술했어. 배에 수술자국이 크
게 남더라. 부은 거 봤는데, 기절하는 줄 알았어. 가슴부터 발까지
멍이 들고 특히 절개 부분은 무슨 공처럼 부어서 화장실 가기도 어
려워하더라."
"요샌 새로운 게 나왔다고 하던데, 지방을 녹여서 뭐 어쩌고."
"사우스비티 다이어트 해봐. 배가 정말 예쁘게 들어간대."
박 원장에게 커트를 받은 30대 고객이 거울을 보다가 수다에 끼
어들었다.

"지방흡입 하시려고요?"

"해 봤어요?"

"어디 했는지 알아맞혀 보세요."

"글쎄. 어디 했어요?"

"저는 물만 먹어도 살이 찌는 체질인데, 팔뚝은 너무 보기 싫어서 수술했어요."

"아프지 않았어요?"

"수술은 부분마취니까 수술 중에는 아픈 줄 몰랐어요. 한 이틀 지나고 나니까 팔뚝 전체에 멍이 들어서 일주일은 조심해야 했어요. 그때 아파요."

"수술하고 나서 살이 덜렁거리지 않아요?"

"수술 직후에는 사후관리가 기다리고 있죠. 수술부위 잘 밀착되게 기계로 마사지를 받아야 해요. 아 그리고 최소 한 달 정도는 압박복 입으라고 해서 병원에서 사 입었어요. 팔뚝 압박복이었는데 최고의 효과를 위해 빨아서 말릴 때 말고는 잘 때도 입었어요."

"어디 한번 만져 봐도 될까요?"

30대 여자 고객이 소파에 앉아 다리를 쭉 뻗으면서 말했다.

"저는 팔뚝 허벅지 완전 두껍고 팔목 발목은 보통 체형이에요. 민소매를 입는 게 소원이었는데 지금은 만족스러워요."

40대 고객은 파마를 끝내고 마무리 손질이 끝났는데도 친구와 소파에 앉아 미용실 가운을 입은 채 지방흡입에 대한 정보를 주고받았다.

박 원장은 미용실이 자리 잡고 매출이 날로 상승하면서 자신을 돌아보게 되었다. 남을 아름답게 꾸며주는 일만 하다가 거울 속의 자신을 보게 된 것이다. 거울은 정면사진이다. 거울로 자신을 보면 앞모습밖에 볼 수가 없어서 시야가 제한적이다. 다른 사람이 자신을 볼 때는 입체적으로 인식되지만, 자신은 입체적인 실체를 볼 수가 없다. 박 원장은 거울 속에 비치는 모습이 진짜 자신의 모습이 아닌데 거울 속에서 조각된 환영을 보게 되었다.

박 원장은 미용실에서 손님들에게 무시당한 날이면 집에 오자마자 욕조에 물을 가득 받았다. 옷을 벗고 거울 앞에 서서 자신의 뱃살을 당겨보았다. 잘라버리고 싶은 묵직한 살점을 주물럭거리다가 손바닥으로 내리쳤다. 뱃살에서 경쾌한 소리가 나면서 살점이 출렁거렸다. 그녀는 베란다로 가서 캔맥주 두 상자를 들고 욕실로 갔다. 최근 들어 날마다 미용욕의 재료를 바꿔가며 스트레스를 풀었다. 캔맥주를 하나씩 따서 욕조에 붓다가 캔을 힘차게 흔들고 나서 따보았다. 하얀 거품이 시원하게 뿜어져 나오자 발효되어 숙성된 냄새가 진동했다. 맥주로만 욕조를 가득 채울 수는 없었다. 그녀는 맥주가 욕조에 반쯤 채워졌을 때 찬물을 틀고 한쪽 발부터 욕조에 넣었다.

욕조에 미끄러지며 비스듬히 눕자 파도가 치면서 맥줏물이 넘쳤고 배수구멍은 욕조에서 넘친 맥줏물을 갈증이 난 듯 빨아들였다. 그녀는 온천욕을 하는 것처럼 욕조에 누워 맥줏물을 계속 끼얹었다. 세수하고 가슴을 마사지하고 온몸을 맥주에 불려서 때를 밀었다. 맥줏물이 출렁거릴 때마다 거웃이 맥주거품을 삼키는 것 같았다. 때를 다 밀었을 때 맥줏물이 걸쭉해졌고 거품은 차츰 사라졌다. 그녀는 바닷물에 유영하는 해초처럼 욕조에서 흐느적거리다가 욕조에서 나왔다.

샤워하고 수건을 두르고 거실로 나오자 피부미용을 위해 사들인 약초상자가 보였다. 거실 한구석에 약초상자가 쌓여 있었다. 몇 개의 포장을 뜯어서 밀폐용기에 넣어 냉장고에 보관할 것과 통풍이 잘되는 베란다에 걸어놓을 약초를 구분했다. 생알로에를 믹서에 갈고 백강잠가루를 넣고 저어서 곡물 팩을 만들어 얼굴에 발랐다. 기미, 잡티가 없어진 피부를 상상하며 아로마 향이 깔린 침대에 누웠다.

차명규는 20대 초반까지 얼굴이 메마르고 푸석했다. 피부가 기름지지는 않았지만, 계집아이 같은 날씬한 몸매가 매력적이었다. 그래서 그런지 어디를 가나 치근대는 사내가 있었다. 그는 미용자격증을 따자마자 상계동의 제법 큰 미용실에 취업했다. 상계동 미용실 원장은 그를 30대 초반의 디자이너 찰리와 한팀으로 일하게 했다. 찰리가 단골손님이 많아서 몸은 피곤했지만 기술은 빨리 익혔다. 찰리를 찾아온 예약손님을 받느라 저녁도 챙겨 먹지 못한 금요일이었다.

그는 피곤해서 집에 가자마자 쓰러져 잠이 들었는데 새벽에 뱀이 등장하는 악몽을 꾸다 잠이 깼다. 꿈속에서 뱀으로 변신한 그는 아침햇살을 받으며 도심의 뒷골목을 기어갔다. 그는 집을 찾아가는 길이었는데 아스팔트 온도가 점점 올라가면서 도심은 사막처럼 변했다. 태양이 이글거리는 사막에서 부는 바람이 도시에 불었다. 건물 에어컨의 실외기에서는 먼지바람이 불었고 지하에 있는 음식점 환풍구에서 프로펠러가 힘차게 돌아가면서 기름 타는 냄새가 났다. 풀이 없는 거리를 지나 집까지 가는 길은 사막을 횡단하는 것만큼 고난으로 가득 찬 길이었다.

새벽에 악몽을 꾼 날은 이상하게 손님이 별로 없다가 영업이 거의 끝나갈 무렵 마감 정리를 하고 있을 때 여자 손님 한 명이 왔다. 손님은 그를 아래위로 훑어보면서 찰리와 상담했다. 찰리가 손님의 머리를 매만지며 가격과 약품 재료를 설명했다. 찰리는 손님의 갈라진 머리끝을 잡고 안타까워했다. 손님의 머리카락은 찰리의 손가락 사이로 흘러내리면서 찰리를 애무하는 듯했다. 찰리의 설명이 끝나자 손님은 거울을 보면서 가느다란 손으로 자기 머리칼을 계속 쓸어 올렸다. 머리카락이 손님의 손에서 벗어날 때마다 그리스 신화에 나오는 메두사의 뱀 머리처럼 출렁거렸다. 손님은 만족스러운 상담을 끝내고 매직 스트레이트로 결정했다.

먼저 매직 스트레이트를 위한 1차 연화과정을 끝내고 샴푸를 했다. 그가 손님의 머리를 헹굴 때 손님의 이마에 물방울이 튀었다. 손님의 얼굴에 수건을 덮을 때 눈이 마주쳤다. 손님의 홍채가 커서 섬뜩했는데 자세히 보니 푸른빛이 도는 콘택트렌즈였다. 차가워 보이는 손님의 눈은 눈꺼풀 대신 투명한 비늘이 덮여 있어 평생 눈을 감지 않아도 되고 눈물도 흘리지 않는 뱀의 눈 같았다.

166

그는 샴푸를 끝내고 자리로 가서 손님의 머리를 드라이로 말리며 자세히 살펴봤다. 머리끝까지 이어지는 생머리가 아니라 중간쯤부터 커트 층이 있었다. 손님의 머리를 말리고 나서 매직 아이론이 시작되었다.

그는 손님의 뒷머리를 맡았고 찰리는 옆머리를 맡았다. 손님의 머리칼에서 가느다란 증기가 피어오르면서 넓게 퍼졌다. 매직 아이론이 끝난 머리칼이 찰랑거렸다. 찰리는 쉬지 않고 손님에게 말을 걸었다. '정말이죠', '그렇다니까요' 상담하면서 옵션을 두 가지나 추가한 찰리는 기분이 좋아서 계속 웃었다. 머리칼은 매직 아이론의 열기를 타고 내려오면서 늘어졌다. 수증기가 날아가자 머리칼에 윤기가 났다. 매직 아이론으로 빗어 내리는 열처리가 끝나고 손님의 머리에 2액을 발랐다. 머리칼이 달라붙으면서 얼굴에 잔주름이 도드라져 손님은 더 나이 들어 보였다. 서른이 넘어서 매직 스트레이트가 어울리는 사람은 드물지 않은가.

"어려보이시네요."

찰리의 감탄에 손님은 거울을 보며 웃었다.

"그런 말 많이 들어요."

찰리는 손님에게 20대 후반 같아 보인다고 했다. 찰리는 언제나 여자 손님에게 나이보다 어려 보인다, 젊어 보인다고 칭송했다. 그는 거울을 통해 손님의 얼굴을 자세히 뜯어봤다. 손님은 30대 초반이 아니라 중반이 훨씬 넘어 보였다.

2액이 중화되기를 기다리던 손님이 그에게 커피 한 잔을 주문했다. 열처리 기구를 옮기며 의자 밑의 머리칼을 쓸던 그는 빗자루를 바닥에 집어던지고 커피 한 잔을 타왔다. 정수기에서 나온 물이 미지근해서 커피 덩어리가 종이컵의 안쪽에 달라붙어 있었다. 손님이 미간을 찌푸렸다.

"원두커피는 없어요?"

원두커피가 있었으나 그는 커피를 새로 내기가 귀찮았다.

"없는데요."

"그냥 물 한 잔 줘요."

손님의 머리에 바른 2액을 씻을 시간이었다. 찰리는 샴푸대에서 손님과 다정하게 대화를 나눴다. 찰리의 손동작을 보고 지압샴푸가 중간단계를 넘어가고 있다는 것을 알았다. 그가 찰리에게 제대로 배우고 싶은 기술은 지압샴푸였다. 찰리를 찾아온 여자 손님들은 헤어스타일이 마음에 들지 않아도 지압샴푸를 받고 나면 군말이 없었다. 손님의 입이 살짝 벌어졌고 아랫입술이 파르르 떨렸다. 다리와 팔에 힘이 빠져 늘어지기 시작했다. 지압샴푸가 막바지로 가고 있었다.

지압샴푸는 몸과 마음에 들어앉은 무거운 찌꺼기를 들어내고 텅 빈 상태로 만들어준다. 먼저 샴푸거품을 낸 고객의 머리를 전두부에서 후두부 방향으로 모발 전체를 역으로 빗어 끌어올리듯이 마시지를 해준다. 손가락 끝을 통해 고객과 깊이 접촉하는 것이다. 힘이 들어간 손가락 끝은 이마의 헤어라인을 따라 양쪽 옆으로 가다가 귀에서 다시 돌아 나온다. 검지와 중지는 헤어라인에 힘을 주고 약지와 새끼손가락은 자연스럽게 둔다. 엄지는 후두부 쪽에서 자연스럽게 머리를 감싸듯이 마사지하면서 귀 옆선을 강하게 끌어올리듯이 힘을 주면 남의 손이 닿는 걸 원치 않는 예민한 고객도 부드럽고 강한 손맛에 빠져들게 마련이다. 지압샴푸가 2단계로 넘어가면 엄지손가락의 역할이 더 중요하다. 엄지손가락으로 머리의 포인트 지점을 돌리고 문지르면서 모발을 가볍게 쓸어 올리기를 반복하면 어느덧 고객은 점차 허공에 떠 있는 듯한 기분을 느끼게 된다. 고객이 온몸이 나른해지면서 이대로 잠이 들었으면 좋겠다는 느낌이 들 때가 지압샴푸의 막바지 단계다. 전두부와 후두부를 손바닥으로 감싸고 정수리 쪽으로 힘을 주며 올려서 모발을 손가락으로 가볍게 쓸어준 다음 강력하고 시원한 물살이 힘차게 두피와 머리카락을 헹구면 끝이다.

차명규는 소리를 크게 내면서 의자를 치우고 열기구를 정리했다. 영업시간이 끝난 지 두 시간이 넘어가고 있었다. 지압샴푸가 끝나고 손님의 젖은 머리를 말리는 작업이 진행되었다. 찰리는 머리칼에 흠집이라도 날까 봐 조심스럽게 빗질하면서 드라이 바람을 계속 수직으로 내렸다. 머리를 조심스럽게 말리느라 시간이 더 오래 걸렸다. 찰리는 손님의 머리를 다 말리고 난 다음 간단하게 아이론 드라이로 마무리했다. 찰리가 자신 있게 손님의 의자를 반 바퀴 돌렸다. 손님은 앉아서 뒷거울을 들고 자신의 뒷머리를 봤다. 찰리가 매직 아이론 전선을 정리하며 말했다.

"아주 잘 나왔습니다."

뒷거울을 뚫어지게 보던 손님은 뒷머리 커트 층 머리 끝이 살짝 일어나 있는 것을 보고 머리를 흔들었다. 순간 미용실 구석에서 세탁기가 방정맞게 덜덜거리며 수건을 탈수시키는 소리가 났다. 찰리는 손님의 한마디를 기다리며 가만히 서 있었다. 손님의 불만이 뭔지 판단이 안 서는 모양이었다. 찰리가 웃으면서 손님에게 물었다.

"머리도 조금 다듬으실 거예요?"

손님은 어이가 없다는 듯 찰리를 노려봤다.

"이거 지금 매직 스트레이트 한 거 맞아요?"

손님은 머리를 만지면서 거울을 보다가 찰리에게 말했다.

"머리를 다 망쳐놨어. 머리끝이 다 뻗치잖아."

손님이 머리를 흔들었다. 정전기를 일으킨 뒷머리가 달라붙어 뱀처럼 꿈틀거렸다. 그때 찰리가 자신 있게 말했다.

"머리끝만 조금 다듬으면 뻗치는 거 없어져요."

"이런 곳에 머리를 믿고 맡긴 게 잘못이지."

"뻗친 것만 조금 다듬으면 괜찮다니까요."

손님이 그를 보며 말했다.

"저런 초짜한테 내 뒷머리를 맡겨서 이렇게 된 거 아녜요."

"뒷머리에 층이 있어서 그래요. 중간 부분은 끝이 조금 뻗칠 수가 있어요."

"내 머리 어떻게 할 거예요?"

찰리는 시간을 질질 끌다가 재료비만 받겠다며 반값을 요구했다. 손님은 절반 가격도 부당하다는 듯 부들부들 떨며 목에 둘렀던 커트보를 그에게 던지고 가버렸다.

손님을 보내고 나서 찰리는 허탈하게 웃었다.

"지압샴푸가 안 먹히는 손님은 처음이다."

"어떡해요, 돈을 못 받아서. 원장님이 퇴근하면서 손님 받는 것 봤는데."

"나도 모르겠다. 받아서 회식했다고 그러지 뭐."

그는 메두사 같은 손님 때문에 자신이 큰 실수를 한 것처럼 느껴졌다. 다음 날 찰리는 원장에게 그가 잘못해서 매직 스트레이트 값을 못 받았다고 말했다. 그는 원장실에 불려가서 잔소리를 듣고 월급에서 매직 스트레이트 값을 변상해야 했다. 그날 이후로는 그는 여자 손님을 대하면 실수할까 봐 겁을 먹었다. 생머리 여자 손님이 매직 스트레이트를 하러 오면 긴 머리칼이 목에 걸린 것 같았다.

차명규가 상계동 미용실에서 근무한 지 3년째 되는 날이었다. 그날따라 손님이 많아서 쉬지 못하고 계속 매직 스트레이트 손님의 머리를 감겼다. 긴 생머리는 샴푸 거품이 잘 나지 않았다. 더구나 강모에 숱이 많은 손님은 거품을 내서 씻기가 더 어려웠다. 찰리가 샴푸대 앞을 지나면서 그에게 빨리 하라고 눈짓했다. 그는 샴푸하다 말고 손님을 그대로 눕혀놓은 채 자리에 앉아 기다리는 손님에게 갔다. 샴푸한 머리를 말리고 매직 스트레이트를 준비 중인 손님이었다. 그는 갑자기 일이 하기 싫어지면서 여자들의 긴 생머리가 살아서 꿈틀거리는 뱀 같다는 느낌이 들었다.

곱슬머리에 사용하는 강력한 파마약을 듬뿍 발라놓고 미용실을 나왔다. 그리고 다시는 상계동 미용실에 나가지 않았다.

차명규는 상계동을 뛰쳐나와 미용계의 큰 브랜드로 가서 서비스 교육을 받다가 너무 갑갑해서 또 뛰쳐나왔다. 재료상을 통해 일자리를 알아보다가 이번에는 미용실이 많이 몰려 있는 이화여대 근처의 작은 미용실에 들어갔다. 면접날 여자 원장이 그에게 물었다.

"왜 미용사를 하려 하지?"

"사람들을 아름답게 만들어주는 일을 하고 싶어서요."

"그런 포부라면 자신부터 가꿀 줄 알아야 해. 옷 좀 세련되게 입지 그래?"

"돈이 없어서요."

그는 다음 날 미용실에 출근해서 한 달 동안 청소하고 빨래했다. 여자 원장은 경비를 절감하려고 세탁업자에게 빨래를 맡기지 않았다. 오후가 되면 바구니에 탈수한 미용실 빨래를 한가득 담아 4층 옥상으로 올라갔다. 화창한 봄날이었다. 풀냄새를 타고 솜방울 같은 씨앗이 날아다녔다.

옥상에는 건물관리 아저씨가 기르는 누렁이가 있었다. 건물관리 아저씨는 복날에 누렁이를 잡아먹으려고 기른다고 했다. 누렁이는 옥상 철문이 열리는 소리와 동시에 바들바들 떨며 짖어댔다. 그가 누렁이와 친해진 것은 미용실 직원들이 간식으로 먹다 남은 순대,

간, 허파 등을 가져다준 다음부터였다.

그는 옥상에서 빨래를 너는 시간이 좋았다. 서둘러 빨래를 널고 짧은 자유시간을 만끽했다. 빨랫줄을 묶은 나무 지지대는 비스듬히 누워 바람에 출렁거렸다. 파마 보, 염색가운, 회색 수건에는 검고 칙칙한 염색약이 바래 있었다. 빨래를 다 널고 나면 누렁이도 머리를 끄덕거리며 호기심에 찬 눈망울로 그를 바라봤다. 그가 말린 빨래를 다 걷어서 옥상 철문을 닫고 내려가면 누렁이는 발걸음 소리가 사라질 때까지 닫힌 문을 바라보며 짖었다.

이화여대 근처 작은 미용실은 저녁에 손님이 많았다. 두 달이 지나자 디자이너 강이 처음으로 염색 손님을 그에게 맡겼다. 그가 염색 손님을 정성껏 마무리하자 손님은 일어나서 거울 앞에 바짝 다가서더니 염색이 예상보다 어둡게 나왔다며 가운을 바닥에 벗어던졌다. 손님이 가고 나자 디자이너 강이 다가와서 그를 위로했다.

"그만하면 예쁘게 잘 나온 거야. 더 밝았으면 싸구려 느낌이 났을 거야."

"밤색 바탕에 붉은 기운이 안 나게 하려다 보니 조금 짙어졌어요."

그가 퇴근하려고 할 때 디자이너 강이 힘들었는데 맥주나 한 잔 하고 가자고 했다. 30대 초반의 그녀는 두 달이 다 지나도록 그에게 거리감을 두면서 허드렛일만 시켰기 때문에 갑자기 술을 마시자고 해서 그는 의아했다. 둘은 상가 1층에 있는 꼬치구이 집으로 갔다. 디자이너 강은 맥주를 시켰고 그는 소주를 시켰다. 디자이너 강이 건배하고 말했다.

"술 먹었다고 또 늦게 나오면 안 돼."

"일찍 나올게요."

"거짓말. 원장님이 예뻐한다고 내 머리 위에 기어오르려고 하는데 조심해."

"일찍 나온다니까요."

술집의 손님들이 벌건 얼굴을 하고 뭐가 그리 좋은지 웃음소리가 끊이지 않았다. 술집 벽면에는 온통 기름때가 끼어서 끈적거렸다. 건너편 테이블에는 머리를 노랗게 탈색한 젊은 남자들이 술내기를 하며 쉬지 않고 건배하고 있었다.

그는 노랗게 탈색한 자신의 머리를 만지며 강에게 물었다.

"내 머리 색깔 어때요?"

"너랑 참 안 어울린다."

"뭐라고요? 자기가 이렇게 하라고 하구선. 내일 당장 진하게 염색해야겠어요."

그는 고무줄로 머리를 억지로 묶었다. 술이 계속 채워지고 서로 잔을 부딪쳤다. 디자이너 강이 그를 훑어보면서 말했다.

"넌 귀여운 구석이 있어."

"술이나 마시세요."

"너는 작은 것 하나라도 놓치지 않고 배우려는 자세가 귀여워."

그가 자꾸 술을 권하자 디자이너 강은 갑자기 취기가 오르는 듯했다. 그녀는 술이 얼큰하게 취했는지 자꾸 눈이 감겼고 다른 취객들처럼 목소리가 커졌다. 원장이 어쩌고 하며 미용실 얘기가 끝없이 이어졌다. 그는 디자이너 강에게 맥주를 따라주며 농담을 했다.

"몰랐죠. 나 원장님과 애인 사이예요."

둘은 건배하며 한바탕 웃었다.

"그랬구나, 원장님과 잘해봐."

그는 티셔츠 속으로 손을 넣어 부채질하면서 배를 척척 두드렸다.

"뭐해, 동네 양아치 같다."

그는 계속 배를 두드리며 부채질했다. 그가 부채질할 때마다 진한 녹색 티셔츠에 프린트된 아마존 정글그림이 늘어나면서 사나운 고릴라가 뛰쳐나올 것 같았다. 그는 티셔츠를 배 위로 올리고 배꼽을 만지작거렸다.

"흉하게 배를 드러내 놓고 그러니."

"내 배꼽 예쁘죠."

그는 담배연기를 디자이너 강의 얼굴에 계속 뿜었다.

"담배연기 좀 얼굴에 뿜지 마."

"자기도 피우면서."

"나도 가끔 피우지만, 머리에 담배냄새가 잔뜩 배는 건 싫어."

디자이너 강은 머리핀을 빼고서 머리를 흔들더니 웨이브가 진 머리칼을 가지런히 모아 머리 위로 올렸다. 하얀 목이 훤하게 드러나면서 비릿한 냄새가 났다. 주름이 없는 하얀 목은 그녀의 속살 같았고 땀에 젖은 몇 가닥의 머리카락이 그 속살에 엉겨 붙어 있었다.

그 머리카락을 본 순간 그 안에서 뭔가가 꿈틀거렸다.

"덥죠, 시원하게 지압샴푸 해줄까요?"

"지금 샴푸를?"

"상계동 미용실 다닐 때 확실하게 배운 게 지압샴푸예요. 지금 미용실에 올라가서 시원하게 해줄게요."

"좋아, 샴푸 받고 집에 가야겠다."

디자이너 강과 그는 다시 미용실로 올라갔다. 디자이너 강이 조명 스위치를 전부 올리자 한참 만에 모두 켜졌는데 그는 샴푸대 쪽만 빼고 조명을 모조리 꺼 버렸다.

"어서 시원하게 해봐."

"편하게 누우세요. 지압샴푸로 해줄게요."

디자이너 강은 어깨에 두른 수건을 한 손으로 모아 쥐고 천천히 누웠다. 그는 수건을 말아 그녀의 눈을 가렸다. 물 온도를 맞추려고 물을 한참 흘려보내고 나서 손가락을 세우고 그녀의 머리를 가르고 파고들었다. 몇 방울의 물이 그녀의 얼굴에 튀었고 긴 머리칼은 샴푸거품에 휩싸여 흐느적거렸다. 그녀의 긴장이 풀어지도록 부드럽게 마사지를 하다가 손끝에 묵직한 힘을 주면서 두피가 시원해지도록 계속 압박했다.

"시원하고 편안한 게 기분이 묘하네."

"이제 본격적으로 들어갈게요."

그의 양손의 엄지와 검지가 후두부의 헤어라인을 따라 전두부를 향해 마사지하며 올라갈 때 디자이너 강의 입이 벌어졌다. 그녀의 입이 금붕어처럼 열렸다가 닫힐 때 이번엔 명규 안의 그놈이 꿈틀거리면서 밖으로 나오려고 했다. 명규는 물을 세차게 틀고 샴푸대 옆으로 돌아가 수건으로 그녀의 입을 막고 한 손으로 재빠르게 가슴을 움켜잡았다. 샴푸대의 물소리와 그의 웃음소리가 섞였다.

"만져보니까 의외로 날씬하네."

"미친 새끼."

디자이너 강의 비명이 수건 사이로 삐져나왔다. 그는 그녀의 얼굴에 입을 바짝 대고 말했다.

"넌 잘 가르쳐주지도 않으면서 말이 너무 많아."

"저리 가 미친놈아."

"별것도 아닌 것이 잘난 척하기는."

"너는 배우려는 자세가 안 되어 있어."

디자이너 강은 몸부림을 치면서 일어나려고 했다. 그는 샤워기 호스를 길게 뽑아서 그녀의 목을 감았다. 철제 주름으로 된 샤워기의 호스로 그녀의 목을 조였다. 뱀이 먹이를 향해 머리를 들고 목을 S자로 구부려 뒤로 빼고 있다가 일순간에 S자로 구부린 목을 펴면서 먹이를 순식간에 물어버리는 뱀 같은 순발력이었다.

두피를 시원하게 마사지하던 손은 날카로운 흉기로 변해 그녀의 껍질을 벗기기 시작했다. 그녀가 몸부림을 칠 때마다 물줄기가 사방으로 뿌려졌다. 그는 그녀의 목을 더 옥죄면서 귀에 대고 말했다.

"가만히 좀 있어."

그는 거울을 통해 샴푸대를 봤다. 진한 녹색 티셔츠 속에 그려진 고릴라가 나무 위에 앉아 그녀를 보면서 그네를 탔다. 그네가 하늘로 뻗어나갈 듯이 출렁거리다가 천천히 멈추었다. 그는 가쁜 숨을 몰아쉬면서 그녀의 몸에서 빠져나와 목에 감겼던 샤워기 호스를 풀었다.

"두 달 동안 네 밑에서 바닥만 쓸다가 오늘 겨우 염색 한 번 해봤네."

그는 거울을 보면서 흐트러진 머리를 매만지고 바지를 올려 입었다.

"나 먼저 갈게. 문 잘 잠그고 집에 가."

그가 진한 녹색 티셔츠를 벗어 물기를 짜서 다시 입을 동안 샴푸대에서 시원한 물소리가 윙윙거리며 이어졌다. 샴푸대에서 흘러내린 물이 바닥에 흥건했다.

차명규는 다음 날부터 이대 앞 미용실에 나가지 않았다. 모아둔 돈으로 고급 기술을 가르쳐주는 학원에 다닐까 하다가 그만두었다.

차명규가 이대앞 미용실을 그만두고 방황할 때 잘 가던 술집이 있었다. 지희는 클래식 바의 바텐더였다. 명규가 손님에서 연인으로 발전했을 때 지희는 그를 먹여주고 재워줬다.

그는 지희가 자신에게 완전히 넘어온 것을 간파하고 뱀처럼 겨울잠에 들어갈 준비를 했다. 뱀은 동면에 들어가기 전에 사냥을 중단하고 위장을 깨끗하게 비운다. 동면 중 소화가 안 된 먹이가 남아 있으면 저체온 때문에 먹이가 소화되지 않고 체내에서 부패할 수 있기 때문이다. 그는 지희의 집에서 아무것도 하지 않고 뱃속에 남아 있는 먹이를 소화시켰다. 그는 몸속에 저장된 충분한 지방과 온도가 일정하게 유지할 수 있으며 성공적으로 동면할 수 있는 안전한 은신처를 발견한 것이다.

다가구 주택이 빽빽하게 들어선 골목에는 고양이가 뜯어놓은 쓰레기봉투가 넘어져 있었고, 누군가 야식으로 시켜먹고 버린 족발 뼈다귀가 몇 달째 굴러다니며 전봇대 밑에서 부옇게 퇴색되어 갔다. 아침부터 저녁까지 온종일 조용한 골목이었다. 밤에 출근하는 아가씨들이 많이 사는 동네라 해가 지면 저녁식사를 배달하는 오토바이 소리가 요란해졌다. 지희는 저녁 7시에 출근해서 새벽 4시에 퇴근했다. 밤새도록 술을 팔고 나서 손님에게 받은 스트레스를 동료와 술을 마시며 풀곤 했다. 일을 끝내고 일찍 들어온 날엔 그의 허리를 끌어당기며 말했다.

"넌 몸매가 나보다 더 좋다. 여자로 태어나지 그랬니."

"나도 어렸을 때는 여자였으면 좋았을 걸, 하고 바랐어."

명규는 밤에 술을 마시고 낮에는 잠을 잤다. 아무리 자도 잠이 계속 왔다. 자다가 요의를 느껴 화장실에 다녀올 때도 눈이 떠지지 않았다. 가끔 낮에 잠을 깨우는 사람은 세탁소 아저씨가 전부였다.

지희는 집에서 빨래하지 않고 세탁소에 맡겼다. 큰 비닐봉지를 일주일에 한 번씩 세탁소에서 가져왔고, 거기에 빨랫감을 담아서 보냈다. 그는 세탁한 옷이 든 비닐봉지를 베고 누워 버석거리는 소리를 들으며 창 너머 하늘을 봤다. 파란 하늘에 흰 구름이 바람에 흩어지고 있었다. 비닐봉지 속에 있던 지희의 옷을 펴서 입어보기도 했다. 지희의 옷에서는 향긋한 냄새가 났다.

그는 지금도 가끔 세탁물의 향긋한 냄새를 맡을 때 지희가 떠오를 때가 있다. 엘리베이터를 탔을 때 남겨진 향에서 어떤 여자의 취향과 외모가 떠오르듯이, 또는 거리에서 어깨를 스치고 지나간 어느 여자의 뒷모습을 바라보면서 지난날의 인연이 오버랩 되듯이 말이다. 세탁물의 향긋한 냄새가 그의 원초적이고 동물적인 감각을 자극할 때면 문득 자신에게는 어떤 냄새가 날까? 어떤 냄새를 살려야 할까? 독특함으로 경쟁해야 하는 사회에서 자신의 향을 만들어 가는 것에 대해 고민했다.

그는 방에 누워 미용을 계속할 것인가 말 것인가? 계속할 것이라면 이번엔 어느 미용실에 가서 기술을 배워야 하는가에 대해 고민하면서 언제까지 지희에게 머물면서 휴식할 것인가? 라는 구체적인 계획을 세웠다.

그는 지희에게 빌붙어서 사는 동안 지희가 샤워하고 나오면 젖은 머리를 말리고 드라이를 해주었다. 지희의 머리칼은 길었다. 화장실 타일 벽과 세면기에는 항상 긴 머리카락이 지렁이처럼 달라붙어 있다가 수챗구멍으로 조금씩 밀려들어 갔다. 그는 어느 날 지희의 젖은 머리를 손으로 빗으며 말했다.

"머리가 길어서 말리는 것도 힘들다."

"네가 머리를 말려주니까 너무 편해."

"긴 머리는 헤어드라이어를 두 개 들고 말려도 힘들어."

지희의 머리를 말아서 올리자 하얀 목이 드러났다.

"머리를 짧게 잘라볼래? 넌 보이시한 매력이 있거든. 머리를 짧게 자르고 목을 드러내 봐."

"싫어, 지금까지 짧은 머리 해본 적 없어. 남자들이 긴 머리를 얼마나 좋아하는데. "

그는 매일 지희의 머리칼을 롤빗으로 드라이를 했다. 어느 날 그는 롤빗에 감긴 머리칼에 드라이를 가까이 대고 말했다.

"난 긴 머리 여자가 싫어. 머리카락이 뱀처럼 꿈틀거리는 것 같아. "

"직업병인가?"

"그런데 이상하지? 여자 머리가 긴 건 싫은데 난 머리를 길러서 묶고 싶어. "

"넌 머리를 길러도 잘 어울릴 것 같아. "

그는 지희의 가슴에서 나는 비릿한 체취가 좋았다. 그 체취를 맡으면 팔과 다리가 없는 뱀처럼 움직였다. 지희의 가슴에 얼굴을 비비다가 몸을 길게 늘어뜨리고 다리부터 천천히 감았다. 지희를 안고 있으면 몸이 그녀의 양분을 빨아들이는 것 같았다. 지희와 그는 뱀이 교미하는 것처럼 꼬리와 꼬리를 붙이고 동그랗게 말고 잠이 들기도 했다.

뱀의 교미는 특이하다. 수컷과 암컷이 만나면 서로 마음을 열려고 꼬리를 빠르게 바닥에 내리치며 자신의 존재를 알리고 나서 머리로 몸통을 살짝 찔러보면서 상대의 경계를 허물어뜨린다. 어느 정도 경계가 풀어지면 수컷은 아래턱으로 암컷의 꼬리에서부터 머리까지 비벼댄다. 이때 수컷의 아래턱에서는 암컷의 교미 욕구를 자극하는 분비물이 나온다. 암컷이 마음을 열면 수컷은 암컷의 몸 위로 올라가 몸을 겹치고 본격적인 애무를 시작하면서 자신의 꼬리를 암컷의 몸통 밑으로 밀어 넣는다. 수컷의 총배설강 안에서 나온 음경의 끝에는 각질로 된 돌기가 있어 교미할 때 음경이 빠지지 않도록 잡아준다. 뱀의 교미시간이 긴 것은 포유류와 달리 수컷의 정액이 생식기 내부의 관을 통해 암컷의 총배설강으로 들어가는 것이 아니라 수컷의 총배설강에서 나온 음경의 표면을 따라 암컷의 총배설강으로 흘러들어 가야 하기 때문이다.

지희는 다음 날 아침 그에게 용돈을 주면서 고백했다.

"그날이 3일이나 지났어. 난 항상 주기가 정확한데."

"스트레스 때문에 그럴 거야."

며칠 후 명규는 세수하고 나서 세면기가 막힌 것을 알았다. 옷걸이 철사를 구부려 세면대 구멍을 쑤셨다. 옷걸이 철사를 빼내자 축축한 머리카락이 딸려 나왔다. 엉킨 머리카락은 거품을 일으키며 꿈틀거리는 것 같았다. 그는 천천히 걸음을 옮기며 화장실을 살폈다. 타일 벽과 도기에는 지렁이 같은 긴 머리카락이 잔뜩 달라붙어 있었다. 인간의 머리에 붙어 아름답게 출렁이던 머리카락은 머리에서 떨어져 나오는 순간 욕망의 대상에서 더럽고 흉한 요물로 변했다. 그는 지희가 아름다움과 추함을 동시에 가진 요물 같다고 봤다. 세면대 구멍에서도 영원히 썩지 않을 듯한 머리카락은 그동안 지희의 추함을 가리고 있던 껍질처럼 여겨졌다. 그는 그 껍질을 사랑스럽게 말리고 다듬었다는 사실을 경멸하고 부정했다.

그날 밤 명규는 반쯤 열린 문틈으로 지희가 샤워하는 모습을 봤다. 샴푸 거품에 흐느적거리는 긴 생머리가 메두사의 머리에 달린 뱀처럼 꿈틀거렸다. 순간 그 안에 있던 놈이 밖으로 빠져나오려고 발버둥쳤다.

그는 가방에서 7인치 가위를 꺼내서 화장실로 들어갔다. 가위를 쥔 손이 미세하게 떨렸다. 인기척에 놀란 지희가 샤워를 멈추고 뒤를 돌아보았을 때 그는 지희의 머리카락을 쓰다듬으며 한곳으로 모았다. 지희는 물끄러미 그를 바라보다가 그의 손에 들린 가위를 봤다. 그는 지희의 머리카락을 한 손으로 둘둘 말아 움켜쥐고 가위를 들었다. 배수구로 몰린 샴푸 거품이 흐르는 물에 조금씩 가라앉으면서 사라졌다. 지희는 비명을 지르며 그와 몸싸움을 하다가 화장실 바닥에 미끄러져 넘어졌다. 그는 가위가 손과 따로 놀아 다시 고쳐 쥐고 천천히 움직였다. 드디어 가위의 움직임이 멈추었다.

지희가 정신을 차렸을 때 뭉텅 잘린 머리카락이 그의 손에 들려 있었다. 지희는 그의 손에 잡힌 자신의 축 늘어진 머리카락을 보면서 또 한 번 비명을 질렀다. 그가 지희의 머리카락을 가방에 넣고 자취방을 빠져나갈 때 지희는 거울 앞에 얼어붙어 있었다.

박 원장의 미용실은 아이들을 동반한 손님들로 오전 내내 정신없이 돌아갔다. 정신없이 바쁜 날에도 박 원장은 언제나 거울을 통해 차명규의 모습을 놓치지 않았다. 오후가 되자 한 차례 손님들이 빠져나갔다. 직원들이 한가해진 틈을 타 씻어야 하는 도구들을 세면대로 모았다. 그가 세척실에서 파마로트와 쌓여 있는 스트레이트판을 닦기 시작하자 박 원장이 다가왔다.

"오늘은 손이 많이 가는 손님들만 왔어."

"그러게요, 저도 기본 파마만 받았어요."

명희가 바닥을 쓸며 지나갔다. 박 원장이 바닥을 쓰는 명희를 보며 말했다.

"쟤는 바닥 하나는 잘 쓸더라."

"뭘 해야 할지 모르겠고 멋쩍으니까 청소라도 하는 거죠, 뭐."

어지러운 미용실이 힘들었던 한나절을 말해주고 있었다. 여성잡지가 흩어져 있고 젖은 수건이 바구니에 넘쳐나고 있었다. 박 원장은 잡지를 정리하다 말고 창가로 가서 거리의 사람들을 바라봤다.

"뭘 그렇게 보세요?"

그도 박 원장 곁으로 가서 창밖을 바라봤다.

"지나가는 사람들. 전부 개성이 없고 비슷비슷한 모습이야."

"맞아요, 손님들에게 나름대로 개성을 살려주지만, 미용실을 나가서 하루만 지나면 스타일이 살지 않고 똑같아지는 것 같아요."

"그렇지, 매일같이 모양내고 관리한다는 게 쉬운 일이 아니지."

그가 박 원장의 머리칼을 만지면서 스타일을 잡아볼 때 출입문에 달아놓은 종이 딸랑거렸다. 모처럼 한가해서 소파에 앉아 쉬던 직원들의 표정이 일그러졌다.

"어서 오세요."

명희가 입구에서 인사했다. 자매 같은 50대 고객들이 파마를 하러 왔다. 고객은 박 원장을 찾았다.

50대 고객 파마가 마무리될 때쯤 명희가 바닥을 쓸었다. 잘린 머리카락이 많아서 한 번에 쓰레받기에 담지 못했다.

박 원장이 고객이 뜸한 틈을 타 명규를 불렀다. 명희는 피곤한지 날개를 다친 새처럼 비틀거리며 바닥을 쓸고 있었다. 박 원장은 거울을 보면서 자신의 머리칼을 올려보고 다시 뒤로 묶어보면서 말했다.

"차 선생, 한가해진 것 같으니까 내 머리 좀 만져줘."

"어떻게 바꾸시게요?"

"웨이브가 다 죽었어. 이번에는 매직 스트레이트 한번 해볼까?"

"나이가 있는데 어울릴까요?"

"나, 무시하는 거야?"

명규는 먼저 연화과정을 끝내고 1차 샴푸를 명희에게 시켰다. 명희가 무표정한 얼굴로 박 원장의 머리를 샴푸했다. 박 원장의 얼굴에 물방울이 튈 때마다 명희가 깜짝 놀랐다. 샴푸가 끝나고 그는 박 원장의 머리를 말리고 매직 아이론으로 머리칼을 곧게 펴는 드라이를 시작했다. 박 원장은 손님처럼 실눈을 뜨고 앉아서 머리칼에 미세하게 남은 수분이 증기로 변하는 것을 바라봤다.

"원장님은 참 젊어 보이세요. 제가 여기 처음 왔을 때 30대 초반인 줄 알았어요."

박 원장의 옅은 웃음에 눈가 주름이 깊어졌다. 박 원장이 거울로 그를 볼 때마다 명희는 옆에서 멍한 눈으로 매직 드라이를 하는 명규를 바라봤다.

"원장님, 왜 약속 안 지키세요. 아이론 세디펌 기술은 언제 가르쳐 주실 거예요. 아무리 생각해도 나이 들어서 머리칼에 힘이 없는 아줌마들이 돈줄인 것 같아요."

"글쎄, 그건 단순하게 기계나 기술이 문제가 아니라 약이 더 중요한데."

"그 기술 배우려고 낙성대 미용실부터 원장님 따라왔어요."

"아이론 세디펌은 숙달된 기술도 필요하지만, 내가 개발한 약품을 시간에 맞게 열처리하는 것이 관건이라니까. 때가 되면 어련히 안 가르쳐줄까 봐?"

"가르쳐주면 내가 여길 떠날까 봐 그러세요?"

"독립하는 거야 좋은 거지만 아직은 아냐."

"그럼 언제 가르쳐 주실 거예요?"

"조금만 기다려봐, 내가 차 선생을 위해서 생각해둔 게 있어."

박 원장은 명규가 처음 낙성대 미용실에 갔을 때 자신에게 잘 보이려고 열심히 일했던 모습을 명규에게 들려주었다.

"차 선생은 낙성대 미용실에서 일할 때 거의 세 사람 몫을 해냈어. 웃으면서 손님에게 이것저것 옵션을 붙여서 매상을 높이기도 하고 세팅기에 머리를 묶인 채 오랜 시간 꼼짝 못하는 손님을 위해 다리도 뻗게 해주고, 쿠션도 받쳐줬지. 내 옆에서 와인딩 보조해 줄 때도 내 생각을 먼저 읽고 로트를 적절하게 배분해 주었는데, 그건 3년 이상 같이 일한 스태프도 착안할 수 없는 감각이었어. 그런데 지금은 변했어."

박 원장의 머리칼은 매직 아이론의 열기를 타고 내려오면서 곧게 펴졌다. 열처리와 2액 도포가 끝나자 머리칼이 얼굴에 착 달라붙었다. 40대 초반의 나이가 제대로 드러나 보였고, 얼굴에 잔주름도 도드라졌다. 2액 세척이 시작되었다. 명희는 주변 정리를 했고 이번에는 그가 샴푸를 했다. 그의 손끝에 묵직한 힘이 들어가자 박 원장의 두피가 물렁물렁해졌다.

"아, 시원해."

"팁을 따로 받아야겠어요."

그의 손가락은 전두부에서 후두부까지 끌어올리듯 압력을 주며 회전했다. 다시 엄지와 검지가 후두부의 헤어라인을 따라 전두부를 향해 마사지하며 올라갈 때 박 원장의 입이 벌어졌다.

"오늘은 미용실 냄새가 좋은데요."

"무슨 냄새가 나?"

"열 파마 액상크림의 암모니아 냄새가 많이 풍기면 고단가 시술이 진행된 것이고, 과산화수소 성분의 시큼한 냄새가 많이 나면 염색 손님이 많은 거죠."

"그러고 보니 오늘은 냄새가 자극적인 것 같네."

박 원장에게 매직 스트레이트를 시술하느라 미용실이 난장판이었다. 박 원장은 머리숱은 많으나 탄력이 없어서 뿌리를 살려서 부피감을 주려고 해도 힘이 들어가지 않았다. 매직 스트레이트가 중간단계에 이르자 박 원장의 머리는 가발을 쓴 것처럼 어색해 보였다. 그는 박 원장의 머리칼 한 올을 당겨 보고 중화되는 상태를 점검했다.

마무리 샴푸는 간단하게 트리트먼트로 머리칼에 영양을 주는 작업이었다. 다시 자리에 앉아 젖은 머리를 말리는 드라이 작업이 진행되었다. 박 원장은 헤어드라이어에서 나오는 뜨거운 바람 때문인지 눈이 스르륵 감기면서 고개가 끄덕여졌다. 드라이어 소리가 아늑한 자장가로 들렸는지 원장은 졸음을 참지 못하고 잠이 들었다.

"원장님, 다 됐어요."

직원들이 박 원장 뒤에 빙 둘러 섰다. 하나, 둘, 셋 하며 직원들이 힘차게 외치는 것 같았다.

"원장님, 아주 예뻐요, 잘 나왔네요."

어깨에 닿을 듯 말듯 찰랑거리는 머리칼에서 윤이 났다. 마치 뱀이 물렁물렁한 알을 깨고 나와 연약한 가죽을 볕에 말리는 것 같았다. 그가 박 원장의 가운을 받으며 말했다.

"원장님, 10년은 젊어 보여요."

"차 선생, 수고 많았어."

박 원장이 계산대로 발걸음을 옮겼을 때 뒤에서 직원들이 웃음을 터뜨리는 소리가 들렸다. 그녀가 뒤를 돌아보자 모두 웃음을 참으며 딴청을 부렸다.

명규와 명희는 미용도구 정리를 끝내고 약품창고로 들어갔다. 둘은 커피를 마시며 우스꽝스러운 헤어스타일 때문에 직원들에게 놀림을 당한 박 원장에 대해 이야기했다. 명규가 명희에게 물었다.

"나이 든 여자가 매직 스트레이트를 했는데 앞머리를 클레오파트라처럼 일자로 자르는 건 어떨까?"

"20대도 아니고 나이가 더 들어 보일 것 같아요."

"원장님의 코가 클레오파트라처럼 높았다면 얼굴은 그런대로 봐줄 만하잖니?"

"글쎄, 몸매도 좀 받쳐줘야 하지 않나요?"

"클레오파트라는 실제로 미인이 아니었대. 사람들이 그녀를 통해서 아름다움에 대한 갈증을 없애고 남성 권력에 대한 억눌림을 없애려고 만들어낸 허구였대."

"미인이 아니었다고요?"

"아름다움에 허기가 진 사람들이 만들어낸 이야기지."

"요즘은 집이나 자동차보다 코가 뾰족하고 예쁜가, 피부가 깨끗한가, 이런 것으로 사람을 평가하는 것 같아요."

"맞아, 요즘은 이미지와 스타일과 취향으로 그 사람을 평가해. 네가 여자로 태어났다면 클레오파트라처럼 남성들에게 성적인 관점에서 높게 평가를 받았을 거야. 클레오파트라는 매력을 마음껏 발산하면서 남성들 위에 군림했어. 마음을 철저하게 숨긴 채 상대가 원하는 모습만 보여줬지. 남자들의 마음을 사랑이라는 독에 서서히 물들여서 말이야. 클레오파트라가 실제로 미인은 아니었지만, 시저와 안토니우스가 그녀에게 반한 것은 그녀의 열정, 야망 때문이 아니었을까?"

"차 선생님은 왜 여자 손님에게만 열정적이에요?"

"사람은 뭔가에 몰입해 있을 때 매력적이야. 사람의 매력은 깊은 곳에서 나오는 것 같아."

"전 코가 조금만 더 높았으면 좋겠어요."

"매일 코를 잡아당기면 높아진대."

"클레오파트라는 코가 높았나요?"

"콧대가 높았겠지. 클레오파트라는 시저와 안토니우스를 이용해서 야망과 꿈을 이루려 했었지. 화려하지만 복잡하고 끔찍한 삶이었어. 그녀는 야망의 도량이 컸어. 로마까지 지배하는 꿈을 꿨어. 기회가 오면 놓치지 않고 베팅했고, 자신의 성적 매력과 사랑도 무기로 동원했어. 클레오파트라는 코가 조금만 낮았어도 역사가 바뀌었다고 할 정도로 남성들에게 성적인 관점에서 평가받았는데 원장님 코가 조금만 높았어도 좋았을 텐데…."

저녁이 되자 미용실 창이 모두 검은 거울로 변했다. 박 원장은 창밖의 불빛과 미용실 내부가 유리창에 반사되어 번화한 거리에 서 있는 것 같았다. 그녀는 미용실을 어슬렁거리며 검은 거울로 변한 창을 바라봤다. 박 원장의 뒷모습을 바라보는 그의 모습이 검은 창에 비쳤다.

박 원장은 집에 와서 화장대 거울 앞에 앉았다. 차명규가 나이 들었다고 무시하는 바람에 일부러 매직 스트레이트를 고집했지만, 하고 나니 자신과 어울리지 않았다. 그녀는 빗으로 힘을 주어 머리카락을 빗어 내리다가 미간을 찌푸렸다. 빗을 집어던지고 일어나서 겉옷을 벗었다. 욕실로 가서 욕조에 뜨거운 물을 받고 양파를 포장하는 망에다 약초를 담았다. 미나리, 귤껍질, 무화과, 복숭아 잎, 감초, 삼백초가 욕조의 뜨거운 물에 우러날 동안 온몸이 가려워서 계속 긁었다. 약재가 어느 정도 우러나자 물이 벌겋게 변했다.

그녀는 욕조에서 몸을 문질렀다. 막혀 있던 모공이 열렸는지 몸이 뜨거워졌다. 그녀는 스트레스를 풀려고 주기적으로 미용욕을 했다. 욕조에 물을 받는 동안 알몸으로 피부의 건강상태를 직접 확인하고 어떤 약초를 입욕제로 쓸 것인지 결정했다. 그녀는 미용욕을 하는 동안 욕조에 덮개를 만들어 덮고 물의 온도를 일정하게 유지하기 위해 온도계를 옆에 두고 수온을 점검했다.

차명규는 그날 밤 지희의 머리카락을 가방에 챙겨 넣은 다음 같은 보육원 출신의 최건호가 일하는 건강원으로 갔다. 건호를 찾아간 것은 건호가 주인 몰래 빼돌린 약재로 보약을 지어주겠다고 했기 때문이었다. 용문산 입구에 있는 건강원은 공기가 맑았다. 건호는 압력솥과 가마솥을 오가며 탕 불을 조절하고 있었고 국내산 뱀만 쓴다는 건강원의 주인은 뱀을 잡으러 지리산에 가고 없었다.

건호는 그를 반갑게 맞이하고 나서 우윳빛이 도는 뱀탕을 기다란 나무주걱으로 느긋하게 저었다. 뱀탕이 끓기 시작하자 거품방울이 일고 뱀살이 허물어져서 살짝만 건드려도 뼈와 살, 내장이 분리되었다. 더 끓이면 살점이 완전히 풀어져서 허연 뼈만 남을 것이다. 건호는 나무주걱을 내려놓고 오른쪽 넓적다리를 주먹으로 두드렸다. 다리에 심한 통증을 느낀 것이다. 오래 서 있거나 신경 쓸 일이 생길 때마다 넓적다리에 통증은 기다렸다는 듯이 심해졌다.

최건호는 11년 전 육군에 입대했다. 그 이듬해 특수전사령부에 배속돼 혹독한 훈련을 받았다. 보급품이 끊긴 한계상황을 가정한 생존훈련까지 받았는데 그 과정에서 생명을 이어가려고 야생 뱀을 날로 먹었다. 그는 제대 후 복부와 넓적다리부에 심한 통증을 느꼈다. 진단결과 오른쪽 넓적다리부 피하조직이 스파르가눔에 감염된 사실이 밝혀졌다. 스파르가눔은 뱀이나 양서류의 피부 밑에 사는 기생충으로 양서류, 파충류, 새 또는 포유동물의 고기를 생식하면 감염될 수 있다. 또 어떤 목적으로 피부, 결막 등 환부에 개구리나 뱀의 피부를 부착하였을 때도 감염될 수 있다. 인체에 기생하는 스파르가눔이 뇌나 척수에 들어가면 발작이나 마비를 일으키기도 한다.

건호가 건강원 진열장에 따로 보관해 두었던 뱀 한 마리를 꺼냈다. 진한 밤색의 얼룩무늬 칠보사는 힘이 셌다. 칠보사가 지닌 맹독 성분이 피를 맑게 하고 순환을 도와 정력을 돋우고 회춘하게 해준다고 했다. 칠순을 앞둔 단골손님이 특별히 주문한 뱀탕이었다. 건호는 뱀의 머리를 끈으로 묶어 벽에 달린 집게에 고정하고 짧고 예리한 칼로 항문 주위의 살부터 도려냈다. 뱀이 꿈틀거리면서 웅크렸다. 건호는 뱀 꼬리를 줄다리기할 때 쓰는 굵은 동아줄처럼 잡아당겼다.

힘들게 항문 주위를 도려내는 건호를 보면서 명규가 말했다.

"거기는 왜 도려내는 거야?"

"여기서 엄청나게 역한 노린내가 나거든. 나는 뱀 특유의 냄새가 좋은데 사람들은 기겁하지."

건호가 밤색 유리병 주둥이에 뱀의 항문을 대고 쥐어짜자 황색을 띤 점액질이 흘렀다. 뱀이 계속 꿈틀거렸다.

"더럽게 뭐하는 짓이야."

"신성한 액즙을 만드는 재료다."

개수대에 묶여 있던 뱀이 꿈틀거렸다. 그가 건호의 커다란 엉덩이를 보며 말했다.

"그 새끼를 뱀처럼 묶어놓고 항문을 도려내고 싶다."

그는 개수대에 놓여 있던 예리한 칼을 집어 들었다.

"누구?"

"형이 나랑 똑같이 당하는 거 봤어."

건호는 오른쪽 다리에 힘줄이 불거지면서 경련이 일었다. 그는 자신의 다리를 주먹으로 내리치면서 중얼거렸다.

"괴물 같은 놈, 널 도려내고 말 거야."

"보육원 원장 새끼 말이야. 그 자식 가끔 내 아랫도리를 벗겨서 책상 위에 앉혔지. 내 엉덩이를 만지작거리면서 성기를 빨았지. 애벌레가 몸에 뒤덮인 것처럼 소름끼쳤어. 고개 숙인 보육원 원장의 머리통은 징그러웠어. 반질반질한 민머리가 붉은 핑크색이었는데 화상을 입었을 때 살 거죽이 벗겨진 속살의 색이었지. 보육원 원장의 혀는 누런 핑크색이었어. 지금도 보육원 원장의 침 냄새가 나는 것 같아. 내 허벅지까지 침이 범벅되면 그 자식이 바지를 내리고 일어났어. 시커먼 성기가 나를 보면서 끄떡거렸어. 커다란 애벌레 같왔지. 나도 어른이 되면 그 자식 성기처럼 붉고 시커멓게 변할까 하는 공포가 일었어."

뱀은 죽지 않고 피를 흘리면서 꿈틀거렸다. 건호가 이마에 흐르는 땀을 손등으로 닦았다. 뱀의 머리를 묶은 끈이 풀렸다. 뱀이 머리를 쳐들고 덤빌 때 건호는 민첩하게 움직였다. 뱀이 입을 벌리지 못하게 머리를 잡았다. 건호의 손에 머리가 잡힌 뱀이 노란 눈을 부릅떴다. 건호는 꿈틀거리는 뱀을 철망에 넣어 펄펄 끓는 물에 잠깐 넣었다가 꺼냈다. 건호가 뱀의 항문을 도려내던 칼을 가리켰다.

"칼 이리 던져, 닦아야 해."

"지하실에서 봤어. 형은 그때 왜 당한 거야. 힘도 셌고 중학생이었잖아?"

"칼 이리 달라니까."

"보육원 원장이 나를 또 벗겼을 때 책상 위에 서서 그 민머리를 향해 오줌을 갈겼지. 그리고 비명을 질렀지. 원장이 따귀를 계속 때렸는데 그때 나는 미쳐버렸어. 책상에서 뛰어내려 장식장에 있던 뱀술을 머리 위로 번쩍 들었지. 투명한 호리병 안에 백사가 꿈꾸듯 몽롱하게 꿈틀거렸고 뱀술에는 하얀 뱀 껍질이 둥둥 떠다녔어. 나는 눈을 감고 뱀술을 책상 앞 벽으로 내동댕이쳤지. 눈을 뜨자 점점 퍼지기 시작하는 술 냄새와 유리 파편 한가운데에 무기력하면서도 위협적으로 보이는 백사가 축 늘어져 있었어."

그는 칼을 대야에 던졌다. 붉은 피가 물속에서 연기처럼 퍼지면서 비린내가 났다. 끓는 물에 데쳐진 뱀은 껍질이 오그라들어 바삭

거리는 튀김처럼 보였다.

"데쳐서 고기 맛을 보려는 거야?"

"아니, 이렇게 한 번 팔팔 끓는 물에 소독해야 뱀탕이 깔끔해."

건호는 수건으로 이마의 땀을 닦으며 압력솥에 열을 가하고 나서 물을 틀어 개수대를 닦았다. 비린내는 세제를 풀어서 수세미로 여러 번을 문질러도 가시지 않았다.

"그 새끼 잡으러 갈까?"

"나 지금 집중해야 하니까 말 시키지 마."

명규와 건호는 강원도 화천에 있는 보육원에서 자랐다. 겨울이 무척 길었던 화천 보육원은 눈이 많이 내렸다. 아침에 눈을 뜨면 온 세상이 하얗게 변했고 귀가 먹먹해졌다. 겨울밤의 음산함 속에서 내린 눈이 아름다웠지만 면도하듯이 밤새 내린 눈을 밀어버리면 시커먼 땅이 드러났는데 썩은 내장이 드러난 것 같았다. 명규는 바닥을 긁으며 눈 치우는 소리와 아이들이 뛰어노는 소리가 싫어서 혼자 산에 올라가는 외톨이였다. 들판에 쌓인 눈이 햇살 때문에 살짝 녹았다가 다시 얼면 눈이 더 반짝거렸다. 눈이 내린 들판에는 알 수 없는 동물의 발자국이 길게 이어져 있었다. 가까이 살지만 보이지 않는 동물은 발자국으로 흔적을 남겼다. 명규는 발자국이 끊어진 곳까지 걸어가서 한참 서 있었다. 허허벌판에 단층건물과 이층건물이 마주 보고 있었고 그 옆에 작은 교회가 있었다. 단층건물 지하실에는 과자와 비누, 샴푸, 재고를 기증한 것이지만 생활용품들이 잔

뜩 쌓여 있었다. 궁핍해 보여야 사람들이 자주 오고 기증도 잘한다
는 보육원 원장의 술수 때문에 지하창고에 쌓아두고 아이들에게 나
눠주지 않았던 것이다. 나중에 그것을 안 봉사자들이 선물을 가지
고 오면 보육원 원장에게 전달하지 않고 직접 아이들 방에 들어가
책상에 올려놓았다. 원장은 항상 어떻게 해야 정부지원금 더 받을
수 있는지 연구하면서 아이들 먹는 비용을 계속 줄였다. 보육원 아
이들은 지하실 문에 채워 있는 커다랗고 녹이 슨 자물쇠를 따려고
밤마다 무진 애를 썼다. 영화에 나오는 탐정처럼 만능열쇠를 만들
어보기도 하고, 쇠톱으로 조금씩 고리를 자르기도 했다. 명규는 어
려서부터 책을 좋아했는데 〈보물섬〉을 재미있게 읽었다. 아이들은
〈보물섬〉에 나오는 등장인물 같았다. 숨겨진 금은보화는 창고 속
에 있는 선물, 무인도는 허허벌판의 보육원이고, 외다리 뱃사람은
보육원 원장 밑에서 잡일을 했던 다리를 저는 김 씨 아저씨, 말하는
앵무새는 사람들 말을 따라 하면서 주절거리는 약간 모자란 은덕
이, 해골과 해적들의 노래는 보육원 원장의 훈시였다. 하루에도 몇
번씩 박진감 넘치는 사건의 연속이었고, 아이들에게 창고를 열겠다
는 열망은 하나의 돌파구였다. 김 씨 아저씨는 보육원 원장의 충직
한 부하이면서 탐욕과 천박함 간사함을 지닌 해적이었다. 김 씨 아
저씨는 아이들의 잔돈 몇 푼을 훔쳐 놓고, 평소에 말 안 듣는 아이에
게 누명을 씌운 적도 있었다. 명규는 보물찾기 놀이를 하다가 지치
면 교회 앞의 담 밑에 앉아서 예배시간이 끝나길 기다렸다. 일주일
에 한 번씩 오는 목사는 설교를 얼마나 지루하게 하던지 그게 답답

196

해서 교회에 가지 않고 도망 다녔다. 해가 지면서 어둑해지는 겨울 벌판을 바라보면 암울한 미래가 컴컴하게 다가오는 것 같았다. 명규는 멀리 보이는 산등성이 아래 전원주택 단지에서 켜지는 전등 불빛이 없었다면 컴컴한 어둠에 질식해 버렸을 것이다. 따뜻해 보이는 가정의 불빛은 감귤 같았다. 멀리 감귤이 먹음직스럽게 달린 풍경을 보면서 마음을 달래고 있으면 목사의 설교가 끝나고 아이들이 부르는 찬송가 소리가 처량하게 이어지면서 허허벌판에 퍼졌다.

뱀이 가마솥에 던져졌을 때부터 건호가 뱀과 질퍽한 정사를 벌이는 것 같았다. 약재를 준비하면서 건호는 계속 가마솥 뚜껑을 열었다 닫았다 했다. 뱀의 형태가 뭉그러지면서 거품이 보글거렸다. 불은 처음부터 센 불이었다. 건호는 뱀탕이 졸아들 것 같으면 준비해 둔 뜨거운 물을 부었다. 완성된 뱀탕은 우윳빛의 끈끈한 죽 같았다. 건호가 불을 끄고 뱀탕을 잘 저어서 삼베 보자기로 짜내는데 허연 액이 뚝뚝 떨어졌다. 건호는 온몸에 땀이 흥건하게 뱄다. 얼굴에서 흘러내린 땀이 뱀탕으로 계속 떨어졌다.

"너 뱀술 한 잔 할래?"

"뱀술?"

"저기 선반에 있는 병 보이지? 목에 빨간 무늬가 있어서 이름이 유혈목이야. 아주 귀한 꽃뱀이지. 처음에 이놈을 만지면서 감상하는데 내 손등을 무는 거야. 벌에 쏘인 것처럼 따끔했지."

"그 뱀은 독이 없어?"

"그다지 강한 독은 아냐, 내가 뱀독에는 면역이 있잖아. 나한테는 비타민이지만 보통 사람이면 죽을 수도 있어. 유혈목의 독니는 잘 보이지 않아. 다른 독사처럼 앞니에 돌출된 독니가 없거든. 그래서 독이 없는 뱀인 줄 아는데, 웬걸, 입 안쪽 가장자리에 이빨로 연결되는 독샘이 자리 잡고 있지."

"유혈목의 독이 비타민이라면 죽이지 말고 매일 물리지 그랬어."

"이놈은 성질이 까다로워서 키우긴 어려워. 잡았을 때 항문에서 하얀 액체가 나왔어. 완전 맛이 간 녀석이었지. 그래서 그냥 술에 담갔어."

6월의 해가 한여름처럼 따가웠다. 더위가 시작되고 있었다. 옥수수에 수염이 나기 시작했고, 산 중턱에서 밤꽃 냄새가 바람을 타고 날아왔다. 해가 지자 금방 선선한 바람이 불었다. 그들은 건강원 앞 평상에 자리를 잡고 앉아 소주를 마셨다. 건호는 뱀탕을 만들기 전에 따로 챙겨둔 칠보사 생고기를 그에게 권했다.

"한번 맛 좀 봐라."

"생고기를 먹는단 말야?"

그가 질겁하자 건호는 갯장어처럼 감칠맛이 난다고 했다. 취기가 돌자 건호는 유혈목으로 담근 뱀술을 권했다.

"한잔 받아라."

"형이나 마셔."

건호가 팔뚝을 걷어붙이고 주먹을 쥐면서 말했다. 팔에 힘줄이 불거졌다.

"마셔라, 힘이 불끈 솟는다."

"그럼 한잔 줘 봐."

"이놈은 처음 잡아왔을 때 몸에서 참깨 같은 고소한 냄새가 났었어."

술잔을 비운 그는 비릿한 뱀의 냄새와 맛을 음미했다. 혀끝에서 맴도는 뱀술의 향기는 칙칙한 청록색의 이끼를 뜯을 때 나는 냄새 같았다. 그는 입맛을 다시면서 넋이 나간 사람처럼 멍하니 유리병을 바라봤다.

"이거 뱀이 아직 살아 있는 것 같은데."

뿌연 부유물에 떠도는 뱀이 아가리를 벌리는 것 같았다. 다시 잔을 비우자 뱀이 뱃속으로 쭉 빨려 들어와 소용돌이치는 것 같았다. 그는 잔을 내려놓고 담배를 피워 물었다.

"속이 울렁거린다."

"벌써 취했냐?"

담배연기를 빨아들일 때마다 속이 울렁거렸다. 건호는 뱀술을 다 비우고 그 병에 소주를 채웠다. 유리병에 소주가 채워지자 바닥에 가라앉았던 힘 빠진 유혈목이 다시 부풀어 올랐다. 몸에서 뱀술이 혈액을 타고 온몸에 퍼지자 머릿속이 텅 빈 것처럼 가벼워졌고 근육이 툭툭 솟아오르면서 힘이 들어갔다. 용문산에서 밤꽃 냄새가 비릿하게 불어왔고 숨을 쉴 때마다 입에서 뱀술 냄새가 달게 났다.

건호는 건강원 구석에서 뱀탕 찌꺼기를 분리하기 시작했다. 그가 건강원 뒤뜰에 있는 나무 뒤에 서서 오줌을 눌 때 건호가 갑자기 비명을 질렀다. 그가 오줌을 다 누고 건강원으로 들어가자 건호는 망태기를 한 손에 쥔 채 주저앉아 있었다. 건호 앞에는 칠점사가 머리를 치켜들고 그를 노려보고 있었다.

"이놈이 날 물었어."

"어디를 물었어?"

칠점사는 공격을 위해 머리를 높이 쳐든 채 잔뜩 힘을 주고 있었다. 칠점사의 비늘에 밤색 무늬가 팽팽하게 당겨져 고목처럼 갈라질 것 같았다. 그는 팽팽한 긴장감에 몸이 마비된 것 같았다. 칠점사가 입을 벌리고 날아가듯이 그에게 뛰어올랐다. 기겁을 하고 쓰러진 그는 비명을 지르며 건호를 부둥켜안았다. 그와 건호는 미끄러져 넘어졌다. 그 충격에 개수대에 올려져 있던 그릇들이 바닥으로 떨어지면서 요란한 소리가 났다. 칠점사는 그들을 넘어 밖으로 나갔는지 어느 구석에서 그들을 노려보고 있는지 알 수가 없었다.

"저 노끈 좀 가져와서 내 팔 좀 묶어라."

"어디를 묶어?"

"팔뚝 말이야. 어깨 가까이 묶어."

"119를 불러야지."

"괜찮아 손등에 이빨자국 좀 빨아."

그는 건호의 손등을 빨았다. 손등에는 이빨자국이 하나였다.

"이놈은 잡았을 때부터 이빨이 하나였어."

"정말 괜찮겠어?"

"독사가 처음 공격할 때는 그냥 위협을 주는 거야. 어서 빨기나 해."

"그래도 병원에 가서 검사해보자."

200

"걱정 마. 뱀독에는 면역됐어."

그는 건호의 손등에 난 이빨자국을 빨고 나자 생목이 잡혔다. 뱀술과 칠점사의 살점을 전부 게워냈다. 그들은 기진맥진해 쪽방으로 힘겹게 기어들어가 잠이 들었다.

차명규는 다음 날 아침 건호가 칠점사를 찾으려고 건강원을 뒤집는 소리에 잠이 깼다. 건호가 퉁퉁 부은 손을 하고 나무막대기로 건강원의 구석진 틈을 쑤시고 있을 때 지리산에 뱀을 구하러 갔던 건강원 사장이 돌아왔다. 건호는 칠점사 탈출사건과 뱀술을 개봉해서 마시고 다시 소주를 채운 것이 발각돼 건강원에서 쫓겨났다.

차명규는 자신이 제일 먼저 출근할 줄 알았으나 박 원장이 먼저 출근해 있었다. 전날 직원들이 회식한다고 했기 때문에 열쇠를 가진 직원이 늦게 나올 것 같아서 일찍 나온 모양이었다. 박 원장은 일찍 출근하느라 머리를 감지 못했는지 샴푸대에 서서 고개를 숙이고 혼자 머리를 감고 있었다. 머리를 헹굴 때 머리끝이 세면기 배수구멍으로 빨려 들어갔다. 박 원장이 고개를 들자 배수구멍에 있던 찌꺼기가 머리카락 끝에 묻어 올라왔다. 전날 회식 때문에 뒷정리를 제대로 하지 않고 퇴근했었다. 박 원장의 머리에서 물이 뚝뚝 떨어졌다. 그녀는 머리의 물기를 대충 털어내고 수건으로 올려 묶더니 미용실을 천천히 둘러봤다.

흰색 바닥 타일에 발자국과 염색 약품의 묵은 때가 배어 있었다. 박 원장은 머리를 묶었던 수건을 풀어서 미용실의 입구부터 선반과 구석의 먼지를 닦으면서 머리카락과 새까만 먼지들을 바닥으로 쓸어내렸다. 껌종이, 실핀, 용기 뚜껑, 고무줄들이 광택을 잃은 타일 바닥으로 떨어지며 작은 소리를 냈다.

출입문에 달아놓은 종이 딸랑거렸다. 직원들이 하나 둘 출근했다. 박 원장은 바닥 청소를 시작하려다 말고 젖은 머리를 말리기 시작했다. 머리를 말리고 나서는 거울 앞에 앉아 화장했다. 출입문에 달아놓은 종이 계속 딸랑거렸다. "안녕하세요." 명희가 출근했다. 연보라색 티셔츠에 물 빠진 청바지를 입고 왔다. 어제 입었던 옷 그대로였다. 박 원장은 고개를 돌려 명규의 옷을 훑어봤다. 그는 회식을 끝내고 명희와 따로 만나 새벽 2시까지 술을 마셨는데 아침에 급히 나오느라 옷을 갈아입을 새가 없었다. 명희는 바닥 청소를 다 하고 나서 수건을 차곡차곡 접기 시작했다.

박 원장은 거울에 바싹 다가앉아 속눈썹 뷰러로 눈두덩을 살짝 들어주고 뿌리 쪽을 한번 집고 나서 간격을 줘서 다시 한 번 속눈썹이 꺾이지 않을 정도로 집었다. 뷰러로 속눈썹 뿌리에 힘을 주는 와중에도 명규와 명희를 관찰했다. 마스카라로 속눈썹을 칠할 때마다 그녀의 눈은 크고 선명해졌고 잠시 시선을 내릴 땐 속눈썹 그림자가 베일처럼 늘어졌다. 힘이 들어간 속눈썹을 보니 박 원장이 자랑하는 기술인 아이론 세디펌처럼 느껴졌다. 마스카라는 뿌리보다 끝이 무거우면 뭉치거나 웨이브가 주저앉기 때문에 뿌리부터 먼저 발라야 한다. 머리카락도 뿌리부터 열을 가하고 나서 전체를 손질해야 자연스러운 볼륨감을 얻을 수 있다.

박 원장의 아이론 세디펌 기술은 뿌리를 살려 탄력 있는 웨이브를 오래 지속시켜주는 기술이었다. 박 원장은 아이론 세디펌 기술로 자수성가했다. 미용실 중앙에는 박 원장의 빛나는 아이론 열기구가 있었다. 롤 크기별로 12개의 아이론 열기구로 구성된 기구는 이곳에 있는 모든 미용기구를 합친 것보다 높은 가격이었다. 박 원장에게 아이론 세디펌 기술을 전수해준 사람은 그녀가 초급 디자이너로 일할 때 그 미용실의 남자 원장이었다.

박 원장이 10년 전쯤 근무했던 신사동 미용실은 연예인을 단골로 확보한 덕분에 어느 정도 알려진 곳이라 가끔 연예인을 만나는 즐거움이 있었다. 신사동 미용실의 남자 원장은 항상 검정 정장을 말쑥하게 차려입었다. 그의 커트가격은 직원보다 3배는 높았다. 미용실 입구에는 남자 원장이 헤어스타일을 담당했던 영화의 포스터들이 걸려 있었고, 미용실 내부에는 영화 속에 나오는 배우들의 헤어스타일만 따로 편집해서 액자로 장식되어 있었다.

그녀는 처음 한 달 동안 원장을 보조하면서 미용실의 분위기를 익혔다. 그곳에 오는 손님에게는 시술가격에 대해 구차하게 부연설명할 필요가 없었다. 손님들은 비싸니까 좋겠거니 하며 따지지 않았다. 직원들은 외모에 신경 쓰고 품위를 지켜야 했다. 말하자면 디자이너는 손님을 위한 샘플이었다.

남자 원장은 자신의 훤칠한 외모와 약간의 명성으로 신비감을 만드는 재주가 있었고 새로운 스타일을 만들어서 연예인 고객에게 제안하는 실력파였다. 남자 원장은 직원들에게 개별적으로 접근해서 진짜 좋아하는 것처럼 질척한 눈길을 주었다. 그것이 미용실을 움직이는 보이지 않는 힘이었다.

그녀가 향상된 커트 기술로 새로운 스타일을 만들어냈던 날, 남자 원장은 퇴근 후에 저녁을 먹자며 그녀를 따로 불러냈다. 하얀 면테이블보 위에 투명한 유리잔이 반짝이는 레스토랑이었다. 남자 원장이 스테이크를 먹을 때 입가에 소스가 묻었다. 그녀는 남자 원장을 쳐다보며 혀로 아랫입술을 핥았다. 그녀가 입을 계속 쳐다보자 남자 원장은 자신의 입가에 묻은 소스를 다시 혀로 핥았다. 남자 원장이 그녀에게 다정하게 물었다.

"부모님도 너처럼 체격이 좋으시니?"

"두 분 다 마른 체형이에요."

그녀는 간단히 대답하고 묵묵히 먹기만 했다. 남자 원장이 그녀를 보며 웃었다.

"너는 우직한 맛이 있어."

그녀는 우물거리던 스테이크를 급하게 삼켰다.

"제가 답답하다는 말인가요."

스파게티가 나왔다. 남자 원장이 포크로 스파게티를 먹는데 후루룩거리는 소리가 나면서 면발이 낚싯바늘에 달린 지렁이처럼 출렁거렸다. 남자 원장이 입을 우물거리면서 말했다.

"세련미는 떨어지지. 하지만, 은근히 우러나오는 깊은 맛이 있다고 할까."

"제가 아직 많이 어색한가요?"

"가끔가다 촌스러울 때가 있어."

그녀는 포크를 내려놓고 천천히 입을 닦았다.

"왜, 더 먹지 않고?"

남자 원장이 조심스럽게 잔을 들어서 물을 마시고 말했다.

"그런데 세련됨은 단순하게 배워서 되는 게 아니야."

"너무 직설적이군요."

"자라온 환경이나 배운 정도에 따라 자연스럽게 배어나오는 거야."

"배우는 기술도 그런가요?"

남자 원장은 고개를 끄떡였다. 그녀는 남자 원장의 입가에 묻은 스파게티 소스가 거슬렸다. 남자 원장이 몇몇 직원들과 잠을 잤다는 소문도 떠올랐다. 저녁을 먹고 나서 원장이 전철역까지 태워다 준다고 했지만, 그녀는 싫다고 했다.

그녀는 기술을 배우겠다는 열정이 있었기 때문에 신사동 미용실에 맞게 자신을 꾸미고 가꿨지만, 남자 원장에게 칭찬을 듣지 못했다. 억지로 했던 몸매 관리도 효과가 없었다. 시간이 지나도 세련된 외모로 거듭나지 못하자 남자 원장은 그녀에게 더는 고급 기술을 가르쳐주지 않았다. 그녀는 발전 없이 정체된다고 조급증이 생기면서 신사동 미용실이 답답해졌다. 그녀가 그만두겠다고 말했을 때 남자 원장은 아쉬운 척했다. 남자 원장은 그날 그녀에게 퇴근하지 말고 남으라고 했다. 그녀는 일하지 않고 소파에 앉아 여유롭게 잡지를 봤다. 스태프가 정색하면서 말했다.

"지금 뭐하세요?"

"신경 쓰지 마."

"이 자리에 두 다리 뻗고 앉아보는 게 소원이었어."

"그래도 안 돼요. 원장님이 그러지 말라고 했어요."

그녀는 편하게 앉아서 분주하게 움직이는 직원들의 모습을 바라봤다. 소파에 앉아서 직원들을 보자 제일 먼저 다리가 눈에 들어왔다. 운동을 열심히 한 흔적이 느껴지는 탄탄한 허벅지가 힘차게 지나갔다. 군살 없이 길게 뻗은 하얀 종아리가 천천히 움직였다. 직원들은 눈부시게 하얀 피부 때문에 탄력이 넘치면서 부드러워 보였다. 그녀들의 몸을 똑바로 세워주고 모아주는 것은 뼈가 아니라 피부였다.

퇴근시간이 지나자 남자 원장은 재료상 업자와 함께 왔다. 재료상 업자는 유모차 크기만 한 아이론 파마 열기구를 차에서 힘겹게 내렸다. 남자 원장은 그녀에게 퇴사기념 선물을 준비했다고 했다.

"앉아라. 퇴사기념으로 파마 해줄게."

재료상 업자가 파마 열기구를 세팅하면서 말했다.

"어서 앉아보세요. 원장님이 기가 막힌 기술을 보여줄 거예요."

그녀는 가운을 걸치고 손님처럼 자리에 앉았다. 재료상 업자는 새로 개발한 파마기술이라고 했다. 원장이 그녀의 머리칼에 로트를 말면서 설명했다.

"지금 하는 아이론 세디펌은 내가 개발한 새로운 기술이야. 여기를 나가서 미용실을 차릴 거라면 이 기술을 특화시켜라. 일반 파마의 3배 이상 가격을 책정해도 먹힐 거야. "

재료상 업자가 투명한 용기에 파마약을 덜어서 섞었다. 일반 파마약과 달리 냄새가 없었다.

"이 열파마는 웨이브가 탄력 있게 오래가는 게 장점이야. 머리숱이 없거나 머리카락에 힘이 없는 사람에게 안성맞춤이다. 돈 많은 노년층을 공략해봐. "

남자 원장이 파마 로트를 풀고 아이론 열기구로 다시 컬을 감았다.

"머리 컬을 탄력 있게 세우는 것은 열기구가 아니라 이 약품이야. 배합방법과 열처리 시간을 잘 보고 배워라. "

중화제 처리를 끝내고 원장이 샴푸를 해주겠다고 했을 때 그녀는 싫다고 했다. 그녀는 샴푸대로 가서 머리를 숙이고 직접 중화제를 씻어냈다. 그녀가 머리를 말리고 자리에 앉자 원장이 마무리했다. 머리칼의 웨이브의 탄력이 스프링처럼 살아 있었다.

"어떠니? 어차피 넌 외모가 안 되니까 특화된 기술로 가야 한다. "

"탄력은 쓸 만한데요. "

"웨이브의 탄력이 얼마나 오래가나 두고 봐. 일반 파마의 3배는 더 오래간다. "

"탄력이 오래갈 것 같긴 하네요. "

"그런데 아이론 파마 열기구 가격이 좀 비싸다. "

"그렇겠죠. 엄청나게 비싸겠지요. "

"나중에 필요하면 연락해라. 너한테는 싸게 줄게. "

그녀는 다음 날 신사동 미용실에 가서 짐을 정리했다. 미용실을 나와서 가로수길을 걷는데 파마 웨이브가 스프링처럼 출렁거렸다. 웨딩숍이 눈에 띄어서 윈도 앞을 서성거렸다. 윈도에 비친 가로수들이 울창한 숲처럼 깊고 진하게 드리워져 있었다. 그녀는 30대를 아쉽게 넘어가고 있던 그날 신사동의 웨딩드레스 숍처럼 아담하고 고급스러운 미용실을 가져야겠다고 마음먹었다.

박 원장이 제일 먼저 출근했던 날, 그녀를 찾아온 고객은 20대 여자였고 파마와 염색으로 머리칼이 몹시 상한 상태였다. 모근에서 절반은 검은색이었고 머리칼 끝까지는 엷은 겨자색이었다. 고객은 어깨까지 내려오는 머리칼을 만지며 말했다.

"갈라진 머리칼 끝만 정리해 주세요."

박 원장은 머리칼을 치유하는 단계별 영양 클리닉 코스를 설명하면서 커트를 시작했다. 그날따라 명희는 명규 곁을 떠나지 않고 그가 무슨 말을 하면 활짝 웃었다. 박 원장은 커트하면서 고객의 머리보다 거울을 통해 명희를 더 자주 봤다.

박 원장은 고객의 머리를 4등분으로 나누었다. 한 등분씩 수직으로 올려서 염색에 상한 겨자색 머리칼 부분을 한 번에 날려버렸다. 잘린 머리카락이 고객의 어깨에 수북하게 쌓였다. 옆에서 봐도 예상보다 짧게 잘렸다. 박 원장은 머리칼 끝만 조금 정리해 달라던 고객의 주문을 잊어버렸는지 태연하게 커트를 계속했다. 고객은 얼이 빠진 듯 거울 속에 비친 자신을 쳐다봤다. 그러나 고객은 계산하고 나갈 때까지 아무 말이 없었다.

윙윙거리는 헤어드라이어 소리가 끊이지 않았다. 박 원장이 계산

대에 앉아 쉬면서 거울에 비친 자신의 얼굴과 그와 명희를 번갈아
볼 때 출입문에 달아놓은 종이 딸랑거렸다. 조금 전에 커트하고 간
고객이 친구와 함께 나타났다. 고객의 친구가 나서서 말했다.

"아니 원장님, 끝만 조금 다듬어 달라고 했는데 머리를 이렇게 거
지같이 만들어 놓으면 어떻게 해요."

"아까 아무 말 없었잖아요."

"얘가 하도 기가 막혀서 막 울더라고요. 그래서 내가 끌고 왔어요."

고객의 친구가 박 원장에게 항의할 때 명희가 바닥의 머리칼을 계
산대 쪽으로 몰아가면서 쓸었다. 염색에 상한 겨자색 머리칼이 풀
풀 날렸고, 친구의 목소리는 점점 커졌다. 박 원장은 커트 요금을
환불해주고 다음에 오면 영양 클리닉을 서비스해주겠다며 고객을
달랬다.

손님이 가고 나자 다시 헤어드라이어 소리가 윙윙거렸다. 명희가
파마 손님의 뒷머리 2액 도포를 위해 허리를 숙였다. 연보라색 티셔
츠가 위로 올라가면서 하얀 속살이 보였다. 청바지가 골반에 걸쳐
져서 그런지 다리가 쭉 뻗어 보였다. 명희가 손님의 머리를 꼬리빗
으로 빗어 내릴 때마다 옆구리 속살이 벌어졌다.

박 원장은 일찍 퇴근해서 곧바로 잠이 들었다가 새벽에 잠이 깼
다. 다시 잠을 청할수록 정신이 맑아졌다. 다음 날 미용학원에서 아
침부터 업스타일 강의가 있었다. 올림머리 장식으로 사용할 재료를
챙기다가 퇴근하면서 깜박 잊고 업스타일 도구를 챙겨오지 않은 것
을 알았다. 그녀는 아침에 학원가는 길에 미용실을 들를까 하다가

지방으로 가려면 새벽같이 나갈 일이 걱정되었다. 자정이 지난 시간이었지만 미용실에 다녀오기로 마음먹고 옷을 챙겨 입었다.

명희와 차명규는 퇴근 후에 만나 저녁을 먹고 미용실로 다시 왔다. 불빛이 밖으로 퍼져 나가지 않도록 블라인드를 전부 내리고 안쪽에만 조명을 켰다. 명희가 마네킹과 가발을 가지고 연습을 시작했다. 명희의 눈빛이 점점 진지해졌다. 그는 커트 테크닉을 익히는 명희의 어색한 손놀림을 잡아주었다. 그가 명희에게 커트 기술을 가르쳐준 것처럼 박 원장도 그에게 늦은 밤까지 불을 밝히고 테크닉을 가르쳐 주었다.

3년 전 차명규는 박 원장이 마네킹을 가지고 시범을 보이면 그대로 따라했다. 옆에서 그녀가 잘못된 점을 지적하는 소리가 텅 빈 미용실에 쩌렁쩌렁 울렸다. 그는 식은땀이 흐르면서 능숙한 테크닉도 손에 잡히지 않았다. 그러던 어느 날 박 원장은 그에게 시험을 보겠다고 하면서 자신의 머리를 모델로 하라고 했다. 그녀는 실용적이고 발랄한 뉴요커 스타일을 주문했다. 머리 길이는 턱 선을 기준으로 뒷머리는 어깨까지 날렵하게 빼고, 질감은 거친 스트로크 컷으로, 마무리는 파마로 웨이브를 살짝 넣어서 머리 손질이 쉬운 스타일로 구상했다.

박 원장이 자기 머리를 과감하게 풋내기 미용사에게 맡기는 경우는 그가 처음이었다. 그는 테스트 날에 혼자 남아 미용실 청소를 끝내고 박 원장을 기다렸다. 공연을 준비하는 마술사처럼 도구와 약

210

품을 준비했다. 전체 조명을 끄고 중앙 경대 쪽만 부분조명을 켰다.

박 원장은 친구를 만나 저녁을 먹고 나타났다. 술 냄새가 살짝 풍겼다.

"저녁은 먹었니?"

박 원장이 아주 작게 말했다. 그는 긴장해서 배고프지 않았다.

"네, 먹었어요."

"너는 어쩌다가 미용을 하게 됐니?"

"그냥, 저랑 어울릴 것 같아서요."

"미용은 너랑 안 어울린다."

"그럼 저는 뭐가 어울릴까요?"

"너는 너를 가꾸는 데 더 관심이 많아."

"자기 자신을 가꿀 줄 알아야 남도 가꿀 수 있는 것 아닌가요?"

"너는 겉멋만 들었어."

그는 커트 보를 펼쳐서 원장의 목에 끼웠다. 박 원장은 커트부터 스타일 마무리까지 어떻게 할 건지 간단히 묻고는 눈을 감았다. 그는 마무리할 때 아로마테라피 트리트먼트로 지압 마사지까지 선보일 작정이었다.

"질감은 스트로크 커트로 할 거지, 내 가위 가져와서 해."

그는 박 원장의 가위를 가져와서 잡았다. 손안에 들어오는 느낌이 앙증맞았다. 일본의 유명한 장인이 만든 수제품이었다. 가위를 벌려 기름이 살짝 흐르는 둥근 날에 손가락 끝을 밀어봤다. 살을 파고들어 올 것 같았다. 빗으로 손가락마디 만한 간격으로 머리칼을 떠서 잡았다. 가위로 손에 잡은 머리칼을 밀어내면서 자를 때, 박 원장의 두피가 하얗게 반짝거렸다. 두피가 깨끗하고 건강한 모근이 박혀 있었다. 모근을 바라볼 때 날카로운 가위에 왼손 중지 둘째 마디의 살점이 잘렸다.

"왜 그러니?"

피가 박 원장의 두피에 떨어졌다. 피는 멈추지 않고 손가락에 감은 휴지를 흥건하게 적셨다.

"오늘은 안 되겠다. 다음에 하자."

"반창고를 감으면 돼요."

피가 바닥에 뚝뚝 떨어졌다.

"가위가 손에 안 맞은 모양이구나."

"가윗날이 굉장히 날카로운데요."

"난 네가 경력을 부풀렸다는 것을 알고 있었어."

"다들 옮기면서 부풀리지 않나요?"

"그러면 일을 제대로 배울 수 없어."

박 원장은 일어나서 나가버렸다. 그 이후로 박 원장의 개인교습은 중단됐고 그는 직원들이 전부 참여하는 정기교육을 받으며 천천히 기술을 익혔다.

차명규는 명희의 진지한 모습을 보면서 지난날 자신의 모습을 떠올렸다. 그는 가위를 쥔 명희의 손을 잡아당겨 입을 맞추었다. 명희가 지그시 눈을 감았다. 그는 명희의 머리를 감싸고 키스를 했다. 그때 누군가 문을 쿵쿵 두드리는 소리가 들리는 듯했다.

그가 명희를 안고 소파에 앉을 때 율마 화분이 넘어졌다. 율마는 개업 때 선물로 받은 화초였는데 삼림욕 효과가 있다고 해서 박 원장이 애정을 담아 키운 화초였다. 율마 화분이 넘어지면서 흙이 흩어졌고 화분이 깨지는 소리가 났다.

　명희 몸을 천천히 더듬기 시작했다. 뱀의 수컷이 암컷에게 다가가 꼬리를 문지르며 눈치를 보는 것 같았다. 명희는 눈을 감고 마치 교미를 허용한 암컷처럼 입을 동그랗게 벌리고 허리에 힘을 주면서 엉덩이를 올렸다. 교미를 허용한 암컷이 총배설강을 확장시키며 꼬리를 들어 올리는 것 같았다. 그가 명희를 뒤에서 안으며 목덜미를 애무하자 명희가 고개를 옆으로 돌려서 그에게 계속 키스했다. 뱀의 수컷이 암컷에게 똬리를 튼 형상이었다.

　그때 미용실의 전화가 요란하게 울렸다. 하지만, 단단히 튼 똬리를 전화 때문에 풀 수는 없었다. 뱀 수컷의 생식기는 교미할 때 빠지는 것을 방지하기 위해 구부러져 있거나 음경의 표면에 돌기가 길게 돋아나는 구조로 진화했다. 뱀이 교미할 때에는 수컷의 음경에 돋아난 돌기 때문에 강제로 떼어내려고 하면 암수 모두 생식기에 심한 상처를 입을 수 있다. 전화벨은 쉬지 않고 울리다가 순간 잠잠해졌다. 그가 명희의 숨통이 끊어지기 직전까지 감고 또 감아 올라갈 때 또다시 전화벨이 울리면서 출입문이 덜컹거렸다. 문은 잠겨 있었지만, 금방이라도 두 쪽으로 갈라질 것 같았다.

　명희와 그는 서둘러 옷을 입고 출입문을 열었다.

　"원장님, 웬일이세요?"

명희는 태연하게 마네킹에 씌운 가발을 빗었다. 박 원장은 달려가서 마네킹의 가발을 집어던졌다. 홀더에서 분리된 마네킹 머리가 텅 빈 소리를 내며 바닥에 굴렀다. 명희가 그의 뒤로 피했다. 박 원장은 한동안 가만히 서 있었다. 명희는 마네킹에 가발을 다시 씌우면서 박 원장과 눈을 맞추지 않았다.

"내일 아침에 미용학원에 가서 업스타일 강의를 해야 하는데 도구를 안 챙겨서 다시 온 거야."

차명규는 업스타일 도구를 챙겨서 박 원장의 차에 실어주었다. 주변 건물의 간판들은 환하게 불을 밝혔지만, 미용실 간판은 형광등이 나갔는지 반쪽만 조명이 들어와 있었다.

차명규는 박 원장의 미용실이 어느 정도 자리가 잡혔을 때 미용실과 가까운 서교동으로 이사했다. 가구를 새로 장만하고 짐 정리를 할 때 건호가 나타났다. 3년 만에 나타난 건호는 방을 구할 때까지만 신세를 지겠다고 했다.

"그동안 뭘 하고 돌아다닌 거야?"

"뱀을 연구했어."

"이번에도 뱀탕집에서 일했어?"

"아마존 서부 우림지대에서 뱀과 놀다 왔어."

"돈이 다 떨어졌겠군."

"에콰도르 여행할 때 돈이 될 만한 약초를 발견했어. 아마존에서 구한 신성한 액즙 이야기를 해줄게. 파충류 애호가들과 사막에 접한 늪지에 간 적이 있었어. 나뭇잎을 뚫을 정도로 굵은 빗방울이 내렸지. 커다란 바위를 돌아 정상으로 올라갔을 때 폭우 때문에 앞이 잘 보이지 않았어. 사방으로 뻗은 가지와 잎사귀들이 울창했고 이끼가 바위를 뒤덮은 그곳 사이사이로 폭우가 일으키는 안개가 발목까지 차올랐어. 일행은 빗방울이 약해지기를 기다렸다가 계속 이동했지. 애호가들이 정상에 오르자 발아래 늪지가 시원하게 펼쳐졌고 빗발이 약해졌어. 애호가들은 비에 젖은 상의를 벗어 던졌어. 모두 둘러앉아 담배를 피울 때 검은 구름이 다시 퍼지기 시작했어. 비가 다시 거세졌는데 빗방울이 하늘에서 떨어지면서 작은 돌멩이로 변한 것 같았지.

그때 번쩍하고 하얀 섬광이 퍼졌어. 사람들 얼굴이 하얗게 변할 때 하얀 섬광이 내 몸을 통과했던 거야. 천둥소리가 아득하게 멀어져가고 온몸이 갈기갈기 찢어져 날아가는 것 같았어. 나는 바로 쓰러지면서 기절했지. 다리에 밀림용 칼을 차고 있었는데 칼 때문에 허벅지에 심한 화상을 입었어. 일행은 감전될까 봐 기절한 나를 함부로 만지지도 못했대. 몇 분이 지나서 일행 중 하나가 용기를 내서 나를 흔들어 깨웠어. 얼마 후 나는 낮잠을 자고 일어난 것처럼 멀쩡하게 일어났어.

애호가들은 내가 신의 계시를 받아서 죽지 않았다며 꿇어앉아 기도했어. 애호가들과 친한 원주민은 나에게 다투라 아르보레아 *Datura arborea* 나무껍질에서 추출한 마이쿠아 *maikua* 즙을 먹이고 의식을 거행했어. 그날의 의식은 거대한 아나콘다의 조상을 부르는 주술이었어. 아나콘다가 기어와 내 몸을 휘감았지. 나는 인간을 한입에 삼킬 만큼 거대한 포식자를 만지면서 흥분과 광란의 밤을 보냈어. 나는 그날 이후로 흥분하면 몸이 떨리고 손끝에 전류가 흘러.”

“어쨌건 집 구할 때까지만이야. 내 집에 눌러 사는 건 꿈도 꾸지 마.”

건호의 두피가 햇볕에 반짝거렸다. M자 모양이던 이마에 탈모가 진행되기 시작했다. 그가 손가락으로 건호의 두피를 긁고 나서 번질번질해진 손가락 끝을 들이밀자 건호가 말했다.

“뱀을 많이 잡아먹어서 뱀 기름이 끼나 봐.”

“성 호르몬 분비가 강해서 그래. 벗겨지는 이마를 가리려고 하지 말고 시원하게 밀어.”

“시원해서 좋기는 한데 머리통이 못생겨서.”

“시원하게 밀어버리면 젊어 보이고 훨씬 멋있어 보일 거야.”

차명규는 쉬는 날 방 청소를 끝내고 벽장에서 비닐봉지를 꺼냈다. 비닐봉지 안에는 살아 움직일 것 같은 머리카락이 털실처럼 뭉쳐 있었다. 욕조에 머리카락을 쏟은 다음 샴푸를 풀어서 머리카락을 조심스럽게 비벼 빨고 나서 수챗구멍에 채반을 받치고 머리카락을 헹궜다. 건호는 그가 머리칼을 두 손으로 꼭 쥐고 물기를 짜는 모습을 보며 말했다.

“누가 긴 머리를 잘랐나 보지?”

“응, 이번에는 좀 길었어. 실연했나 봐.”

“이제 그만 좀 가져와라. 귀신 나올 것 같다.”

그는 채반에 물기를 짠 머리카락 덩어리를 조심스럽게 펴서 올리고 채반을 냉장고 위에 올렸다.

"부정 타니까 머리카락 근처에 얼쩡거리지 마."

"머리카락으로 도대체 뭘 하려는 건데?"

"처음엔 염색 연습을 했어. 고급스럽고 자연스러운 색을 내는 게 어렵거든. 그런데 요즘은 작품을 만들어."

그는 벽장에서 종이상자를 가져왔다. 상자를 열자 머리카락을 이어 붙여 만든 실타래가 둥근 막대에 촘촘하게 감겨 있었다. 그는 실타래 끝의 머리카락을 잡아당겨 주사기에 담긴 순간접착제를 짜서 바르고 손질해둔 머리카락 한 가닥을 이어 붙였다. 접착이 잘되게 입을 모아 이음매에 입김을 분 다음 이어붙인 머리카락을 당겨보았다.

"넌 독특한 취미생활을 하는구나. 전위예술가 같아."

"처음엔 머리카락으로 베갯속도 하고 이불에 솜 대신 넣어보다가 작품을 만들기로 했어."

"머리카락 귀신 나오겠네."

"머리카락을 그물처럼 엮어서 고치를 만들려고."

"그럼 머리카락 고치 안에서 넌 나비가 되는 거냐?"

"머리카락 귀신이 되고 싶어서. 머리카락으로 돈 많이 버는 귀신 말야."

"우리 어렸을 때처럼 귀신놀이 해볼까?"

"여자 귀신을 불러보던가."

"여자 귀신보다 더 황홀한 거 보여줄게."

건호는 벽장에서 가방을 내린 다음 밤색 병과 말린 약초를 꺼냈다.

"내가 에콰도르에서 구한 약초를 가지고 가공한 거야."

건호는 밤색 병에 담긴 진액을 덜어서 말린 약초에 발랐다. 역한 노린내가 났다. 그것을 재떨이에 놓고 태웠다. 건호는 부채질하며 담배를 피우듯 연기를 삼켰다. 머리카락이 타는 냄새와 고기가 썩는 냄새가 진동했다.

"뭐 하는 거야?"

"환상여행."

"정말 환상이 펼쳐져?"

"가까이 와서 마셔봐."

"뭐야, 마약이라도 발명한 거야?"

"뱀처럼 꾸불꾸불 기면서 산을 넘고 강을 헤엄칠 수 있어."

"뱀처럼?"

검푸른 연기가 잿빛으로 변했다. 그들의 허파를 돌고 나온 연기가 방에 자욱하게 퍼졌다. 그는 온몸에 힘이 빠지면서 허공에 뜬 것 같았다. 그가 눈을 가늘게 뜨고 건호에게 물었다.

"이거 뭐로 만들었기에 냄새가 이렇게 고약하지?"

"뱀의 항문에서 짜낸 점액질로 만들었어."

건호는 황색을 띤 진액을 말린 약초에 바른 다음 담배를 피우듯이 연기를 계속 삼켰다. 허파의 꽈리까지 쪼그라들게 하는 검푸른 연기였다. 연기를 들이마신 그가 말했다.

"공복에 피우는 새벽 첫 담배 같다."

처음에는 잘 마른 담배연기처럼 칼칼해서 목구멍이 따가웠다. 날숨과 함께 흐느적거리며 연기가 퍼지면 환상이 펼쳐졌다.

"몸이 가벼워지면서 어디론가 빨려들어 가는 것 같아."

"조용히 하고 계속 들이마시기나 해."

그는 풍선처럼 날아올랐다. 세상이 발아래 펼쳐졌다가 낯선 골목길에 떨어졌다. 언젠가 와본 것 같은 복도같이 좁은 뒷골목이었다. 골목길을 달렸다. 뒤를 따라오는 발걸음 소리가 점점 커지면 자신도 모르게 더 빨리 달렸다. 장애물을 뛰어넘고 담을 넘어 지하계단의 희미한 어둠 속으로 뛰어들었다. 누군가 바닥에서 자신을 집요하게 끌어당기는 것 같았다. 숨을 헐떡이며 뜨거운 피가 온몸을 돌자 의식이 희미해졌다.

"명규야, 이리 가까이 와 봐."

"몸이 이상해. 세포가 모두 분열하는 것 같아."

건호의 손이 그의 어깨부터 더듬기 시작했다. 그도 건호의 머리를 어루만졌다. 두 사람은 연기를 깊이 들이마셨다. 서먹함이 사라지자 서툴고 기묘한 몸짓으로 서로의 목을 힘주어 끌어안고 몸을 떨었다. 기도로 넘어가는 연기가 탁하고 거칠게 느껴졌다. 허파꽈리가 녹는 것처럼 따끔거렸다.

그는 다시 황량한 벌판을 가로질러 바위산을 넘어갔다. 바위틈 사이로 빠져나가면서 산을 기어올랐다. 바위틈에서 물을 찾아 머뭇거릴 때 자신을 노리는 날짐승을 발견했다. 날카로운 발톱을 세운 날짐승이 허공을 선회할 때 날개의 그림자가 골짜기를 덮을 정도였다. 그는 천적의 표적이 된 연약한 짐승처럼 쫓기듯이 동굴로 기어 갔다. 동굴은 아늑한 어둠이었다. 그는 숨을 헐떡거리며 마음이 가라앉기를 기다렸다.

차차 거친 숨결이 가라앉으면서 심장의 박동이 평온해졌다. 그가 초점을 잃은 눈으로 웃었다. 건호는 동굴바닥에 누워서 몸을 안으로 둥글게 구부렸다. 먼저 건호가 그의 발가락을 물었다. 건호는 자기 발가락을 그의 입에 들이밀었다. 그도 건호를 따라서 몸을 안으로 둥글게 구부리고 건호의 발가락을 물었다. 그들은 시작과 끝이 견고하게 연결된 하나의 원이 되었다. 마치 뱀이 자기 꼬리를 물듯 맞물려 있는 꼴이었다. 신진대사가 멈추고 숨소리만 약하게 들렸다. 그들의 의식은 애벌레처럼 기어 다녔다.

박 원장은 오전에 손님이 없어서 거울을 통해 명희만 뚫어지게 쳐다봤다. 그녀는 명희를 계속 주시하다가 커트용 레저를 꺼내서 날을 새것으로 바꾸고 새로 산 가위에 기름을 칠했다.

"명희야."

박 원장이 부르는 소리에 명희가 깜짝 놀라 대답했다.

"네."

"얘, 넌 머리가 그게 뭐니."

"제 머리가 어때서요?"

"어떻긴, 촌스러워서 못 봐주겠다."

박 원장은 거울을 보면서 두 손으로 명희의 머리를 매만졌다.

"넌, 이 미용실의 모델이 되어야 해. 세련되게 바꿔보자."

"세련되게요?"

명희는 최면에 걸린 듯 시술의자에 앉았다. 박 원장은 명희의 긴 생머리를 빗어 내렸다.

"머리가 살아서 꿈틀거리는 것 같구나."

"원장님 그냥 조금만 잘라주세요."

"아니야 너는 짧은 머리가 어울려."

"그냥 조금만 자를게요."

"가만히 있어. 개성을 확실하게 살려줄게."

박 원장은 명희의 생머리를 계속 쓸어내리고 나서 분무기로 물을 흠뻑 뿌렸다. 명희의 생머리가 축축하게 늘어졌고 머리칼에서 물이 뚝뚝 떨어졌다. 박 원장은 레저로 머리칼을 힘껏 그어 내렸다. 비지씩, 날이 선 소리가 났다. 명희는 몸을 움츠리며 찡그렸다.

"움직이지 마라."

아직 명희의 머리칼에 수분이 부족했으나 박 원장은 머리칼을 잡아당기면서 레저를 계속 그었다. 미용실의 디자이너와 스태프들이 박 원장 뒤로 둥글게 섰다. 그녀는 명희를 모델로 레저 스트로크 강의를 시작했다.

"섹션을 뜰 때는 적당히 잡아야 해. 한 번에 날려버릴 수 있을 정도로."

박 원장은 한 섹션을 자르기를 끝내고 새로운 섹션으로 옮길 때마다 설명을 곁들였다. 팔 동작을 멋있게 하려고 레저를 잡은 손을 높이 올렸다. 박 원장의 가슴이 출렁이고 뱃살이 흔들렸다. 그녀는 스트레스를 받으면 속이 허해져서 계속 먹어야 했다. 그녀의 배에서 내장이 뒤틀리는 소리가 났다.

"너무 열중하니까 배가 고프네."

박 원장의 몸짓은 암탉을 펄펄 끓는 가마솥에 넣으려고 털을 잡아 뽑는 것 같았다. 명희의 머리칼이 바닥에 깃털처럼 나뒹굴었다. 잘린 머리칼이 바닥에서 박 원장의 슬리퍼에 뭉개지고 흩어졌다. 처음 떨어진 머리칼이 힘없이 말라갈 때쯤 그녀는 레저를 내려놓았다. 박 원장은 잠시 손을 털더니 명희의 머리를 다시 휘어잡고 이번에는 가위를 잡았다. 손안에 들어오는 앙증맞은 가위는 일본의 유명한 장인이 만든 수제품이었다. 박 원장이 최근에 사들인 샤기컷 가위는 머리카락을 자를 때 칼로 머리카락 끝을 뾰족하게 깎은 느낌을 내는 가위였다. 박 원장은 가위를 벌려 기름이 살짝 흐르는 둥근 날에 손가락 끝을 밀어보고 나서 흡족한 표정을 지었다. 날이 곡선인 가위는 딱딱거리면서 명희의 머리칼을 절단했다. 제법 긴 머리칼이 날리면서 바닥에 뒹굴었다.

명규가 빗자루와 쓰레받기를 가져왔다.

"원장님 잠깐만요. 바닥 한 번 쓸고 하세요."

그는 바닥에 떨어진 명희의 머리칼을 쓸어서 한쪽으로 모은 다음 손으로 조심스럽게 비닐봉지에 담았다. 박 원장이 바닥에 남은 머리칼을 발로 밀어주면서 말했다.

"머리칼은 뭐 하려고 주워 담아?"

"머리칼이 너무 싱싱해서요. 제가 요즘 머리카락으로 뭘 좀 만들고 있거든요."

박 원장은 다시 가위를 들었다. 일시 정지된 가위질의 리듬을 다시 살리려는 듯한 손으로 명희의 머리칼 끝을 잡고 위로 올렸다가 손을 놓았다. 머리카락이 아래로 떨어질 때마다 머리 모양이 바뀌었다. 명희는 꿈틀거리며 변신하기 시작했다.

"바람머리 스타일은 머리칼 끝이 아주 가벼워야 해."

바람머리 스타일을 위해 새로 산 가위가 그 진가를 발휘했다. 박 원장은 손에 잡히는 대로 머리카락을 잡아당겨서 가위를 밀어 넣었다. 가위가 머리카락을 파고들었다가 빠져나올 때마다 머리칼이 허공으로 날렸다. 머리칼의 섹션이 차츰 톱날처럼 가볍고 날카로워졌다. 명희의 머리스타일은 머리끝이 바깥으로 마구 뻗치는 중간 길이의 단발이 되었다.

박 원장은 이윽고 가위를 내려놓았다. 명희의 머리는 숱을 많이 쳐서 그런지 한바탕 뒹굴며 싸움한 것처럼 헝클어져 보였다. 명희가 고개를 떨어뜨리자 앞머리가 쏟아지면서 작은 얼굴이 더 작아 보였다. 거울 속의 명희가 벌건 얼굴을 하고 입을 악다물고 있었다.

"됐어, 이젠 예쁘게 염색을 해야지."

"염색은 하지 않을래요."

잠시 침묵이 흘렀다.

명희의 거의 들릴락 말락 한 숨소리가 커지면서 울음소리로 바뀌었다. 명희가 어깨를 들썩이며 눈물을 흘렸다.

"세련되게 변신하는 게 쉬운 줄 알아! 염색까지 해야 작품이 마무리되는 거야."

박 원장은 스태프에게 탈색을 시켰다. 밝은 색상으로 염색하기 위해서 8단계까지 머리의 영양분을 빼냈다. 명희의 머리칼이 옥수수수염처럼 누렇게 탈색됐다. 그러고 나서 핑크, 체리, 와인색으로 이어지는 그러데이션을 넣어서 염색했다. 생머리로 만든 훌륭한 컬러 샘플이 완성되었다. 박 원장은 명희의 머리를 헝클어뜨리면서 부풀렸다. 만지는 대로 변화무쌍하게 모양을 바꾸는 헤어스타일이었다.

"왁스로 머리칼 끝을 만져 주는 게 중요해."

박 원장이 왁스로 모양을 내서 스타일을 마무리하자 직원들이 탄성을 질렀다.

"원장님 가위가 살아서 춤추는 것 같았어요."

박 원장은 가위를 벌리고 틈에 낀 명희의 머리칼을 털어냈다.

"연장이 좋아야 작품도 훌륭하게 나오는 법이지."

"한 번 만져 봐도 돼요?"

박 원장이 가위를 직원에게 건네자 직원들은 돌아가며 가위를 한번씩 잡아보았다. 박 원장은 갑자기 몸을 꼬면서 몸을 긁다가 옷을 잡아당겼다. 샤기컷을 할 때 명희의 머리칼이 가슴속으로 들어간 모양이었다. 몸을 긁을수록 머리칼이 더 깊숙이 들어가는지 박 원장은 이내 화장실로 갔다.

퇴근시간이 되면서 손님이 조금씩 빠져나갔다. 박 원장은 자신의 롤러를 정리하면서 명희를 불렀다.

"명희야, 바닥 좀 쓸어라."

박 원장은 의자 한쪽을 들어서 밑에 깔린 머리칼을 발로 밀어냈다. 명희가 바닥을 쓸어내고 백색 타일 바닥에 묻은 염색약도 깨끗하게 닦았다. 명희의 싱싱했던 초콜릿색 머리칼은 쓰레받기 속에서 먼지와 뒤섞였다.

명희는 화장실에 가서 자신의 핑크색 머리를 바라보았다. 헝클어진 짧은 머리는 요염하고도 야만스럽게 부풀어 올라 있었고 물을 뿌리면 핑크색 물감이 뚝뚝 떨어질 듯했다.

건호는 명규에게 애완동물을 기르겠다고 허락을 해달라고 했다. 명규는 그 애완동물이 파충류인 줄 모르고 허락을 했는데 며칠 후 눈빛이 반짝거리는 애완용 뱀 스노우콘 스네이크를 암수 한 마리씩 사들였다. 베란다에 설치한 사육상자 안에 놓인 은신처 항아리 안으로 손을 집어넣어 핑크빛 뱀의 꼬리를 잡아당겼다. 핑크빛 뱀은 항아리 밖으로 머리를 세우고 입을 벌렸다. 분홍빛 속살이 점액질 때문에 반짝거렸다. 겉으로 봐서는 암수 구별이 어려웠다. 수놈이 몸집이 작았다. 하얀 바탕에 핑크빛 얼룩무늬 비늘이 불빛에 빛나면서 바르르 떨렸다.

건호가 베란다 블라인드를 내리면서 말했다.

"적응하는 데 시간이 필요하니 3일 정도는 만지지 말고 쳐다보지도 말래."

"징그러운 파충류를 뭐 하러 키우겠다는 거야."

"뱀의 이름을 지었어. 수놈은 제우스, 암놈은 마이아."

건호는 3일 후에 마이아와 제우스를 위해 별식을 준비했다. 흰 쥐새끼인 냉동 핑키를 해동해서 냄새를 피우자 암놈인 마이아가 먼저 꼬리를 들어 올리며 쉿, 소리를 냈다.

"마이아, 이리 와 봐."

건호는 핑키를 주기 전에 마이아를 손에 감았다. 차갑고 부드러운 가죽이 건호의 팔뚝을 휘어 감았다. 배가 고픈 마이아가 미끄러지며 핑키 냄새를 맡고 건호의 손을 덥석 물었다.

"스노우콘 스네이크는 독이 없어."

옆에서 지켜보던 명규는 자신이 물린 것처럼 깜짝 놀라 가슴이 쿵쿵거렸다. 건호는 마이아의 아가리를 눌러 잡고 손에서 떼어내 유리로 된 사육상자에 집어넣었다. 그다음 핑키를 사육상자 안에 넣고 뚜껑을 닫았다. 마이아가 핑키를 입에 물고 건호를 물끄러미 쳐다봤다. 뱀은 사랑을 받으면서도 상대를 의식하지 못한다고 했다.

마이아와 제우스는 순전히 본능적인 행동을 취하면서 유리로 된 사육상자에서 살았다. 건호는 시간을 정해놓고 제우스와 마이아에게 아침에만 밥을 챙겨주었다. 제우스가 밥을 먹고 나서 머리를 들고 혀를 널름거리며 그를 노려봤다. 마이아도 핑키를 삼키다 말고 머리를 들고 그를 노려봤다. 태어난 지 1주일밖에 지나지 않은 핑키는 털이 없고 진한 핑크빛이었다. 핑키의 꼬리가 마이아의 입 밖으로 나와 축 늘어졌다. 핑키를 다 삼킨 마이아는 배가 부른지 사육상자 구석에 자리를 잡고 소화하기 시작했다.

　박 원장을 처음 찾아온 고객은 유난히 키기 큰 남자였다. 서른이 조금 넘었을까. 남자는 사람을 편안하게 해주는 평범한 인상이었다. 약간 넓은 이마에 기름기가 살짝 흘렀다. 남자는 박 원장에게 인사하고 나서 명규를 보고 살짝 웃었다. 남자는 건호였다. 건호는 명규로부터 박 원장에 대한 이야기를 듣고 어떤 여자인지 궁금해서 커트하러 온 것이었다.

　"이리 앉으세요."

　박 원장은 빗으로 건호의 머리를 한쪽으로 넘겨보았다.

　"반듯하게 잘라주십시오."

　건호는 졸고 있다가 커트가 끝나갈 때 눈을 번쩍 뜨고 자신의 머리를 살폈다.

　"앞머리 1밀리미터만 더. 조금만 더, 0.5밀리미터만 더."

　박 원장이 커트를 끝내고 클리퍼로 뒷목 부분을 마무리할 때, 명희가 스펀지로 건호의 코에 묻은 머리칼을 털었다. 건호는 자신의 머리를 점검하기 위해 거울을 보다가 박 원장을 유심히 봤다. 박 원장은 건호의 스포츠머리를 마무리했다.

　건호는 집에 가지 않고 소파에 앉아 잡지를 봤다. 영업시간이 끝나길 기다리며 건호는 박 원장에게 계속 말을 걸었다. 박 원장은 건호가 신경 쓰이는지 일부러 분주하게 움직이며 고객들의 시술 진행 상황을 체크했다.

그녀는 40대 여자 고객의 파마를 마무리하고 고객과 소파에 앉아 커피를 마셨다. 박 원장이 머리손질에 대해 설명을 마쳤을 때 옆에 앉아 있던 건호와 눈이 마주쳤다.

"머리가 마음에 안 드세요? 어디 머리카락이 삐져나온 곳이라도 있나요?"

"아닙니다."

"1밀리미터만 더 짧게 해 드릴까요?"

"아닙니다. 일하는 모습이 아름다워서 계속 바라봤습니다."

"커피 한 잔 드릴까요?"

"아닙니다. 커피는 좋아하지 않습니다."

"그런데 왜 안 가시고 계속 쳐다보세요?"

"벌새를 아십니까?"

"벌새요?"

"우리나라에는 서식하지 않는 조류지요. 밀림을 여행할 때 벌새를 본 적이 있습니다. 벌새는 온종일 꽃을 찾아다니며 긴 부리로 꿀을 섭취합니다."

"그런데요?"

"원장님 모습이 벌새 같습니다. 벌새는 무지갯빛 깃털에서 아름다운 빛을 냅니다."

"참 엉뚱한 분이군요."

"벌새가 빠르게 날갯짓을 하며 허공에 떠 있을 때는 희미한 후광이 그려집니다. 원장님이 바쁘게 움직이면서 손님들 머리를 만지는 모습이 벌새 같습니다."

박 원장은 일어나서 커트 손님에게 갔다. 그녀가 바쁜 척을 하며 계속 외면하자 건호는 나가서 음료수 한 상자를 사와 계산대에 올려 놓고 갔다.

그날 밤 건호는 명규에게 박 원장의 매력에 대해 이야기했다.

"박 원장이 미용실에서 일하는 모습을 지켜보면 진짜 화려한 깃털을 가진 벌새 같아. 손님들의 머리를 자르고 웨이브를 만들어 내는 모습은 벌새가 날개를 빠르게 퍼덕이며 정지상태로 꽃의 꿀을 빨아 먹는 장면 같아. 박 원장은 아름답지 않아. 하지만, 때로 머리를 만지는 무아일체의 상태에서 그녀가 모르는 우아함이 그녀에게 깃들어 있어. 군더더기가 없는 위엄이 살아 있는 기의 발산으로 이어지지. 아름다움이란 시대에 따라 그 기준이 변하지만, 우아함은 내면에서 발산하는 에너지를 바탕으로 나오기에 시대가 변해도 공감할 수가 있는 것 같아. 그것이 마술을 일으켜 때로 그녀는 아름다운 것 같아. 하지만, 그녀는 그것을 알지 못할 걸. 아름다움이 얼마나 찰나적이며 얼마나 즉물적인지 미처 알지 못하는 거야. 아름다움은 그것을 아는 자에게 가서 빛나는 법이지."

명규가 아이론 세디펌을 배우러 박 원장을 처음 찾아갔을 때였다. 낙성대 시장 골목을 지날 때 액세서리를 허리에 요란하게 늘어뜨린 노란 머리의 여자를 발견했다. 노란 머리 여자의 검은 옷에는 염색약과 허연 때가 묻어 있었다. 그는 지저분한 앞치마를 두르고 바쁘게 걷는 여자의 모습을 유심히 관찰하면서 이질감을 느꼈다. 그런데 약도를 들고 박 원장의 미용실을 힘들게 찾아가 손님인 척 가장하고 들어가서 보니 길에서 마주쳤던 노란 머리의 여자가 박 원장 미용실의 직원이었다. 손님의 주머니에서 나온 만 원짜리를 펴면 생선 비린내가 날 것 같은 지역이었다.

박 원장의 고객관리는 동네 아줌마들과 간식을 늘어놓고 수다를 떠는 것이었다. 쉬는 날도 없었고 영업시간도 일정하지 않았다. 그녀는 제때 밥을 못 먹고 이것저것 간식을 먹어서 살이 계속 찔 것 같았다. 항상 머리에 파마를 말고 수건을 쓴 아줌마들이 다리 쭉 뻗고 케이블 TV 연속극을 보면서 깔깔거렸다. 그곳은 18평 규모의 작은 미용실이었다. 주변의 복잡한 시장만큼이나 미용실 분위기도 시끌벅적했다.

파마를 말고 있던 아주머니가 그에게 강냉이를 건넸다. 금방 튀겨서 고소하다고 하며 신문지 위에 강냉이를 덜어줬다. 파마를 말고 열기구 밑에 앉아 꾸벅꾸벅 졸던 할머니는 스태프가 파마 로트를 풀려고 하자 깜짝 놀라 말했다. '더 둬, 그래야 뽀글뽀글하게 오래 가지', '할머니, 그런다고 오래가는 게 아니에요.' 할머니는 파마 로트를 풀려고 하지 않았다. 그러면 머리가 상한다고 해도 막무가내였다. 손님이 많은 것은 마음에 들었으나 정신이 하나도 없었다.

너덜너덜해진 철 지난 잡지들이 바닥에 굴러다녔고 소파에 앉아 기다리며 자장면을 시켜먹는 손님도 있었다. 여기서 일은 못하겠기에 나가려고 할 때 번쩍하고 빛나는 원장의 아이롱 열기구가 눈에 들어왔다. 롤 크기별로 12개의 아이론 열기구로 구성되어 있었다. 18평 미용실 가게보증금보다 비쌀 것 같았다.

그는 며칠 후 박 원장의 낙성대 미용실에 다시 갔다. 자신의 머리를 다듬으면서 박 원장의 실력을 가늠하고 싶었다. 그날은 분위기가 달랐다. 예약손님들이 기다리고 있었는데 단골손님들이 품위가 있었다. 하고 다니는 겉모습은 평범했으나 돈은 있어 보이는 스타일이었다. 얼굴에 잔주름도 자연스럽고 옷도 수수하게 입고 있었다. 억세 보이지만 말씨는 부드러운 아주머니들이었다. 여자는 마흔이 넘으면 유행에 민감하지 않고 자기 스타일이 굳어버리기 때문에 한 번 단골이 되면 웬만해선 미용실을 바꾸지 않는 박 원장의 단골손님들은 파마하고 나서 그녀에게 팁도 두둑하게 내놓았다.

박 원장은 쫄바지를 입고 카디건을 걸치고 있었다. 카디건 때문에 움직일 때는 늙은 호박이 연상되었다. 그녀는 직업이 연상되게끔 꾸미는 스타일은 아니었다. 부분적으로 액세서리를 착용하지도 않았다. 그녀가 일에 몰입하면서 능숙하게 아이론 열기구를 돌리는 모습이 힘이 있어 보였다. 사람의 외모를 보고 살아온 환경, 유전인자, 교육수준 등을 파악할 수 있었는데, 그녀는 어떤 출신 성분인지 알 수가 없었다. 하지만 일하는 모습이 아름다운 프로라는 것만은 분명했다. 시장 구석까지 고급 단골손님이 찾아온다는 점, 손님의 수준에 맞게 합리적인 가격으로 서비스한다는 것이 특징이었다.

스노우콘 스네이크가 건강하게 자랄 수 있도록 사육상자를 자주 환기시켰다. 유리로 된 사육상자 구석에는 깨진 항아리로 만들어준 녀석들의 은신처가 있었다. 녀석들은 은신처 안에 숨어 있다가 주로 밤에 활동했다. 건호는 밤에 은은한 조명을 받으며 미끄러지듯이 움직이는 제우스와 마이아를 감상했다. 혀를 날름거리며 느리게 움직이는 모습을 보면 마음이 편안해졌다. 녀석들이 먹이를 먹고 전기방석이 깔린 곳에서 편안하게 소화를 시키는 모습을 확인했다.

건호는 녀석들을 길들이려고 핸들링을 시작했다. 처음에는 손끝으로 쓰다듬으면서 가볍게 자극을 줬는데도 순식간에 몸을 틀어 격한 반응을 보였으나 차츰 뱀의 상당히 예민한 부위인 꼬리를 건드려도 공격하지 않게 되었다. 건호는 녀석들을 슬쩍 건드려봐서 격한 반응을 보이지 않으면 몸통을 잡고 조심스럽게 사육상자에서 들어냈다. 뱀을 잡을 때 몸을 조이지 말아야 하는데 건호는 녀석이 갑자기 움직여서 떨어뜨리지 않으려고 무의식중에 움켜잡고 말았다. 녀석들은 건호의 손에서 벗어나려고 반항하다가 고약한 냄새가 나는 분비물을 분출했다.

뱀을 잡아 옮길 때는 한 손으로 뱀의 머리 아랫부분을 받치고 몸에 붙인 팔 위에 뱀의 몸통이 올라가게끔 자세를 잡아야 한다.

가끔 녀석들을 가슴에 품고 소름이 온몸에 퍼지는 근육수축을 즐겼다. 잠옷 속에서 차가운 녀석들의 몸을 애무했다. 건호가 녀석들을 살가죽에 자꾸 문지르자 마이아는 건호를 벗어나려고 발버둥 쳤다. 발버둥 칠 때 마이아가 건호의 가슴을 물었다. 뱀에 물리는 것에 익숙한 건호였지만, 마이아에게 물리면 섬뜩해서 온몸에 식은땀이 났다. 건호는 주로 온순한 제우스를 옷 속으로 집어넣었다. 제우스는 항상 건호의 몸을 타고 천천히 움직였다.

건호는 제우스가 잠옷 밖으로 빠져나오지 못하게 잠옷의 목을 잡고 자장가를 부르고 나서 가방에서 밤색 병과 말린 약초를 꺼냈다. 밤색 병에 담긴 진액을 덜어서 말린 약초에 바르고 새로 개발한 방향제를 첨가했다. 그것을 말린 다음 재떨이에 놓고 태웠다. 부채질하며 담배를 피우듯이 연기를 삼켰다. 악취와 역한 노린내가 사라지고 약초 타는 냄새만 진하게 났다. 검푸른 연기도 잿빛으로 변하지 않고 푸르게 엷어졌다. 건호는 고민거리였던 악취가 해결되자 기분이 좋아서 약초에 방향제를 더 발라서 태우면서 그에게 권했다. 그는 건호 옆에 앉아 푸른 연기를 깊게 들이마셨다. 그들의 허파를 돌고 나온 연기가 방에 자욱하게 퍼졌다. 그는 온몸에 힘이 빠지면서 허공에 뜬 것 같았다. 숨을 헐떡이며 뜨거운 피가 온몸을 돌기 시작하면서 의식이 희미해졌다.

차명규는 명희의 눈빛이 달라진 것을 알 수 있었다. 그 눈빛은 우수에 잠겨서 뭔가 곰곰이 생각하는 눈빛이었다. 언제부터인가 명희가 미용실에서 눈치 없이 그를 챙겨주는 것이 다른 직원들 보기에 민망할 정도였다.

건호가 나이트클럽으로 고객 발굴 영업을 나간 날, 그는 명희를 나이트클럽에 데리고 갔다. 그날도 부킹하러 온 사람들이 계속 자리를 옮기며 술을 마실 때 랩이며 댄스음악을 하는 데뷔 직전 가수들이 간간이 무대에 등장해 신나게 흥을 돋웠다. 시끄러운 굉음 속에서도 건호는 자리에 앉는 여자들에게 쉬지 않고 말을 건넸다.

명희는 그의 옆에 앉아서 건호가 따라주는 술을 사양하지 않고 받아마셨다. 건호는 명희에게 홀에 나가서 춤을 추라고 했다. 명희 때문에 여자를 유혹하는 데 방해가 됐기 때문이었다. 그런데 명희는 춤을 못 춘다면서 계속 명규의 옆에 앉아만 있었다. 사람들은 사이키 조명의 찬란한 빛을 따라 머리를 빙글빙글 돌렸다. 텅텅거리는 스피커의 울림이 점점 커졌다. 자정이 넘어가자 사람들은 막바지 분위기인 양 열심히 흔들어댔다.

건호는 영업을 포기하고 스테이지로 나갔다. 곰이 술에 취한 것처럼 리듬을 타지 못하고 허우적거리자 스테이지는 아수라장이 되었다. 쿵쿵거리며 암컷의 냄새를 맡는 수컷들과 무관심한 척하며 냄새를 풍기는 암컷들이 건호를 피해 돌고 돌았다. 건호는 음악이 바뀔 때까지 혼자 쿵쿵거리며 뛰다가 자리로 들어왔다. 건호는 흥이 나지 않는다며 나가서 술이나 마시자고 했다.

그들은 나이트클럽을 나와 실내포장마차에 갔다. 소주로 건배를 몇 번 하자 명희의 눈에서 초점이 흐려졌다. 취한 명희가 명규의 어깨에 기대서 몸을 가누지 못할 즈음 술을 더 마실 수 없어서 그들은 집으로 갔다. 명규는 취한 명희를 소파에 누이고 나서 바로 곯아떨어졌다.

명규는 그날 새벽꿈에서 녀석들이 교미하는 모습을 봤다. 제우스와 마이아가 똬리를 틀고 있었다. 자세히 보니 제우스와 마이아는 똬리를 튼 수십 마리의 뱀 사이에 있었다. 수십 마리의 뱀이 서로 꽈배기 모양으로 엉켜서 자신을 노려보는 것 같았다. 제우스의 배에는 두 개의 페니스가 달려 있었다. 마이아의 몸에도 제우스에 맞춰진 듯 두 개의 구멍이 있었다. 건호는 제우스의 페니스에 넋이 나갔다. 작은 가시가 여러 개 돌출된 페니스가 마이아의 몸에 들어가 두 개의 구멍에 걸렸다. 그렇게 오랫동안 뱀의 교미를 멍하니 쳐다보는 꿈이었다. 꿈속에서 본 뱀들의 색상이 너무도 선명했다. 뱀이 꿈틀거릴 때마다 어둠 속에서 진주색 비늘이 반짝였다.

명규가 자다가 갈증이 나서 눈을 떴을 때 건호는 세상모르고 잠든 명희 얼굴을 바라보고 있었다. 명희는 술을 먹어서 그런지 발그레한 볼이 통통해보였다. 그때 명희가 돌아누우면서 앞머리가 입가로 떨어졌다. 건호는 손을 뻗어 머리카락을 하나씩 뒤로 넘겼다. 입을 살짝 벌린 채 달짝지근한 향기를 풍기는 명희는 아름다웠다.

건호는 진액을 바른 약초담배를 조금 태워서 마셨다. 어느 순간 건호는 뱀이 되어 소파에서 자는 명희에게 천천히 기어갔다. 건호는 뱀처럼 혀를 날름거리면서 먹이의 상태를 가늠하면서 먹이의 냄새를 혀를 통해 코와 입천장으로 보냈다. 뱀의 혀는 두 갈래로 갈라져 있는데 공기 중의 냄새 미립자를 포착하기 위해 진화했다. 혀의 양끝에 다른 농도로 포착되는 냄새입자를 통해 그 냄새가 나는 방향까지 감지할 수 있으며 혀를 통해 공기의 흐름과 진동을 감지하여 신속하게 상황에 대처할 수 있다. 뱀은 혀를 입안 깊숙한 곳에 감추어뒀다가 필요할 때만 꺼내 주위상황을 파악한다.

순간 먹이가 잠꼬대하며 꿈틀거렸다. 건호는 명희에게 잽싸게 달려들어 뱀처럼 목을 물고 똬리를 틀었다. 물린 먹이가 발버둥 칠수록 건호의 입이 크게 벌어지는 것 같았다. 뱀이 아래턱을 좌우로 움직이면 턱이 분리되면서 먹이가 자연스럽게 입안으로 빨려들어 가듯이 건호는 명희의 바지를 벗겼다. 건호의 온몸이 발기되면서 주름이 완전히 펴졌다. 건호는 볼록해지고 단단해진 몸뚱이로 한참 동안 꿈틀거리다가 먹이를 게워냈다. 먹이는 끈끈한 점액질에 범벅되어 헐떡거리다가 몸을 바르르 떨었다.

뱀의 턱은 두개골에 근육과 인대, 힘줄로 연결되어 유연하게 움직일 수 있으며 분리된 아래턱은 탄력 있는 인대로 연결되어 좌우로 따로 움직일 수 있다. 뱀은 이 분리된 아래턱을 효과적으로 움직여 한쪽 턱으로는 먹이를 잡고 다른 한쪽으로는 먹이를 둘러싸 목구멍으로 밀어 넣는다.

건호가 제우스의 머리를 잡고 왼손으로 번쩍 들어 올렸다. 녀석은 몸을 꼬면서 건호의 팔뚝을 감았다. 오른손으로 제우스의 머리부터 꼬리까지 스프링처럼 훑어 내렸다. 뱀의 비늘은 앞에서 뒤를 향하여 일정하게 배열이 되어 있었다. 뱀은 뒤로 물러설 수 없다. 머리를 돌려 방향을 틀고 전진하는 방식으로 움직일 뿐이었다. 제우스가 거실바닥을 빠르게 이동하는 모습은 사막의 모래가 바람을 따라 움직이는 듯했다. 제우스는 몸을 구부리면서 꼬리 쪽의 몸을 앞으로 전진시켰다. 수놈이 암놈보다 항문과 꼬리 사이가 더 굵지만 움직임은 더 날렵해 보였다. 제우스는 구부러진 몸을 바로 펴고 다시 앞쪽의 몸이 꼬리 쪽의 지지력을 이용하여 앞으로 나갔다. 몸 전체가 지면에 닿지 않고 지지하는 부분만 땅에 닿음으로써 빠른 속도로 이동하는 것이 신기했다.

마이아는 암놈이라서 그런지 움직임이 요염했다. 마이아를 사육상자에서 꺼내 바닥에 내려놓자 천천히 S자를 그리며 거실을 가로질렀다. 건호는 녀석들을 운동시키는 시간에 한눈을 팔았다가 온종일 마이아를 찾은 적이 있었다. 마이아가 가구 틈으로 숨어버리면 잡아서 끌어내기가 어려웠다. 건호는 거실을 기어가는 마이아를 잡아서 사육상자에 집어넣고, 제우스를 티셔츠 속에 집어넣었다. 제우스는 건호와 하는 근육수축놀이가 재미없는지 움직임이 없었다. 옷 속에 있는 녀석을 툭툭 건드리자, 목으로 기어 올라오면서 빠져나가려 했다. 건호는 제우스가 가슴을 계속 애무할 수 있도록 옷을 당기며 몰아갔다. 제우스는 움직이지 않았다.

건호는 제우스를 사육상자에 집어넣고 가방에서 밤색 병과 말린 약초를 꺼냈다. 밤색 병에 담긴 진액을 덜어서 말린 약초에 발랐다. 그것을 말린 다음 재떨이에 놓고 태웠다. 부채질하며 담배를 피우듯이 푸른 연기를 삼켰다. 허파를 돌고 나온 연기가 방에 자욱하게 퍼졌다. 건호는 온몸에 힘이 빠지면서 허공에 뜬 것 같았다. 숨을 헐떡이며 뜨거운 피가 온몸을 돌기 시작하면서 의식이 희미해졌다. 건호는 환각에 빠지면서 마이아가 되었다. 환각 속에서 마이아는 꾸불꾸불 기어서 산을 넘고 강을 헤엄쳤다.

밤이 되면 녀석들은 조명을 받아 반질반질한 피부에서 윤이 났다. 표피가 각질화된 비늘은 마치 옥으로 정교하게 조각한 작품 같았다. 녀석들은 살아 있는 예술품이었다. 건호는 번식 욕심에 제우스와 마이아를 같은 사육상자에 넣고 키우기 시작했다. 마이아가 먹이를 삼키려고 입질을 하다가 그만 제우스를 물었다. 마이아는 바로 제우스를 물고 꼬아버렸다. 건호는 상처를 내지 않고 제우스에게서 마이아를 떼어내느라 식은땀을 흘렸다. 건호는 제우스에게서 떼어낸 마이아를 소파에 힘껏 던져버렸다. 소파 등받이에 부딪혀 미끄러진 마이아는 건호를 향해 머리를 쳐들고 입을 120도로 벌렸다. 벌어진 입속에 드러난 분홍빛 속살이 반짝거렸다. 끄르륵 끄르륵 마이아가 혀를 널름거렸다.

녀석들의 번식을 위해서는 정확한 교배시기의 계산이 필요했다. 건호는 마이아가 제우스를 자꾸 물어서 마이아에게 먹이를 따로 먹이고 나서 합사했지만, 반응이 없었다. 건호가 보고 있으면 녀석들은 서로 싸운 것처럼 멀찍이 떨어져서 꼼짝하지 않았다.

건호는 사육상자의 반쪽만 전기방석을 깔아주고 녀석들이 왔다 갔다 하며 이동할 수 있게 해주었다. 녀석들도 한눈에 반하거나 서로 매력을 느끼는 감정이 있을까. 건호는 제우스와 마이아가 가깝게 붙어 있는 모습이 흐뭇했다. 합사한 지 3일이 지났다. 교미가 성공했다면 3~4일 후에 알을 낳을 것이고 알은 50일 정도 후에 부화할 것이다. 건호는 예쁘고 작은 새끼들이 사육상자 가득히 꿈틀거리는 상상을 했다. 새끼들을 위해 네스터링 핑키를 준비했다. 임신한 햄스터의 배를 갈라서 꺼낸 네스터링 핑키는 명란젓 같아 보였다. 건호는 녀석들이 충분한 영양을 섭취할 수 있도록 먹이의 양을 늘렸다.

뱀에게 죽은 먹이를 줄 때는 냄새, 온도, 움직임에 신경 써야 한다. 특히 냉동된 쥐를 먹이로 줄 때는 조심스럽게 비닐에 싸서 냄새가 사라지지 않게 하고 미지근한 물에 해동시켜 살아 있는 쥐와 비슷한 체온을 유지하며 뱀의 눈앞에서 먹이를 움직여서 살아 있다는 착각을 불러일으켜야 한다.

박 원장은 아침에 일어나자 얼굴이 가려워서 병원을 다녀왔다. 진단결과 박 원장은 민감성 피부이며 가려움증은 스트레스 때문이라고 했다. 기존에 사용하는 화장품은 트러블이 생길 수 있으니 병원에서 제조한 화장품을 사용해 보라고 했다.

박 원장은 피부과 안에 있는 체형클리닉을 기웃거리다가 상담을 했다. 지방흡입술에 대해서도 비포 *before*와 애프터 *after* 분석을 받았다. 눈웃음을 치는 상담 코디네이터는 얼굴을 앞으로 내밀면서 설명했다. 상담 코디네이터는 30대 중반 정도였고 턱살이 갸름했다. 아마 턱을 깎기 전에는 두툼한 사각턱에 외모만큼은 씩씩한 여성이었을 것이다. 또 성형한 곳이 어딜까. 코디네이터를 유심히 관찰했다. 전체적으로 피부는 하얗고 말끔했다. 그래서 상담 코디네이터로 채용되었을 것이다. 코디네이터가 박 원장의 뱃살을 잡아서 자로 측정했다.

"심각하네요."

"제대로 체형이 잡히려면 몇 번이나 흡입해야 할까요?"

"모두 한 번에 지방흡입이 가능해요."

"모두 한 번에요? 전신을 다하면 얼마 정도 나오나요?"

"검사해보시겠어요?"

"아니요, 그냥 가격이 어느 정도 되는지 알고 싶어서요."

"가격은 의사 선생님이 직접 판단하세요."

"위험하거나 부작용은 없나요?"

"안전하고 부작용도 없어요. 흉터를 최소화하기 위해 조금만 째고 하는 수술이거든요."

박 원장은 망설이다가 자리에서 일어났다.

"다음에 다시 올게요."

박 원장은 집에 와서 병원에서 처방해준 저농도의 하이드로 코티솔 성분이 함유된 연고를 온몸에 바르면서 수술로 지방을 흡입하고 난 홀쭉한 뱃살을 상상했다. 아랫배의 처진 살을 눌러보고 당겨보았다. 뱀처럼 허물을 벗고 햇빛에 촉촉한 살가죽이 부풀어 오르는 모습을 상상했다. 병원에서 처방해준 연고를 바르고 나서도 뭔가 모자라면서 허전했다.

박 원장은 다음 날 병원에 다시 가서 상담하고 수술 예약을 했다. 박 원장은 집에 와서 욕조에 뜨거운 물을 받았다. 수도꼭지에서 나오는 물소리가 경쾌했다. 생미역을 싱크대에서 손빨래하듯이 비벼 빨았다. 소금기가 빠지면서 미끌미끌한 거품이 생겼다. 미역줄기는 적당히 잘라 거즈자루에 넣어서 몸에 문지르려고 챙겨두고, 넓적한 다시마를 물에 달여서 나온 물은 욕조에 따르고, 삶은 다시마는 잘게 썰어서 거즈자루에 넣었다. 그녀가 욕조에 몸을 담그자 미끌미끌한 액이 몸을 감쌌다. 그녀는 물개처럼 욕조에서 빙글빙글 몸을 돌렸다. 미네랄과 비타민이 고루 스며들면서 피부에 탄력이 생기는 것 같았다. 욕조에서 나와 미역과 다시마를 담은 거즈자루를 온몸에 문질렀다. 비누칠을 하는 것처럼 몸에 거품이 일었다. 한바탕 미용목욕을 끝내자 날아갈 듯 상쾌해졌다.

마이아가 변신하기 위한 조짐을 보였다. 먹이에 대한 반응이 없고 전체적인 몸의 색깔이 흐려지고 눈이 뿌옇게 변했다. 건호가 마이아를 뒤집어보니 배 비늘이 자라나 있었다. 시력이 떨어지니 잘 움직이지 않고 자극이 있을 때만 공격적인 거부반응을 보였다. 마이아가 허물을 벗을 때가 온 것이다. 뱀의 몸체는 모두 겹쳐진 형태의 비늘로 덮여 있다. 비늘과 평평한 면으로 이루어진 각질의 피부는 더는 자라거나 변하지 않고 일정한 간격으로 허물벗기를 해야만 살아갈 수 있다. 뱀은 성장함에 따라 진피층의 혈관 압력이 높아지면서 갑상샘 호르몬이 자극돼 전체 탈피과정이 시작되는 것이다. 탈피가 성공적으로 끝나려면 수분이 충분히 공급되어야 한다.

건호는 마이아를 위해 넓적한 접시에 미지근한 목욕물을 담아두었다. 인공사육하는 뱀은 목욕을 시키면서 건강상태를 확인하는 게 좋다. 목욕을 위해서는 덮개가 있고 평평한 용기에 27℃ 정도의 따뜻한 물이 좋으며 목욕시간은 약 30분 정도로 잡고 그 시간 동안 온도가 일정하게 유지되어야 한다. 뱀의 온욕은 몸에 수분을 보급시키고 장운동 활성화로 배설을 촉진하고 신진대사를 높여 체온을 높여주고 외부 기생충의 구제효과가 있다.

마이아는 죽은 듯이 꼼짝하지 않았다. 허물을 벗기 직전의 경계심이 작용하는 것 같았다. 얼마 후 새 비늘이 하나씩 떨리며 살아났다. 마이아는 입을 크게 벌려 입가의 표피를 뜯고 벗겨진 부분을 몸통으로 누르면서 머리부터 조금씩 빠져나왔다. 마치 스타킹을 뒤집어 벗는 모습 같았다. 윤기가 흐르는 비늘이 살아 숨 쉬는 듯했다. 마이아는 다시 태어나면서 훨씬 매혹적으로 변했다.

건호는 마이아의 허물을 들어서 조심스럽게 살펴봤다. 허물은 마이아의 몸보다 더 길었다. 두께가 일정하고 머리부터 꼬리까지 찢어지지 않고 깨끗했다. 뱀이 탈피하고 나면 허물과 뱀을 번갈아가며 잘 관찰해야 한다. 깨끗하게 허물이 벗겨지지 않은 부분이 있으면 미지근한 물에 온욕을 시켜서 그 부분의 허물을 조심스럽게 제거해야 한다.

건호는 마이아의 허물을 조심스럽게 유리병에 넣고, 80% 농도의 에탄올을 부어서 액침했다. 주둥이가 넓은 유리병을 밀봉하기 위해 비닐과 테이프로 겹겹이 둘렀다. 유리병을 집어서 기울이자 허물이 느릿하게 꿈틀거리는 듯했다. 건호는 어린 시절에 봤던 허물이 떠올랐다. 산딸기를 따러 들어갔던 숲에서였다. 뱀의 허물은 가시덤불에 걸려 있었다. 그것은 섬뜩하고 괴기스러워서 마치 다른

242

행성에서 떨어진 외계인의 부스러기 같았다. 반면 학교 운동장 은 행나무에서 자지러지게 울던 매미의 허물은 징그럽지 않았다. 땡볕에서 힘겹게 울다가 세상의 누더기를 벗어 던지고 부활한 것 같아서 오히려 고귀해 보였다.

그날 저녁 차명규는 건호와 마이아의 허물벗기를 기원하며 환각 여행을 했다. 날숨과 함께 연기가 퍼지면 환상이 펼쳐졌다. 매캐한 연기에 의식이 희미해지기 시작할 때 그들은 침대에 누웠다. 그는 건호의 발가락을, 건호는 그의 발가락을 물었다. 그들은 느끼고 싶다는 욕망과 느끼게 해주고 싶다는 욕망을 최대한 발휘했다. 환희를 길게 느끼려고 몸의 시작과 끝을 견고하게 연결해 원을 만들었다. 신진대사가 멈추고 숨소리만 약하게 들리면 눈을 감았다. 그들의 의식은 애벌레처럼 기어서 꿈속으로 들어가 미끄러운 긴 몸과 치명적인 독을 가진 포식자가 되었다.

박 원장은 수술이 잡힌 날 출근하지 않고 전화했다.

"라인헤어 미용실입니다."

차명규의 목소리가 신나는 음악과 섞였다.

"나야, 별일 없지?"

"네, 원장님이 어제 아프시다고 해서 오늘 예약을 모두 다음 주로 잡았어요. 그런데 어디가 아프신가요?"

"간단한 수술이 있어서 오늘 못 나가."

"명희, 오늘도 무단결근이에요."

“그래 ….”

“여긴 걱정하지 말고 수술 잘하시고 푹 쉬세요.”

박 원장은 점심을 거른 채 병원으로 갔다. 밥을 먹어서 배가 부르면 수술에 지장이 있을 것 같았다. 병원에 도착하니 배가 꼬르륵거리며 현기증이 났다. 지금까지는 자신이 보고 싶어 하는 환상을 좇았지만, 이제 곧 현실이 될 것이니 몸이 해동되는 고기처럼 축 처졌다. 수술을 기다리는 3명이 대기실에서 잡지를 보고 있었다. 휴대전화 메시지 알림소리와 잡지를 넘기는 소리만 들렸고 가습기가 수분을 뿜고 있었다. 박 원장은 의사와 최종상담을 통해서 얼굴과 목 부위, 복부, 옆구리, 허벅지에 대한 견적을 확정했다. 병원에서 수술은 부위별로 3번에 나누어서 하자고 했지만, 박 원장은 전체적으로 한 번에 끝내길 원했다.

“저 그런데 위험하거나 부작용은 없나요?”

“지방흡입은 간단한 수술입니다.”

“그런가요. 겁이 나서요.”

“간단한 수술이지만 성형수술 사고 가운데 중대형 사고가 자주 납니다.”

“어떤 경우에요?”

“걱정하지 마십시오. 기술적으로 어려운 수술이 아니라서 성형외과 전문의가 아닌 의료진이 행할 때에 간혹 사고가 납니다.”

“그런 데서 수술받으면 어떤 부작용이 생기나요?”

“지방흡입을 받은 부위가 울퉁불퉁해지거나 피멍이 들고 괴사하기도 합니다."

"죽을 수도 있나요?"

"수술 도중 혈관을 건드려 급사하는 예도 있습니다. 대체로 시술 부위가 넓어서 감염된 시술 균이 온몸으로 퍼질 수 있습니다."

박 원장은 의사를 멍하게 바라봤다.

"우리 병원에 잘 오신 겁니다."

박 원장은 옷을 갈아입고 대기실에서 수술시간을 기다렸다. 기다리는 사람끼리 이야기하며 정보라도 주고받으면 좋으련만 대기실의 사람들은 그 공간에 자신 이외에 누구도 존재하지 않는다고 믿는 것 같았다. 차 선생에게 다시 전화했다.

"많이 아프신가요?"

"으응, 아니야 내일까지 쉬어야겠어."

"명희 말인데요. 그만두라고 해야겠어요. 원장님, 일손이 모자라니까 우선 아르바이트 한 명 뽑을게요."

"그래, 그렇게 해."

박 원장은 차 선생의 덤덤한 반응이 서운했지만, 그냥 전화를 끊었다. 먼저 와 있던 한 사람이 수술실로 들어가고 얼마 후 양복 입은 사내가 큰 트렁크 두 개를 끌고 와서 원장을 찾았다. 간호사가 반갑게 인사하는 걸 보니 병원 관계자인 듯했다. 사내의 목소리는 떨림이 있는 저음이었다. 박 원장 차례가 되었다. 담당 의사가 수술에 대해 설명했다.

"전신마취로 하겠습니다. 한 번에 많은 양을 주입하는 게 몸에 무리를 줄 수 있지만, 6개월간 식이요법과 운동을 병행하면 큰 문제는 없을 겁니다."

박 원장은 수술대에 누우니 땀이 났다. 수술대는 차가운데 몸이 덜덜 떨리지 않는 게 이상했다. 피곤한 몸으로 욕탕에 누워 있는 느낌, 빨리 시원하게 뽑아버리고 싶은 조바심, 몸이 엘리베이터를 타고 계속 내려가는 느낌이 들었다. 눈을 감자 불빛이 잔상으로 떠올라 아메바처럼 움직였다.

박 원장은 수술 도중에 정신이 몽롱한 상태에서 양복 입은 사내의 낮은 목소리와 원장의 목소리를 들었다. 소곤소곤 거리는 음성, 기계가 움직이는 소리, 윙윙거리는 진동…. 양복 사내는 와이셔츠를 걷어붙이고 원장 옆에 붙어서 열심히 기계 작동법을 가르쳐줬다.

지방흡입은 몸에서 기름 덩어리를 뽑아내고 욕망을 채우는 것이다. 기다란 둥근 관이 몸을 돌아다니는 느낌. 살덩이를 사방에서 잡아당기는 느낌. 수술이 끝나고 일어나자 바닥이 스펀지처럼 들어가는 것 같았다. 두 시간을 병원 회복실에서 누워 있었다. 입원해서 오랫동안 침대에 누워 있었던 것처럼 붓기가 있었고 온몸이 얼얼했다. 박 원장이 병원을 나설 때 양복 사내도 원장실을 나오며 인사했다. 양복 사내가 원장에게 카탈로그를 건네며 말했다.

"몇 번 해보시면 손에 익으실 겁니다. 수술 있으면 또 부르세요."

"이번 결과 보고 좋으면 리스로 들여놓겠습니다."

양복 사내는 큰 트렁크 두 개를 끌고 병원을 나섰다.

박 원장은 수술 다음 날 온종일 집에 있었다. 방안에 누워서 보니 바닥에 먼지가 많았다. 햇살에 반사된 먼지가 둥둥 떠다녔다. 눈을 가늘게 뜨고 보면 아지랑이처럼 빛나는 먼지가 왕성한 생명력을 지닌 우주생물 같았다. 요즘 청소를 못하고 살았다. 퀴퀴한 냄새도 났다. 약초가 마르면서 나는 냄새 같았다.

몸을 조심스럽게 더듬어 봤다. 시술부위가 울퉁불퉁했다. 부기가 빠지려면 최소 2주 정도는 걸린다고 했다. 바람 빠진 풍선처럼 탄력이 없었다. 반죽이 마르기 전에 만지면 형태가 어긋날 것 같은 불안감에 바로 누웠다가 옆으로 누울 때도 조심스러웠다.

아파트의 하루는 뜻밖에 조용하지 않았다. 위층이 이사하는지 사다리차가 연신 오르락내리락하며 엔진 소리를 냈고, 드르륵거리는 전기드릴 소리가 아파트 콘크리트벽을 타고 진동했다. 콘크리트벽을 타고 전해지는 윙윙거리는 진동은 수술실의 미세한 진동을 연상시켰다. 정오가 넘어가자 이사가 끝났는지 조용해졌다.

잠을 제대로 자기 위해서 준비를 했다. 몸이 답답해서 보정속옷을 벗고 헐렁한 잠옷으로 갈아입었다. 물을 마셨고 아랫배가 더부룩한 것 같아서 화장실에 갔다. 변기에 앉아 힘을 주자 뱃가죽이 당기면서 아팠다. 아랫배에 힘을 줄 수가 없어서 배변이 되지 않았다. 화장실 거울 앞에서 수술한 모습을 관찰하려고 잠옷을 벗었다.

드르륵 드르륵 콘크리트벽이 다시 울렸다. 이삿짐을 정리하며 벽에 못을 박는 모양이었다. 타일로 된 화장실벽이 방보다 더 울렸다.

화장실에서 거울을 보자 피부가 멍이 든 것처럼 변해 있었다. 지방흡입용 관이 들어간 절개부분 실밥 주변으로 염증이 보였다. 드레싱을 하려고 알코올을 솜에 묻히자 시큼한 냄새에 눈물이 났다. 눈에 벌겋게 핏발이 섰다. 그녀는 흐느끼면서 배를 계속 쓰다듬었다. 흐느낄 때 큰 가슴이 덜렁거려서 감싸 안고 울었다. 욕조 턱에 앉으려니 배가 당겨서 앉을 수가 없었다. 뱃살이 울퉁불퉁한 채로 굳어 버릴까 봐 겁이 났다.

건호는 낮잠을 자고 일어나서 전달 달력에 그려진 동그라미 표시를 봤다. 20일 만의 출장이었다. 3일 전에 휴대전화 메시지로 예약한 R은 30대 중반이었고 커피전문점을 경영한다고 했다. 첫날 건호의 서비스를 받은 R은 만족스러워하면서 팁을 건넸다. 건호는 R이 단골손님이 될 수 있도록 기념일을 챙겼고 추가 서비스에 대해 돈을 받지 않았다.

건호는 나이트클럽에서 R을 만났다. 웨이터에게 팁을 줘가며 부킹을 시도했으나 허탕이었다. 집에 가려고 할 때 술에 취한 30대 후반의 여자와 합석했다. 건호는 맥주를 마시면서 출장용으로 제조한 약초담배를 꺼내서 피웠다. 뱀의 진액에서 나온 성분이 타면서 검푸른 연기를 냈다. 건호는 연기를 여자의 얼굴에 계속 뿜었다. 여자는 연기를 손으로 내저으면서 눈에 초점을 잃었다. 손님들이 무대에서 신나게 몸을 흔들 때 건호는 어두운 구석에 앉아서 여자의 손을 만졌다.

여자가 기가 막힌 얼굴로 말했다. '점잖게 생긴 양반이 엉큼하네.' 건호는 자리에서 일어나는 여자를 잡아 앉혔다. '왜 이래. 당신이 마음에 듭니다. 내가 마음에 들면 점잖게 말로 해야지. 나는 손에서 나오는 기를 통해 병든 곳을 치료합니다. 당신은 지금 병에 걸렸습니다. 이봐 내가 마음에 들면 양주 한 병 시켜.' 건호는 양주 한 병을 다 비우는 동안 아르보레아 테라피에 대해 설명했다. '정말 네가 그렇게 대단해?', '그렇습니다.' 둘은 마지막 잔을 비우고 같은 빌딩에 있는 모텔로 단숨에 올라갔다. 여자는 시간이 정지한 것 같았고 나이트클럽의 묵직한 앰프소리가 다시 들리는 것 같았다.

　건호는 출장용으로 제조한 약초담배를 피우면서 여자를 마사지했다. 어두운 모텔방에서 건호가 움직일 때 피부의 색이 변했는데 기름기가 흐르는 암회색이었다. 여자는 눈도 깜박거리지 못하고 움직일 수도 없었으며 숨도 제대로 쉴 수가 없었다. 온몸이 금세 뜨겁게 달아올랐다. 여자의 가슴은 터질 듯했고 몸이 들썩거리며 꿈틀거렸다. 여자의 심장이 잠시 멈췄다. 그때 건호는 여자에게서 떨어졌다. 건호가 여자의 몸에서 손을 떼자 여자의 심장은 다시 강렬하게 고동쳤다. 건호는 서둘러 옷을 입고 여자에게 명함을 던졌다. '전화하십시오, 아르보레아 테라피입니다.' 여자의 달아오른 몸이 계속 떨렸다. '내게 무슨 약을 먹인 거지?', '아닙니다', '나에게 최면을 걸었지?' 며칠 후 여자는 건호에게 전화했다. 아르보레아 테라피가 만족스러웠던 여자는 단골이 되었고 친구 한 명을 소개했다. 건호의 난이도 높은 옵션은 기본 가격의 3배여서 선뜻 이용하는 고객이 없었다. 기존 고객을 통한 입소문 마케팅으로 고객을 점차 늘렸다. 고객들은 자신만의 은밀한 비밀을 남에게 털어놓고 싶어 하지 않았지만, 실적이 생기면 가격할인과 최고의 서비스를 받을 수 있기 때문에 비밀이 보장될 만한 친구를 소개하는 경우가 종종 있었다.

건호는 사업을 구상하면서 아르보레아 마사지의 개념에 대해 설명한 적이 있었다.

"명규야?"

"아르보레아 마사지는 출장 서비스로 철저하게 회원제로 운영하는 설정으로 해야 하겠지?"

"성매매방지특별법에 걸리지."

"아르보레아 안마는 단순히 성을 팔고 성을 사는 게 아니라 환각 속에서 벌어지는 가상체험이야. 마사지로 속이 텅 빈 물체처럼 심신을 편안하게 풀어주고, 손을 통해 깊숙이 교류하는 것, 부드럽고 강한 손에 의해 고객의 구덩이 속에 응고되었던 나쁜 성분이 녹는 거지. 그때 고객은 태어나서 처음 맛보는 황홀경을 느끼게 되는 거야."

건호는 출장준비를 했다. 우선 면도하고 샤워를 했다. 샴푸를 많이 묻혀서 거품을 오래 냈다. 탈모방지용 기능성 샴푸였다. 샤워를 끝내고 목에 수건을 걸고 보디로션을 발랐다. 건호가 끌고 다니는 알루미늄 트렁크는 항공기 반입용 크기였다. 트렁크를 열고 짐을 챙겼다. 먼저 가면을 들어 먼지를 털었다. 인조털로 장식된 하얀 가면은 코와 입을 뺀 얼굴의 반을 가릴 수 있는 모양이었다. 냉장고에서 이탈리아산 샴페인 모스카토 다스티를 꺼내서 수건에 감싸고 샴페인 잔 두 개를 포장했다. 샴페인 잔 바닥에는 건호의 휴대전화 번호가 인쇄되어 있었다.

냉동실에서 꺼낸 핑키를 녹여서 사육상자로 가져갔다. 사육상자 위에 덮어놓았던 검은 천을 벗겼다. 녀석들이 머리를 쳐들고 혀를 널름거렸다. 녀석들은 건호에게 길들여져 있었다.

"배불리 먹어둬. 오늘은 특별한 고객이다."

건호는 쉬는 날이라 온종일 뒹굴면서 TV를 보는 명규에게 말했다.

"명규야, 오늘 나랑 같이 출장 가자."

건호가 핑키를 들고 휘파람을 불자 제우스가 몸에 힘을 주면서 일어났다. 건호가 핑키의 꼬리를 잡고 돌리자 제우스는 머리를 끄덕이며 춤을 췄다.

"내가 뭐 하러?"

"고객이 색다른 서비스를 원해."

"같이 가주면 뭐해줄 건데?"

"나중에 네 부탁 하나 들어줄게."

건호는 출장 때 항상 검은색 정장을 말끔하게 입었다. 건호는 거울을 보고 만족스러운 듯 미소를 지었다. 베란다로 가서 사육상자에서 소화를 시키고 있는 제우스를 꺼내 망으로 된 자루에 넣었다. 트렁크의 내용물을 다시 확인하고 제우스도 트렁크에 넣었다.

그들이 출장 간 곳은 오래된 호텔이었다. R이 시선을 의식해서 구석진 호텔을 잡은 것 같았다. 그는 호텔문 앞에서 털가면을 꺼내 썼다. 건호가 먼저 방에 들어서자, R은 샤워가운을 날개처럼 펼치며 다가와 건호를 안았다. R의 샤워가운이 벗겨지면서 몸에 묻은 물기가 건호의 양복에 스며들었다.

"오늘의 옵션은 하얀 털가면인가요?"

"조수입니다. 오늘은 특별히 뱀을 준비했습니다."

그들은 모여 앉아 약초담배를 나눠 피웠다. 검푸른 연기가 방안에 가득 찼다. 건호의 커다란 손이 손뜨개 하듯이 R을 더듬었다. R은 가만히 누워 기다리는 것을 참지 못하고 손을 잡아당겼다. 손은 아주 가늘게 움직이며 원을 그렸다. 잔잔한 호수에 파장이 둥글게 퍼져가듯이 건호의 손가락이 점점 커다란 원을 그리자 R의 몸이 꿈틀거렸다.

건호가 휘파람을 불었다. 망으로 된 자루에서 제우스가 머리를 들었다. 자루에서 빠져나온 제우스가 휘파람 소리를 들으며 춤을 췄다. 제우스가 먹이를 물려고 자세를 잡듯이 R의 몸을 타고 기어 올라갔다. R은 몸이 꼬이면서 정신이 아찔해지는 쾌감의 소용돌이 속으로 빠져들었다. 어둠 속에서 그들은 기름진 암회색 덩어리가 되어 꿈틀거렸다. 그들은 온통 땀에 젖어 서로의 몸속으로 천천히 빨려 들어갔다. 누군가 허리를 꿈틀거렸고 누군가는 제우스와 함께 덩어리 위를 기어 다녔다.

차명규는 30대 단골고객의 긴 생머리를 말리려고 한 손에 헤어드라이어를 두 개씩 잡고 빗질을 했다. 새로 출근한 은주가 그를 보조했다. 다른 미용실에서 일을 어느 정도 해본 솜씨였다. 은주가 그와 눈이 마주치자 활짝 웃었다. 하얀 볼에 보조개가 매력적이었다. 그가 손님의 머리칼을 손으로 잡으며 길이를 가늠했다.

"이번에는 짧게 자르고 파마를 한번 해보세요."

"어떤 스타일로요?

"요즘은 짧은 머리에 레이어 없이 굵게 웨이브 넣는 것이 유행이에요."

거울 속에 비친 박 원장의 아랫배가 홀쭉해 보였다. 그는 아침에 박 원장을 봤을 때 뭔가 달라졌다고 느꼈는데 그게 뭔지 알 수 없었다. 박 원장이 이틀 동안 미용실에 출근하지 못한 이유가 아랫배 때문이었을까. 자세히 보니 몸이 바람 빠진 풍선처럼 전체적으로 탄력이 없어 보였다.

박 원장은 그의 옆자리에서 20대 여자고객과 상담했다. 고객은 굵고 자연스럽게 컬을 내 달라고 했다. 머리칼이 많이 상해 있었다. 박 원장은 고객에게 열파마를 권했다.

"디지털 펌을 하세요. 상한 머릿결에 탄력을 줄 수 있어요."

새로 들여놓은 디지털 펌 기계를 시험해 볼 수 있는 좋은 기회였다. 박 원장은 고객의 머리칼에 영양처리를 하고 나서 연화를 시켰다. 박 원장이 손님에게 열처리 모자를 씌우면서 은주에게 시간을 점검하라고 했다.

"은주야, 이 손님 10분만 열처리해라."

박 원장이 다른 고객을 시술하고 20대 여자고객에게 다시 왔을 때 모발의 단백질 조직이 손상될 정도로 열처리 시간이 경과된 것 같았다. 은주가 처음 근무하는 미용실에 적응을 못하고 실수한 것이다. 박 원장은 은주를 불러서 손님 머리를 빨리 샴푸하라고 했다. 손님의 머리칼이 연화가 덜 되었기를 바랄 뿐이었다.

박 원장은 샴푸를 끝낸 손님의 머리칼을 살펴보았다. 그녀의 표정을 보니 다행히 모발의 손상이 심각하지는 않은 모양이었다. 박 원장은 은주에게 디지털 펌 기계를 손님 자리로 가져오라고 했다. 박 원장이 손님의 머리를 말릴 때 은주가 밀고 온 디지털 펌 기계의 모서리가 박 원장의 아랫배를 찔렀다. 박 원장의 표정이 심하게 뒤틀렸다.

"죄송해요. 많이 아프세요?"

박 원장은 아랫배를 움켜잡으며 막내 디자이너에게 와인딩을 맡겼다. 그가 30대 여자고객의 커트를 하다가 박 원장을 부축하러 갔을 때 박 원장은 아랫배의 통증이 점점 심해지고 있었다. 미용실을 나선 박 원장은 계단 손잡이를 잡고 천천히 아래로 내려갔다. 그는 박 원장을 뒤따라가서 부축하고 택시를 잡았다.

"그냥 피곤해서 그래."

"병원으로 가셔야 하는 것 아니에요."

"아니야, 집에 가서 누워야겠어."

박 원장은 택시 뒷자리에서 명규의 어깨에 기댔다. 택시가 속도방지 턱을 넘을 때마다 통증이 심해지는지 앓는 소리를 냈다.

"다 왔어요. 좀 참으세요."

차에서 내린 박 원장은 그의 부축 없이는 한 발짝도 걸을 수 없었다. 박 원장이 명규의 허리를 잡고 엘리베이터를 탔다.

"차 선생, 고마워."

"원장님 아르보레아 테라피 한번 받아보시겠어요?"

"그게 뭔데?"

"한번 받아 보시면 몸이 개운해지실 거예요. 특별서비스로 예약해 드릴게요."

"차 선생, 왜 이렇게 어지럽지?"

박 원장은 아파트 문에 기대섰다가 주저앉았다.

"원장님, 비밀번호 불러보세요."

"740117. 내 생일이야."

그는 박 원장의 아파트 대문을 열고 현관까지 부축했다. 박 원장은 현관에서 집안으로 들어갈 때 현기증이 나는지 주저앉아 정신을 가다듬은 다음 거실 바닥을 기어서 방으로 들어갔다. 차명규는 박 원장이 안방 침대에 쓰러지는 것을 보고서야 문을 닫았다.

머리카락 고치가 완성되었다. 그동안 차명규가 여자 손님의 생머리를 커트하고 모은 머리카락을 이어 붙여 실타래를 만들고 그 머리카락 실을 촘촘하게 그물처럼 엮어서 만든 고치였다. 그는 제 몸을 보호하기 위해 수만 번의 도리질로 실을 토해 집을 짓는 누에처럼 머리카락 고치를 만든 것이다. 먼저 자신의 몸을 감싸는 엉성한 허물처럼 생긴 지지물의 그물망을 만들고 이어붙인 머리카락을 씨줄과 날줄로 엮어 고치를 만들었다. 머리카락으로 고치를 엮어나갈 때는 몸과 마음을 정결하게 하고 종교의식을 치르는 수행자처럼 한 땀 한 땀 손뜨개 하듯이 이어나갔다.

그는 완성된 머리카락 고치의 꽁무니를 벌리고 애벌레처럼 기어 들어가 보았다. 커다란 자루 같았고 따뜻한 이불같이 아늑했다. 웅크렸던 몸을 조금씩 펴자 마대자루도 그의 몸을 따라 길게 늘어났다. 그는 편안하게 다리를 쭉 뻗고 눈을 감았다. 그리고는 머리카락 고치 안에서 편안하게 잠을 잤다. 사람의 머리에서 떨어져 나오는 순간 죽은 존재였던 머리카락이 모여 자루의 형태를 이루자 죽은 머리카락이 살아나 성스런 에너지를 발산하는 듯했다. 그는 정성을 다해 만든 고치 안에서 마음이 편안해지는 것을 느꼈다.

차명규는 미용실에서 일하다 은주에게 지분지분하게 농을 걸기도 했고, 퇴근 후에 술을 마시러 가면 항상 그가 돈을 다 냈다. 하지만 은주는 그가 기술을 가르쳐줄 때만 고분고분했다. 그는 일하면서 은주가 원하는 것은 뭐든 했다. 어느 날 퇴근시간이 되었을 때 그가 가위에 기름을 칠하며 말했다.

"은주야, 넌 참 가슴이 예쁘다."

"가슴만 예쁜가요?"

"아니, 다 예쁘지만, 가슴은 정말 조각 같아."

"사실 작년에 실리콘으로 했어요."

"늙어도 가슴은 팽팽하겠구나."

"이 좋은 걸 왜 진작 안 했을까, 싶더라고요. 수술하고 나니까 흰 티셔츠에 청바지만 입어도 옷발이 살아요."

그는 고무줄로 묶은 자신의 머리를 풀면서 말했다.

"머리를 좀 짧게 해볼까."

은주가 그의 머리칼을 매만지며 말했다.

"머리 자를 거면 내가 한번 해볼게요."

"어디 한번 마음대로 해봐."

"겁나지 않아요?"

"아니, 나도 이렇게 배웠어. 자기 머리를 실습용으로 제공한 스승이 있었지."

그는 자리에 앉아 커트 보를 두르고 눈을 감았다. 머리카락이 조금씩 코를 타고 떨어졌다. 머리칼이 우수수 날리며 얼굴이 따끔거렸다. 눈을 감고 은주의 손동작을 그려봤다. 은주는 성격만큼이나 대범하게 커트를 했다. 그의 머리칼을 잡아당길 때 고개가 뒤로 꺼떡거릴 정도였다.

"그동안 재미있었어요."

"그동안이라니?"

"여기 관두고 새로 오픈하는 체인점으로 가기로 했어요."

은주는 스타일을 연습하면서 그의 머리를 계속 잘랐다. 마지막에는 바리캉으로 20밀리미터 길이로 머리를 밀었다.

"두상이 예뻐서 이런 머리가 잘 어울려요."

그는 머리를 쓰다듬었다. 스스로 가꾸고 싶은 욕망에서 벗어난 수도자가 된 기분이었다. 그는 발바닥에 밟히는 자신의 머리카락을 주워 모으려다가 그만두었다. 짧게 잘린 머리칼은 쓸모가 없었고 이제는 머리에서 머리칼이 떨어지는 순간 욕망의 대상이 아니라 그냥 쓰레기일 뿐이었다.

"3년 동안 기른 머리인데 다 밀어버리니까 섭섭하네."

"연습 잘했어요. 내가 한 잔 살게요."

거리에 어둠이 깔리면서 간판 불빛이 환하게 살아났다. 둘은 적당한 술집을 찾아 나섰다. 호박 모양의 등이 달린 주점에 들어갔다. 구석진 자리에서 머리를 맞대고 건배했다.

"왜 술을 안 마셔요?"

"응. 몸이 이상해. 몸살이 오려나 봐."

고급스러운 주점이었다. 동동주, 파전, 동치미가 하얗고 얇은 그릇에 담겨 나왔다. 흙의 질감이 느껴지는 도자기였다. 하얀 도자기에 검은 나무젓가락이 힘없이 오가며 부딪혔다.

"내가 관둔다니까 섭섭해서 그래요?"

"섭섭할 게 뭐 있니, 좋은 데로 간다는데."

"이게 뭐야, 축 처져서, 자 건배해요."

한지에 싸인 호박 모양의 조명 불빛이 노란 달처럼 보였다. 그가 먼저 한잔 쭉 들이켰다. 그의 잔에 은주가 술을 따랐다.

"나 없더라도 여자 손님들 계속 꾀면서 재미있게 살아요."

"나중에 나 미용실 차리면 연락할게."

"나도 여기서 더 배우고 싶지만, 원장이 자꾸 짜증나게 해서 나가는 거예요."

"그래도 여기 실속이 있어."

"내가 보기엔 실속 같은 건 없어 보이던데."

"난, 아이론 세디펌을 배워야 해."

"아직 못 배웠어요?"

"응, 원장이 가르쳐 준다고 하구선 뜸을 얼마나 들이는지."

"참 대단한 기술인가 봐요."

"그렇지, 죽은 머리를 살리는 기술이지."

은주의 다리가 음악에 맞춰 움직이면서 명규의 다리를 툭툭 건드렸다. 운동화 위로 청바지의 풀어진 면사가 흔들거렸다.

"은주 넌 이상하게 특별했어. 내 첫사랑을 닮았어."

"첫사랑? 어떤 여자였어요?

"그녀는 한 달에 한 번 보육원에 봉사를 와서 머리를 깎아주는 동호회의 회장이었어. 서울에 있는 큰 미용실에서 근무한다고 했는데, 그녀에게선 향긋한 냄새가 났어. 남자애들은 보통 짧게 머리를 잘랐지만, 보육원 원장은 내 머리만은 길게 깎아달라고 봉사하는 사람들에게 주문했어."

"왜?"

"보육원 원장의 인형이었거든."

"그게 몇 살 때였어요?"

"그녀를 처음 만났을 때 나는 덜 떨어진 열 살이었어. 덥수룩한 머리에 통통하고 눈이 큰 연약한 아이였지. 그녀가 내 앞머리를 바가지 모양으로 자르면서 눈을 감으라고 했어. 머리칼이 조금씩 코를 타고 떨어졌는데 하늘을 향해 고개를 들고 눈을 맞는 느낌이었어."

"나도 앞머리를 짧게 해볼까."

"나는 그때 미용사가 되기로 마음먹었어. 내가 자라서 그녀의 머리를 다듬는 모습을 상상했지. 그녀의 얼굴이 환하게 빛이 났어. 그녀는 뒷머리는 자르지 말고 더 기르자고 했어. 자기가 다음에 와서 예쁘게 땋아 준다고 말이야. 그러면서 내 눈이 크고 참 예쁘게 생겼다면서 나를 바라봤어."

"머리를 땋아주겠다고요?"

"나는 세 갈래로 촘촘히 땋은 내 머리를 상상했어. 그러면 보육원 원장이 지하 창고에서 예쁜 치마를 찾아서 나에게 입혀 줄 것 같았지. 머리를 다 자른 그녀는 여자애들의 손을 잡고 목욕하러 가자고 했어. 여자애들은 깔깔거리며 도망쳤지. 나는 그녀의 손을 꽉 잡았어. 그녀와 화장실에 갔는데. 그날따라 보일러가 고장 나서 물을 따로 끓였지. 그녀는 붉은색 고무로 된 큰 대야에 뜨거운 물을 붓고 찬물을 틀었어. 수증기가 앞을 가렸고 밖에서 아이들이 뛰어노는 소리가 들리고 함박눈이 내렸어. 유리창에 날아든 눈이 녹으면서 미끄러졌어. 화장실에는 소독약 냄새가 많이 났어. 그녀에게서 나는 향긋한 비누냄새를 맡으려고 다리를 안았지. 그녀가 내 옷을 벗기려고 할 때 그녀의 치마를 들췄어. 그녀가 깜짝 놀라며 얼굴을 붉혔지. 화장실은 추웠어. 뜨거운 물의 수증기는 냉기 때문에 훈훈하게 퍼지지 못했어. 내 팬티를 벗긴 그녀가 깜짝 놀라면서 물을 머리 위로 부었어. 그녀가 내 몸에 비누칠을 할 때 번데기만 한 고추에 힘이 들어갔어. 엉덩이를 철썩 맞으면서 황홀한 목욕을 한 거지. 그때부터 나는 소녀티를 벗고 소년이 되었어. 그녀 앞에서 씩씩한 사내가 되고 싶었던 거야."

차명규와 은주는 주점에서 나와서 걸었다. 사람들이 화려한 불빛을 찾아 나방처럼 날아들었다. 모텔이 보이자 은주는 어깨로 그를 밀었다. 그는 술을 마실 때부터 몸살이 오는 것 같아서 기운이 하나도 없었다. 밤바람에 몸이 더 으스스 떨렸다. 모텔의 파란색 네온사인이 껌벅거렸다. 그가 머뭇거리자 은주는 그의 팔짱을 끼고 모텔로 밀고 들어갔다.

그는 모텔 엘리베이터 안에서 자신이 가진 아름다움에 대해 생각했다. 은주가 미용실에 출근하고부터 아름다움의 자연발광이 급격하게 퇴색한 것 같았다. 그는 그동안 자신의 아름다움을 이용하여 쉽게 원하는 것을 얻을 수 있었다. 하지만, 언제나 허기를 느꼈다. 그 허기는 내면에서 차오른 아름다움이 아니라 겉껍질에 습자지처럼 얇게 드리워져 있었기 때문이었다. 자신의 아름다움은 휘발성이 강했다. 한 번 쓰고 버리는 것이 용인된 일회용 용기처럼 지속 가능하지 않았다. 그것이 자신을 불안하게 했다. 그래서 은주를 통해 원기를 되찾아야 했다. 그 농염한 원기를 끊임없이 주입할 수만 있다면 아름다움을 계속 유지할 수 있을 거라고 믿었다.

뱀이 침대 위에서 먹이를 삼키려고 입을 벌린 것 같았다. 은주의 분홍빛 속살에서 점액질이 반짝거렸다. 그는 은주의 벌어진 속살을 한참 동안 바라봤다. 분홍빛 속살을 따라 치모가 아주 짧게 정리되어 있었다.

"뭘 그리 자세히 봐요."

"예쁘게 다듬었구나."

"트리머로 정리만 한 거예요."

"대단한 실력이야. 거울 보며 자르는 게 쉽지 않을 텐데."

그는 일어나서 외투 주머니에서 밤색 병과 말린 약초를 꺼냈다. 건호의 가방에서 몰래 꺼내 가지고 다니기 편하게 덜어서 밀봉 케이스에 담아둔 것이었다. 그는 화장대에 앉아 밤색 병에 담긴 진액을 덜어서 말린 약초에 발랐다. 그것을 말린 다음 재떨이에 놓고 태웠다. 부채질하며 담배를 피우듯이 푸른 연기를 삼켰다.

"뭐 하는 거예요? 마약?"

"환상여행을 하려고."

허파를 돌고 나온 연기가 방에 자욱하게 퍼졌다. 명규는 온몸에 힘이 빠지면서 허공에 뜬 것 같았다.

"냄새가 지독해. 창문 좀 열어야겠어요."

그는 숨을 헐떡이며 뜨거운 피가 온몸을 돌기 시작하면서 의식이 희미해졌다. 그는 비틀거리며 은주에게 다가갔다.

그가 침대에 누워 은주의 분홍빛 속살에 손을 대는 순간 그 안에 있던 어떤 놈이 고개를 번쩍 쳐들었다. 죽은 듯이 있다가 기회만 오면 벌떡 일어나는 놈이었다. 놈이 독기를 내기 시작했다. 독기는 내장부터 서서히 파고들었다. 놈은 의식의 중추를 날카로운 부리로 콕콕 쪼기 시작했다. 명규는 안에서 꿈틀거리던 놈이 점점 커지는 것을 느꼈다. 온몸에서 끈적거리는 체액이 배어 나오기 시작했다. 누가 자신의 몸에 손을 넣어 뼈와 힘줄을 잡아당기는 것 같았다. 안에서 몸을 물어뜯는 듯한 고통이 이어졌다. 그는 땀을 뻘뻘 흘리면서 사정을 하고 쓰러졌다.

심한 통증이 집요하게 계속되었다. 열이 나고 오한이 왔다. 피가 끓으면서 증발하는 것 같았다. 그는 이불을 감고 덜덜 떨었다. 잠시 후 그는 가위에 눌린 상태에서 잠이 들었다.

명규는 꿈을 꾸었다. 그는 꿈속에서 다시 은주 위로 올라가려고 이불 속에서 몸을 돌렸다. 그런데 팔이 말을 듣지 않았다. 온몸이 밧줄에 칭칭 감겨 있는 것 같았다. 발로 이불을 침대 아래로 밀치며 은주의 가슴에 얼굴을 묻었다. 은주는 일어나서 망막에 초점을 맞추려는 듯 깜박이다가 그를 뚫어지게 쳐다봤다. 갑자기 은주가 비명을 지르면서 벌떡 일어났다. 은주의 발길질에 그는 침대 아래로 굴러 떨어졌다. 은주는 베개로 그를 밀치고 옷과 가방을 챙겨서 천천히 뒷걸음치며 모텔 방을 나갔다.

그는 다리에 힘을 줬다. 겨우 머리만 들 수 있었다. 두리번거리다가 벽에 부착된 거울을 봤다. 거울 속에서 뱀이 자신을 노려보고 있었다. 밤색 얼룩무늬가 있는 칠점사였다. 진한 밤색 줄무늬가 전신에 새겨져 있는 놈이 꼿꼿하게 머리를 쳐들고 혀를 날름거렸다. 칠점사는 공격을 위해 똬리를 튼 형상으로 잔뜩 힘을 주고 있었다. 거울 속 칠점사의 밤색 무늬가 팽팽하게 당겨졌다. 뱀은 팽팽한 긴장감에 몸이 마비된 것처럼 한동안 움직이지 않다가 그가 고개를 꺄우뚱거릴 때마다 그를 따라 했다. 그는 거울을 보면서 한참 만에 자신이 뱀이 되었다는 사실을 깨달았다.

그는 꿈속에서 견디기 어려운 겨울을 피해서 동면할 만한 굴을 찾아가는 뱀이 되었다. 동면을 위한 뱀의 안식처는 토양이 따뜻한 지하 깊숙한 곳에 있어야 하고 땅의 갈라진 틈이나 구멍을 통해 밖으로 쉽게 나올 수 있어야 한다. 그러나 뱀을 위한 은신처는 사라졌다. 그래서 뱀들은 공동 은신처를 마련했다. 수많은 뱀이 뒤엉켜 아늑한 지하 구덩이에서 봄이 오기만을 기다리는 것이다. 뱀은 이동하는 동안 도시를 누비는 차량에 의해 내장이 터지고 아스팔트 바닥에 가죽벨트처럼 납작하게 달라붙는다. 하지만, 어떤 장애를 무릅쓰고라도 안식처로 가야 한다.

그는 꿈속에서 대문을 기어올라 손잡이에 몸을 걸치고 머리로 벨을 눌렀다. 건호가 자다 일어난 목소리로 누구냐고 물었다. 끄르륵 끄르륵. 다시 벨을 눌렀다. 대문이 벌컥 열렸다. 그는 열린 문틈으로 재빠르게 들어갔다. 건호는 문을 걸고 돌아서면서 그를 발견했다. 그는 건호가 반가워서 뼈마디가 모두 탈골되는 것 같았다. 힘겹게 머리를 들고 혓바닥을 날름거렸다. 건호는 그를 뚫어지게 쳐다보더니 입고 있던 운동복 상의를 벗었다. 운동복을 왼팔에 칭칭 감고 나서 그의 머리를 툭툭 건드렸다. 그는 자신도 모르게 독이 올라서 건호의 왼팔을 물었다. 끄르륵. 건호는 날렵하게 오른손으로 그의 머리를 잡았다. 건호의 불거진 힘줄이 그의 목을 포박했다. 그는 입을 벌릴 수가 없었다. 집까지 오느라 지쳐서 더는 힘을 쓸 수가 없었다.

건호는 천으로 된 자루를 꺼낸 다음 자루를 뒤집어 한 손을 넣었다. 자루를 한 손에 장갑처럼 낀 것이다. 건호는 자루 장갑을 낀 손으로 그의 목을 옮겨 잡은 다음 자루를 원래대로 뒤집으면서 그를 자루 안으로 넣었다. 건호는 나머지 한 손으로 자루의 입구를 묶고 나서 그의 목을 잡았던 손을 놓았다. 그가 몸부림을 칠 때마다 자루가 공처럼 방안을 굴러다녔다.

그는 꿈속에서 이번에 들어온 자루는 아늑하고 편안한 어린 시절의 망태기도 머리카락 고치도 아니라는 생각이 드는 순간 휴대전화 벨이 울렸다. 명규는 휴대전화를 받으려고 몸부림쳤지만, 가위에 눌려 꼼짝할 수가 없었다. 명규는 잠시 후에 다시 걸려온 휴대전화 벨소리에 간신히 잠에서 깨어나 전화를 받았다.

"야 인마, 왜 전화를 안 받는 거야."

"나 몸이 너무 안 좋아 꼼짝을 못하겠어."

"오늘 박 원장한테 출장 가라며?"

"아 맞다. 박 원장 전화번호 찍어줄게."

건호는 샤워를 끝내고 명규가 보낸 휴대전화 메시지를 확인하고 박 원장에게 전화를 걸었지만, 연결이 되지 않았다. 출장준비를 했다. 알루미늄 트렁크를 열고 박 원장을 위한 특별 서비스를 준비했다. 먼저 챙긴 것은 자신이 만든 신성한 액즙과 마른 약초였다. 냉장고에서 이탈리아산 샴페인 모스카토 다스티를 꺼내서 수건에 감싸고 샴페인 잔 두 개를 포장하고 나서 사육상자로 갔다. 제우스는 항문에 붙어 있는 발톱 모양의 돌기로 마이아의 등을 계속 긁고 있었다. 마이아가 제우스를 감아서 조이자 제우스는 꼬리를 더 자극했다. 녀석들은 서로 몸을 조이고 틀었다. 건호는 마이아와 제우스를 한꺼번에 번쩍 들어서 검은 자루에 담았다.

박 원장은 오한을 느끼며 잠에서 깼다. 온몸이 식은땀으로 축축하게 젖어 있었다. 누워서 꼼짝을 못하는 동안 악몽을 꾸었다. 꿈에서 누군가 자신을 바라보는 모습이 마치 굶주린 뱀이 혀를 널름거리는 것 같았다.

박 원장은 벨소리에 잠이 깼으나 가위에 눌려 있었다. 눈꺼풀이 무거웠고 몸에서 열이 났다. 몸을 움직일 수가 없었다. 벨소리가 계속 이어지는 것 같았다.

"누구세요?"

목소리는 작아서 방에서만 메아리쳤다.

"누구세요?"

건호는 계속 벨을 누르다가 명규에게 전화를 걸었다. 박 원장이 전화도 안 받고 집에도 없는 것 같다 했다. 명규는 박 원장이 아파서 꼼짝을 못하는 것인지도 모르니 들어가서 확인하라고 했다. 건호는 휴대전화 메시지를 확인하고 도어락의 비밀번호를 눌렀다. 잠금장치가 열리는 소리가 났다. 손잡이를 서서히 돌리고 문을 열었다. 거실에 들어서자 칙칙한 어둠이 음산하게 깔려 있었다. 조심스러운 발걸음 소리가 이어졌다. 거실에 우뚝 서서 숨을 들이마시고 소파에 앉았다.

뱀의 머리 앞부분에 난 작은 구멍을 피트라고 한다. 뱀은 피트를 통해 항온동물에서 나오는 적외선을 감지한다. 먹잇감의 체온과 주변온도 차이를 계산해서 먹이가 있는 장소와 형태를 파악한다.

건호는 반쯤 열린 안방을 바라보다가 거실을 살핀 다음 검은 자루에서 제우스와 마이아를 꺼냈다. 녀석들은 혀를 날름거리면서 거실에 흩어져 있는 냄새를 혀를 사용하여 코와 입천장으로 보냈다.

"누구야?"

"아르보레아 테라피입니다. 명규가 치료를 부탁했습니다."

박 원장은 몸을 반쯤 일으켜서 화장대의 스탠드를 켰다. 방바닥에서 느릿하게 고개를 쳐드는 뱀을 봤다. 하얀 바탕에 핑크빛 얼룩무늬 비늘이 불빛에 빛나면서 바르르 떨렸다. 뱀이 입을 벌리고 혀를 날름거렸다. 건호는 안방으로 달려 들어가서 화장대의 스탠드를 껐다. 전자제품의 스위치에서 빨간 불빛이 깜박거렸다. 그 불빛에 윤곽이 드러났다.

"원장님 몸이 많이 상한 것 같습니다."

"어떻게 들어왔지?"

건호는 박 원장의 몸을 더듬었다.

"저리 가."

건호는 아무 말도 하지 않고 입을 꼭 다문 채 가방에서 밤색 병을 꺼냈다. 신성한 액즙을 전부 덜어내서 마른 약초에 발라 말린 다음 불을 붙였다. 매캐한 연기가 방안에 가득 차자 푸른 연기를 담배를 피우듯이 삼켰다. 풀이 타는 냄새가 코끝에 진하게 묻어났을 때 건호는 박 원장을 끌어당겼다. 박 원장은 최면에 걸린 것처럼 꼼짝할 수가 없었다. 건호는 본격적으로 치료에 들어가려고 휘파람으로 녀석들을 불렀지만, 반응이 없었다.

박 원장은 커다란 뱀이 자신을 꼼짝 못하게 감아서 힘을 주는 것 같았다. 아랫배 수술 부위가 아파서 발버둥 쳤다. 고통스러운 신음이 건호를 자극했다.

"마사지 치료를 해 드리겠습니다."

건호는 박 원장의 보정속옷을 벗기려고 했다.

"가만히, 가만히 계십시오."

건호는 박 원장이 몸부림치는 바람에 허리와 아랫배를 감싼 보정속옷을 벗길 수 없었다. 울퉁불퉁하게 부어오른 박 원장의 살갗을 마사지했다. 두툼한 손이 수술 부위를 계속 맴돌다가 차츰 큰 원을 그리다가 아랫도리만 벗기고 들어갔다. 박 원장은 찢어지는 듯한 통증에 숨이 멎었다. 몸부림을 칠 때마다 뱃살이 출렁거리면서 척척 소리가 났다. 박 원장은 어둠 속에서 건호를 바라보았다. 건호역시 박 원장을 보고 있었다. 그 순간 박 원장은 컴컴한 동굴에 떨어졌다. 뱀들은 동굴에서 한데 뒤엉켜 있었다. 뱀들은 굴 밖으로 나와따뜻한 햇볕을 쬐고 싶었고 허기진 상태였다. 허기진 뱀들이 박 원장을 삼키고 또 삼켰다.

박 원장은 건호가 피워놓은 푸른 연기 때문에 가슴이 답답하고 머리가 쪼개질 것처럼 아팠다. 잠시 후 몸이 불덩이처럼 열이 났다가 식으면서 오한이 왔다. 상체를 일으키자 만취한 것처럼 사물의 형상이 울렁거렸다. 허리와 아랫배를 감싼 보정속옷이 수축하면서 몸을 조이는 것 같았다. 보정속옷을 손으로 당겨보고, 끌어내리려고 힘을 썼지만, 끈으로 꽉 조인 코르셋처럼 꼼짝하지 않았다.

몸을 반쯤 일으켜 화장대 위에 있는 가위를 집으려고 손을 휘저었다. 화장품 유리병이 넘어지면서 굴러 떨어졌다. 손에 잡힌 것은 새로 산 7인치 가위였다. 비닐케이스 한쪽을 입에 물고 가위를 꺼냈다. 가위의 날 사이에 공업용 기름이 그대로 묻어 있는 한 번도 사용하지 않은 가위였다. 건호가 침대에 누워 눈을 가늘게 뜨고 중얼거렸다.

"원장님, 한숨 잡시다. 편하게 누워서 쉬세요."

박 원장은 가위를 거꾸로 쥐고 보정속옷 사이로 집어넣었다. 차가운 철의 느낌에 살짝 소름이 돋았다. 날카롭게 선 가위의 날은 지방흡입 후유증으로 울퉁불퉁해진 뱃살을 스치면서 보정속옷을 절단했다. 배가 드러나면서 부풀어 올랐다. 보정속옷의 재봉선 부분이 잘 잘라지지 않아서 손으로 잡아당기며 가위질을 했다. 보정속옷을 다 잘라내고 화장대의 스탠드를 켜고 거울을 봤다.

다시 푸른 연기를 마셨을 때처럼 가슴이 답답하고 머리가 쪼개질 것처럼 아팠다. 땀에 전 머리칼은 얼굴에 바짝 달라붙어 있었다. 자신의 머리칼을 매만질 때 거울 속에는 몸이 울퉁불퉁한 괴물이 나타났다. 겉모습은 자신을 닮았지만 분명 자신이 아니라는 것을 본능

적으로 알았다. 괴물은 가위를 들고 자신을 노려보고 있었다. 한 손
으로 괴물의 뱃살을 쥐고 또 한 손으로 가위를 단단히 고쳐 잡았다.
거울 속의 괴물도 가위를 단단히 고쳐 잡았다. 박 원장과 괴물은 서
로 바라보면서 눈을 부릅떴다.

"넌 머리가 그게 뭐니."

박 원장의 목소리가 떨렸다. 가위를 들고 괴물을 욕실로 끌고 갔
다. 괴물을 거울 앞에 세우고 위아래로 훑어보았다.

"세련되게 바꿔보자."

박 원장은 거울 앞에 서서 조심스럽게 괴물의 몸을 만졌다. 괴물
도 박 원장을 따라 조심스럽게 손끝으로 울퉁불퉁한 몸을 만졌다.
머리숱을 쳐내듯이 가위를 크게 벌려서 괴물의 울퉁불퉁한 살덩어
리에 대고 살짝 그어보았다.

"내가 예쁘게 잘라줄게."

박 원장은 가위를 점점 빠르게 움직였다. 빨간 머리칼이 미세하
게 몸에서 일어났다. 분무기로 울퉁불퉁한 덩어리에 물을 뿌렸다.
푹푹 거리며 물방울이 사방에 퍼졌다. 빨간 머리칼이 물방울을 타
고 사방으로 흩어졌다. 입김이 욕실 거울에 달라붙었다. 손바닥으
로 거울을 문질렀다. 괴물의 모습이 사라졌다가 다시 나타났다. 괴
물은 박 원장을 바라보며 아랫입술을 꽉 깨물었다. 거울에 선명하
게 보이는 것은 괴물의 목이었다. 탄력 없이 늘어진 피부에 잔주름
이 가득한 목이 힘겹게 괴물의 얼굴을 받치고 있었다. 고개를 돌릴
때마다 목의 가로주름 주변으로 잔주름이 그물처럼 퍼졌다.

거울을 뚫어지게 쳐다보던 박 원장은 잔주름이 보기 싫어서 수건
으로 자신의 목을 감았다. 다시 정신을 가다듬고 커트의 느낌을 더
가볍게 내기로 했다. 하반신은 배꼽을 기준으로 섹션을 나누었다.
가위를 슬라이스 커트를 하듯이 괴물의 덩어리에 대고 미끄러지며
커트했다. 살가죽이 얇게 커팅이 되면서 빨간 머리칼이 피어올랐
다. 분무기로 물을 뿌리자 빨간 머리칼은 괴물의 다리를 타고 욕실
바닥으로 흘러갔다.

"시원하다. 산뜻하구나."

성공적인 커트였다. 박 원장은 몸에 붙은 머리칼을 털어 내려고
손을 머리 위로 올리고 몸을 좌우로 힘차게 흔들었다. 욕실 벽 타일
에 빨간 머리칼이 뿌려졌다. 하얀 타일에 달라붙은 빨간 머리칼이
아래로 흘렀다.

"시원해."

몸이 숱을 많이 쳐낸 머리처럼 가벼워졌다. 박 원장은 온몸이 바
르르 떨리며 몸이 가려웠다.

"몸이 가려워 죽겠어."

박 원장은 미용욕을 할 시간이 되었다는 것을 알았다. 약초를 꺼
내려고 거실을 서성거리다가 안방으로 들어갔다. 건호는 침대에 축
늘어져 있었다. 박 원장은 가위가 끈끈한 피에 범벅되어, 손가락에
끼워져 있는 것을 알았다. 가위를 침대 위로 던졌다. 건호는 손을
더듬어서 침대에 떨어진 가위를 집어서 만지작거리다가 화장대에
올려놓았다.

박 원장은 화장실로 가서 욕조에 물을 받았다. 물을 힘차게 틀고 온도를 알맞게 조절했다. 수증기가 욕실에 가득 찼을 때, 집안에 있던 모든 약초를 모았다. 상자를 전부 뜯어서 약초를 욕조에 뿌렸다. 빨간 머리칼이 바닥에 뿌려지면서 약초 부스러기와 짓이겨졌다. 약초를 손으로 뜯다가 말고 그냥 욕조에 덩어리째로 집어넣었다. 욕조에서 퀴퀴한 냄새가 점점 진해졌다. 물에 뜬 약초 사이로 허연 거품이 일었다.

　걸쭉하고 시커먼 약초 물에 미끄러지듯 들어갔다. 머리가 욕조 속으로 조금씩 밀려들어 갔다. 수도꼭지에서 떨어지는 물 때문에 머리칼이 수면에서 흐느적거렸다. 물이 금방 검붉은 색으로 변했다. 욕조에 물이 넘치기 시작했다. 머리칼이 물에 잠겨 넘실거렸다. 욕조 물이 넘치면서 물에 불은 약초가 바닥에 떨어졌다. 엉킨 약초에 배수구가 막혔다. 욕실에 흥건하게 고인 약초 물은 거실로 넘쳐났다. 거실 구석에 있던 마이아가 고개를 쳐들었다. 가벼운 약초 부스러기가 넘치는 물을 타고 현관까지 흘러갔다.

　마이아가 소파 다리를 타고 올라가려고 했으나 이내 미끄러져 현관까지 흘러가서 꿈틀거렸다.

　마이아는 물이 넘쳐나는 사막이 기억났다. 사막에 폭우가 내리면 예상하지도 못한 곳에서 물이 불어나 물 위를 둥둥 떠다녔다. 사막에서는 말라 죽는 것보다 폭우가 내려서 물에 빠져 죽는 일이 더 많았다. 사막에 내린 빗물이 오로지 한 곳으로만 몰렸다. 용암처럼 변한 모래가 세상을 삼킬 듯이 밀려왔다. 모래땅 위에 강이 생겼다.

272

그 강으로 엄청난 양의 물이 순식간에 흘러가며 주변의 모든 것을 쓸어갔다. 사막에서 비가 내리고 나면 그동안 목말라 있던 땅에서는 언제 어디에서 와 묻혀 있었는지 알 수 없는 씨앗들로부터 무수한 새싹이 나기 시작했다. 어떤 곳은 제법 바닥을 초록색으로 덮을 정도로 자라기도 했다. 싹이 난 뒤에는 혹독한 환경에서 살아남은 것만이 큰 나무가 되고 풀이 되고 꽃을 피웠다. 물이 넘쳐도 잠시뿐이었다. 사막은 물을 순식간에 빨아들였고 태양은 더 강렬하게 내리쬤다.

지금 마이아가 있는 곳은 미끌미끌한 사막이다. 이 사막은 넘치는 물을 막아줄 풀도 나무도 없다. 마이아는 먹이를 쫓아가다가 길을 잘못 들어 뜨거운 사막에서 죽음의 고비를 넘겼던 시절을 떠올렸다. 사막은 뜨겁고 멀었다. 모래바람에 쓸린 언덕들은 천적처럼 살아 꿈틀거렸다. 서걱거리는 모래알에 미끄러지며 언덕을 기어오르면 지나온 모든 언덕이 다시 굽이쳐 펼쳐져 있었다. 사막의 생리를 알고 있는 뱀과 전갈과 도마뱀은 새벽과 한밤중에만 먹이를 찾아 움직였다. 그것을 몰랐던 마이아는 이글거리는 태양에 몸이 바싹 말랐다. 뜨거움과 뜨거움으로 이어지는 사막을 한정 없이 기어갔다. 마이아는 사막의 뜨거움 속에서 죽음을 기다렸다. 죽음을 기다리는 고통 속에서 폭우를 만났다. 온통 회색과 황색으로 갇힌 세상 저 끝에 초록이 보였다.

마이아는 배가 부어오르면서 아팠다. 물이 빠질 때까지 기다릴수가 없었다. 온몸에 힘을 줬다. 움푹 파인 나무열매 껍질 같은 곳에는 다행히 물이 없었다. 마이아는 박 원장의 구두에 알을 낳았다. 물렁물렁한 알이 연달아 나왔다. 알을 낳고 나서 숨을 돌리는데 역겨운 냄새가 났다. 머리를 들고 혀를 움직여봤다. 언젠가 맡아본 적이 있는 역한 냄새였다. 암석이 번쩍 들렸던 그날 자신을 잡아 올린 포획자의 냄새 같았다. 역한 냄새가 코로 비집고 들어오자 입천장을 압박했다. 포획자에게 잡히지 않으려고 암석 틈에서 발버둥 치다가 몸뚱이가 두 동강이 났던 뱀이 기억났다. 사막에 물은 계속 불어났다. 사막에서 물이 빠질 때까지 버틸 힘이 없었다. 마이아는 옆에 서 있는 포획자의 냄새가 나는 쪽으로 천천히 기어갔다.

침대에서 일어난 건호는 거실바닥에 앉아 아파트가 늪으로 바뀌는 것을 바라봤다. 거실 소파에 풀이 돋아나기 시작했고 물이 스며들자 장식장이 흙더미처럼 무너져 내렸다. 식탁도 무너져 내리고 싱크대도 무너져 내렸다. 가구들이 흙으로 변하고 그 위로 풀이 자라났다. 물이 점점 불어나면서 아파트 거실은 늪으로 변했다.

날이 밝아오기 시작했다. 늪은 수면을 휘감는 자욱한 물안개 때문에 고요했다. 장식품이었던 새 한 마리가 힘찬 날갯짓을 하며 깨어났다. 새는 날아다니며 늪을 잠에서 깨웠다. 간밤에 소나기가 내린 것처럼 늪 주변의 생명체들이 싱그럽게 부풀어 올랐다. 고요한 물줄기들과 이슬을 머금은 잎사귀들이 작은 날갯짓으로 아침을 맞이했다. 녹색의 융단이 펼쳐졌다. 보기만 해도 눈이 시원한 초록의 세상, 살아 숨 쉬는 숨결이었다.

건호의 목까지 물이 차올랐다. 힘겹게 숨을 내쉴 때마다 물이 출렁거리며 개구리밥이 목 주위를 맴돌았다. 연꽃잎 위로 개구리가 뛰어다녔다. 개구리밥이 점점 늘어나서 수면에 가득 찼다. 늪 안에 작은 섬이 생겼다. 작은 섬에서 제우스가 고개를 세우고 입을 벌렸다. 허물을 벗은 몸이 연한 자줏빛이었다.

욕실의 불빛이 거실 한 부분을 비추고 있었다. 현관까지 물이 흘러 구두 위로 넘쳤다. 건호가 현관에 서서 머뭇거릴 때 마이아가 건호의 다리를 감아 올라갔다. 건호가 다리로 손을 가져갔다. 순간 마이아는 독이 잔뜩 올라 건호의 손을 감고 손등을 물었다. 건호가 손을 휘저으며 발버둥을 칠수록, 마이아의 안으로 구부러진 날카로운 이빨은 손등의 살을 더 깊이 파고들었다. 건호는 현관에 있던 자신의 구두로 팔에 감긴 마이아를 사정없이 두들겼다. 얼마 후 마이아는 힘없이 늘어졌다. 끈적끈적한 진액이 건호의 팔에 범벅이 되었다. 건호의 팔은 마비된 듯 아무 감각이 없었다. 건호는 낚싯바늘을 뽑듯이 마이아를 팔에서 떼어냈다. 건호가 퉁퉁 붓은 자신의 팔을 보며 주저앉았다.

아파트에 어둠이 깔리고 아파트단지 가로등 불빛이 창문 커튼 사이로 약하게 들어왔다. 공기 중에 떠돌던 부패한 미립자가 떠다녔다. 순간 핑크빛 뱀이 빠르게 기어서 옷장 밑으로 숨었다. 뱀이 이동하면서 생긴 궤적이 차츰 사라진다. 옷장 밑엔 말라비틀어진 뱀의 허물이 덩그러니 남아 있었다. 허물은 볼수록 섬뜩하고 괴기스러웠다. 허물은 부스러질 것같이 말라비틀어진 상태였지만 잘못 건드리면 다시 꿈틀거리는 뱀으로 변할 것 같았다. 박 원장은 그 허물 속에서 숨을 쉬며 살았던 뱀이 느껴졌다.

물에 불은 약초가 욕실 벽과 바닥에 붙어 있다. 약초와 시체에서 나온 피가 뒤섞여 흑갈색의 거품이 일었다. 욕조에 자신이 싸늘한 시체가 되어 누워 있었다. 시체는 예리한 흉기에 의해 난자당했다. 너덜너덜해진 몸이 알아보기 어려울 정도로 부풀었다.

안방 장롱 뒤에 숨어 있던 제우스가 방으로 기어나왔다. 물결처럼 흔들리는 엷은 햇살이 제우스의 비늘에 어른거렸다. 제우스는 자줏빛 눈을 크게 뜨고 입을 벌렸다. 제우스는 아무것도 먹지 못해서 간, 콩팥, 심장의 크기가 줄어들었다. 제우스는 거실에서 몸을 둥글게 감고 햇볕을 쬐었다.

초록의 빛을 따라 주위를 살펴보았다. 자신이 서 있는 곳은 울창한 숲이었다. 숲에서 바람이 불었다. 바람이 영혼을 스치면서 자극했다. 박 원장은 숲에서 새롭게 태어난 기분이었다. 숲은 엷은 어둠에 겹쳐지고 있었다. 새의 맑은 울음소리가 퍼졌다. 그 울음소리가 들릴 때마다 주위의 정적이 한층 더 깊어졌다. 울창한 숲 때문에 하늘이 보이지 않았다. 나뭇가지들에서 나뭇잎과 노란 꽃잎들이 떨어졌고 반짝이는 꽃잎들이 바람에 나부끼는 촛불처럼 춤을 췄다. 꽃잎이 춤을 추는 동안 꼼짝할 수 없었다. 꽃잎은 박 원장 주위를 돌면서 춤을 추고 나서 앞으로 날아갔다.

박 원장은 신비로운 광경에 홀린 듯이 서 있다가 꽃잎을 따라갔다. 걸을 때 발이 땅에 닿지 않아서 날아가는 것처럼 가볍게 움직였다. 숲의 나무는 나쁜 기운을 빨아들이고 맑은 수액을 뿜었다. 나무껍질에서 흐르는 수액이 아래로 흐르면서 시냇물이 되었다. 숲으로 들어갈수록 어둠이 짙어졌다. 꽃잎에서 나온 불빛이 반짝거릴 때마다 숲의 나무가 조금씩 움직였다. 숲을 지나 다다른 곳은 암벽에 뚫린 동굴입구였다. 꽃잎은 동굴 입구를 맴돌면서 가까이 오기를 기다렸다. 동굴 입구는 넝쿨이 무성하게 엉켜 있어서 거목의 깊은 옹이처럼 보였다. 넝쿨은 동굴 입구를 중심으로 사방으로 뻗어나가 있어서 동굴의 깊숙한 곳에서 생명의 기운이 뻗어 나오는 것 같았다. 동굴 입구에서 잠시 머뭇거리다가 꽃잎을 따라 동굴로 들어갔다. 동굴은 살아서 숨을 쉬는 것처럼 입구가 수축팽창을 했다.

짙은 어둠 때문에 안으로 들어갈수록 동굴이 좁아지는 것 같았다. 동굴의 좁은 입구를 들어서자 꽃잎을 따라가는 혼령들의 긴 행렬이 보였다. 혼령들은 반짝이는 꽃잎에 홀려서 허공을 떠다니는 것 같았다. 혼령들이 동굴 바닥의 움푹 파인 곳을 지날 때 행렬이 정체되었다. 어둠이 유혹하는 대로 계속 빨려 들어갔다. 깊숙한 곳에서 자신을 부드럽게 유혹하는 힘이 느껴졌다. 꽃잎은 빛을 내며 계속 춤을 췄다. 꽃잎의 빛이 동굴 벽을 스칠 때마다 축축한 동굴 벽이 꿈틀거렸다. 어둠 속에서 불빛이 희미해졌다가 다시 그녀를 감싸듯이 다가왔다. 동굴 안을 밝히는 것은 오직 꽃잎의 불빛뿐이었다. 그 불빛이 아련하게 비춰내는 것만 바라보며 계속 앞으로 나아갔다.

그때 어둠 속에서 빛이 피어올랐다. 앞서가던 혼령들의 행렬은 빛과 함께 사라지고 없었다. 혼자 동굴의 끝에 남아 있었다. 폭포가 얼어붙은 듯한 암벽에 꽃잎들이 달라붙었다. 암벽이 점점 밝아졌다. 빨갛게 달아올랐다. 어둠이 걷히고 색이 펼쳐졌다. 어린 풀색이었다. 암벽은 누적된 시간의 형상을 간직하고 있었다. 어린 풀색의 암벽이 땀을 흘리는 것처럼 물이 흘렀다. 암벽에서 흐른 물이 동굴 바닥에 퍼졌다. 암벽이 계속 빛을 내면서 팽창하자 동굴의 벽과 바닥에서 융기와 침강이 일어났다. 동굴 벽에서 촉수 같은 생물체가 일어났다. 바닥을 흐르는 수면에 촉수들이 환영처럼 비쳤다. 촉수는 뱀처럼 꿈틀거리면서 길게 몸을 드러냈다.

촉수 하나가 길게 뻗어나 와 박 원장을 감기 시작하자 동굴 벽에서 꿈틀거리던 촉수들이 전부 달려들었다. 박 원장은 뱀처럼 꿈틀대는 촉수들에 의해 흔적도 없이 사라졌다. 동굴은 다시 아무것도 보이지 않는 어둠으로 변했다.

Q가 중편소설 〈허물〉을 바탕으로 개작한 경장편소설 〈머리카락〉은 이듬해 신생 출판사의 경장편 문학상 본심을 통과했다. 그 심사평은 이랬다.

　　"무엇보다 주제의식이 지나치게 교훈적 뉘앙스가 강하다는 점이 소설에 몰입하는 데 방해요소가 되지 않았나 싶다. '아름다워지고자 하는 욕망이 어떻게 이 행성을 파괴하고 있는가?' 하는 주제의식, 자본주의 소비사회의 지배, 피지배의 계급관계라는 문제의식 등이 지나치게 전면화되어 있어 소설의 스토리 그 자체에 몰입하게 만드는 힘이 부족했다. 주제의식의 반복적 제시보다는 풍속학적 디테일이 더욱 구체적으로 드러나고 인물들이 파국으로 달려가는 스토리 전개에 치중하기보다는 인물의 세밀한 심리묘사에 주력했다면 더욱 흥미로운 소설이 될 수 있을 것 같다."

　　Q는 묵묵히 심사평을 읽고 나서 중편을 장편으로 개작하면서 의도했던 머리카락의 의미가 전혀 전달되지 않은 점에 실망했지만, 곧 자신의 부족한 실력을 인정했다. Q가 구상했던 머리카락은 작고 얇지만 큰 힘을 가진 매체였다. 머리카락은 삶과 죽음의 의미를 지닌 존재 아닌가. 그래서 Q는 인간의 욕망에 의한 파멸을 아름다움과 추함을 동시에 드러내는 머리카락에 투사하려고 했으나 역부족이었다.

　　Q는 다시 개작을 시작했다. 빨간 펜을 들고 자신의 응모작을 밤새워 읽으며 주제의식이 직접적으로 드러난 곳을 찾아 밤새도록 밑줄을 쳤다. Q는 아침 햇살을 맞으며 빨간 줄이 가득한 응모작 원고

를 책상 위에 놓고 기도하듯 빨간 줄이 쳐진 부분을 과감히 날려버렸다. Q는 좌절하지 않고 자신의 실력을 더 갈고 닦아 이듬해 장편 문학상에 응모했다.

3부

아수라장

"그날 이후로 초라한 연극 같은 내 인생에는 많은 암전이 있었습니다. 저는 인생의 극과 극이 이어질 때 정확하게 어디에 서 있어야 하는지 알지 못했습니다. 저에게는 암전될 때마다 무대 바닥에서 위치를 알려주는 형광 테이프가 절실했습니다. 지금도 저의 형광 테이프는 책입니다. 여러분 끊임없이 책을 읽으십시오. 여기, 좋은 소설을 쓰고자 하시는 분이 계신다면 다시 한 번 책 읽기를 강조하고 싶습니다. 좋은 작품을 탄생시키는 것은 그가 읽은 작품들이지 그가 한 경험이 아닙니다."

까맣게 콜타르칠을 한 아기 바구니

●   G는 요즘 장편소설을 집필하면서 소재의 고갈을 느꼈다. G는 소재 고갈의 원인을 지난 번 곱창집에서 후배 소설가 V와 만났을 때 똥냄새 나는 곱창의 저주를 받았기 때문이라고 믿었다. 곧이어 문예지에 장편소설 연재를 시작해야 하는데 이야기의 중반에 해당하는 설정이 선명하게 잡히지 않았다.

주인공이 사람을 찾아가는 여정에 적절한 직업을 설정해야 하는데, 마땅한 직업이 떠오르지 않았다. 사람을 찾기 위해 잠시 머물다 이동할 수 있는 직업은 공사판의 일용직이 제격인데 자신은 육체적인 노동을 기피한 삶을 살았고 그러한 경험이 일천하여 상상력만으로 쓰기엔 엄두가 나지 않았다. 인물의 진정성을 높이려면 현장에 나가 취재를 해야 하겠지만 그건 더 엄두가 나지 않았다.

G는 박학다식한 후배 소설가 M과 소주라도 한잔 할 요량으로 M의 작업실에 놀러갔다. M의 책상에는 장편소설 문학상 응모작이 가득 쌓여 있었다. 문학상 운영위원회에서 지방대학에 출강 중인 M의 편의를 봐주고자 응모작을 작업실에 택배로 보내준 것이다. G는 한쪽에 따로 놓인 원고에 눈길이 갔다. M이 며칠 동안 검토해서

추려낸 예심을 통과한 응모작들이었다. M은 G에게 대접할 커피를
준비하다가 아내의 전화를 받았다.

"나 지금 엄청나게 바쁜데. 알았어, 알았어."

M이 방금 내린 원두커피를 G에게 건네며 말했다.

"선배 나 잠깐 나갔다 올게요. 저쪽에 있는 응모작 원고 읽어보
고 쓸 만한 거 있으면 요 바구니에 따로 담아놔요."

"나 어제 새벽까지 작업하느라 골치 아파 죽겠다."

"선배, 그러지 말고 일 좀 덜어줘요."

M이 작업실을 비운 사이 G는 커피를 마시며 예심을 통과한 응모
작의 줄거리를 하나하나 훑어보기 시작했다. 예년과 마찬가지로 이
미지가 선명한 독특한 소재는 없는 듯 원고를 넘기는 G의 손길이 빨
랐다. 그때 M으로부터 딸애를 유치원에서 집으로 데려다 주고 카센
터에 들러야 해서 시간이 좀더 걸리겠다는 연락을 받았다.

G는 휴대전화를 받으면서 새로 집어든 응모작에 시선을 두었는
데, 묘한 기시감을 느꼈다. 그 기시감은 G의 머릿속에서 미심쩍고
불안하게 맴돌다가 잠시 후 명료하게 자리 잡았다. 명료해진 기억
속에서 무엇인가를 뽑아내기 위해 G는 엉덩이를 의자에 바짝 붙
이고 앉아 응모작을 정독했다. 남자 미용사가 주인공으로 나오는
응모작은 몇 해 전 신춘문예 중편소설 최종심에서 자신이 탈락시
킨 작품이었다. G는 그 작품이 장편으로 개작된 것임을 알아차림과
동시에 무릎을 탁 쳤다.

응모작에 나오는 남자 미용사는 기술을 배우려고 미용실을 옮겨

다녔다. G는 순간 남자 미용사가 자신이 구상하는 소설의 주인공이 가질 수 있는 직업에 안성맞춤이라고 여겼다. 응모작은 몇 년 전에 본 중편소설이 개작되면서 이야기가 더 입체적이고 주제의식이 강하게 드러난 것 같았지만, 여전히 어딘가 모르게 어설펐다.

G는 쿤데라의 소설 〈참을 수 없는 존재의 가벼움〉에 나오는 토마스처럼 누가 아기를 까맣게 콜타르칠을 한 바구니에 넣어 물에 띄워 보냈다는 생각이 들었다. G는 고민하다가 벽에 걸린 거울을 바라봤다. 얼굴이 벌겋게 달아오른 사내가 자신을 노려봤다. 놀란 G 또한 거울 속의 사내를 노려봤다. 자세히 보니 사내는 가면을 쓰고 있었다. 그 가면은 단단하고 두꺼워서 누구도 자신을 알아보지 못할 것 같았다. G는 거울 속으로 들어가 사내의 가면을 벗겨 내려고 시도하다가 끝내 벗겨내지 못했다. 그러다 토마스처럼 까맣게 콜타르칠을 한 바구니를 떠올렸다. 아이가 담긴 바구니를 매정하게 강물에 휩쓸려가게 내버려둘 순 없지 않은가!

G는 원고를 덮었다가 다시 펼치며 계속 고민했다. 파라오의 딸이 어린 모세가 담긴 바구니를 물 위에서 건져내지 않았다면《구약성서》도, 우리의 문명도 존재하지 않았을 것이다. G는 토마스처럼 작업실 창밖 담벼락을 바라보며 상념에 잠겼다. 30년간 소설을 쓰고 수십 번의 문학상 심사를 해본 관록으로 보아 이 응모작은 독특한 소재로 예심은 통과할 수 있을지 모르나, 메타포의 설정이 어설퍼 당선작이 될 수 없다는 판단이 섰다. G는 다시 원고를 정독하며 수첩에 메모하다가 성에 차지 않는지 휴대전화를 만지작거렸다. 주

요 대목을 휴대전화로 촬영하고 싶었으나 곧 포기하고 자신의 기억력을 믿기로 했다. G는 원고를 빠르게 넘기다가 미용실과 남자 미용사가 나오는 대목에서는 천천히 정독했다.

딸애를 집에 데려다 주고 카센터에 들러 차를 정비한 M은 미안한 마음에 편의점에 들러 맥주와 간단한 안주를 사서 들어왔다. G와 M은 맥주를 단숨에 비우고 잔을 내려놓았다. M이 G의 잔에 맥주를 따르려 하자 G가 손으로 막으면서 말했다.

"아냐, 나 집에 가서 해야 할 일이 있어."

"선배 이거 산더미처럼 쌓여 있는 거 안 보여요? 한잔 마시고 나 좀 도와줘요."

"금방 보겠는데 뭐. 시놉만 보면 감이 와. 시놉 보고 추리면 몇 개 안 나올걸."

"같이 봐주고 한잔 하러 가요. 내가 살게요."

"미안하다. 내가 진짜 급한 일이 생겨서 그런다."

G는 M을 뿌리치고 집으로 돌아와 기억을 더듬어 메모를 하기 시작했다. 메모하면서 지금은 고인이 된 자신의 문학적 아버지를 떠올렸다. G는 습작시절, 이야기가 잘 풀리지 않을 때 문학적 아버지의 작품을 계속 반복해서 읽곤 했다. 그러면 막힌 부분을 풀어내는 방법을 터득할 수 있었다. 그러나 작가가 되고 난 후부터는 그의 작품을 통 읽지 않았다. 등단 이후로는 이야기를 만들어가는 과정에서 발생하는 문제를 해결하는 더 효과적인 방법을 터득했던 것이다.

천국에서 들리는 비명

●　　Q는 꾸준하게 소설 습작을 계속 했다. 광화문에 있는 대형서점에 나가 책표지를 구경하며 소설가의 꿈을 키우던 어느 날, 존경하는 중견 소설가의 신작 장편소설 〈천국의 비명〉이 출간된 것을 알았다. 중견 소설가 G는 2011년 겨울부터 문학 계간지에 연재한 〈천국의 비명〉을 2012년 8월에 문학 계간지를 낸 출판사에서 장편소설로 출간했다. Q는 대형서점 신작코너에 서서 〈천국의 비명〉을 훑어보던 중 자신도 모르게 눈길이 가는 대목이 있어 장편소설의 6장을 단숨에 읽어버렸다.

　〈천국의 비명〉 6장 "지옥불"은 천상공원에서 쫓겨난 주인공이 한 여인을 찾아 길을 떠나는 장면이 주를 이룬다. 주인공이 찾는 여인이 어느 도시의 미장원에서 일하고 있다는 풍문을 듣고 주인공은 여러 도시의 미장원을 찾아다닌다. 주인공은 차라리 미용기술을 배워보라는 어느 대도시 원장의 권유를 받고 미용사가 된다. 상류층만 출입하는 미장원에서 일하게 된 주인공은 원장의 소개로 어느 사모님을 모시게 되고, 일탈과 방종의 대가로 여인의 주소를 알게 된다는 이야기였다.

Q는 〈천국의 비명〉을 사서 지하철역을 향해 걸었다. 힘없이 걷다 보니 집중호우에 하수구로 빨려들어 가는 물줄기처럼 사람들과 함께 승강장으로 빨려 내려갔다. 객차에 오른 Q는 몇 정거장 지나서 자리에 앉을 수 있었다.

잠시 후 십자가가 그려진 어깨띠를 두른 노인이 승객들 무릎에 교회 전단을 하나씩 올려놓았다. Q는 무심결에 전단을 펼쳐서 읽었다. 전단에는 성경구절이 적혀 있었다. 〈로마서〉 8장 17절 '자녀이면 또한 후사 곧 하나님의 후사요, 그리스도와 함께한 후사니 우리가 그와 함께 영광을 받기 위하여 고난도 함께 받아야 될 것이니라.' Q는 눈에 익은 성경구절이 중견 소설가 G가 〈천국의 비명〉에 인용한 구절이라는 것을 알았다. 소설 속 주인공이 폭행을 당하고 병원에 누워 있을 때 입안에서 맴돌던 구절이었다.

Q는 갑자기 눈시울이 뜨거워지고 설움이 북받쳐 올라 자리에서 일어나고 말았다. 자신도 소설 속 주인공처럼 영광을 받기 위해 고난도 함께 받는 것이라는 생각이 들었다. 그 교회 전단에는 이런 내용이 있었다.

'주님은 영광의 하나님이시다. 주의 영광은 장차 주의 자녀들이 받을 크고 놀라운 것이다. 이 땅에서 그 어느 것과도 비교할 수 없는 것이기에 하나님의 상속자로서 그리스도와 함께 받는 것이다. 그와 함께 영광을 받을 때 나를 부끄러워하지 않도록 해야 한다. 하나님의 상속자로서 고난받는 것을 부끄러워하거나 두려워하지 말고 기쁨으로 그의 영광에 참여하는 것을 자랑스럽게 여기고 인내하며 주

께 나아가야 한다.'

Q는 교회 전단에 나와 있는 기도문을 보며 간절히 기도했다.

'주님, 주의 자녀로 주와 함께 영광받기 위하여 고난받는 것을 두려워하지 않게 하시고 주의 능력으로 승리하게 하옵소서. 주의 영광의 크고 놀라움을 알게 하옵소서. 아멘.'

Q는 기도를 끝내고 눈을 떴다. 손잡이를 잡고 흔들리는 승객들이 도살장에 축 늘어진 고깃덩이 같았다. Q는 넋이 나간 채로 길게 뻗은 도살장의 통로를 걸었다. 흔들리는 객차가 텅텅거리는 쇠의 마찰음을 내자 승객들은 쇠꼬챙이에 꽂힌 고깃덩이처럼 출렁거렸다. 정거장을 지날수록 손잡이에 매달린 승객들의 입에서 나는 술 냄새가 진해졌고, 승객들의 벌건 눈은 초점을 잃어갔다. Q는 차창 밖의 풍경에 눈길을 주었다. 저 멀리 작은 동네의 불빛이 스쳐 지나가고, 유흥가의 네온사인이 지나가고, 다시 어두운 지하의 콘크리트 벽이 파이프를 타고 물결처럼 울렁거렸다.

출입문이 닫히고 있을 때 말끔하게 생긴 40대 회사원이 문을 비집고 억지로 객차에 올랐다. 회사원은 가쁜 숨을 내쉬며 객차 안에 술 냄새를 퍼트렸다. 회사원 앞에는 풍만한 여인이 힘겹게 손잡이를 붙잡고 있었다. 회사원이 여자의 뒤에 바짝 섰다. 여자의 풍만함을 음미하려는 듯했다. 뜨거운 콧김과 술 냄새가 여인의 뒷목을 타고 넘어갔다. 회사원은 여자의 엉덩이를 슬쩍 만졌다. 깜짝 놀란 여자가 뒤를 돌아보자 회사원이 옆으로 살짝 피하더니 쥐새끼처럼 승객들 틈으로 사라졌다. 여인은 회사원 뒤에 서 있던 Q와 눈이 마주쳤다. Q는 졸지에 추행범이 되고 말았다. 여인이 신경질적으로 발작하며 커다란 가방으로 Q의 얼굴을 밀쳤다. Q는 휘청거리며 넘어지지 않으려고 옆에 있던 아줌마의 허리를 붙잡았다. 여자가 따라와서 가방으로 Q를 다시 밀쳤다.

"야, 이 미친 새끼야."

Q는 승객의 엉덩이와 다리에 걸려 뒤로 넘어졌다. 누군가 Q의 다리를 건 것 같았다. Q가 펀치를 맞고 넘어진 권투선수처럼 허둥대다가 겨우 일어났을 때 키가 크고 몸무게가 많이 나가 보이는 중년사내가 Q의 멱살을 잡았다. 등이 구부정해서 불쌍해 보이는 인상이었는데 눈매만은 날카로웠다.

"이 새끼, 너 따라내려."

"아닙니다. 내가 그런 게 아닙니다."

추행을 당한 여인이 Q의 겉옷을 잡으며 말했다.

"이런 새끼는 혼 좀 나봐야 해."

사내와 여인이 양쪽에서 Q를 붙잡았다. 사내는 껌을 질겅질겅 씹고 있었다. 껌을 방금 입에 넣었는지 침을 삼킬 때마다 사과향과 구취가 동시에 풍겼다.

"내려, 이 새끼야."

출입문이 일제히 열렸다. 객차로 들어오는 승객들이 Q를 호기심 어린 눈으로 쳐다봤다. Q는 사내와 여인에게 잡혀 승강장으로 끌려갔다.

"내가 아니라니까요."

"잔말 말고 따라와, 새끼야."

Q는 승강장 천장에 달린 CCTV를 향해 손을 흔들었다. 그동안 무심했던 지하철 승강장의 CCTV가 반가웠다.

"이 새끼, 맞아 뒈지기 전에 얌전히 따라와."

끌려가는 Q의 눈에 지나치는 사람들과 광고판이 흐릿하게 보였다. 초점이 맞지 않은 사진처럼 선명하게 포착되지 않은 사람들이 흘러갔고, 객차가 승강장에 들어오는 소리가 끊겨서 들렸다. 환승역 광장을 지나 계단을 내려가서 모퉁이를 돌았다. 도착한 곳은 엘리베이터 탑승구 뒤쪽이었다. 사내와 여인은 Q를 구석에 몰아넣고 도망가지 못하도록 앞을 막아섰다. Q는 몸이 오그라들고 등골이 서늘해졌다. 사내가 껌을 씹으면서 말했다.

"이 씨불놈이 내 마누라를 건드려?"

Q는 몸이 떨려서 조용히 숨을 내쉬어야 했다. 그리고 정중하게 말했다.

"내가 그런 게 아니라니까요."

사내가 Q의 배를 걷어찼다. Q는 순간 숨을 쉴 수가 없어 맥없이 주저앉아 몸을 웅크렸다. 천적을 만난 벌레가 죽은 척하는 것처럼 미동도 없이 머리를 숙이고 신음했다. 여인이 사내에게 말했다.

"여보, 재수 없어. 그냥 가요."

사내가 씹던 껌을 Q에게 뱉고 말했다.

"너 내가 바빠서 그냥 가는 줄 알아."

껌이 Q의 머리에 맞고 떨어졌다. 지나가던 사람들이 고개를 돌려 Q를 바라봤다. Q는 기도했다.

"주님, 주의 자녀로 주와 함께 영광받기 위하여 고난받는 것을 두려워하지 않게 하시고 주의 능력으로 승리하게 하옵소서. 주의 영광의 크고 놀라움을 알게 하옵소서. 아멘."

Q가 지상으로 올라와 버스정류장을 향해 걷는데 구두가 바닥에 달라붙었다. 바닥에 구두를 여러 번 문지르고 걸어도 마찬가지였다. 편의점 앞에서 구두를 뒤집어 보았다. 시커먼 껌이 뒷굽에 달라붙어 있었다. Q는 교회 전단을 여러 번 접은 다음 뒷굽에 달라붙은 껌을 긁어냈다. 껌의 속살이 늘어지면서 사과향이 났다. 자신을 향해 껌을 뱉은 사내가 떠올랐다. Q는 그제야 욕지기가 일면서 손이 떨렸다. 구두를 잡고 보도블록에 문질렀다. 보도블록에 밀려 껌이 떨어져 나가고 나서도 뒷굽이 다 닳도록 문질렀다.

Q는 집에 와서 다시 〈천국의 비명〉을 처음부터 끝까지 밤새도록 읽었다. 책을 읽는 내내 끓어오르는 분노에 휩싸이다 책장을 덮고 나서는 좌절감에 시달렸다. Q의 처녀작의 핵심 모티브가 중견 소설가 G에 의해 감탄할 정도로 잘 활용되어서 애초에 Q의 작품을 읽어보지 않은 사람이라면 Q가 〈천국의 비명〉 6장을 표절했다고 말할 정도였기 때문이다.

Q는 자신의 작품의 밑줄 친 부분과 〈천국의 비명〉 6장을 비교해보았다. 먼저 인물 캐릭터의 설정이 유사한 부분을 찾아 정리했다. 두 작품의 주인공은 욕망의 상징으로 설정되어 있었다. 주인공이 미용실을 옮겨 다니며 미용기술을 배우는 남자 미용사라는 설정이

같았고, 어린 시절 트라우마가 있으며 특정인에게 성적 서비스를 제공한다는 점 또한 유사했다. 성적 서비스를 받는 인물은 힘의 상징이었고 주인공이 원하는 기술 또는 정보를 쥔 사람들이었다. 남자 미용사인 주인공에게 특혜를 주는 미용실 원장이 등장한다는 점도 같았다. 고급 미용실을 운영하며 카리스마와 아우라로 직원을 조종하는 미용실 원장이 나오는 장면은 특히 유사했다. 배경으로 나오는 미용실의 형태가 고급 미용실 안에 피부관리실을 같이 운영하는 미용실이었고, 모발관리를 중점으로 하며 고객관리를 회원제로 운영하는 미용실이라는 점도 다르지 않았다. 영국에서 미용관련 기술을 배워온 미용실 여자 원장이 나오는 점도 똑같았다.

Q는 〈천국의 비명〉을 반복해서 읽으면 읽을수록 의문에 휩싸였다. 도입에 등장인물 중 하나가 미용실에서 일한다는 언급이 있지만, 전체적인 줄거리와 그다지 어울리지 않는 미장원과 미용사가 왜 이 소설 6장에서만 등장할까? 출판사 책 소개에 언급된 '인간 존재와 내면세계에 대한 다층적 사유와 철학으로 욕망과 죄의식의 근원을 파헤친 또 하나의 문제작'이라는 주제와 상관도 없고 작품이 가닿고자 하는 주제의식과도 어울리지 않는 미용사 설정이 왜 들어갔을까?

아무리 사람을 찾아가는 여정이라고 해도 수도원에서 3년 넘게 살았던 남자 주인공이 갑자기 미장원에서 미용사로 일할 것 같지는 않았다. 누이를 마음에 담았다는 죄책감에 매일 새벽기도를 했던 주인공이 뷰티숍에서 사모님에게 성적 서비스를 제공하는 일은 더

더욱 할 것 같지 않았다. 물론 누구나 소설을 쓰면서 미장원을 배경으로 쓸 수는 있다. 그런데 왜 하필 중앙정보부가 국가안전기획부로 바뀐 그 시절, 소설의 전체적인 톤과도 어울리지 않는 피부관리실이 딸린 미장원이 등장했을까?

Q는 〈머리카락〉의 배경인 미용실을 구상하며 고민을 많이 했었다. 〈머리카락〉을 집필하기 전에 읽었던 중견 소설가 S의 단편소설 〈美〉가 생각났다. 그 작품은 2001년에 현대문학상을 받았는데, 시골마을 미용실에서 벌어지는 살인사건을 소재로 하고 있었다. Q는 그 작품에서 작가가 창조한 작품 속의 독특한 미용실 이미지에 깊은 인상을 받았다. 중견 소설가 S는 이야기에 어울리는 미용실을 창조하기 위해 먼저 마을의 이미지를 연출하는 간접묘사 기법을 활용한 것 같았다. 〈美〉에 나오는 미용실은 얼음과 눈으로 뒤덮인 채 길게 가로놓인 하천의 한쪽 귀퉁이에 위치해 있었다. 그뿐만 아니라 미용실에 피워놓은 연탄난로의 타오르는 불꽃과 은색 가위라는 장치를 활용해 미용사가 아름다움을 창조하는 과정을 상징적으로 표현했다. Q는 이에 자극을 받아 자신이 집필하는 작품 속 미용실에 고유한 이미지를 부여하기 위해 상당한 공을 들였다. 〈美〉의 경우를 봐도 알 수 있듯 작품에 똑같은 미용실이 등장하더라도 작가의 의도에 따라 충분히 자기만의 고유한 이미지를 표현할 수 있는데, 〈천국의 비명〉에 나오는 미용실은 왜 그렇지 않은지 Q는 의아했다. 그래서 다시 분노가 끓어올랐다. Q는 자신이 미용실 묘사를 위해 명규가 일하는 미용실을 수없이 드나들며 취재했던 일이 떠올랐다.

법률적 검토 그리고 좌절

●   G는 소설 세미나 강의를 끝내고 연구실에서 메일을 확인하다가 어느 독자가 보낸 메일을 확인했다.

〈천국의 비명〉을 읽고 선생님께 질문 드립니다.

안녕하세요. 저는 소설을 공부하는 Q라고 합니다. 선생님과는 지금까지 두 번 만난 적이 있습니다. 물론 직접 만난 것은 아니고, 선생님은 제가 응모한 공모전의 본심 심사위원이었습니다. 한 번은 2009년 D일보 신춘문예 단편 최종심에서 〈허물〉이라는 중편 소설로 만났고, 또 한 번은 2011년 J문예 본심에서 〈미궁〉 외 1편으로 만났습니다. 작가 지망생들이 존경하는 선생님을 심사위원으로 두 번이나 만난 것은 저에게 커다란 영광이었습니다. 평소에 선생님의 작품을 빼놓지 않고 읽으며 열심히 소설 공부를 하고 있습니다. 그런데 올해 8월에 출간하신 작품집에 수록된 〈천국의 비명〉을 읽다가 의문점이 생겨서 메일을 드렸습니다. 239쪽부터 265쪽에 이르는 내용을 읽다가 생긴 의문입니다. 선생님은 2009년 D일보 최종심 평에서 다음과 같이 언급하셨습니다.

〈허물〉은 미용사를 주인공으로 아름다움과 욕망, 혹은 아름다움
에 대한 욕망이라는 문제를 집요하게 다뤘다. 낯선 소재에 대한
취재도 성실하다는 인상을 받았다….

저의 응모작 〈허물〉은 미용사가 화자였고 미용실이 배경이었
습니다. 공교롭게도 선생님도 〈천국의 비명〉에서 미용사와 미장
원을 등장시켜 이야기를 풀어내셨더군요. 선생님과 꼭 단둘이 만
나 차 한잔 하고 싶습니다. 선생님의 〈천국의 비명〉에 대해 궁금
한 게 많습니다. 열혈 독자라고 생각하시고 시간을 내주셨으면 합
니다.

독자에서 받은 첫 메일이자, 매우 당혹스러운 메일이었다. G는
메일을 다 읽은 순간 온몸에 소름이 돋으면서 기억이 재구성되는 것
을 느꼈다. 그는 정확한 내용을 파악하기 위해 책장에서 〈천국의 비
명〉을 꺼내 읽었다. 그러고는 갑자기 움베르토 에코의 소설 〈장미
의 이름〉을 떠올렸다. 어느 문학상 축하모임에 참석한 시인 M이
〈천국의 비명〉을 재미있게 읽었다면서, 그 소설의 6장은 마치 〈장
미의 이름〉에서 호르헤 수사가 아리스토텔레스의 《시학》 2권인
〈희극〉이 사람들에게 알려지는 것을 두려워한 나머지 책장에 독을
발라 다른 수도사들이 읽지 못하도록 살해하는 행위를 닮았다고 했
었다. 당시 G는 M이 무슨 의미로 그런 말을 하는지 몰랐었다. 그러
나 Q의 메일을 읽는 순간 M의 말이 무슨 뜻인지 알 것 같았다. G는
자신의 작품에 무덤을 판 꼴이 되지 않게 정신을 바짝 차려야 했다.
G는 책상을 말끔히 치우고 〈천국의 비명〉을 올려놓고 스탠드 하

나만 밝혔다. 한판 대결을 위해 링에 올라간 심정이었다. 눈을 감고 책을 더듬어 봤다. 책 표지의 중앙 부분은 제목을 금박으로 처리하여 손끝의 감촉이 달랐다. 손가락 끝으로 아프로디테의 변신을 읽을 수 있었다. G는 이 순간 이후로 아프로디테에서 전사로 변신해야 했다. 눈을 뜨고 표지를 정면으로 바라봤다. 베이지색 바탕에 제목 다섯 글자가 캘리그래피 형태로 그려져 있었다. 캘리그래피는 다섯 글자에 가시넝쿨이 자라나는 형상이었다. 글자를 휘감은 가시넝쿨이 순식간에 자신을 향해 뻗어 나올 것 같았다. 겉장을 넘기자 사진 속 자신이 환하게 웃으며 G를 반겼다. 자신의 사진과 프로필 밑에 서인문화재단의 창작지원금을 지원받아 소설을 집필했다고 자랑스럽게 명시되어 있었다.

G는 밤을 지새우며 진심으로 간절하게 이것은 내 머릿속에서 태동하여 성장한 이야기라고 암시했다. 그다음 가상의 질문을 만들고 답변을 준비했다. G는 다음 날 오전에 Q에게 짧은 답장을 보냈다. Q는 마치 아무것도 하지 않고 G의 메일을 기다리고 있기라도 했었다는 듯이 바로 답장을 보내왔다.

만나 뵙자고 한 것은 메일이나 서면보다 만나서 이야기하는 것이 오해가 바로 풀리고 소통이 잘 될 것 같아서 그런 것입니다.
* 제 전화번호는 02-2660-0050입니다.

G는 학과 사무실에서 Q에게 전화를 걸었를. 어떤 사람인지 모르
는 상태에서 내 휴대전화로 통화하기는 싫었다. 전화통화에서 G는
과거에 스토커에게 당한 경험이 있어서 사람을 만나는 것이 조심스
럽다고 말했다. G는 자신의 장편소설 〈천국의 비명〉에서 미용사와
미장원은 중요한 설정이 아니며 다른 것으로 대체해도 아무 상관없
는 부분이라고 했다. 또 미용사와 미장원에 대한 묘사도 그리 섬세
하지 않다고 말하면서 Q에게 당신만의 독특함이 나의 작품과 중첩
된 부분이 있느냐고 반문했다.

Q는 두 작품을 비교한 자료를 메일로 보내겠다고 했다. G는
학교를 떠나 집으로 가는 고속도로에서 넋이 나간 채 쉬지 않고 달
렸다. G는 집에 오자마자 바로 쓰러졌다가 새벽에 일어나 아직 주
위에 남아 있는 어둡고 무거운 밤공기를 걷어냈다. 그러고는 거실
가운데 가부좌를 틀고 앉아 태양이 그의 가면을 환하게 비출 때까지
기도했다. '제발 표절 시비로 확산되지 않게 해주십시오. 흠이 없는
예술가로 당신의 나라에서 혜택받으며 살게 해주십시오. 그리고 당
신의 나라에 있는 형제들처럼 튼튼하고 흔들리지 않는 믿음과 신념
으로 살게 해주십시오.'

3일 후 G는 Q가 보낸 메일을 확인했다.

원만한 해결을 위해 작가님께 먼저 질의서를 보냅니다. 27일까지
답변 부탁드립니다.
* 첨부파일 1부: 〈허물〉과 〈천국의 비명〉 비교.

이틀 후 G는 〈허물〉과 〈천국의 비명〉의 비교 자료를 검토했다. 자신이 예상했던 질문들이었고 대응방안을 충분히 마련해 놓은 사안들이었다. 다만, 자신이 2009년 D일보 심사위원으로 최종심 평을 작성했다는 의거관계는 부인할 수 없다는 것이 약점이었다. G는 일단 조목조목 반박하기보다는 자신의 억울한 심정을 담아 전면 부인하기로 했다. 답장을 작성하고 두 번 세 번 검토하고 수정했다. 단어와 문장 하나하나가 일관성을 유지해야 하며 오해의 소지나 꼬투리가 잡힐 만한 군더더기가 없어야 했다.

다음 날 Q에게 답장을 받았다.

제 입장에서는 도저히 이해가 가지 않아 시간과 공을 들여 질문을 드린 것입니다. 보낸 자료를 보셨다면 사실 관계 당사자를 떠나서 30년 동안 소설가로 살아오신 안목과 연륜으로 제가 받은 상처와 심정에 대해 통찰하실 만도 한데, 구체적인 언급은 전혀 없으시군요.

사실관계에 대해서는 전혀 언급하지 않고 표절을 하지 않았다고 일축하셨는데, 제가 제시한 본문 내용에 대해 해명을 해주십시오. 본질에 대해서 피하지 마시고 구체적으로 말씀해 주시면 됩니다. 이러저러해서 표절이 아니라고 말씀해 주십시오. 전체적인 설정 비교에 대해 그냥 우연의 일치라고 보십니까? 세부내용 7가지가 단순히 우연의 일치일까요? 오해와 매도라고 일축하지 마시고 조목조목 반박해보십시오. 그것이 오해라면 저도 납득할 만한 해명을 들어야 풀리지 않겠습니까?

G는 오전에 받은 Q의 메일에 바로 답장을 보냈다. Q도 바로 답장을 보내왔다.

사실관계에 대해서 관념적으로 아니라고만 하시고 비교해서 보낸 자료에 대해서는 논리적으로 구체적인 해명을 하지 않으시고 무례하다고만 하셨는데 정말 궁금하고 답답합니다.
　작가님께서 최종적인 대답이라고 하셨기에 저도 메일로 드리는 사적인 질문을 최종적으로 드리고자 합니다. 표절이 정말 뭔지 모르십니까? 작가님께서는 객관적인 사람들의 의견을 들어보라고 충고하셨습니다. 객관적이라 함은 법적 절차를 의미하는 것입니까?

Q는 법적 절차를 언급하고 나서 한 달이 지나도록 아무 반응이 없었다. G는 아무 탈 없이 일이 잘 풀릴 것 같다는 생각이 들었다. 또 어느 날 뜻밖의 메일이 날아올지 모르지만, G는 이제 그런 문제에 대해 어떻게 대응해야 할지 확신이 섰다. 한 달이라는 시간이 흐르자 Q가 제기한 표절 시비가 싱겁게 느껴졌다.
　Q는 한 달 동안 고민하다가 〈천국의 비명〉을 출간한 출판사에 내용증명을 보냈다.

귀사가 2012년 8월 24일 펴낸 G 저 〈천국의 비명〉 중 6장의 내용은 유감스럽게도 본인의 소설 〈허물〉을 표절하였음을 주장하는 바입니다. 본인이 표절하였다고 주장하는 근거는 저자 G가 〈허물〉의 원문을 심사하며 읽었다는 증거가 명백하다는 점(2009년 D일보 신춘문예 중편 최종심 심사위원 심사평 직접 작성), 이야기 전개가 유사하다는 점, 부분 디테일이 유사하다는 점, 등장인물의 관계 및 성격이 매우 유사하다는 점입니다.

본인은 〈허물〉과 〈천국의 비명〉을 비교분석한 자료를 저자 G에게 보내고 전화와 메일로 저작권 침해에 대한 해명을 수차례 요구하였으나 저자 G는 본인의 주장에 대해 "미스터리하다"라고 일축하면서 답변을 회피했습니다. 창작자가 자신의 저작물 작업과정을 제대로 해명하지 못한다는 것은 표절을 간접 시인하는 행위라고밖에 볼 수 없습니다. 이에 본인은 명백한 표절이라고 사료되는바 귀사의 해명을 요구합니다.

중견 소설가 G는 자신의 장편소설을 출간한 출판사로부터 연락을 받았다. 출판사는 즉각 자사의 법률자문 '법무법인 한빛'과 긴급회의에 들어갔다. 출판사는 사건의 진상을 정확하게 파악하기 위해 Q에게 공문을 보내 G가 심사했던 작품들과 관련자료 등을 보내주면 변호사에게 보내 자문받은 다음 공식적 견해를 밝히겠다고 했다. Q로부터 작품과 관련자료를 받은 출판사는 1차 검토를 끝내고 대책회의를 소집했다.

G는 법무법인 한빛에 일찍 도착하여 회의실에서 변호사와 편집장을 기다렸다. 으레 손님이 오면 기다리는 동안 음료나 차를 내주기 마련인데 이곳에서는 그런 것조차 없었다. G는 넓은 회의실을 둘러보았다. 짙은 밤색의 테이블과 가죽 회전의자가 6개였고 회의실 한쪽에 종이컵과 생수병이 가지런히 정리되어 있었다. 프랑스에서 건너온 에비앙 생수. 비싼 생수를 사다 놓은 것은 외국인 고객이 많아

서 그럴까 하는 하찮은 궁금증이 차츰 당면한 문제로 돌아왔다.

G는 생수를 따서 한 모금 마시고 창가로 갔다. 창밖으로 내려다보이는 인근 빌딩의 옥상에선 하얀 와이셔츠에 출입카드를 목에 건 회사원들이 모여 담배를 피우고 있었다. 그들이 내뿜는 담배연기가 바람에 날리는 모습이 선명하게 보였다. G는 표절 시비가 연기처럼 사라져버렸으면 좋겠다고 열망했다. 연기를 날려버릴 바람의 역할은 법무법인 한빛이 해줄 수 있을 것이다.

G는 비공식 자리이지만 관계자가 모인 첫 회의에서 자신의 태도를 어떻게 표명해야 하는가 고민했다. 자신의 태도는 두 가지의 방향 중에 한 가지로 밀고 나가야 할 것이다. 표절에 대해 솔직하게 시인하고 조기 진화될 수 있도록 도와달라고 할 것인가. 아니면 표절에 대해 시치미를 떼고 이번 표절 시비에 대해서는 강력하게 응징해야 한다고 할 것인가.

회의실 문이 열리고 박 변호사와 장 편집장이 같이 들어왔다. 40대 초반의 여자 편집장은 10년 넘게 봐왔지만, 그날따라 차갑고 더 도도한 느낌이었다. 박 변호사는 활짝 웃으며 G와 반갑게 악수했다. 박 변호사가 먼저 입을 열었다.

"편집장님과 1차로 검토하면서 방향을 잡았습니다. 저희에게 맡기시고 따라오시면 됩니다."

G의 맞은편에 앉은 박 변호사와 장 편집장이 G를 측은하게 바라봤다. G는 장 편집장이 자신의 옆자리에 앉아 보고받거나 질문해야 합당한데, 맞은편에 앉아 박 변호사와 입장을 같이하는 상황

이 이상하다고 여겼다. G는 박 변호사를 바라보면서 말했다.

"자료를 다 읽어보셨으면 아시겠지만 저는 황당할 뿐입니다."

장 편집장이 G의 말을 자르며 서류를 펼쳤다.

"선생님, 이번 건은 표절했느니 안 했느니 그 문제는 중요하지 않아요. 〈천국의 비명〉을 벌써 7쇄나 찍었어요. 문예지에 연재하면서 홍보가 많이 되었던 모양이에요. 뒤를 돌아보거나 옆을 쳐다 볼 필요가 없습니다."

G는 장 편집장이 표절에 대해 그 진위를 묻지 않는 것에 반가우면서 또 한편으로 섭섭했다. 자신에게 왜 그런 실수를 했느냐고 묻는다면 창피했을 것이다. 하지만 한편으로는 표절이 아니라고 단정 지으며 황당한 일을 당해서 얼마나 힘드시겠느냐고 해주지 않아서 섭섭했다. 박 변호사가 G에게 말했다.

"선생님, 저도 그렇게 봅니다. 검토해 보니까요, 애매한 부분이 있어서 빠져나갈 여지가 충분히 있습니다."

벗었던 겉옷을 어깨에 걸친 장 편집장이 웅크린 자세로 자료를 넘기며 밑줄을 쳤다. 장 편집장은 작가들과 함께한 회식 때 G를 존경한다고 말한 적이 있었다. 사람들은 작가들의 작가로 인정받는 G를 존경한다는 장 편집장의 말을 당연하다는 듯이 받아들였지만, 당사자인 G는 부담스러워 했다. 책이 나올 때마다 매번 서로 머리를 맞대고 원고를 수정하고 검토해야 하는 관계에서는 작은 실수도 크게 느껴지는 법이다. 어쨌든 G가 표절 시비에 휘말렸으므로 앞으로 장 편집장이 색안경을 끼고 볼 것은 자명한 일이었다.

장 편집장이 밑줄 친 자료를 G에게 내밀었다.

"상대편에게 보낼 답변서 초안입니다. 순서대로 질문의 요지, 저작권 침해 여부, 최종의견으로 되어 있어요."

박 변호사가 자신의 자료를 넘기면서 부연 설명을 했다.

"선생님, 답변서는 법무법인 한빛의 이름으로 나갑니다. 왜 선생님 개인의 입장 표명이나 출판사 이름으로 답변서를 작성하지 않는지는 말 안 해도 잘 아실 겁니다. 선생님은 세부항목에 대해서만 서술하시면 됩니다. 세부내용은 저희보다 선생님이 더 잘 아시니까 저희가 마련한 반박논리대로 살만 붙이십시오."

G가 답변서 초안을 보며 말했다.

"걱정하지 마세요. 저도 그 사람의 주장에 대한 반박자료는 충분히 준비한 상태입니다."

장 편집장이 테이블을 두드리며 말했다. 손톱이 테이블에 깔린 유리를 때리는 소리는 선생님이 아이들을 주목시키려고 칠판을 두드리는 소리 같았다.

"선생님, 초반에 기를 죽여야 합니다. 30년 대가의 권위에 도전하는 버릇없는 애송이의 기를 죽여야 해요. 선생님의 소설은 장편소설로서 5가지의 이야기들이 서로 얽혀 초월자에 대한 믿음과 미적 추구 사이의 관계를 이야기하는 것이라는 것, 그리고 사랑과 죄가 얽히며 큰 이야기가 입체적으로 전개되는 작품이라는 것을 강조하세요. 반면 상대의 작품은 아름다움에 대한 욕망이라는 문제 한 가지가 평면적으로 전개되는 비교할 수 없는 수준의 작품이라는 것을 처음부터 못 박으세요."

G가 장 편집장의 말을 빨리 받아 적지 못하자 장 편집장은 다시 천천히 또박또박 반복해서 말해주었다. G가 메모를 끝내자 박 변호사가 기다렸다는 듯이 입을 열었다.

"선생님, 제가 하는 말 명심하셔야 합니다."

박 변호사는 생수를 한 모금 마시면서 자신의 턱으로 G의 노트를 가리켰다. G는 볼펜을 쥐고 노트를 넘겼다.

"선생님께서는 Q씨의 소설 〈허물〉에서 영감을 얻었다거나 차용했다고 정식으로 발표하지 않은 부분이 윤리적 문제로 발화될 수 있습니다. 즉, 법적 표절에 걸리지 않을 수준에서 아이디어를 베껴가고 모른 척했다는 것으로, 가져다 쓴 것 자체보다 '참고 · 참조한 적 없다'라고 주장한 부분이 문제지점이 될 수 있다는 것입니다. 다시 말해 지적 재산권에 비해 저작 인격권의 문제가 부각될 수 있으며, 향후 이 지점에 대한 대응이 중요합니다."

"그러면 어떻게 되는 겁니까?"

"아직 그 문제에 대해 고민할 필요는 없을 것 같습니다. 답변서를 보내놓고 상대의 반응을 보고 판단하기로 합시다."

그제야 장 편집장이 표정이 풀고 G를 위로했다.

"선생님, 힘내세요!"

박 변호사가 서류를 챙기다 말고 G에게 말했다.

"선생님, 빨리 작성해서 주십시오. 선생님이 작성해서 주시면 우리가 다시 법률적 권위가 느껴지게 포장해야 합니다."

G는 장 편집장의 힘내라는 말에 힘이 쭉 빠져버렸다. G는 억지로 웃으며 박 변호사와 악수하고 회의실을 나섰다. 엘리베이터 안에서 장 편집장이 G에게 물었다.

"선생님, 저는 사무실로 들어가는데 신사역에서 내려드릴까요?"

"아니에요. 딴 데 들릴 데가 있습니다."

G는 엘리베이터 안에서 장 편집장이 건네는 서류봉투 두 개를 받아들었다. 두툼한 서류봉투는 가방에 하나밖에 들어가지 않았다. 장 편집장은 엘리베이터 문이 닫히는 동안 구부정한 어깨에 무거운 가방을 메고 힘겹게 로비를 걸어가는 G의 뒷모습을 바라보았다.

G는 한 주간 동안 Q가 출판사에 보내온 표절 주장에 대한 질문서에 답변을 썼다. 답변서는 다시 '법무법인 한빛'의 공문 형식에 맞춰 포장되어 Q에게 전달됐다. 답변서를 받은 Q는 출판사에 다시 내용 증명을 보냈다.

귀사가 '법무법인 한빛'에 의뢰하여 보내온 답변서를 보더라도 작가 G씨가 본인의 소설을 읽고 완성하였다는 '의거관계의 성립 여부'에 대해선 명백히 인정을 하고 있으며, 그렇다면, 법률적 책임은 차후 하더라도 책을 출간, 출판함에 있어 작가 G씨와 귀사의 행위가 도덕적, 통념적으로 합당한 행위인가에 대한 귀사의 의견을 듣고 싶습니다.

하물며 단순한 아이디어 수집 차원이 아닌 심사위원과 응모자 관계였다는 점도 다시 한 번 확인시켜 드리는 바입니다.

Q는 중견 소설가 G와 〈천국의 비명〉을 출간한 출판사와 표절 시비를 벌이면서 저작권위원회에 조정신청을 한 후 그곳에서 나온 결과로 민사나 형사로 갈 수도 있다는 사실을 확인했다. 그런데 한국의 저작권법이, 특히 문학에서는 외국에 비해 너무 모순이 많아 표절 사건이 결판이 나려면 오랜 시간 싸움을 계속해야 한다는 사실에 무력해지고 말았다.

Q는 몇 해 전 원로작가 H의 표절 사건을 담당한 월간지 〈뉴아시아〉 S기자를 찾아갔다. 내용을 검토한 S기자는 평론가와 소설가에게 두 작품을 비교해보도록 의뢰했다. 그 평론가와 소설가는 모두 표절이라는 견해를 밝혔다. S기자는 중견 소설가 G를 만나 인터뷰하고 양측의 주장을 담은 기사를 내보냈다.

〈뉴아시아〉 기사에는 "모티브 설정, 캐릭터 도둑맞았다"라는 Q의 주장에 G는 "참고·참조한 적도 없다"라고 맞섰다. "G가 신춘문예 응모작 〈허물〉을 표절해 소설을 썼다"는 주장에 G는 "무의식적으로 표절했을 소지조차 없다"라고 맞섰다. 또한, G가 심사위원으로 Q의 작품을 읽고 심사평을 썼다는 내용과 평론가가 두 작품을 검토하고 "도덕적, 윤리적으로 문제 있다"라고 언급한 내용이 실렸다. 하지만, 한 달이 지나도 표절에 대한 대중의 관심은 전혀 없었고 문학판에서 일어나는 연례행사로 인식될 뿐이었다.

Q는 활발한 작품활동을 하는 소설가 30여 명을 조사해서 메일을 보냈다.

2013년 〈뉴아시아〉 3월호 기사 "표절 시비 붙은 장편소설 〈천국의 비명〉"에 대해 조언을 구하고자 합니다. 앞으로 소설을 쓸 때 표절의 개념과 범위의 기준을 어떻게 파악하고 인지하여야 하는지 정말 궁금하고 답답해서 질문을 드립니다. 먼저 기사의 원문을 보냅니다. 시간이 되시면 읽어보시고 조언 부탁합니다.

하지만 답변을 한 소설가는 딱 한 명뿐이었는데, 그 중 어느 여류 소설가가 Q에게 이런 이야기를 해줬다.

이번 〈뉴아시아〉 기사에서 언급한 것처럼 중견 소설가 G가 한국의 대표선수 중 한 분이라는 건 그다지 틀린 게 아니지만, 그분의 심기를 불편하게 했다고 해서 등단도 못하고 영원히 소설가의 길을 접어야 한다고 하였는데 정말 그럴까요?
제 견해로는 지극히 터무니없는 소리입니다. 제가 드리려는 말의 요지는, 이 일로 인해 귀하의 앞길에 무슨 문제가 생길 리가 없다는 것입니다. 한국 문단은 어느 한 작가의 입김에 의해 좌지우지될 정도로 작은 동네가 아닙니다. 혹시라도 그 일로 인해 심란하셨다면, 걱정하실 필요가 전혀 없다고 말씀드리고 싶어요.

Q는 답변해준 여류 소설가의 말이 역설적으로 들렸다. 그 소설가의 이름을 보니 작품성향이 중견 소설가 G와 전혀 다른 라이벌이라 할 수 있었다. Q는 그 소설가의 말에 위로받지 못하고 자신은 이제 그들만의 리그의 대표주자에게 반기를 들어 심기를 거스른 놈이 된 것 같았다.

Q는 선배 소설가를 찾아가서 자신이 당한 표절에 대해 조언을 구했다. 선배 소설가는 "심사위원으로서 내용을 접한 적이 분명히 있다면, '참고·참조한 적 없다'라는 말은 전혀 성립되지 않는다고 봐. 법적인 문제는 차후 하더라도 도덕적, 윤리적 문제는 아주 심각해. 이번 표절 시비는 중견 소설가 G가 자신이 가져온 것이 자기 작품 전체에서 차지하는 부분이 적다고 여기거나 또한 큰 주제는 다르다고 믿기 때문에 도용이나 표절로 인식하지 않는 경우야."

배 설

• Q는 문학동아리 모임에 갔다가 선배로부터 충고를 들었다. 세상은 좁고도 좁아 선배의 친구가 G의 장편소설을 출간한 출판사의 편집장이었다.

"네 맘 충분히 이해하겠는데 인제 그만 해라."

Q는 말없이 소주를 마셨다.

"너 앞으로 소설 계속 쓸 거 아니냐? 정도껏 해라. 원수를 만들어서 좋을 게 뭐가 있어? 나중에 어디에선가 만날 텐데."

Q는 계속 말없이 소주를 마셨다.

"법정 시비까지 가지 않았어도 월간지에 기사가 났으면 된 거니까 인제 그만 해라."

Q는 말없이 소주 한 잔을 더 마시고 자리에서 일어났다. 집에 돌아온 Q는 더부룩한 아랫배를 움켜쥐고 책상에 앉았다. 숙변을 본 지가 언제였던가. 고약한 냄새가 나는 방귀만 나올 뿐 글이 전혀 써지지 않았다. 멍하니 책장을 보다가 〈참을 수 없는 존재의 가벼움〉을 꺼내서 다시 읽었다. Q는 자신에게 참을 수 없는 존재는 무엇일까? 라는 고민에 빠졌다. Q는 참을 수 없는 존재 때문에 한 문

장도 시작하지 못했다. 한 문장을 시작하면, 뭐라도 한 문장을 써내면 균열이 간 둑이 터지듯 이야기가 터져 나올 것 같은데, 도무지 한 문장도 완성할 수가 없었다.

Q는 책상에 새벽까지 멍하니 앉아 있다가 처음 자신의 소설이 표절당했다는 것을 알았던 그때처럼 중견 소설가 G에게 메일을 보냈다.

당신은 순수문학계를 대표하는 소설가이자 대학에서 문학을 가르치는 선생님입니다. 그래서 〈천국의 비명〉은 2009년도 남도대학교 교내 연구비의 지원을 받아 집필했다고 알고 있습니다.

또한, 당신은 일반 독자는 물론 젊은 기성 작가들이 존경하는 중견 작가이기도 합니다. 그렇기 때문에 심사위원의 자리에 있을 때는 사심을 버리고 자기도 모르게 발생할 수 있는 '무의식적 표절'까지 신경 써야 합니다. 어느 유명한 뉴에이지 작곡가는 앨범 작업에 들어가면 작업이 끝날 때까지 다른 음악가의 음악을 전혀 듣지 않는다고 합니다. 다른 음악을 참고하다 보면 자기도 모르게 무의식적으로라도 표절할 가능성이 있기 때문입니다.

흔히 창작에서는 '아마추어는 빌려오지만, 프로는 훔친다'T.S. 엘리엇고 말합니다. 하지만, 이 말이 성립하려면 훔친 상상력이나 아이디어가 원형을 떠올리지 못할 만큼 창조적인 텍스트로 거듭나야 할 것입니다. 그러나 안타깝게도 〈천국의 비명〉 6장은 저의 작품과 모티브, 전체적인 구도, 인물의 관계 설정, 배경의 디테일이 지나치게 흡사합니다. 결과적으로 수년간 공들인 저의 작품이 세상에 나오지도 못한 채 중견 작가의 소설 한 부분을 도용했다는 누명을 쓰게 될 처지에 놓였습니다.

Q는 메일을 보내고 답변을 기다렸지만 Q가 보낸 메일이라는 것을 알아차린 중견 소설가 G는 메일을 열어보지도 않았다. Q는 남도대학교 연구실로 전화를 걸었다. 하지만 번번이 연결되지 않았다. 결국 Q는 모든 대화 제의를 거부당했다.

도서관으로 간 Q는 정기간행물실에서 시사주간지를 보다가 우연히 한 책 광고에 시선이 갔다. 10년 전 절필을 선언하고 문단을 떠났던 어느 중견 소설가의 단편집이었다. Q는 중견 소설가가 인도 여행을 다녀와서 다시 소설을 쓰기 시작했고 그 작품들을 모아 출간한 다음 다시 문단으로 돌아왔다는 소개글을 유심히 읽었다. Q는 자신이 표절 시비에 넋이 나가 있는 동안 최근에 발표된 단편소설을 전혀 읽지 않고 있었다는 사실을 깨달았다. Q는 기성작가들이 문학 잡지에 발표하는 단편소설을 꾸준히 읽으며 화제작이 될 만한 작품을 찾아 공부했던 지난날을 떠올렸다.

그리고 시사주간지를 제자리에 꽂아놓고 새로 들어온 M출판사에서 발행하는 문학 계간지를 읽기 시작했다. 계간지 가을호엔 중견 소설가 G의 단편이 실려 있었다. Q는 읽지 않고 넘어가려고 했지만, 〈나도 모르는 일〉이라는 소설의 제목 때문에 그냥 넘어갈 수가 없었다. G는 단편소설의 형식을 빌려 그동안 Q와 벌였던 표절 시비에 대해 언급하고 있었다. Q는 G의 작품을 읽고 나서 한편으로는 G가 존경스럽고, 다른 한편으로는 안타까웠다.

소설 속에서 G는 자신이 겪은 표절 시비를 차마 입에 담기도 싫은 치욕적인 사건으로 규정하면서 상처받은 자신을 갓 입대한 이등병에 비유하고 있었다. G의 소설 속에서 이등병은 여자와 섹스한 경험을 재미있게 말하지 못했다는 이유로 내무반 선임들에게 발가벗겨져 폭행을 당했다. 이등병은 발가벗겨져 폭행을 당하면서도 자신은 정말 여자와 잔 적이 한 번도 없어서 어떤 이야기도 할 수 없었는데, 선임들이 그런 자신을 전혀 믿지 않았을 뿐 아니라 발가벗긴 것도 모자라 자신의 성기를 잡아 흔들며 농락했다고 토로했다.

그 장면은 독자가 이등병의 감정에 이입하기에 대단히 효과적인 장치였고, Q는 그런 장면을 끌어다가 자신을 변호할 수 있는 G가 존경스러웠다.

하지만 한편으로는 안타깝기도 했는데, G가 그다음에 자신이 겪은 일을 한 연예인의 학력의혹 사건과 빗대고 있다는 점에서 그랬다. G는 작품에서 연예인의 학력에 대한 의혹을 제기하며 학력을 위조했다고 믿는 사람들이 벌였던 여론몰이가 일종의 마녀사냥이었다고 암시했다. 그리고 믿지 않기로 작정한 사람들을 믿게 하는 것은 불가능하다고 주장했다. 그 연예인의 학력의혹 사건은 실제로 있었던 일이었기 때문에 Q는 그 사건을 비교적 자세하게 기억하고 있었다.

하지만 Q가 기억하기로 그 사건은 연예인의 학력에 대한 진위 여부와는 별개로 의혹에 대응하는 방식에서 석연찮은 구석이 있었다. 그 연예인은 학력에 대한 의혹이 걷잡을 수 없을 정도로 불거지는 동안 별 다른 해명 없이 침묵으로 일관했는데, 그 때문에 의혹이 또 다른 의혹을 낳으면서 의혹이 눈덩이처럼 불어난 면도 없지 않았다. 비슷한 시기에 일어났던 바울 스님의 학력의혹 사건과는 대처 방식에서 판이하게 달랐다. 바울 스님은 학력에 대한 의혹이 불거지자마자 하버드대 박사논문을 바로 인증함으로써 애초에 의혹의 싹을 잘라버렸던 것이다.

소설에서 실제 있었던 사건을 작가가 나름대로 해석하는 것은 뭐라 할 수 없는 일이지만 그 연예인이 바울 스님처럼 명확한 방식으로 자신의 의혹을 명명백백하게 해명했다면, 모르긴 몰라도 그렇게까지 걷잡을 수 없는 여론몰이를 당하지는 않았을 거라고 Q는 생각했다.

게다가 G는 표절 시비가 오르내리게 된 것을 두고 스스로를 철저히 피해자로 묘사하는 Q가 안타까웠다. Q가 자신이 제기한 표절의혹 자료를 월간지 〈뉴아시아〉에 넘긴 것은 G가 원했던 사항이기도 했다. G는 처음이자 마지막이었던 Q와의 통화에서 이렇게 말했다.

"나에게 표절이라고 주장하지 말고 주위에 소설을 쓰는 작가가 있다면 먼저 물어보기 바랍니다. 만일 다른 작가들에게 의견을 물었는데도 그런 의혹이 사라지지 않는다면 표절 시비가 기사화되어도 할 수 없는 일입니다."

Q는 G의 말을 듣고 답답한 마음에 작품활동을 활발히 하고 있는 30명의 소설가들에게 자료를 보내 의견을 구했다. 하지만 Q의 질문을 읽어보고 견해를 밝힌 소설가는 단 한 명뿐이었는데, 표절이 아니라고 말한 소설가는 한 명도 없었다. 나머지 소설가들은 어떤

견해도 밝히지 않았고 그저 언급을 회피했을 뿐이다. 그리고 Q가 G의 소설 〈나도 모르는 일〉에서 폭로성 선정적인 기사를 다루는 온라인 매체라고 비유한 월간지 〈뉴아시아〉를 찾아간 이유는 그 잡지가 실제로는 1920년에 민족자본으로 창간한 신문사에서 발행하는 오프라인 매체였고, 2010년 원로 소설가 H가 장편소설 〈강서 꿈〉 4장을 집필하면서 잡지사 기자가 쓴 책을 표절했다는 내용을 객관적으로 다룬 기사를 읽고 신뢰가 가서였다.

Q는 도서관에서 〈나도 모르는 일〉을 읽은 이후로 만성변비를 해결하기 위해 매번 점심에 시래기 해장국을 먹었다. 항상 밥을 먹으면서 소주를 마셨다. 밥은 넘어가지 않았지만, 소주는 잘 넘어갔다. 소주를 마시던 Q는 무심결에 옆 테이블 손님이 놓고 간 조간신문을 끌어당겨 읽었다. 조간신문에서 중견 소설가 G의 사진을 발견했다. 장엄한 교회 십자가를 배경으로 찍은 G의 모습에서 천사의 후광이 느껴지는 것 같았다. Q는 중견 소설가 G가 〈천국의 비명〉으로 올해 발인문학상을 받았다는 기사를 천천히 읽었다.

취기가 오른 Q는 숟가락을 내려놓고 바지 주머니에 떨리는 손을 집어넣었다. 구겨진 지폐가 빠져나오면서 동전을 토해냈다. 동전이 바닥에 떨어지는 소리가 TV 야구중계에 묻혔다.

다음 날 아침 Q는 조간신문을 움켜쥐고 택시를 타고 터미널로 향했다. 고속버스를 타고 가는 4시간 동안 계속 조간신문을 움켜쥐고 있었다. 남도대학교에 도착한 Q는 G의 연구실을 찾아갔지만, 연구실 문은 굳게 닫혀 있었다. 밖으로 나온 Q는 소주병을 입에 물고 코트의 깃을 세웠다. 소주 한 병을 다 비우고 G의 연구실이 있는 건물 앞 잔디밭에 앉아 저무는 해를 바라봤다.

어둠이 몰려오면서 첫눈이 날렸다. 교정을 거니는 학생들의 모습이 첫눈에 반짝거렸다. 그 순간 아랫배가 갑자기 요동치기 시작했다. 창자가 뒤틀리며 아랫배에서 터질 듯한 고통이 밀려왔다. 괄약근에 힘을 주고 건물 화장실을 향해 몇 걸음을 걸었지만 터질 것 같은 압력에 더 이상 걸을 수가 없었다. 방향을 바꿔 건물 뒤로 돌아가 조간신문을 깔고 바지를 내렸다. 앉은 채 무릎에 힘을 주고 조간신문을 조금만 앞으로 당겼다. G의 사진이 중심에 오게 과녁을 조정했다.

콧등에 첫눈이 내려앉아 서서히 녹았다. 자신을 가두고 짓눌렀던 단단한 마개가 항문을 찢고 빠져나왔다. 마그마의 분출 같은 대폭발이었다. 엄청난 양의 똥이 끊임없이 빠져나왔다. 앉은걸음으로 자리를 옮겨 한 번 더 힘을 주고 나서야 Q는 바지를 추켜 입었다. 아랫배가 텅 빈 것처럼 가벼웠다. 조심스럽게 조간신문 네 귀퉁이를 모아 쥐고 G의 연구실로 걸어갔다. 조간신문으로 싼 묵직한 똥 덩어리가 따끈따끈했다. 몇 년 전 갓 탈고한 따끈따끈한 신춘문예 응모작을 가슴에 품고 광화문 네거리를 걸었던 기억이 떠올랐다. 지독한 똥냄새에 숨을 참았다. G의 연구실 앞에 선 Q는 숨을 가다듬고 조간신문으로 싼 똥 덩어리를 두 손으로 번쩍 들어 올렸다. 그 순간 누군가 다가오는 다급한 발걸음 소리가 들렸고, Q는 지레 겁

316

을 먹고 중심을 잃었다. 복도에 사람이 나타났다면 그 사람이 지나가기를 기다렸다가 다시 의식을 거행하면 되는 일이었다.

하지만 Q가 중심을 잃었을 때 보자기처럼 접은 조간신문 사이로 흘러내린 똥물이 Q의 목으로 흘러내리면서 셔츠 깃을 적셨다. 당황한 Q는 연구실 앞에서 G의 이름이 새겨진 알림판을 향해 똥이 묻은 조간신문을 던졌다. 하지만 똥이 묻은 조간신문은 G의 연구실 문 앞은커녕 근처에도 날아가지 못한 채 흩어졌다. Q가 달려가서 바닥에 나뒹구는 조간신문을 뒤집어 G의 사진이 잘 보이게 문 앞에 놓는 동안 Q의 목과 어깨에 묻은 똥이 바닥으로 흘러내렸다.

복도를 지나던 한 여학생이 비명을 지르며 뛰어갔다. Q는 바닥에 뒹구는 자신의 똥을 밟고 서서 경비원이 올 때까지 천장에 달린 CCTV 카메라를 노려봤다.

경비원에 붙들린 Q가 복도를 빠져나갈 때 교수 연구실을 찾아온 한 무리의 학생들은 복도에 퍼진 구린내 때문에 손으로 코를 막고 걸었다. 어떤 학생은 스마트폰으로 G의 연구실 문 앞에 펼쳐진 조간신문을 촬영했다. 학생들은 조간신문과 G의 연구실 문 앞 바닥에 달라붙은 똥이 무슨 연관관계가 있는지 상상하며 빠른 걸음으로 연구실을 지나쳐 갔다.

G는 청소원들이 복도를 말끔히 치우고 빠져나간 다음에야 땀에 젖은 머리칼을 쓸어 올리며 나타났다. 얼굴은 피곤에 짓눌려 있었고 피로 때문인지 더 구부정해진 몸이 뿌리가 드러난 고목 같았다. G는 자신의 연구실 문손잡이를 잡았을 때 지독한 구린내를 맡고 주변을

둘러보았다. 그러나 방금 청소를 끝낸 복도는 말끔했다. 맞은편 연구실에서 나오던 학생들이 문 앞에 서 있던 G를 유심히 쳐다봤고 이상한 낌새를 느낀 G도 학생들을 쳐다봤다. 하지만 그뿐이었다.

Q의 거사는 결국 자신이 싼 똥을 자신이 뒤집어쓰는 촌극으로 끝났다. Q는 G를 만나지 못한 채 경찰서에 연행되어 조사를 받고 경범죄처벌법 3조 12항 _{노상방뇨 등}에 대한 법률위반 행위로 범칙금을 부과받았다.

문학캠프

•   G의 장편소설 〈천국의 비명〉을 출간한 출판사에서 문학
캠프를 열었다. '저자, 독자, 출판사가 함께 만드는 출판문화 공동
체'가 슬로건이었다. Q는 출판사 북클럽 회원에 가입한 다음 문학
캠프에 참여했다. 파주출판문화단지 내 게스트하우스 강연장에서
열린 행사는 저자와 함께 깊은 이야기를 나누는 만남의 장이었다.
Q가 천천히 고개를 들었다. 사회를 맡은 신인 평론가가 청중에게
〈천국의 비명〉으로 올해 발인문학상을 받은 중견 소설가 G를 소개
했다.

G가 환호를 받으며 등장했다. 스포트라이트가 G를 비추자 무대
뒤의 창문들이 장엄한 교회 십자가처럼 보였다. 중견 소설가 G의
모습에서 천사의 후광이 느껴졌다. 사회자가 질문을 던졌다.

"작가님이 보기엔 문학이란 무엇입니까?"

G가 마이크를 잡았다.

"제 문학관을 밝히기 전에 새로운 이야기를 창조하는 것이 과연
새로운 이야기인가 하는 질문을 해봅니다. 글을 쓰다 문득 내가 쓰
는 것과 비슷한 이야기가 떠오르는 경우가 있습니다. 전에 어디선

가 읽은 것 같다는 기시감에 글쓰기를 멈추고 한참 동안 의혹에 빠진 적이 많았습니다. 꽤 괜찮은 발상일수록 그런 의혹에 빠지는 경우가 더 많습니다. 어디서 봤더라, 누구의 이야기일까? 출처가 분명히 떠오르지 않을 땐 나도 모르게 머리를 쥐어뜯게 됩니다. 그러다가 어렴풋이 실마리가 풀릴 때에는 출처를 찾아 자세히 검토하지만 제 이야기와 똑같은 이야기는 찾을 수 없습니다. 그러면 내가 찾아내지 못했을 뿐 어디엔가 분명히 그 이야기가 묻혀 있을 거라는 강박에 시달립니다. 제가 생각하는 문학은 그 강박관념을 극복하는 것입니다. 제 작품들은 그 강박의 벽을 뚫고 창조된 새로운 세계입니다. 제가 추구하는 문학은 지금까지 존재하지 않은 이야기를 존재했던 것처럼 친근하게 들려주는 것입니다."

"소설 공부를 시작하는 작가 지망생들에게 한 말씀 해주시겠습니까?"

"저는 젊은 시절 한때 연극에 푹 빠져 있었습니다. 대학 때 연극 동아리에서 딱 한 번 무대에 서본 적이 있습니다. 그때 친구들이 대학로 문예진흥원 뒷골목 지하에 있는 소극장을 물어물어 힘들게 찾아왔습니다. 맨 앞자리는 배우의 어금니까지 보일 정도로 무대와 객석의 거리가 가까웠습니다. 하지만, 친구들은 배우가 방백을 할 때 차마 눈을 마주칠 수 없었다고 했습니다. 극중에 배우가 관객에게 질문하거나 무대 위로 끌어올려 극에 동참시켰기 때문에 극이 끝날 때까지 긴장을 풀 수 없었던 것이었죠. 그날따라 배우들의 동작이 커서 쿵쿵거리고 미끄러지는 소리가 유난히 크게 느껴졌습니다.

관객들의 웃음소리와 환호성 속에서 관객들은 점점 극에 몰입했습니다. 제가 이야기하고자 하는 것은 그날 겪었던 첫 공연의 실패담입니다."

G가 생수 마개를 따고 물을 컵에 따라 물을 마시는 동안 침묵이 흘렀다. 사회자가 침묵을 깨고 분위기를 잡았다.

"작가님이 연극배우였다는 사실은 처음 들어봅니다. 그러고 보니 작가님 작품 중에 연극배우가 주인공으로 나오는 작품이 있었던 것 같은데요?"

"없습니다. 저는 무대에 섰다가 실패한 트라우마가 있습니다. 그날 첫 공연의 막이 오르자 조명이 사라진 공간에 긴장감이 감돌았습니다. 긴장감은 작은 소리마저 포착해냈지요. 누군가의 침 넘어가는 소리, 앉은 자세를 고쳐 잡으려고 들썩거리는 소리가 진공관을 거쳐 나온 것처럼 유독 도드라졌습니다. 그때 서서히 조명이 밝아왔습니다. 공연장을 떠돌던 먼지들이 빛을 받아 춤을 추기 시작했습니다. 나는 무대에 서서 긴 생머리를 한 짝사랑 여학생의 얼굴을 똑바로 바라보고 싶었습니다. 그러나 무대 위에서 객석에 앉은 짝사랑하던 여학생을 발견하자마자 대사를 까먹을 것 같아 겁이 났습니다."

"작가님 잠깐만요. 짝사랑했던 긴 생머리 여학생은 지금 작가님의 존재를 알고 계신가요?"

"글쎄요, 전 그녀가 유명한 연극배우라는 것을 알고 있는데요. 제가 소설가로 성공했다는 걸 그녀가 알고 있는지는 잘 모르겠습니다."

"작가님 저에게만 살짝 누군지 말해주세요."

사회자가 G에게 귀를 갖다 대자 G는 피하면서 웃어넘겼다.

"저는 첫 공연에서 지금은 유명한 배우가 된 여학생에게 배우의 자질을 보여주고 싶어서 연습을 많이 했습니다. 저의 대사는 짧지만 강렬했습니다. 무대의 끝에 서서 방백을 하다가 주인공과 짧은 대사를 주고받고 퇴장하면 되는 것이었죠. 드디어 내 차례가 되었고, 무대에 섰을 때 젖은 몸에 찬바람이 부는 것 같았습니다. 그런데 갑자기 객석을 바라보며 크게 외쳐야 하는 대사가 기억나지 않았습니다. '온 세상은 무대이고 모든 여자와 남자는 배우일 뿐이다.' 멋진 대사였지만 몇 개의 단어들이 두서없이 나설 뿐 제대로 어순이 갖춰지지 않았습니다. 제가 머뭇거리자 눈치 빠른 주인공이 제 어깨에 손을 올리면서 제 대사를 대신 쳐주었습니다. 저는 그게 평생 한으로 남을 것 같습니다. 왜 말문이 막혔을까. 그날 객석에 앉은 모든 여자관객이 왜 짝사랑하던 여학생처럼 보였을까. 2막 1장이 끝나고 암전이 되자 무대바닥에 붙어 있는 작은 형광테이프가 빛을 발하며 무대 위에 내 자리가 있었다는 것을 알려주었습니다.

그날 이후로 초라한 연극 같은 내 인생에는 많은 암전이 있었습니다. 저는 인생의 극과 극이 이어질 때 정확하게 어디에 서 있어야 하는지 알지 못했습니다. 저에게는 암전될 때마다 무대바닥에서 위치를 알려주는 형광테이프가 절실했습니다. 지금도 저의 형광테이프는 책입니다. 여러분 끊임없이 책을 읽으십시오. 여기, 좋은 소설을 쓰고자 하시는 분이 계신다면 다시 한 번 책 읽기를 강조하고 싶습니다. 좋은 작품을 탄생시키는 것은 그가 읽은 작품들이지 그가 한 경험이 아닙니다."

G가 일어나서 머리를 숙였다. 강연장의 모든 사람이 일어나서 손뼉을 쳤다. 강연장에 갑자기 소나기가 내리는 듯했다. G는 두 시간 동안 선망의 눈빛을 받으며 무사히 강연회를 마쳤다. 북클럽 회원들은 출판사에서 선물한 〈천국의 비명〉을 손에 들고 작가의 사인을 받으려고 길게 줄을 섰다.

4부

파란나라에
갔다

      태양이 어렴풋하게 떠오르기 시작했다. 음과 양이 맞물려 돌아가는 기이한 시각, 나는 파라솔에 앉아 눈을 똑바로 뜨고 길게 이어지는 하얀 담벼락을 둘러보았다. 담벼락은 지대를 따라 계단처럼 이어져 있었다. 담벼락에 파란 바다를 배경으로 수많은 섬이 펼쳐지기 시작했다. 섬의 해안선은 하얀 돌이었다. 파도가 만든 하얀 물거품에 돌이 반짝거렸다. 태양이 눈높이에서 꿈틀거리자 얼굴이 차츰 달아올랐다. 담벼락에서 남회색 하늘이 열리고 진감청 바다가 넘실거렸다.

● 〈머리카락〉 퇴고작업이 한창이던 어느 날 Q가 인사동에서 그룹전을 한다는 초대장을 보내왔다. 내가 〈머리카락〉을 집필하는 1년 동안 Q는 안부 메일로 그림을 다시 시작했다고 전해왔다. Q는 다니던 직장을 그만두고 파주시 광탄면의 비어 있는 농가를 임차했다. 주변 폐가에서 자재를 뜯어다가 농가 뒷마당에 6개월 동안 작업실을 만들었는데 작업실의 겉모습은 철거를 앞둔 판잣집에 불과했지만, 내부는 오밀조밀하고 고급스럽게 꾸몄다고 했다.

Q는 한 달이 지나 또 안부 메일을 보내왔는데 작업실에서 그림을 그리며 느낀 하루하루의 단상을 늘어놓을 뿐 내가 쓰는 소설에 대해서는 관심이 없는 것 같았다. Q는 어느 날 이른 점심을 먹고 빗물자국이 가득한 작업실 창을 열었는데 흙냄새가 좋아서 걷잡을 수 없는 마음의 자락이 펼쳐졌다고 했다. 작업실을 만들고 나서는 시간이 날 때마다 마을을 돌아다니며 농가의 벽에 하얀색으로 덧칠하고 그 위에 풀과 꽃을 그린다고 했다. Q가 올해 마흔이 된 걸로 아는데 아마도 표절당한 상처를 그림으로 치유하면서 또 다른 인생을 시작한 모양이었다.

〈머리카락〉을 퇴고한 다음 날이었다. 아침에 일어나 초대장을 보니 다행히 Q의 그룹전 마지막 날이었다. 아파트 창밖으로 보이는 9월의 하늘은 아무것도 첨가되지 않은 파랑이었다. 바람이 불어도 하얀 구름은 파랑에 스며들거나 물들지 않았다. 외출준비를 하려는데 햇살을 받은 실오리가 거실 마룻바닥에 굴러다녔다. 허리를 숙이고 하얀 실오리를 잡아서 일어났는데 뻣뻣한 몸이 휘청거렸다. 소설 〈머리카락〉을 집필하면서 몸이 굳고 불안증세가 나타났다. 하루에도 몇 번씩 천당과 지옥을 오가며 걱정거리가 끊임없이 이어졌다. 때로는 이야기가 아주 잘 풀리는 것도 문제였다. 불안할 때마다 초콜릿을 먹었다. 담배를 끊은 터라 폴리페놀이 풍부한 초콜릿이 스트레스를 풀어주었다.

마룻바닥에 굴러다니는 실오리를 몇 개 더 잡아서 휴지통에 버리고 냉장고를 열었다. 아침부터 시원한 맥주를 마시고 싶다는 욕망이 솟았다. 잔을 찾는 동안 적갈색 병에 이슬이 달라붙었다. 유리잔에 맥주를 따르자 하얀 거품이 탐스럽게 부풀어 올랐다. 잔을 들어 퇴고를 자축하며 식탁 앞에 걸린 거울 속의 또 다른 나와 건배했다.

그동안 나를 단단한 상자에 억지로 구겨 넣으려고 존재의 끄트머리를 접는 것도 모자라 발로 짓이겼던 것 같다. 주로 여자는 어때야 한다는 편견과 몇 살까지는 출간한 내 책이 몇 권은 있어야 한다는 욕심이었다. 나는 단단한 상자 속에 내 몸을 구겨 넣은 채 혹시 뚜껑이 열릴까 봐 불안했다. 상자에 갇혀 스트레스를 받으면 식욕 호르몬인 코티졸이 분비되었고 당분이 채워질 때까지 음식을 먹었다. 배가 고프지 않아도 허기 때문에 많이 먹게 되었다. 그때부터 내 몸은 난폭하게 발효되기 시작했다.

홀가분한 마음으로 사진기를 들고 인사동으로 갔다. 거리를 돌아다니며 내 몸의 신경을 활짝 열고 호흡하고 싶었다. 망원렌즈로 데이트하는 연인들을 스케치하던 중 Q의 그룹전 포스터가 파인더에 들어왔다. 포스터에 인쇄된 그림을 보려고 카페에서 내려와 한지 가게가 있는 사거리로 걸어갔다. 포스터를 보니 Q가 속한 그룹은 파견 미술가 활동을 하는 작가들이 대부분이었다. 포스터를 크게 장식한 바다 그림이 보고 싶었다.

갤러리에 들어서자 한쪽 벽면이 하나의 캔버스였는데 그게 바로 Q의 작품이었다. 아크릴 물감에 기름을 섞어 작업해서 그런지 손을 대면 미끌미끌한 파랑이 묻어날 듯했다. 남회색 하늘 아래 진감청 바다가 넘실거렸다. 길게 이어진 해안에는 쓰레기 더미가 떠다녔다. 쓰레기들이 파도를 타고 밀려올 듯했다. 현대 문명이 만들어낸 오묘한 색상의 생활용품들이 해안에 물거품처럼 떠 있었다.

Q는 썩어가는 쓰레기를 악취가 날 정도로 세밀하게 표현했다. 수명을 다하고 쓰레기로 변한 생활용품 중에서 제일 눈에 띄는 것이 있었다. 선명한 주황색 바닥매트 한 조각이었다. 탄성고무 재질로 된 바닥매트 조각이 파도에 휩쓸리며 쓰레기 사이를 떠돌았다. 주황색 바닥매트는 잘 짜인 세상에서 빠져나온 한 조각의 퍼즐 같았다.

해안을 따라 한 노인이 커다란 가방을 메고 떠다니는 쓰레기 더미 사이를 걷고 있었다. 그 노인은 돈벌이가 될 만한 재활용 쓰레기를 찾고 있는 것 같았다. 노인의 생김새가 중견 소설가 G 같아서 나도 모르게 쓴웃음이 났다. G의 표절행위가 쓰레기나 줍고 다니는 더러운 행위라는 의미일 수도 있겠고 창작을 위해서는 더러운 쓰레기 더미 속으로 들어갈 수도 있어야 한다는 의미일 수도 있을 것이다. 어쩌면 그 그림 속 노인은 내가 집필한 〈머리카락〉에서 G의 어린 시절을 이야기할 때 등장시켰던 G의 아버지를 닮은 것도 같았다. 나는 혹시 Q가 G에게도 그룹전 초대장을 보냈는지 궁금했다. 그룹전 초대장에는 Q의 쓰레기 더미 그림이 인쇄되어 있었기 때문이다.

G가 등장한 바다 그림 옆으로 Q의 자화상 5점이 걸려 있었다. 한 점만 빼고 모두 누드였다. 자화상은 모두 아크릴 물감으로 그렸는데 전체적으로 거칠게 짓이겨 질감이 살아 있었다. 전시장 벽면의 왼쪽에서 두 번째 그림부터는 거친 붓 터치가 차분해지면서 고뇌에 차 일그러진 표정이 차츰 평안하게 가라앉기 시작했다.

Q는 인간을 이해하기 위해 타인에게 시선을 두지 않고 자신을 들여다본 것 같았다. 자화상을 그리려고 커다란 거울 앞에서 포즈를 잡았을 Q를 상상했다. 그림이나 소설이나 나르시시즘에 빠지는 것만 경계한다면 예술가 자신이 창조의 대상이 되어 자신을 들여다보는 것은 결국 인간을 보는 것 아니겠는가. Q의 누드는 육체 내부의 욕망이 적나라하게 드러나 있었다. 과장된 성기나 그 성기로 자위하는 모습이 외설적으로 보이지 않고 되레 안쓰럽고 나

약한 인간을 잘 표현한 것처럼 느껴졌다.

누드가 아닌 Q의 자화상 한 점은 내면 깊숙한 곳에서 터져 나온 울분이 은유적으로 표현되어 있었다. Q의 자화상은 사람들이 올려 다볼 정도의 크기였고 기법도 사실적인 표현으로 화면에 강한 힘을 부여했다. 얼굴에 점이나 터럭 하나하나를 세밀하게 묘사한 기법이 역설적으로 추상적인 형상으로 변해 더 강하게 뇌리로 파고드는 힘이었다.

전시장에는 각자 출품한 회화, 조각 작품들이 있었다. 시위 현장에서 노동자들과 함께 그린 걸개그림도 전시되어 있었다. 대부분 상처받고 다치고 아픈 사람을 소재로 한 작품들이었다. 카탈로그에서 바다를 그린 Q의 사진을 찾아보았다. 인디언처럼 영혼이 맑고 강직한 인상으로 변해 있었다.

일주일 후 Q에게 퇴고한 〈머리카락〉을 전해주려고 홍대 근처로 나갔다. 서교호텔에서 홍대 정문을 향해 올라가다가 노상 주차장이 길게 이어지는 골목으로 우회전했다. 8월의 땡볕 더위에도 젊은이들이 골목으로 밀려나오고 밀려들어갔다. 사람들을 비집고 걸어가며 사람들 사이로 점점 파고들었다. 멜론과 수박을 잘라서 나무젓가락에 꽂아 파는 노점을 지날 때 군침이 돌았지만, 선뜻 용기가 나지 않았다.

상점에서 흘러나오는 음악소리에 나는 살짝 흥분했다. 사람들의 열기가 느껴졌다. 그들이 먹고 마시고 떠드는 모습을 보기만 해도 신이 났다. 복잡하고 쓸데없는 것들이 날아가는 듯했다. 휴대전화

액세서리 매장, 옷가게, 핫도그를 파는 노점, 또다시 과일을 깎아서 커다란 얼음 위에 늘어놓고 파는 노점을 지났다. 수많은 인파 속에서 기껏해야 20세 정도로 보이는 귀엽고 날씬한 아가씨를 발견했다. 화장하지 않은 눈썹이 짙고 입술이 도톰했다. 아가씨는 옷가게에서 어린 풀색 민소매 원피스를 고르고 있었다. 중년 사내가 길을 가다 멈추고 아가씨를 의뭉스럽게 쳐다봤다. 아가씨를 통째로 민소매 원피스에 둘둘 말아 커다란 쇼핑백에 넣고 싶은 표정이었다.

노점이 밀집한 거리를 통과하여 놀이터로 향했다. 빈약한 음향장비에서 나오는 기타연주가 흥겹게 들렸다. 놀이터 주변에 있던 언더와 인디를 수용하는 라이브 공연장도 차츰 줄어들었다. 그런데 클러버를 위한 파티공간은 늘어나고 있었다. 사람들이 놀이터 정자에 둘러앉아 인디밴드의 즉석공연을 관람하고 있었다. 놀이터 울타리를 따라 펼쳐진 벼룩시장에서는 중고 생활용품과 패션잡화가 다양하게 판매되고 있었다.

놀이터 주변 건물에 작업실을 차리고 그림을 그렸던 예술가들은 이미 사라졌다. 그들은 건물 벽이나 담벼락에 공동벽화를 그리며 환경미술운동을 하기도 했다. 홍대 주변 상권이 발달하면서 임대료가 무섭게 오르자 가난한 예술가들은 차츰 외곽 주변부로 밀려났다. 창조행위를 하던 작업실 자리에는 술집이 들어섰다. 지금은 공사장의 한쪽 담벼락에 동물의 왕국을 그린 벽화가 남아 있다. 금방이라도 허물어질 것 같은 벽을 자세히 보니 밀림에서 놀던 동물들은 지워지고 그 위에 낙서와 광고전단이 도배되어 있었다.

놀이터 주변에 주차된 승용차는 광고전단으로 뒤덮여 있었다. 와이퍼에 끼워져 있는 명함 크기의 전단 한 장을 뽑았다. 여대생 마사지업소의 할인쿠폰이었다. 걷다 보니 나도 모르는 주택가 골목으로 접어들었다.

말갛던 해는 내일을 기약하며 점차 흥미로운 빛깔로 변신했다. 조용한 골목마다 새로 생긴 카페, 와인바, 맥줏집이 자리를 잡고 있었다. 대부분 파리의 노천카페 분위기였다. 테라스처럼 확장된 전면 공간에 작은 테이블이 여러 개 놓여 있었다. 어둠이 밀려오기 직전의 고요함 속에서 한가롭게 커피를 마시며 담배를 피우는 손님들 너머 카페의 내부를 살펴봤다. 대부분 좁은 공간을 활용하기 위해 아기자기하게 꾸민 카페였다. 작은 간판들이 한둘씩 불을 밝히면서 건물들이 차츰 기지개를 켜는 순간의 색채는 황홀했다. 하지만 한편으로는 하루가 지워지고 있다는 사실에 초조하고 우울해졌다.

또 다른 골목으로 접어들자 차고만 한 카페가 나타났다. 전면이 유리로 되어 있어 밝고 깔끔한 분위기였다. 벽면 선반에는 세계 각국의 캐릭터 인형과 민속 인형이 장식되어 있었다. 인형 카페의 건너편에 있는 일식 식당이 약속장소였다.

식당에 앉아 메뉴판을 펼쳤을 때 문소리가 났다. 내가 손을 흔들자 Q가 천천히 다가왔다.

"오랜만이에요."

"멋있어졌네."

Q가 원피스처럼 긴 티셔츠를 입고 허리를 졸라맨 나를 보면서 말

했다.

"선배는 아기돼지가 됐네요."

내가 입을 벌려 뭐라 말을 꺼내려는 순간 종업원이 주문을 받으러 왔다. 우리는 안심돈가스와 우동을 시켰다. 나는 전시회 이야기를 하면서 사진보다 더 사실적인 Q의 바다 그림에 대해 칭찬했다.

"네 작품을 보면 사진이 왜 회화처럼 변하려고 하는지 알 것 같아. 어떤 현상을 비유할 때 그림 같다는 말이 적확하다는 생각이 들더군."

"그게 무슨 뜻이죠?"

"전시회 때 네 작품 말야. 고발 진보다 더 강렬한 메시지를 느꼈어."

주문한 음식이 나왔다. 나는 Q를 보며 미소를 지었고 Q는 음식을 보면서 미소 지었다. 노릇한 빛깔의 빵가루가 촉촉했다. 한 입 베어 물자 연한 핑크색의 속살이 드러났다.

"요즘은 사진과 그림이 서로 영역을 확장하면서 표현방식의 차이가 없어졌어요."

"작가가 표현하는 세계가 중요하겠지."

"선배, 작품 쓰느라 고생 많았죠?"

나는 가방에서 원고를 꺼내 Q에게 건넸다. Q는 덤덤하게 원고를 받아서 가방에 넣었다. 〈머리카락〉을 집필하기 시작한 지 석 달 정도 지났을 때부터 Q는 소설에 관심을 보이지 않았다. 아마 Q가 직장을 그만두던 시점일 것이다.

"요즘은 어떤 그림 그리니?"

"그냥 풀도 그리고 꽃도 그리고 머리에 떠오르는 대로 그리는데, 아직 잘 모르겠어요."

"아무 생각 없이 덤벼들었구나."

나는 빵가루만 남은 돈가스 접시를 바라보다가 Q가 국물까지 말끔히 비운 우동 그릇으로 눈길을 돌리며 말했다.

"커피 마시러 갈까?"

"술이나 한잔 해요."

우리는 조용한 술집을 찾아 골목을 돌았다. 거리의 어둠이 짙어지면서 상점의 불빛과 카페의 따뜻한 조명이 억척스럽게 자신의 존재를 달구면서 사람들을 유혹했다. 우리가 들어간 곳은 일본식 선술집이었다. 내부는 전부 진한 밤색의 나무재질이었다. 테이블을 비추는 국부조명을 따라 나무의 결이 선명했다. 모듬 해산물을 시켰다. 사각의 도자기 접시에 당근과 오이가 담겨 나왔다. Q가 내잔에 맥주를 따랐다. 하얀 거품이 탐스럽게 부풀어 오르다가 넘쳐흘렀다. 나는 잔을 들어 거품을 아이스크림처럼 핥았다. 그리고 건배했다.

"〈머리카락〉을 위해."

"너의 불혹을 위해."

모듬 해산물이 나왔다. 싱싱한 해삼에 흐르는 투명한 점액이 반짝거렸다. 멍게와 참치회가 꽃술처럼 몰려 있고 그 둘레에 생선회가 꽃잎처럼 놓여 있었다.

"넌 결혼 안 할 작정이니?"

"작업하면서 여행이나 다니려고요."

"부럽네."

"그런데 같이 갈 사람이 없어요."

"혼자 여행하는 거 멋있잖아."

"선배는?"

"나? 난 혼자가 좋아."

Q가 따라주는 맥주가 계속 넘쳐흘렀다. 나는 그럴 때마다 잔을 들어 거품을 핥았다. 맥주를 마시다가 소주로 바꿨다. 안주가 떨어져서 이번에는 오징어튀김을 주문했다. 서비스로 양파튀김과 샐러드가 같이 나왔다. 안주가 푸짐해져서 다시 맥주를 시켰다. 맥주에 소주를 타서 마셨다.

술집에서 나와 택시를 잡으려고 큰길 가로 나갈 때는 이미 새벽 3시였다. 피곤이 몰려오기 시작했다. 놀이터가 가까워지자 접근하기 싫은 상한 냄새가 풍겼다. 술병과 맥주 캔이 굴러다니고 먹다 버린 안주가 널려 있었다. 놀이터 벤치에는 술에 취해 비틀거리면서 노래를 부르는 사람들이 많았다. 어떤 연인은 길바닥에 주저앉아 키스하고 있었다. 어디선가 비명이 들리고 할리데이비슨의 육중한 폭발음이 들렸다. 오토바이들은 요란한 엔진소리를 내며 바닥의 오물을 피해 골목을 질주했다. 우리는 벌레처럼 더듬이를 세우고 건물 벽에 바짝 붙어서 걷다가 큰길을 향해 달음질쳤다.

Q는 나를 집 앞까지 바래다주겠다며 택시에 올라탔다. 택시 안

에서 Q는 자기 꿈이 뭔지 아느냐고 물었다.

"그럼 팔아서 돈 버는 거?"

"무인도에서 살고 싶어요."

"그냥 가서 살면 되잖아."

"하얀 자갈밭과 투명한 바다, 우거진 숲과 맑은 샘, 해충이 없고 야생화가 지천으로 피어 있으며, 암벽해안과 자연동굴, 주위에 각종 물고기와 어패류가 지천으로 널려 있고, 적당한 강수량과 바람이 잔잔한 해역, 이 모든 것을 다 갖춘 무인도요."

"그건 무인도가 아니라 휴양지네."

"그게 휴양지라면 그런 휴양지에서 파란 하늘과 파란 바다를 보며 살고 싶어요."

Q가 갑자기 동요를 불렀다. 나는 택시의 차창을 내리고 바람을 맞으면서 Q의 동요를 들었다.

"파란나라를 보았니 꿈과 사랑이 가득한

파란나라를 보았니 천사들이 사는 나라

파란나라를 보았니 맑은 강물이 흐르는

파란나라를 보았니 울타리가 없는 나라."

"너 기분 좋게 취했구나."

Q는 동요를 부르다 말고 내 손을 잡았다. 나를 파란나라로 데려가겠다고 했다.

"너 지금 몇 신 줄 알아?"

Q는 택시를 봉천동으로 돌렸다. 택시기사는 투덜거리면서 Q가

지시하는 대로 방향을 틀었다. 우리는 택시를 타고 봉천동의 오르막길을 달리다가 편의점 앞에서 내렸다. Q는 편의점에서 커다란 생수 한 병을 사더니 불빛이 사라지고 가로등이 외롭게 서 있는 골목으로 나를 끌고 갔다.

"너 어디 가는 거야?"

"파란나라요. 선배에게 오늘 좋은 이야깃감을 보여줄게요."

인적이 없는 산동네는 시간이 몇십 년 동안 멈춰 있는 듯했다. 낮은 담장 안에 빨래가 걸려 있고 문과 창이 보였다. 삶의 때가 묻은 가구를 세워 담장으로 만든 집도 보였다.

"이곳도 얼마 남지 않았어요."

"아파트가 들어설 모양이지."

"처음에 사진 찍으러 왔다가 해 뜨는 풍경이 아름다워서 다시 오게 됐어요."

"70년대 풍경화를 보는 것 같은데?"

"이곳에 오면 사람 사는 냄새가 나는 것 같아요."

"가로등 불빛에 우러나는 색채가 환상적이네."

Q를 따라 산을 타듯이 골목길을 걸었다. 축대를 따라 드문드문 세워진 노란 가로등 불빛에 산동네의 정경이 날카로운 칼로 표면을 긁어낸 형상으로 나타났다가 다시 칼끝으로 생겨난 상처가 희미하게 멀어졌다. 버려진 의자가 담벼락 아래 벤치처럼 붙어 있었다. 어느 집 대문 앞에는 좁은 집안에서 터져 나온 살림살이가 잔뜩 쌓여 있었다.

축대를 돌아 하늘을 향해 걸었다. 개가 짖자 고양이가 담을 타고 어디론가 사라졌다. 계단을 한참 오르고 나자 다리에 힘이 빠지고 숨이 차서 더는 걸을 수가 없었다. 벽에 기대 숨을 고르는데 땀이 온몸을 적셨다.

"어디까지 올라가는 거야?"

"이제 다 왔어요."

"힘들어서 더 못 가겠어."

Q가 내 손을 잡아끌었다.

"힘내요. 해 뜨기 전에 도착해야 해요."

숨을 헐떡거리며 다시 걷는데 골목이 구불거리기 시작했다. 골목을 밝히던 노란 가로등 불빛이 약해지면서 소멸할 것처럼 깜박였다. 다시 계단을 올라서자 정상이었다. 산동네의 정상은 찢어지고 휘어진 파라솔이 있는 작은 공원이었다. 파라솔 뒤에는 합판으로 벽을 만들고 천막을 씌운 창고가 있었다.

Q가 창고 옆으로 돌아가서 오줌을 눴다.

"소설처럼 똥은 싸지 마라."

Q의 오줌이 파라솔 쪽으로 흘러갔다. 창고에는 길에서 주운 폐지가 차곡차곡 쌓여 있었다. Q는 오줌을 누고 나서 파라솔 맞은편 하얀 담벼락 앞에 섰다. 담벼락 너머로 서울이 한눈에 들어왔다. 서울의 불빛은 거대한 잿더미 같았다. 잿더미에서 빨간 불씨가 꿈틀거렸다. 발광하는 불씨들은 어떻게 보면 밤하늘의 별들이 떨어진 것처럼 보였다. Q가 담벼락을 따라 걸었다.

"뭐야, 서울 야경 구경하러 온 거야?"

"이제, 조금 있으면 파란나라가 나타날 거예요."

Q는 눈을 감고 시간과 공기의 흐름을 느끼려는 듯 양팔을 벌리고 지난 1년간의 시간을 이야기했다.

"1년 전 출장 미술가들과 이 동네에 벽화를 그렸어요. 여기 담벼락에 그린 파란나라는 내 작품이에요. 한 달 동안 공들여 그린 작품인데, 이제 사라져버리게 됐네요."

"왜? 벽에 그린 그림을 누가 훔쳐가기라도 한데?"

"이제 곧 재개발 시작되잖아요."

"세상이 네 작품을 가만히 놔두질 않는구나."

"쏟아지는 햇빛 아래 점점이 떠 있는 섬을 그렸어요. 그 파란 하늘과 파란 바다 그리고 태양에 반사되는 하얀 집들이 바닷가 언덕에 꽃처럼 피어난 곳. 하루에도 몇 번씩 눈을 감고 하늘 높이 날아오르면서 깨달았어요."

"뭘?"

"선배, 선배가 다 가져요."

"뭘 줄 건데?"

"인세요. 선배가 다 가져요. 내가 허락한 거니 이젠 오롯이 선배 작품이에요."

"고맙다. 나중에 딴소리 하지 마라."

"전 이제 소설 안 쓸 거예요."

"잘 생각했다. 그림이나 열심히 그려."

"학교에 다닐 땐 빨강에서 마그마와 같은 강한 에너지를 느꼈어요. 새빨간 저녁 해가 지평선 너머로 떨어지는 풍경화를 시작으로 한동안 빨강에 대한 그림만 그렸어요. 그러다가 미술이 전시공간의 액자 속에 머물러서는 안 된다고 생각했죠. 미술의 사회참여를 주장하는 동아리에서 활동하면서 판화교실을 열었고 재개발지역을 돌며 벽화를 그렸어요. 내가 3학년으로 복학해서 학생회관 건물에 그렸던 벽화가 기억나요."

"이제 그만 집에 가자. 내일부터 너는 계속 그림을 그리고 나는 새로운 소설을 구상하자."

"조금만 기다려 봐요. 파란나라를 봐야죠."

"졸려 죽겠어."

"벽화의 바탕색은 빨강이었어요. 빨강에서 욕망을 느꼈고 빨간색을 오래 보고 있으면 신기하게도 힘이 솟아나는 듯했지요. 그런데 벽화가 학업분위기와 어울리지 않게 지나치게 정치적이고 선동적이라는 이유로 겨울방학 때 학교 당국에 의해 지워졌어요. 지금도 그렇지만 빨간색이라면 기겁하던 시대였으니까요. 벽화는 백색 페인트에 덮였어도 한동안 붉은빛을 발산했어요. 1년 동안 학생회관을 오가면서 깨끗하게 지워진 벽을 바라봤어요. 벽을 보면 희미하게 붉은 기운이 느껴졌지만 홀린 듯한 빨강에서 벗어나야 했죠. 졸업을 앞둔 4학년이 고민해야 하는 건 먹고사는 문제였으니까요."

"그런데 벽화가 어쨌다는 거니?"

"그때 벽화에 대한 아쉬움이 남았었나 봐요."

"그래서 이 달동네에다 벽화를 그렸다는 거니?"

"보이세요? 담벼락에 그려진 파란나라?"

"사진으로 보여주지. 이 새벽에 나를 끌고 …."

태양이 어렴풋하게 떠오르기 시작했다. 음과 양이 맞물려 돌아가는 기이한 시각, 나는 파라솔에 앉아 눈을 똑바로 뜨고 길게 이어지는 하얀 담벼락을 둘러보았다. 담벼락은 지대를 따라 계단처럼 이어져 있었다. 담벼락에 파란 바다를 배경으로 수많은 섬이 펼쳐지기 시작했다. 섬의 해안선은 하얀 돌이었다. 파도가 만든 하얀 물거품에 돌이 반짝거렸다. 태양이 눈높이에서 꿈틀거리자 얼굴이 차츰 달아올랐다. 담벼락에서 남회색 하늘이 열리고 진감청 바다가 넘실거렸다.

"새들이 살아 있는 것 같죠?"

"아직 잘 안 보여."

아직 희미하지만 섬에 새들이 가득했다. 둥지에 알을 낳아서 품은 새, 부리로 제 깃털을 고르는 새들과 하늘로 날아오르는 새들, 날개를 활짝 펴고 둥지로 돌아오는 새가 있었다.

Q가 둥지 앞에 서서 양팔을 날개처럼 펼쳤다.

"나를 그린 거예요."

"네가 천연기념물이냐?"

벽화의 중심부는 희뿌연 새벽에 봐도 시간과 정성이 많이 들어간 세밀한 붓질이었다.

나는 담벼락의 높이가 가장 낮은 지점으로 다가갔다. 벽화는 바탕에 백색 페인트를 여러 번 칠하고 그려서 깊이가 느껴졌다.

하얀 담벼락 너머로 보이는 서울은 스모그 속에서 조금씩 윤곽이 드러났다. 빌딩들이 성큼 자라난 독버섯 같았다. 빌딩 숲이 손에 잡힐 듯 아주 가깝게 느껴졌다. 서울의 하늘에서 색이 섞이기 시작했다. 화면은 짙은 빨강과 파랑이 뒤섞이면서 나오는 어두운 회보라색이었다.

잠시 후 해가 머리 위로 떠올랐다. 태양이 회보라색을 몰아내고 세상을 환하게 밝혔다. 나는 파라솔에 앉아 걸어 올라온 골목길을 바라봤다. 구불구불한 골목길과 가파른 계단이 어지러워서 현기증이 났다. 목이 바싹 타들어가는 것 같아서 생수 한 병을 단숨에 비웠다. 그때 Q가 다가와 나에게 키스했다. 나는 마법에 걸린 것처럼 꼼짝할 수가 없었다.

쏟아지는 8월의 새벽 햇빛 아래 점점이 떠 있는 섬들이 선명했다. 푸른 바다를 배경으로 파란 하늘과 파란 바다 그리고 태양에 반사되는 하얀 집들이 바닷가 언덕에 꽃처럼 피어났다. 나는 눈을 감고 Q와 하늘 높이 날아올랐다.

에필로그

- Q는 한 달 만에 퇴고한 〈머리카락〉 원고를 읽어보고 메
일을 보냈다.

저는 지금 꽃지 해수욕장 호텔에서 메일을 쓰고 있어요. 친구들과
안면도 스케치 여행을 왔어요. 호텔 야외극장에서 바다를 보며 맥
주 한잔 하다가 선배 생각이 나서 스케치했어요. 제 생각하며 맥
주 한잔 하세요.

선배, 별 일 없죠? 지난 보름 동안 스페인에 갔다 왔어요. 거기 백화점에서 선배 선물 샀어요. 탈모방지 기능성 샴푸. 저번에 보니 소설 쓰느라 탈모가 심해질 정도로 스트레스를 받은 것 같던데 이 샴푸 한번 써보세요.

〈머리카락〉은 마드리드로 가는 비행기에서 한번 읽었어요. 그동안 장편 쓰느라 고생 많으셨어요. 나를 못생긴 큰바위 얼굴로 묘사한 건 불만이지만 내용에 대해서는 별로 할 말이 없어요. 읽고 나서 그냥 답답하고, 이렇게까지 떠벌릴 필요가 있나 하는 생각에 착잡했는데 바르셀로나 프라도 미술관에 가서 〈시녀들〉을 만나고 나서야 마음이 조금 후련해졌어요.

〈머리카락〉에 소설가들이 존경하는 소설가가 등장하고 또 화가들이 존경하는 화가가 등장하잖아요. 벨라스케스를 존경한 피카소가 오마주한 〈시녀들〉을 보는 순간 감동이 밀려오면서 착잡했던 마음이 후련해졌어요. 일흔 여섯의 거장 피카소는 17세기 스페인 궁정화가 디에고 벨라스케스의 〈시녀들〉을 모방하여 다시 그리는 작업을 했대요. 다섯 달 동안 그린 〈시녀들〉에 대한 연작이 58점이나 된다는 사실을 알고 정말 놀랐어요.

천재 거장 피카소는 왜 그 작품에만 푹 빠졌을까요? 미술관에 가서 직접 보기 전에는 아마 질투심이나 적개심 때문이려니 생각했는데, 〈시녀들〉 앞에 서니 벨라스케스에 대한 존경심 때문이라는 걸 알았어요. 미술관에 피카소의 이런 글귀가 있더라고요. "나는 벨라스케스의 〈시녀들〉이 아닌 매번 나의 〈시녀들〉을 그리고 싶다."

피카소가 그린 나의 〈시녀들〉 중 제일 인상 깊었던 건 입체파 화풍으로 분절시키고, 파괴하고, 해체한 아담한 크기의 작품이었어요. 피카소는 역시 거장이더군요. 그는 모방으로 출발했지만

결국 그의 〈시녀들〉을 창조했어요. 그 사실을 확인하고 가슴이 뭉클해졌어요. 이제 〈머리카락〉은 선배 손을 떠나 출판사에서 세상으로 나갈 채비를 하고 있겠지요?

책 나오기 전에 만나서 한잔 해요. 선물 전해 드릴게요.

(끝)

작가의 말

●　　소설을 쓰기 전까지는 소설과 거리가 먼 삶을 살았습니다. 패션회사에서 새로운 제품을 만들고 마케팅하는 일을 했습니다. 더구나 어렸을 때의 꿈은 화가였으니 언어예술에는 관심조차 없었습니다. 그런데 사업 실패의 시련을 겪으면서 아무도 알아주지 않는 상처를 달래주는 유일한 친구로 소설을 만났습니다. 오로지 소설 속에서만 대상을 알 수 없는 분노와 한마디로 규정하기 어려운 상처들을 위안받을 수 있었습니다. 저의 첫 장편소설 〈표절〉은 상처받은 과거의 나 자신과 화해하는 과정을, 소설을 쓰면서 겪었던 경험들과 버무려낸 허구입니다.

　패션회사에서 디스플레이어로 근무하던 시절에는 명동이나 압구정동에 나가 시장조사를 했습니다. 다채로운 디스플레이로 가득한 쇼윈도에 카메라를 들이대면 어김없이 매장 직원이 뛰어나와 사진 촬영을 막았습니다. 디자인이 도용당하는 것을 막으려는 조치였습니다. 요즘은 브랜드 상품 기획자들이나 디자이너들이 저마다 독자적인 세계를 구축하기 위해 노력한 덕분에 패션계에서 남의 것을 대놓고 베끼는 행위는 거의 사라진 듯합니다.

347

반면 문학에서는 아직 표절의 정확한 기준조차 마련되지 못한 채 사안에 따라 혹은 여론에 따라 각기 다른 해석을 내리고 있는 모양입니다. 연례행사처럼 일어나는 표절 시비를 지켜보면서, 문학작품에서는 어디까지가 표절이고 표절이 아닌지, 혹은 표절이 일어나는 세계에는 어떤 인과관계와 맥락들이 존재하는지 그려보고 싶었습니다. 제 부족한 소설이, 도용당한 자는 있으되 도용한 자는 없는 기이한 현상을 한번쯤 들여다보는 계기가 되었으면 좋겠습니다.

다음 작품은 작가와 독자 간의 보이지 않는 장벽이 무너진 시대를 배경으로 누구나 하고 싶은 이야기가 있으면 작가가 되는 세상, 결말을 열어놓고 끊임없이 이야기가 이어지는 이야기를 해보려고 합니다. 이왕이면 재미있는 작품으로 만나고 싶습니다.

〈표절〉이 출간되기까지 많은 분의 격려와 조언이 있었습니다. 감사합니다. 앞으로 좋은 작품으로 보답하겠습니다.

2014년 봄에